Wovon die Sterne träumen

Manon Fargetton

WOVON DIE STERNE TRÄUMEN

Aus dem Englischen von
Annette von der Weppen

Zitat auf S. 34:
»Ha! Mir? Wer von Ihnen beiden würde denn wagen, mich sein Quellwasser zu nennen?
Sie kann man nicht täuschen, Sie wissen, dass ich ein Miststück bin.«
Aus: Jean-Paul Sartre, Huis Clos
In der Übersetzung von Traugott König
© 1986, Rowohlt Verlag GmbH, Hamburg

Wir produzieren nachhaltig
• Klimaneutrales Produkt
• Papiere aus nachhaltigen
  und kontrollierten Quellen
• Hergestellt in Deutschland

CARLSEN-Newsletter: Tolle neue Lesetipps kostenlos per E-Mail!
Unsere Bücher gibt es überall im Handel und auf carlsen.de.

Deutsche Erstausgabe
Veröffentlicht im Carlsen Verlag
September 2022
Copyright © Carlsen Verlag GmbH, Hamburg, 2022
Originalcopyright: A quoi rêvent les étoiles © Gallimard Jeunesse, 2020
Umschlaggestaltung: formlabor
Umschlagabbildung: shutterstock.com © Bibadash,
Alexander Ryabintsev, Shpadaruk Aleksei
Aus dem Französischen von Annette von der Weppen
Lektorat: Annika Harmel
Herstellung: Karen Kollmetz
Satz: Dörlemann Satz, Lemförde
ISBN 978-3-551-58472-4

»Laissons-nous aimer
comme on cligne des yeux dans le plein soleil.«

»Lasst uns lieben,
wie man im grellen Sonnenlicht blinzelt.«

Balmino, »Si vous saviez« (»Wenn ihr wüsstet«)

ÜBERSICHT

*Für den Jugendlichen, der mir nach einer Lesung
in seiner Klasse gestand, dass er immer noch mit Lego spielt,
und der dachte, er sei der Einzige an seiner Schule,
der das noch tut. Ich kann mich nicht mehr an deinen Namen erinnern.
Aber ich erinnere mich an dich und an dein Gesicht,
als ich dir erzählt habe, dass ich Erwachsene kenne, die dieser
Leidenschaft – also der deinen –
ganze Kellergeschosse gewidmet haben.*

*Für Louanne, deren Energie, Aussehen
und tänzelnde Ballerinaschritte das Vorbild
für die Figur der Lila waren.*

PROLOG

Die Welt ist klein.

Sehr klein.

Es ist fast schon ein Jahrhundert her, dass ein ungarischer Schriftsteller in einer seiner Erzählungen die Idee entwickelt hat, jeder Mensch auf diesem Planeten sei mit jedem anderen beliebigen Menschen über eine Kette von fünf Beziehungen verbunden. In der Forschung wurde diese Theorie später das »Kleine-Welt-Phänomen« genannt.

Stellt euch das nur mal einen Moment lang vor, ganz bildlich: wie ihr die Hand einer Verwandten oder auch nur einer entfernten Bekannten ergreift, die wiederum einem ihrer Freunde die Hand reicht, dem ihr noch nie begegnet seid, und dann immer so weiter, bis sich eine Kette von sechs Personen ergibt. Auf diese Weise könnte man, von euch ausgehend, die ganze Menschheit miteinander verbinden. Egal, in welche Familie oder in welches Land man geboren wurde, ganz gleich welchen Beruf man ausübt, welche Träume man hegt, welche Ängste oder Fantasien, ob man seinen Geburtsort noch nie verlassen hat oder schon um die ganze Welt gereist ist – jeder von uns wäre über gerade mal fünf Zwischenstationen mit jedem beliebigen anderen verknüpft, von Mensch zu Mensch.

Natürlich hatte dieser ungarische Schriftsteller – Frigyes Karinthy, wenn ihr's genau wissen wollt – im Jahr 1929 noch nicht die technischen Möglichkeiten, seine hübsche Theorie zu beweisen.

11

Und ich glaube auch gar nicht, dass er das wollte. Er war ein Dichter, wie ich, und Dichter ziehen das undurchdringliche Labyrinth der Träume oftmals der Genauigkeit von Daten vor.

Nun ist aber inzwischen das Internet aufgetaucht, mit seiner Vielzahl an sozialen Netzwerken. Und plötzlich sind all diese Dinge – der Beziehungsgrad zwischen den Menschen, alles, was uns trennt oder verbindet – genauestens quantifizierbar geworden. Und obwohl viele Menschen gar keinen Zugang zum Internet haben, scheint das Netz, das wir rund um den Erdball bilden, noch engmaschiger geworden zu sein, als unser lieber Frigyes sich das je hätte träumen lassen. Drei bis fünf Personen sollen mittlerweile genügen, um uns mit dem Unbekanntesten der Unbekannten zu verbinden. Verrückt, oder?

Und dann entstehen ja manchmal auch ganz neue Verbindungen, bei denen mehrere Zwischenglieder übersprungen werden und die Beziehungsketten sich nochmals verkürzen. Vollkommen unwahrscheinliche Begegnungen, die das Leben aller Beteiligten komplett auf den Kopf stellen können. Nennt es, wie ihr wollt: Zufall, Schicksal, Vorsehung, Fügung, Energieknoten, Planetenkonstellation ...

Ich nenne es *Magie*.

Und wenn ihr dann die ganze Geschichte kennt, wenn ich euch erzählt habe, was den Leuten darin widerfahren ist, werdet ihr mir vielleicht zustimmen.

Licht

I. AKT

TITOUAN

»Da oben!«, ruft Lix.

Titouan fährt herum, zielt auf das Mädchen auf dem Balkon, feuert eine Salve ab.

»Hab sie.«

Er klettert rauf, gibt ihr aus nächster Nähe den Rest. Lix hat sich schon ein Stück von den Häusern entfernt. Titouan springt auf den Boden und folgt ihm, immer auf der Hut. Sie laufen einen Wiesenhang hinab, an einer verlassenen Hütte vorbei.

»Achtung, vor dir!«

Schüsse krachen. Titouan kann gerade noch die beiden bewaffneten Typen entdecken, bevor er sich hinter die Hütte wirft, getroffen. Trotzdem richtet er sich gleich wieder auf und feuert seinerseits auf einen ihrer Gegner, bis dieser zusammenbricht. Titouan nimmt die Ausrüstung des Toten an sich, darunter eine Waffe, die leistungsfähiger ist als seine. Lix wartet auf ihn, ein muskelbepackter Riese, dessen Körperbau so gar nicht zu seiner jugendlichen Stimme passen will. Auch er hat seine Waffe gegen eine andere eingetauscht. Gemeinsam stürmen sie weiter, umrunden einen großen Felsen.

»Da vorn auf dem Hügel sind auch noch welche! «, warnt Lix.

Sie verstecken sich hinter einem Baum, errichten hastig eine Bretterwand. Direkt davor geht eine Granate hoch. Titouan zückt seine Sniper, tritt aus der Deckung, legt das Auge ans Zielfernrohr. Der Typ auf dem Hügel schießt im selben Moment wie er.

»Scheiße! Ich bin down!«

»Ich helf dir.«

»Pass auf die Camper auf.«

Schon bald kann Titouan wieder aufstehen. Ihre Bretterwand ist zur Hälfte zerstört. Zwei Mädchen überraschen sie von hinten. Lix und er fahren herum, schießen.

Die Inselkulisse auf Titouans Bildschirm verschwindet.

»Scheiße noch mal!«, schimpft Lix in sein Mikro. »Die haben uns echt am Arsch gekriegt!«

Titouan lächelt. Er hat Lix noch nie in echt gesehen. Eigentlich weiß er nicht viel mehr von ihm, als dass sie ungefähr im gleichen Alter sind, beide in der Bretagne leben, dass Lix gern Theater spielt und allein bei seinem Vater wohnt. Aber durch das gemeinsame Spielen im Internet hat Titouan trotzdem das Gefühl, ihn gut zu kennen, schließlich reden sie jeden Tag miteinander. Und vieles sickert ja auch zwischen den Worten durch. Ein bestimmter Tonfall, ein unabsichtlicher Seufzer, die Jubelrufe, wenn sie gewinnen, und die derben Flüche, wenn sie verlieren ... Wenn Lix sich einloggt, weiß Titouan immer schon nach wenigen Worten, welche Laune er heute hat.

»Noch eins?«, schlägt er vor.

»Geht nicht. Ich muss noch für die Klausur in Geschichte lernen.«

»Ach komm, Mut zur Lücke ...«

»Nee, im Ernst«, beharrt Lix. »Krasser Tag morgen. Ich mach Schluss für heute.«

»Weichei!«

»Manche Leute haben eben auch noch ein echtes Leben!«

»Sag bloß ... Tschau, Alter.«

»Tschau.«

Sie gehen offline. Titouan nimmt die Kopfhörer ab, schaltet den Rechner aus. Einen Moment lang lauscht er auf die vertrauten Geräusche im Haus – die elektronische Musik seines älteren Bruders auf der anderen Seite des Flurs, das Gehopse seiner kleinen Schwester im Zimmer nebenan, das Radio unten im Erdgeschoss, das sporadische Surren eines Mixers. Er schiebt die Decke weg, sammelt ein paar herumliegende Legoteile auf und baut weiter an dem Baum, den er gerade am Fußende seines Bettes errichtet.

Hoch konzentriert verlängert er einen Ast, ohne dass die Konstruktion aus dem Gleichgewicht gerät. In Gedanken sieht Titouan seinen Baum schon vor sich. Das gefällt ihm ja so gut an Lego: wie sich diese kleinen, austauschbaren Plastikteile unter seinen Händen in etwas Einzigartiges verwandeln, wie er mit ihnen die Bilder in seinem Kopf zum Leben erwecken und eine ganze Welt erschaffen kann. Sein Zimmer steht voll mit seltsamen Figuren und anderen Dingen, inspiriert von dem Spiel, zu dem Lix und er sich jeden Tag treffen. Lauter Kreationen, die er irgendwann wieder auseinandernehmen wird, um sie zu etwas Neuem zusammenzufügen. Seine Mitschüler haben schon vor Jahren damit aufgehört. Die Lego-Fans sind alle zu Minecraft gewechselt. Er nicht.

»Es gibt Essen!«, ruft seine Mutter am Fuß der Treppe.

Titouan rührt sich nicht. Mit unerschöpflicher Geduld setzt er seine Arbeit fort.

Hinter dem Baum kratzt ein Mäuschen an der Tür. Lila taucht zwischen den Zweigen auf, lange weißblonde Haare, blauer Gymnastikanzug und Jogginghose.

»Kommst du?«, fragt Titouans Schwester leise.

»Nein, das weißt du doch, Süße.«

Sie schluckt. Nickt.

»Das wird ja bestimmt wieder toll«, flüstert sie vorwurfsvoll.

Ihre zierliche Gestalt verschmilzt mit den Schatten im Flur. Wenig später verlässt auch Eliott sein Zimmer. Durch den Türspalt fällt sein Blick auf Titouan.

»Mann, du nervst«, knurrt er nur, bevor er mit der Anmut eines Diplodocus die Treppe hinunterpoltert.

Unten geht die Diskussion wieder los. Die Lautstärke steigert sich mit jedem Satz.

»Titouan! Es gibt Essen!«, brüllt sein Vater.

Kurz darauf stapft jemand die Treppe hinauf. Die Tür wird aufgerissen.

»Schluss mit dem Theater, Titouan. Du kommst jetzt runter zum Essen.«

»Nein.«

»Die Ferien sind vorbei, morgen fängt die Schule wieder an. Da musst du wohl oder übel hier raus.«

»Ich hab doch gesagt, ich geh nicht hin.«

»Als könntest du das schon entscheiden. Soweit ich weiß, bist du noch minderjährig, und ich bin dein Vater. Also gehst du morgen zur Schule.«

Titouan gibt keine Antwort. Durch die Lego-Zweige mustert er seinen Vater. Ein bisschen tut er ihm leid, so verkniffen und rot im Gesicht, krampfhaft um Autorität bemüht. Seine Mutter kommt hinzu. Besänftigend legt sie ihrem Mann die Hand auf den Arm und murmelt ihm ein paar Worte ins Ohr. Die Schultern seines Vaters sacken nach unten.

»Das geht nicht gegen euch«, wiederholt Titouan zum zehnten Mal.

Während der letzten drei Tage haben seine Eltern alle Register gezogen. Lange, verständnisvolle Gespräche, Strafandrohungen, die Sorge um seine Gesundheit ...

Aber nichts davon kann Titouan zum Einlenken bewegen.

Seine Entscheidung steht fest.

Er wird sein Zimmer nicht mehr verlassen.

LUCE

Zwischen ihren Laken ausgestreckt starrt Luce auf die Leuchtziffern ihres Weckers.

7:59

Seit einer Stunde wartet sie nun schon, dass die Minuten verrinnen. Sie will nicht zu früh aufstehen. Sonst wird der Tag nur noch länger. Am schlimmsten ist der Nachmittag. Wenn sie ihren Einkauf erledigt, zu Mittag gegessen, ihr Geschirr gespült, abgetrocknet und zurück in den Schrank geräumt hat, ist Luce ganz allein der Stille in diesem viel zu großen Haus ausgeliefert. Für nichts hat sie die Energie. Selbst ein Buch aufzuschlagen, geht über ihre Kräfte. Manchmal schaltet sie den Fernseher ein, lauscht auf den Lärm der Welt. Mehr ist es ja auch nicht. Lärm, leere Worte, ohne jeglichen Austausch. Sie ist es schnell leid.

8:00

Luce schiebt die Decke zurück, stützt sich mit dem Ellbogen auf die Matratze. Eine Grimasse, ein Impuls, und sie sitzt aufrecht. Ihre Füße finden die Pantoffeln auf dem Teppich. Sie erkundet ihren müden Körper, horcht nach, welche Schmerzen sie den Tag über begleiten werden. Schließlich steht sie auf und geht ins Bad.

Zwischen dem cremefarbenen Waschbecken und der dazu passenden Toilette bleibt sie stehen, den Blick auf die Dusche gerichtet. Sie nimmt ihren ganzen Mut zusammen. Viel ist nicht mehr davon übrig, deshalb dauert es einen Moment.

Mit vorsichtigen Bewegungen zieht sie sich das Nachthemd über den Kopf, streift den Schlüpfer ab, hängt beides hinter die Tür. Der Spiegel wirft ihr ein verschwommenes Bild zurück, in dem sie Falten erahnt, vorstehende Knochen und erschlaffte Muskulatur. Luce ist jedes Mal überrascht, wenn sie sich sieht. Ihre Vorstellung von sich selbst ist im Alter von fünfzig Jahren stehen geblieben. Aber ihr Körper ist natürlich weiter gealtert. Und so weicht das, was ihr der Spiegel zurückwirft, immer mehr von ihrem Selbstbild ab.

Der warme Wasserstrahl massiert ihr die Schultern, weckt ihre Haut, lockert die Verspannungen. Sie setzt sich auf den Schemel, seift sich ein. Mechanische Bewegungen. Es gibt so viele Stellen, die sie gar nicht mehr erreicht. Die ewig nicht mehr berührt worden sind, nicht einmal von ihr selbst. Die längst tot sind.

Luce schaut nach unten. Im Becken zu ihren Füßen steigt das schmutzige Wasser immer höher. Der Abfluss ist verstopft, der müsste mal gereinigt werden, aber für solche Probleme war sonst immer Lucien zuständig. Und Luce braucht nur daran zu denken, dass man sich dafür hinknien muss, um es gar nicht erst zu versuchen.

Sie steigt aus der Dusche, wickelt sich in einen verschlissenen Bademantel.

Am Haken hängt, grau-grün gestreift, noch ein zweiter. Luce streicht mit der Hand darüber. Sie hat es nie übers Herz gebracht, ihn wegzuhängen. Alles andere, die Wäsche in der Kommode, die nutzlos gewordenen Unterlagen, das ganze Computerzubehör, die Rasiermesser und Aftershaves, hat sie entsorgt. Aber nicht diesen Bademantel. Sie weiß nicht, warum, aber die Vorstellung, er könnte nicht mehr dort neben der Heizung hängen, ist ihr unerträglich.

Zurück in der Dunkelheit des Schlafzimmers, wird Luce plötzlich klar, dass heute Montag ist.

Der Montag.

Der Gedanke erschüttert sie zutiefst, ein inwendiges Beben, und die aufsteigenden Tränen brennen in ihren Augen. Sie muss sich hinsetzen, wieder zu Atem kommen.

Heute vor genau zwei Jahren hat Luce ihren Lucien verloren.

ARMAND

Armand gießt ein Glas Orangensaft ein und stellt es auf den Tisch, neben die mit Butter und Honig bestrichenen Toastscheiben. Seine Tochter erscheint in der Küchentür, knitteriges weißes T-Shirt, karierte Schlafanzughose, mittellanges, zerzaustes Haar.

»Gut geschlafen, Fröschlein?«

Sie knurrt irgendetwas Unverständliches, schlingt den ersten Toast im Stehen hinunter. Die Schleier des Schlafs hängen noch unter ihren geschwollenen Lidern.

»Ich bin seit mindestens zehn Jahren in der Lage, mir selber Frühstück zu machen, Papa.«

»Das will ich hoffen! Aber ich tu's halt gern.«

Alix verdreht die Augen, nimmt den zweiten Toast.

»Nun setz dich doch kurz mal hin«, drängt Armand.

»Keine Zeit.«

»Du hattest es schon immer zu eilig ...«

Vater und Tochter tauschen ein Lächeln. Armand zeigt auf den Toaster.

»Noch eins?«

»Nee, reicht. Danke.«

Sie kippt den Orangensaft in einem Zug hinunter und verschwindet wieder, um sich fertig zu machen. Armand trinkt seinen Kaffee und geht ins Wohnzimmer, blättert in den Noten, die am Vortag mit der Post gekommen sind. Das *Violinkonzert in g-Moll* von Max Bruch und seine *Schottische Fantasie.* Beide hat er schon – Bruch ist einer seiner Lieblingskomponisten –, aber nicht in dieser alten Ausgabe, für die er einem amerikanischen Sammler ein kleines Vermögen bezahlt hat. Er überfliegt die Partitur. Die Klänge entfalten sich in seinem Kopf, seine Finger drücken imaginäre Saiten, ohne dass er es merkt. Ein zufriedenes Lächeln spielt um seine Lippen. Der einzige Luxus, den er sich gönnt: Sein Instrument, seine Noten und Alix. Alles andere ist nicht so wichtig.

»Ich muss los!«

In der Diele wirft sich Alix den Rucksack über die Schulter, öffnet die Haustür. Verstohlen überprüft Armand, ob sie warm genug angezogen ist. Das Frühjahr ist noch jung, trotz der Sonne, die durch die Straße flutet.

»Hast du noch Geld auf deiner Mensakarte?«

»Jaja.«

Sie drückt ihm einen raschen Kuss auf die Wange. Er fasst sie an der Schulter, hält sie zurück.

»Weißt du noch, wie ich Frau Feder immer einen Kuss geben musste, bevor wir zur Schule losgegangen sind?«

»Da war ich fünf, Papa.«

Sie wirbelt herum, ein Sonnenstrahl lässt ihre bunten Ohrringe aufblitzen.

»Ich fand das schön«, sagt er leise.

Armand schaut seiner Tochter nach, während sie in Richtung Schule davongeht, ihre Schritte im Takt der Musik, die in ihren Kopfhörern hämmert. Als sie um die Ecke biegt, schaut er auf die Uhr. In zwei Stunden kommt sein erster Schüler. Gerade noch Zeit, sich etwas zu Mittag zu kochen, das Alix dann am Abend essen kann, bevor er zum Konservatorium los muss.

ALIX

Geschichtsbücher und -unterlagen liegen auf dem Tisch in der Schulbibliothek verstreut. Alix lässt das Mittagessen ausfallen, wie so oft, wenn nachmittags noch eine Klausur ansteht. Ihr Vater würde ausrasten, wenn er das wüsste. Nein, nicht ausrasten. Nur die Stirn in sorgenvolle Falten legen. Ihr Fragen stellen, mit seiner künstlich ruhigen Stimme, die seinen inneren Aufruhr verbergen soll. Dabei machen das alle an ihrer Schule so. Jedenfalls alle Mädchen. Ist ja auch nicht so, als hätte ihr Körper keine Reserven.

Außerdem hat sie ohnehin keine andere Wahl, wenn sie die Klausur bestehen will, denn gestern Abend ist sie doch wieder schwach geworden und hat noch mal eine Runde mit Titouan gespielt. Um den Kopf leer zu bekommen. Aber so ist er dann leider auch geblieben.

»Kann ich mich zu dir setzen? Ist sonst kein Platz mehr frei.«

Knallblaue Haare, Elfenbein-Teint, löchrige Strumpfhose unter einem schwarzen Minirock: Philippine, ein Mädchen aus ihrer Klasse. Sie sind nicht befreundet. Mit Freundschaften hat Alix sich immer schon schwer getan – als besäßen alle eine Gebrauchsanleitung dafür, nur sie selbst nicht. Es käme ihr niemals in den Sinn, mit Philippine irgendetwas Persönliches zu besprechen. Aber sie arbeiten gern zusammen, melden sich oft für Partneraufgaben und warten in den Pausen zusammen auf dem Gang, bis der nächste Kurs anfängt. Alix räumt einen Teil des Tisches frei und steckt die Nase wieder in die Bücher.

Für Klausuren lernen konnte sie immer schon gut. Sie schreibt keine Karteikarten oder so. Die braucht sie nicht. Wenn man den Lehrern richtig zuhört, weiß man ziemlich schnell, was ihnen wichtig ist. Und das muss man dann lernen. Alix prägt sich auch immer zwei, drei Schaubilder ein, die sie dann bis zum Letzten ausschlachtet, egal wie die Fragestellung lautet. Und fertig ist die Laube.

Um ihr Abi macht sie sich keine großen Gedanken. Sie wird es bestehen. Sie hat gar keine andere Wahl. Das Abi ist der Schlüssel zu der Tür, hinter der ihr Leben endlich beginnt.

Paris. Das Theater.

Schon bei dem Gedanken schlägt ihr Herz schneller. Ihr Stift gleitet über die Kästchen auf dem Blatt. Sie denkt nicht nach, lässt die Sätze fließen. Ihr Verstand fliegt von Punkt zu Komma, kristallklar.

Halte an deinen Träumen fest und geh einfach los. Gib nicht auf. Steig hundert Mal auf denselben Berg, wenn es sein muss, solange du sicher bist, dass du wirklich auf die andere Seite musst. Vielleicht musst du auch noch auf die andere Seite der anderen Seite, vielleicht liegt hinter dem Berg noch ein weiterer Berg: ganz egal. Gib nicht auf, denn dort, am Horizont, wachsen deine Träume. Du hast Angst? Dann schrei, brüll, sing, so laut du kannst. Hol dir die Luft, die du brauchst. Spürst du das Feuer, das durch deine Adern rinnt und dich verzehrt? Diese Energie, die in dir brodelt, die Ungeduld in jeder deiner Gesten? Natürlich spürst du es. Nutze dieses Feuer. Mach es zu deiner treibenden Kraft.

Alix liest ihren Text noch mal durch. Er gefällt ihr. Sie schiebt ihn unter ein Heft, bevor Philippine ihn sehen kann.

Von solchen Fragmenten hat sie Hunderte. Die schreibt sie schon seit eh und je, ohne sie jemandem zu zeigen.

Sie versucht, sich wieder auf Geschichte zu konzentrieren, aber ihre Gedanken schweifen zum Theaterkurs heute Nachmittag ab.

Ende Juni wollen sie ein Stück aufführen, an dem sie schon seit November arbeiten. *Der Kirschgarten* von Tschechow. Es handelt von einem Gutshaus in Russland, das versteigert wird, um die Schulden der Eigentümer zu bezahlen, und von der Familie, die es dafür aufgeben muss. Alix spielt Anja, eine der Töchter. Der Autor wollte eigentlich eine Komödie schreiben, aber das hat nicht so ganz geklappt, denn das Stück ist in erster Linie traurig. Obwohl auch diese traurigen Gestalten schon irgendwie zum Lachen sind ...

Vor allem aber bereitet sie sich auf das Vorsprechen an einer Pariser Schauspielschule vor, an der sie nächstes Jahr studieren will. Wenn sie durchfällt, kann sie es im September auch noch an anderen Schulen versuchen. Aber eigentlich will sie unbedingt an diese. Die hat einen superguten Ruf. Außerdem hat Alix letzten Sommer bei der Dozentin dort ein Praktikum gemacht, das war echt genial! Als würde sie eine neue Dimension entdecken. Als wäre ihre Welt ein bisschen größer geworden.

Schon seit mehreren Monaten arbeitet sie an den Szenen für die Aufnahmeprüfungen. Und einen freien Teil muss sie sich auch noch überlegen. Der kann, wie der Name schon sagt, jede beliebige Form annehmen. Gesang, Tanz, Musik, Live-Malerei, Pantomime, Marionetten ... Hauptsache, es ist irgendwie persönlich. Gabrielle, seit vier Jahren ihre Theaterlehrerin, meinte, damit würde man sich der Jury quasi vorstellen. So nach dem Motto: »Hier bitte, das bin ich.« Alix hat noch zwei Monate Zeit, sich ihren freien Teil zu überlegen und ihn einzustudieren. Aber je mehr sie darüber nachdenkt, desto weniger weiß sie, was sie machen soll. Sie hat überhaupt keine Idee. Kein Wunder, dass sie langsam panisch wird.

Alix zieht den Text, den sie gerade geschrieben hat, noch mal hervor. Wäre der vielleicht was?

Nein.

Nicht genug ... nicht genug.

Sie will einen großen Wurf landen. Unvergesslich sein.

Eine Art, mich vorzustellen. Aber wer bin ich denn? Wer bin ich wirklich?

Eine Klingel reißt Alix aus ihren Gedanken. Nur noch knapp eine Stunde bis zur Klausur. Sie schiebt ihre Träume vom Theater beiseite und konzentriert sich auf den Algerienkrieg.

ARMAND

Armand begrüßt seine fünfte Schülerin an diesem Nachmittag, lässt sie die Geige auspacken.

Ein Posaunist geht am Fenster vorbei, sein Instrument auf dem Rücken, dann ein Kind mit seiner Mutter, die verspätet zur musikalischen Früherziehung hetzen. Alle schauen kurz zu ihm hinein, wenn sie die drei Stufen der Außentreppe hinaufsteigen und hinter der schweren Eichentür des Konservatoriums verschwinden.

Armand gefällt die Lage seines Raums in einem Vorbau des großen Gründerzeitgebäudes. Das kommt seiner Neugier entgegen. Er beobachtet das Kommen und Gehen seiner Kollegen, wechselt durchs Fenster ein paar Worte mit ihnen. Nichts entgeht ihm.

»Sagst du mir noch mal, was ich dir über die Ferien aufgegeben hatte, Laura?«

»Den Mozart und eine Etüde.«

»Dann fang mit der Etüde an.«

Das junge Mädchen klemmt sich die Geige unters Kinn, holt Luft. Eine Reihe hoher Töne erhebt sich in den Raum.

»Breiter!«, wirft er ein, während er ihr gleichzeitig bedeutet, nicht aufzuhören.

Gabrielle taucht draußen vorm Fenster auf, in einen langen Samtmantel gehüllt. Sie bleibt stehen, um ihre Zigarette aufzurauchen, grüßt ihn mit einem ironischen Heben der Augenbrauen. Fragend erwidert er ihren Blick, will wissen, worüber sie sich amüsiert.

»Clara«, formt sie mit den Lippen.

Er beißt sich auf die Lippen, um ein Lächeln zu unterdrücken. Nach der letzten Konferenz vor den Ferien ist Armand am Arm der neuen Gesangslehrerin, Clara, verschwunden. In den zehn Jahren, die Gabrielle und er sich schon kennen, ist sein Ruf als Frauenheld ein Running Gag zwischen ihnen geworden. Sobald sich die Gelegenheit bietet, wird sie ihn einem gründlichen Verhör unterziehen.

Er macht eine Geste, als würde er sich die Lippen verschließen. Gabrielle verdreht die Augen. Drückt mit einem herausfordernden Lächeln ihre Zigarette im Ascher aus. Ich-werd-dich-schon-noch-zum-Reden-bringen. Dann geht sie durch den Park in Richtung Theatersaal davon.

»Bei dieser Abwärtslinie musst du die Töne stärker voneinander trennen«, erklärt Armand seiner Schülerin.

Er greift zu seinem eigenen Instrument, spielt es ihr vor. Sie wiederholt die Stelle.

»Besser!«

GABRIELLE

Im Theatersaal des Konservatoriums.

ALIX: Hi!

GABRIELLE: Hallo. Schöne Ferien gehabt?

ALIX: Sehr ruhig.

GABRIELLE: Kannst du deinen Text?

ALIX: So halbwegs.

GABRIELLE, streng: So halbwegs?

ALIX: Ach komm, du weißt schon …

Das junge Mädchen wirft seinen Rucksack in die Ecke, zieht die Jacke aus. Gabrielle unterdrückt ein Lächeln, während die anderen Schüler nach und nach eintrudeln.

GABRIELLE: Zwei nach sechs. Tür zu, bitte!

SIMON: Timothée und Margaux sind noch nicht da.

GABRIELLE: Timothée ist krank, und Margaux
hätte halt pünktlich kommen müssen.
Na los, Tür zu.

Simon gehorcht.

GABRIELLE: So, meine Süßen, uns bleiben noch
knapp zwei Monate
bis zur Aufführung.
Und die unter euch, die sich für ein Studium bewerben,
haben jetzt sogar doppelte Portionen auf dem Teller.
Simon, Alix, Lola,
ich weiß, dass ihr euch gerade aufs Abi vorbereitet,
aber
wenn nicht schon geschehen,
wird es höchste Zeit, euch einen Zeitplan zu erstellen,
der nicht nur die Gruppen-
SONDERN AUCH
die Einzelproben umfasst.
Und ich möchte ZEITNAH eure freien Teile sehen.
Gebt das bitte auch an Timothée weiter.
Alles klar?

Schüchternes Klopfen an der Tür. Das runde Gesicht von Margaux taucht im Rahmen auf.

GABRIELLE: Du bleibst draußen.

MARGAUX: Ich kann nichts dafür, mein Vater hat
vergessen ...

GABRIELLE: Interessiert mich nicht.
Du kennst die Regeln
in diesem Kurs.
Raus mit dir.

Margaux schließt wieder die Tür. Die anderen Schüler wechseln betroffene Blicke.

GABRIELLE: Ihr findet mich zu streng?
Im Leben ist alles eine Frage
des Engagements.
Wofür seid ihr bereit eure Zeit
und Energie zu opfern?
Wenn es nicht das Theater ist, seid ihr hier falsch.
An Kinderbetreuung hab ich kein Interesse.
Ich bin anspruchsvoll,
weil ich an euch glaube.
Kurze Stille.
Alix, du gehst als Erste auf die Bühne.
Welche Szene spielst du? *Geschlossene Gesellschaft*
oder *Antigone?*

ALIX: *Geschlossene Gesellschaft.*

GABRIELLE: Also, alle zum Aufwärmen, danach sehen
wir uns das an.

ALIX

Alix überspringt ein paar Stuhlreihen und hüpft, in einem Wirbel aus bunten Socken, mit den anderen auf die Bühne. Das Lampenfieber liegt ihr wie ein Kloß im Magen, wie jedes Mal, wenn sie auftreten, sich den Blicken der anderen aussetzen soll. Sie liebt dieses Gefühl.

Alle suchen sich einen Platz auf der Bühne, angeleitet von Gabrielles Stimme.

»Verteilt euch im Raum. Die Ecke dahinten ist noch frei, warum ist da keiner?« Alix macht einen Schritt zur Seite, um die Leere zu füllen. »Unzentrierter Blick, neutrales Gesicht ... Nehmt die anderen wahr. Atmet. Entspannt euch, lasst die Schultern locker ...«

Das Aufwärmen geht weiter. Nach einer Reihe von vertrauten Übungen setzen die anderen sich wieder in den Zuschauerraum, lassen Alix allein auf der Bühne zurück. Gabrielle sitzt an ihrem gewohnten Tisch, holt ihr Heft hervor, ihren Stift. Alix schlüpft in ein paar hochhackige Schuhe, die sie extra für diesen Monolog gekauft hat. Als sie in den Ferien zur Übung mit ihnen durchs Haus gelaufen ist, hat ihr Vater das Gesicht verzogen – als wäre das ihrer nicht würdig, zu girlymäßig, zu aufreizend, zu weit von dem braven kleinen Mädchen entfernt, das sie für ihn bleiben soll. Daraufhin hat sie sie noch mal doppelt so oft getragen, nur um ihn zu ärgern.

Alix verdrängt ihren Vater aus ihren Gedanken. Er ist ganz in der Nähe, im Geigensaal am anderen Ende des Parks, aber er ist nicht hier und wird nicht sehen, wie sie diese Szene spielt. Sie ist frei von seinem Urteil, das sie in einen viel zu engen Rahmen zwängt.

Sie schaut kurz auf die anderen Schüler, deren Blicke auf sie gerichtet sind. Mehr noch als ihre Sympathie wünscht sie sich ihren Respekt. Ihre Bewunderung vielleicht. In ihren Augen eine andere zu werden. Doch der einzige Blick, der letztlich zählt, ist der von Gabrielle. Alix kennt sie schon so lange, dass es sich fast wie immer anfühlt – seit jener Zeit, als sie an Mittwochnachmittagen stundenlang malend bei ihrem Vater im Raum saß und darauf warten musste, dass er mit dem Unterricht fertig war. Vor vier Jahren hat sie dann den Theaterkurs bei Gabrielle angefangen. Vier Jahre, in denen sie sich ein Bein ausgerissen hat, um ihr Lob zu verdienen.

Alix ordnet ihr Haar, stellt sich hinten an die Wand, konzentriert sich. Tritt vor. Schwankende Schritte auf hohen Absätzen, beherrscht und doch verletzlich.

»Ha! Mir? Wer von Ihnen beiden würde denn wagen, mich sein Quellwasser zu nennen? Sie kann man nicht täuschen, Sie wissen, dass ich ein Miststück bin.«

Sie reiht die Sätze aneinander, spürt, wie sie durch sie hindurchströmen und zu den Rängen aufsteigen. In der Mitte des Monologs wird sie von Gabrielle unterbrochen.

»Ich kann nicht erkennen, mit wem du sprichst, Alix. Eigentlich seid ihr doch zu dritt auf der Bühne, auch wenn die anderen nichts sagen. Wo steht Garcin deiner Vorstellung nach? Und wo Inès? Los, Lola und Simon, ihr übernehmt ihre Rollen. Und dann noch mal von vorn. Schau sie an, erklär ihnen, was du siehst.«

Alix beginnt von vorn. Zweimal, dreimal. Woche für Woche hat sie das Gefühl, ihrer Interpretation immer noch weitere Nuancen hinzuzufügen. Mit Gabrielles Unterstützung malt sie diesen Monolog Strich für Strich weiter aus, wie ein Gemälde des Pointillismus.

»Ist gut für heute, Alix. Hast du den Unterschied gespürt? Du musst deine Gesprächspartner lebendig werden lassen, selbst wenn sie für die Zuschauer unsichtbar sind. Außerdem ist deine Figur ja schon tot, behalt das immer im Kopf. Was macht das mit einem, wenn man tot ist und keinerlei Einfluss mehr auf die Leute hat? Vielleicht würde Estelle die Lebenden, die da einfach ohne sie weitermachen, am liebsten gar nicht mehr sehen? Such danach in deinem Körper, nach dieser Verweigerung, auch wenn sie sich letztlich nicht entziehen kann.«

Alix geht in die Sitzreihen zurück, kritzelt ein paar Anmerkungen in ihr Heft, um nichts zu vergessen. Lola und Simon folgen mit ihrer Szene aus Molière, dann arbeiten alle an dem letzten Akt ihrer Aufführung zum Jahresabschluss.

»Zehn Minuten Pause!«, ordnet Gabrielle an, als sie sieht, dass die Konzentration nachlässt.

Die Schüler gehen hinaus in den Park. Der Abend legt sich sanft über die Bäume und den Teich. Margaux sitzt auf der Wiese. Alix geht zu ihr, um sie zu begrüßen. Gabrielle zündet sich eine Zigarette an.

»Wann hörst du endlich mit dem Rauchen auf?«, schimpft Alix, während sie sich neben ihr niederlässt.

»Wenn du irgendwann aufhörst, mir diese Frage zu stellen, denke ich vielleicht mal drüber nach.«

»Wir wollen dich halt nicht verlieren!«, sagt Lola kokett.

»Oh, da macht euch mal keine Sorgen, meine Süßen. An meinem Todestag führt ihr alle längst euer eigenes Leben, und wir haben uns schon seit Jahren nicht mehr gesehen.«

»O nein«, protestiert Lola, »ich bleib immer in Kontakt!«

Gabrielle schüttelt nachsichtig den Kopf. Der Gedanke, ihre Schüler und Schülerinnen aus den Augen zu verlieren, scheint sie nicht weiter zu bekümmern. Alix spürt, wie sich eine Hand in ihre Brust schiebt, ihr Herz zusammendrückt. Er wird ihr fehlen, dieser Theatersaal, der jahrelang ihre Zuflucht war. Und der Abschied von

Gabrielle: eine Entwurzelung. Die heitere Gleichgültigkeit, die ihre Lehrerin zur Schau stellt, klingt im pulverigen Licht des Spätnachmittags fast wie eine Ablehnung. Alix überkommt ein Gefühl der Verlassenheit, obwohl sie doch offiziell bald erwachsen wird. Der Gedanke ist für sie allerdings noch weitgehend abstrakt. Was bedeutet es schon, ›erwachsen‹ zu sein? Dass man sein eigenes Geld verdient? Das wird bei ihr noch Jahre dauern. Dass man niemanden mehr braucht? Vom Urteil anderer unabhängig ist? Den Ort seiner Kindheit verlässt? Wählen geht, Auto fährt, seine Wäsche selber wäscht? Ein Datum im Kalender, eine Geburtstagsfeier, nur ein Tag mehr und zack, der große Sprung? Vielleicht von allem ein bisschen, oder auch gar nichts davon. Alix hat keine Ahnung, was Erwachsensein bedeutet. Und oft den Eindruck, dass die Erwachsenen selbst es nicht wissen.

Ihr Blick bleibt an den Schlagzeugern hängen, die hinter den bodentiefen Fenstern proben. Einer von ihnen wirft ihr ein Lächeln zu. Sie haben sich hier schon oft gesehen, aber noch nie ein Wort gewechselt.

»Der Blonde oder der Dunkelhaarige?«, flüstert Gabrielle.

»Beide«, antwortet Alix.

»Du hast recht. Nur keine falsche Bescheidenheit.«

»*Die* Dunkelhaarige ist auch nicht schlecht.«

Gabrielle lächelt. Kommentiert es aber nicht.

»Auf geht's, Leute«, sagt sie und steht auf. »Wir machen weiter!« Sie gibt Margaux ein Zeichen. »Du auch, meine Große.«

Alix steht auf, fällt neben Gabrielle in Schritt.

»Deine Szene vorhin war gut«, sagt diese zu ihr. »Wir sind nahe dran.«

Als Alix eine Andeutung von Stolz auf dem Gesicht ihrer Lehrerin erhascht, geht es ihr gleich wieder besser.

»Danke.«

TITOUAN

Titouan verschränkt die Arme über der Bettdecke. In seinem Zimmer findet ein Kriegsrat statt. Seine Eltern haben sich zwei Schemel mitgebracht, von denen sie anscheinend gar nicht mehr aufstehen wollen.

»Der Schule haben wir gesagt, dass du krank bist«, erklärt sein Vater, »aber dir ist hoffentlich klar, dass das nicht so weitergehen kann.«

»Seht es doch mal positiv«, sagt Titouan ironisch. »Ihr müsst euch nie Sorgen machen, wo ich mich nachts rumtreibe und was ich dabei rauche.«

»Meinst du wirklich, so wie es jetzt ist, machen wir uns keine Sorgen?«, fragt seine Mutter. »Wir verstehen das alles nicht, Titouan. Seit einem halben Jahr geht es mit deinen Noten bergab und jetzt willst du gar nicht mehr das Haus verlassen. Ist irgendwas in der Schule passiert, dass du da nicht mehr hingehen willst?«

»Nein.«

Zwei Seufzer kommentieren seine Antwort. Seine Eltern glauben offenbar, dass er lügt. Was er nicht tut. Es ist wirklich nichts Besonderes passiert. Kein Tropfen hat das Fass seiner Ungeselligkeit zum Überlaufen gebracht. Aber er beobachtet die Welt nun schon seit fünfzehneinhalb Jahren, experimentiert, verarbeitet, analysiert. Vor ein paar Tagen hat er seine Studien dann abgeschlossen, mit dem Ergebnis, dass es das Beste ist, einfach im Bett zu bleiben.

Draußen greift ihn alles an. Die Vorgaben und Verpflichtungen, die Stundenpläne, denen er sich unterordnen soll, die Konventionen, an die er sich anpassen muss, die Erwartungen der anderen, die ihn lähmen, die Lehrer, die schon nervös werden, wenn er nur sagt, dass er nicht weiß, was er später mal machen will, dass er einfach nur sein Leben leben will und keine Lust hat, sich jetzt schon zu entscheiden, sich mit Berufen, Studiengängen und Strategien zu beschäftigen, dass er sich diesem Korsett verweigert, in das sie ihn hineinzwängen wollen, jeden Tag ein bisschen mehr ... Hier dagegen, in seinem Zimmer, kann er sich ein Universum erschaffen, das zu ihm passt, außerhalb von Raum und Zeit. Hier gelten seine eigenen Regeln. Er hat seinen Rechner, sein Handy, Hunderte Gesprächspartner in Reichweite, virtuelle Abenteuer, die sich echter anfühlen als die Realität. Er hat sein weiches Bett, seine warme Heizung. Seine Legosteine. Warum sollte er diesen Kokon verlassen?

»Ich will doch einfach nur meine Ruhe«, seufzt er.

»Die bekommst du aber nicht«, versetzt seine Mutter aufgebracht. »Wir sind deine Eltern. Meinst du, wir sehen tatenlos zu, wie du dich hier abkapselst?«

Titouan verstummt. Er versteht ja, dass seine Entscheidung ihnen Kummer bereitet, und auch Angst, aber er weiß nicht, wie er es ihnen erklären soll. Nichts, was er sagt, kann sie beruhigen. Es liegt nicht an ihnen. Um ehrlich zu sein, sind sie als Eltern sogar ziemlich okay. Aber er hat nicht darum gebeten, geboren zu werden, und in dieser maroden Welt will er einfach nicht leben.

Zum Beispiel sieht er Tausende von Schülern durch die Straßen ziehen, um die Politik zu zwingen, gegen die Klimaerwärmung vorzugehen. Dabei ist die doch längst da, die Erwärmung. Im Februar war es drei Wochen lang über fünfzehn Grad. Die Politiker und Politikerinnen kleben höchstens hier und da einen Flicken auf das Problem, statt den ganzen Reifen auszutauschen. Und mal ganz ehrlich: Wer ist denn schon bereit, auf seine Bequemlichkeit zu verzichten, damit es der Welt besser geht? Wer ist bereit, ohne sein Smartphone zu leben, ohne Flachbildschirm und Rechner, für deren Rohstoffe ganze Länder verseucht werden? Wer ist bereit, aufs Fliegen zu verzichten und nur noch dreihundert Kilometer weit in den Urlaub zu fahren, statt dreitausend? Oder mehr Geld für eine Jeans auszugeben, weil die näher bei uns und mit weniger Chemie hergestellt wurde? Wer würde das tun, wenn so viele Leute schon jetzt nicht mehr mit ihrem Lohn über die Runden kamen? Kaum jemand. Nur die Reichen, die können sich immer noch alles erlauben. Die Armen sind gar nicht in der Lage, eine solche Wahl zu treffen – bis aufs Fliegen, das können sie sich eh nicht leisten. Und alle dazwischen schließen irgendwelche Kompromisse. Kleine Zugeständnisse zur Gewissensberuhigung, die kaum etwas ändern. Oder nicht genug. Wer an der Macht bleiben will, hat es doch längst kapiert: Für so ein Programm wird man nicht gewählt. Nicht mal die Mitschüler von Titouan, die sich auf den Demos die Lunge aus dem Hals brüllen, aber quasi an ihren Handys festgewachsen sind, wären dazu bereit.

»Titouan, wir reden mit dir!«, regt sein Vater sich auf.

Ihn einfach nicht ansehen. Warten, bis er es leid ist.

Und tatsächlich, nach einer Viertelstunde trotzigen Schweigens räumen seine Eltern das Feld. Sie gehen um den Lego-Baum herum, ziehen die Tür hinter sich zu. Ihr Gemurmel entfernt sich durch den Flur.

Titouan lässt die Jalousie wieder herunter, die seine Mutter beim Reinkommen hochgezogen hat. Sanftes Dämmerlicht senkt sich herab. Er schaltet die Taschenlampe an seinem Handy ein, lässt ihren Strahl über die Lego-Bauten in seinem Zimmer gleiten. Dutzende von Figuren und Objekten tauchen in den Regalen auf und verschwinden wieder. Mehrere Raumschiffe, ein Wal in einem Wellental, ein verfallenes Schloss, von Unkraut überwuchert, eine Giraffe und ihr Kälbchen, eine Kriegerin aus dem Mittelalter, ein Sturmgewehr … Gedankenverloren webt er Lichtfäden zwischen ihnen, lässt ihre Umrisse in Dialog treten. Draußen wird es langsam Nacht. Nur vage nimmt er die Stimmen seiner Familie wahr, die im Erdgeschoss zu Abend isst. Ein Scharren an der Tür holt ihn aus seinen Träumen. Lila tänzelt in ihren Ballettschühchen auf ihn zu.

»Ich hab Brot und Kekse für dich rausgeschmuggelt«, wispert sie.

»Dank dir, Floh.«

Die jüngste Strategie seiner Eltern lautet, ihn so lange aushungern, bis er seinen Bau verlässt. Aber Lila ist auf seiner Seite, bringt ihm heimlich, was er braucht. Wasser gibt es am Waschbecken in einer Ecke des Zimmers. Schwieriger wird es, was seine Notdurft angeht. Da hat er noch keine Lösung gefunden. Also huscht er tagsüber, wenn alle ausgeflogen sind, über den Flur zur Toilette. Dieses Zugeständnis kostet ihn viel. Wenn er sich von solchen körperlichen Zwängen doch genauso leicht befreien könnte wie von stressigen Stundenplänen und dem ganzen Rest.

Lila lässt sich im Schneidersitz auf dem Boden nieder, hebt ihm ihr Mause-Näschen entgegen.

»Sie machen sich Vorwürfe, weil sie sich darauf eingelassen haben, ohne dich in den Urlaub zu fahren.«

Titouan beißt in einen Keks. Er hatte seine Eltern überredet, nur mit Lila in die Vogesen zu fahren und ihn hierzulassen, unter dem Vorwand, er wolle Schulstoff nachholen. Sein älterer Bruder, der fürs Abi lernen muss, sollte eigentlich ein Auge auf ihn haben, aber Eliott hat die ganzen vierzehn Tage nur mit seinen Leuten abgehangen, entweder hier oder draußen. Bestenfalls hat er von Zeit zu Zeit mal nachgesehen, ob Titouan noch lebt. Was dem durchaus recht war. In den ersten Tagen war er noch allein durch die Stadt gestreunt, unerkannt, ohne mit irgendwem zu sprechen. Aber dann hatte er keine Lust mehr dazu.

Am fünften Tag hat er sich angezogen, um Orangensaft zu kaufen. Ist auf die Haustür zugegangen. Und dann war es, als würde eine unsichtbare Kraft ihn zurückstoßen. Er konnte nicht mal mehr die Hand auf die Klinke legen. Er hat kehrtgemacht, ist die Treppe hochgegangen und wieder ins Bett geschlüpft, das noch warm war von der Nacht. Hat sich erneut vom Schlaf übermannen lassen.

Beim nächsten Aufwachen war es dunkel. Sein Handy hat drei Uhr früh angezeigt. Er ist in die Küche runtergegangen, hat sich einen kleinen Snack aus Käse, Brot und Honig gemacht. Er hatte das Gefühl, ganz allein auf der Welt zu sein. Ein gutes Gefühl. Erleichternd, ohne dass er hätte sagen können, warum.

Den Rest der Ferien hat Titouan dann nur noch drinnen verbracht. Das Haus, das er fast für sich allein hatte, so oft, wie sein Bruder verschwunden war, wurde ein Schiff auf hoher See, eine verlassene Insel, abgeschnitten vom Rest der Welt. Eine Blase.

Und als seine Eltern dann am Freitag mit Lila zurückgekommen sind, hat Titouan den Rückzug in sein Zimmer angetreten. Und dort auch seine Entscheidung gefällt. Er würde es nicht mehr verlassen.

Hätte es etwas geändert, wenn er mitgefahren wäre? Nein. Vielleicht hätte es den Absturz hinausgezögert. Oder auch nicht.

»Weißt du, Floh, es geht mir ja gut. Ich bin nicht krank oder so. Ich geh nur nicht mehr raus, das ist alles.«

Zwei unstete Augen mustern ihn zwischen Lilas langen, hellen Strähnen hindurch. Titouan ist klar, dass er nicht mal einen Bruchteil von dem erahnt, was seiner Schwester durch den Kopf geht. Lila zeigt nicht viele Gefühle. Außer beim Tanzen.

»Okay«, sagt sie nach ein paar Sekunden. »Gute Nacht.«

»Nacht ...«

Sie küsst Titouan auf die Wange und schlüpft geräuschlos aus dem Zimmer.

Er greift nach seinem Rechner, loggt sich ein, lächelt.

Lix ist online.

ALIX

Alix geht in die Küche, öffnet den Kühlschrank.

Ein Post-it klebt auf einer Frischhaltedose aus Glas. »Guten Hunger, Fröschlein!«, dazu ein Zwinker-Smiley. Alix lächelt flüchtig. Sie wirft den Zettel weg, stellt die Schüssel, in der sie Fleisch und Blumenkohl mit Béchamelsoße entdeckt, in die Mikrowelle. Wenn es nach ihr ginge, hätte sie sich einfach einen Teller Nudeln mit Käse gemacht. Oder eine Pizza aus dem Gefrierfach geholt.

Manchmal würde sie die Gerichte, die ihr Vater für sie vorbereitet, wenn er abends noch spät unterrichten muss, am liebsten wegwerfen und nur das essen, worauf sie gerade Lust hat. Sie will nicht undankbar sein, aber ... Seit siebzehn Jahren gibt es nur sie beide, und ihr Vater muss immer alles unter Kontrolle haben, jede Sekunde. Als würde er schon auf Jahre hinaus planen, was er kocht, welche Klamotten sie sich kauft und wie viele Stifte und Hefte sie verbraucht ... Er interessiert sich für jedes Detail aus ihrem Schulalltag, nimmt ihre schulischen Leistungen genauestens unter die Lupe, will ständig wissen, was sie gerade im Unterricht durchnehmen. Alix hat manchmal das Gefühl, unter all dieser Aufmerksamkeit zu ersticken. Bis auf den Theaterkurs, über den sie wenig reden, gibt es nichts, was nur ihr gehört. Und selbst da ist er mit Gabrielle, ihrer Lehrerin, befreundet. Alix weiß, dass die beiden über sie reden. Nur mit den Proben hat er überhaupt nichts zu tun. Das ist ihr einziger Freiraum.

Wenn sie im September nach Paris geht, mehrere Hundert Kilometer von Saint-Malo entfernt, wird das ebenso beängstigend wie befreiend sein. Dann wird ihr seine Anteilnahme sicher fehlen. Aber darum geht es ja gerade. Genau diesen Mangel will sie endlich mal spüren, will ihren Vater aus der Ferne lieben, um sich an den Wochenenden wieder auf ihn freuen zu können.

Alix nimmt ihr glühend heißes Abendessen aus der Mikrowelle. Geht damit auf ihr Zimmer und isst direkt aus der Schüssel.

Ein Dialogfeld ploppt auf dem Computerbildschirm auf. Sie streift ihr Headset über, rückt das Mikro seitlich an ihrem Mund zurecht.

»Hey!«

»Hey!«, antwortet Titouan. »Wie läuft's, Alter?«

»Gut, gut.«

Seit ihrem ersten Duo vor einem halben Jahr hält Titouan sie für einen Jungen, vielleicht wegen ihrer dunklen Stimme. Sie hat den Irrtum nie aufgeklärt und sich angewöhnt, wie ein Junge zu reden, sobald sie die Kopfhörer aufsetzt. Ihr besonders männlicher Avatar hilft ihr dabei. Es ist, wie in eine Rolle zu schlüpfen.

»Spielen wir 'ne Runde?«, fragt Titouan.

»Sekunde noch ...« In Lichtgeschwindigkeit schlingt sie die letzten Bissen hinunter. »Kann losgehen!«

Kurz darauf landen sie auf einer großen Lichtung. Sie versorgen sich mit Waffen und Munition, eröffnen den Kampf gegen ein anderes Duo. Aber Alix ist nicht richtig bei der Sache.

»Scheiße, meine Patronen sind alle! He, Lix, wo bleibst du denn?! Die knallen mich ab!«

Sie eilt zu ihm hin, errichtet hastig eine Schutzwand, reanimiert ihn *in extremis*.

»Sorry, ich war mit den Gedanken woanders.«

»Und wo?«

»Bei dem, was meine Theaterlehrerin vorhin gesagt hat.«

Sie schalten ihre Angreifer aus und gehen in ein Dorf hinunter. Titouans Atmung hat sich wieder beruhigt.

»Und was hat sie gesagt, deine Lehrerin?«

»Sie hat uns gefragt, wofür wir bereit sind unsere Zeit und Energie zu opfern. So nach dem Motto, wenn es nicht das Theater ist, können wir auch gleich wieder gehen. Die Frage habe ich mir bisher noch nie gestellt, verstehst du?« Sie betritt ein Gebäude, zielt auf eine Frau oben an der Treppe, gibt eine Reihe von Schüssen ab. »Ich hab plötzlich so einen großen Sack vor mir gesehen, der all meine Zeit und Energie enthält. Und ich weiß nicht, wie viel da drin ist – vor allem an Zeit – und wann er leer sein wird. Trotzdem ziehe ich in jeder Sekunde meines Lebens etwas heraus. Und entscheide mich, was ich damit anfangen will. Vorsicht, hinter dir! Hast du irgendwas, wofür du viel Zeit und Energie aufbringst?«

»Ich hab eigentlich kein richtiges Hobby. Ich bau gern Sachen zusammen ... Und bei dir ist es also das Theater?«

»Ja, total. Ich bereite mich gerade auf die Aufnahmeprüfung an der Schauspielschule vor, wo ich nächstes Jahr studieren will, und ...

»Moment mal ... *Studieren?* Du machst dieses Jahr schon Abi? Ich wusste gar nicht, dass du in der Zwölften bist.«

Ein Adrenalinstoß rauscht Alix durch die Adern und sie loggt sich blitzschnell aus. Mit hämmerndem Herzen starrt sie den Bildschirm an.

Beinahe hätte sie sich verraten.

In Zukunft muss sie besser aufpassen. Nicht zu viel erzählen. Es reicht schon, dass sie in derselben Gegend wohnen, da muss Titouan nicht auch noch wissen, auf welche Schule sie geht und in welche Klasse ... Womöglich findet er noch raus, dass sie ein Mädchen ist, und wer weiß, wie er dann reagiert? Diese virtuelle Freundschaft ist ihr viel zu wichtig, als dass sie dieses Risiko eingehen will.

Sie schickt eine Nachricht von ihrem Handy:

Mein Internet spinnt!!! Komme zurück,
sobald ich kann!

Mit etwas Glück hat Titouan ihr Gespräch bis dahin vergessen.

Sie greift nach dem Text von *Geschlossene Gesellschaft*, der auf ihrem Schreibtisch liegt, liest noch einmal die Szene, an der sie für das Vorsprechen arbeitet. Auf den ersten Blick hat sie nicht viel mit der Figur der Estelle gemein, einem eifersüchtigen Dummchen, das nur auf Äußerlichkeiten achtet. Weder ihre gute Figur noch ihren Charme noch ihre pseudo-kindliche Art ... Und doch, je mehr Wochen vergehen, desto besser kann sie Estelle in sich aufnehmen, sie zum Leben erwecken.

Richtig wohl fühlt sich Alix eigentlich nur auf der Bühne. Nur dann hat sie die Freiheit, sie selbst zu sein. Schließlich sind wir alle viel mehr, als wir den anderen zeigen. Viel mehr, als wir selbst uns vorstellen können. In uns ruhen Tausende von Möglichkeiten, davon ist Alix fest überzeugt. Man kann alles sein und alles erreichen, in hundertfacher Weise auf jede Situation reagieren. Man muss sich nur trauen. Es versuchen. Auf der Bühne gelingt ihr das, aber abseits davon nicht. Die Rollen und Worte, die die Autoren ihr anvertrauen, bieten den perfekten Schutz. Indem sie eine Maske aufsetzt, nimmt sie sie zugleich auch ab. Hier kann sie sich das erlauben.

Wie ihr Leben wohl aussehen würde, wenn sie den Mut hätte, all diese Facetten ihrer Persönlichkeit auch außerhalb des Theaters zu zeigen? Würde es ihr dann vielleicht gelingen, dauerhafte Freundschaften zu knüpfen?

Sie weiß es nicht.

Zu groß ist ihre Angst vor Zurückweisung, um den Versuch zu wagen.

Das Bild ihrer resoluten Theaterlehrerin taucht vor ihr auf.

Gabrielle hat keine Angst, die nicht. Die zeigt sich der Welt einfach so, wie sie ist, als wäre ihr das Urteil der anderen völlig egal.

Dafür bewundert Alix sie maßlos.

GABRIELLE

Vor der Wohnungstür von Gabrielle.

ROMÉO: Überraschung!
Ich weiß, dass du keine Überraschungen magst.
Aber ich wollte dich gern sehen.

GABRIELLE, küsst ihn: Komm rein.
Aber ich sag dir gleich, ich bin müde
und will allein sein.

ROMÉO: Welch ein Empfang.

GABRIELLE, lächelnd: Du kannst nicht behaupten,
ich hätte dich nicht
gewarnt,
was meinen miesen Charakter angeht.

Sie zündet sich eine Zigarette an.

ROMÉO: Ich wollte dir etwas geben.
Und dann bin ich auch gleich wieder weg,
versprochen.

GABRIELLE: Was denn?

ROMÉO: Ein Geschenk.

GABRIELLE, bläst eine Rauchwolke in Richtung
Decke: Aus welchem Anlass?

ROMÉO: Aus dem Anlass, dass ich dich
– trotz deines miesen Charakters –
liebe.

Roméo reicht ihr einen Umschlag. Gabrielle nimmt einen Schlüssel heraus.

GABRIELLE: Was öffnet der? Ein Auto? Einen
Tresor? Ein Burgtor?

ROMÉO: Fast.
Meine Wohnungstür.
Schweigen.
Du *musst* ihn ja nicht verwenden.
Aber du kannst.

GABRIELLE: Aha.

ROMÉO: Ich geh dann mal.

*Er küsst sie auf die Wange. Sie reagiert nicht, starrt auf den Schlüssel
hinunter.*

GABRIELLE, leise: Danke?

LUCE

Luce putzt sich die Zähne – routinierte Bewegungen, tausendfach wiederholt.

Sie hat es heute nicht geschafft, vor die Tür zu gehen. Eigentlich wollte sie beim Gemüsehändler Zucchini kaufen und das Grab von Lucien besuchen. Aber nachdem sie es schon kaum geschafft hatte, sich anzuziehen, ist ihr das Verlassen des Hauses wie eine unüberwindbare Anstrengung erschienen.

Sie lässt ihr Zahnputzglas volllaufen, spült sich den Mund aus. Die Glühbirne in der Badezimmerlampe knistert und flackert, als hätte gerade ein Insekt seinen Tod an ihren Leuchtfäden gefunden. Einen Moment lang fürchtet Luce, sie könnte endgültig ausgehen. Doch sie fängt sich wieder und wirkt sogar noch greller als zuvor.

Luce geht ins Schlafzimmer zurück.

Heute Nachmittag ist ihr der Fehler unterlaufen, auf dem Sofa einzunicken. Jetzt wird sie Mühe mit dem Einschlafen haben, das weiß sie schon. Sie zieht trotzdem die Vorhänge zu, schlüpft mit den Beinen zwischen die kalten Laken, schmiegt den Kopf ins Kissen.

Lange Zeit betrachtet sie die Wasserflecken, die sich an der Decke ausbreiten.

21:30

Luce dreht sich auf die Seite, wendet den Leuchtziffern des Weckers den Rücken zu.

Gäbe es doch bloß ein Gerät zum Einschlafen ... Heutzutage wird doch für alles ein Gerät erfunden. Sie überlegt, eine Tablette zu nehmen. Widersteht. Wenn sie jetzt die Packung aus dem Nachttisch holt, kann sie sich bestimmt nicht davon abhalten, gleich mehrere zu nehmen. Zu viele zu nehmen. Einzuschlafen, ein für alle Mal.

Sie dreht sich zurück.

22:03

Im Halbdunkel erahnt sie die Umrisse der Nachttischschublade, das schimmernde Rund ihres Porzellangriffs. Tastend zieht sie die Schublade auf, durchsucht ihren Inhalt. Ihre Finger finden die Tablettenschachtel und daneben einen Gegenstand, den sie nicht identifizieren kann. Luce nimmt ihn heraus, betrachtet ihn. Ihr schnürt sich die Brust zusammen, als sie das Handy erkennt, das Lucien ihr einige Monate vor seinem Tod gekauft hat. Jahrelang hatte sie sich geweigert, wollte nicht mit dieser ständigen Kontrolle leben. Aber Lucien hatte darauf bestanden, dass sie es zu bedienen lernte und immer bei sich trug. »*Falls dir etwas passiert und ich nicht da bin.*«

Tränen rinnen Luce aus den Augenwinkeln. Sie trocknet sie mit dem Ärmel ihres Nachthemds ab, macht das Licht an, setzt ihre Brille auf. Jetzt fällt ihr wieder ein, dass sie das Handy kurz nach Luciens Beerdigung in die Schublade gelegt hat. Wozu um Hilfe rufen, wenn man gar nicht mehr leben will? Aber im Schummerlicht ihrer Nachttischlampe kommt ihr das Gerät geradezu magisch vor. Als hätte sie von Neuem eine Verbindung zu Lucien entdeckt.

Minutenlang müht sie sich ab, den Apparat zum Leben zu erwecken, drückt energisch auf den Knöpfen herum. Nichts. Der kleine Bildschirm bleibt hoffnungslos dunkel.

Sie wirft einen Blick in die Schublade. Ihr Herzschlag beschleunigt sich, als sie ein schwarzes, sorgfältig aufgerolltes Kabel entdeckt. Na klar! Man muss es erst mal anschließen! Luce sucht nach einer freien Steckdose, schiebt den Stecker hinein, verbindet das Ladekabel mit dem Telefon. Sekunden später taucht ein vielversprechender grüner Lichtpunkt oberhalb des Bildschirms auf. Ein winziges Lebenszeichen.

Und jetzt einschalten. Wie ging das noch mal?

Sie kramt erneut in der Schublade, findet einen gefalteten Zettel. Bedeckt mit Luciens akkurater Schrift. Das ist die Anleitung, die sie zusammen erstellt haben, damit sie nachschauen kann, wie man das Gerät bedient. Mit einer Gerührtheit, die ihr selbst ein Rätsel ist, arbeitet Luce seine Anweisungen ab. Der Bildschirm erhellt sich in gespenstischem Graugrün.

Einen Moment lang mustert sie ratlos die Reihe von Symbolen, an die sie sich nicht mehr erinnert. Drückt dann auf das Telefonzeichen.

Zwei Nummern, die unter ihren Kontakten gespeichert sind, werden angezeigt. Die der Feuerwehr und die von Lucien ... Fasziniert starrt Luce sie an. Das wirkt fast so, als könnte sie ihn mit einem einfachen Knopfdruck immer noch erreichen. Mit ihm sprechen. Natürlich ist das nur eine Illusion, aber eine so schöne, dass sich die Klammer um ihre Brust ein wenig lockert.

Luce sucht in Luciens Anleitung, wie man auf den Anfangsbildschirm zurückkommt. Das Symbol in Form eines Briefumschlags weckt vage Erinnerungen. Als sie es anklickt, tauchen vier alte Nachrichten auf.

Test lautet die erste. Sie erinnert sich noch an ihren Schreck, als das Gerät in ihrer Hand vibriert hat, und an das zärtliche, spöttische Lachen von Lucien.

»Bist du das?«

»In der Tat!«

»Oh ...«

Siehst du, ist doch gar nicht so schwierig!, hatte er am Ende seiner Unterweisung geschrieben.

Die beiden anderen Nachrichten sind einige Wochen später eingegangen, im Abstand von fünf Minuten:

Mein Glühwürmchen, vergiss nicht, den Scheck für
den Installateur einzuwerfen! Tausend Küsse.

(Wollte nur sehen, ob du dein Handy dabei hast ...)

Luce lächelt. Zerdrückt eine weitere Träne. Lucien kommt ihr plötzlich so lebendig vor; direkt vor ihr, nur eine Armeslänge entfernt.

Unschlüssig sitzt sie auf ihrem zerwühlten Bett. Doch die Ver-
suchung ist zu groß. Buchstabe für Buchstabe verfasst sie ihre Nachricht. Sucht vergeblich nach dem Leerzeichen, beschließt, darauf zu
verzichten, ärgert sich über die ungehorsamen Tasten. Erfleht dann,
nervös wie ein junges Mädchen, das erstmals den Jungen seiner
Träume anspricht, die Gnade eines unbekannten Gottes der Technologie und schickt die Nachricht in jenen digitalen Mahlstrom hinaus,
von dem sie nicht das Geringste versteht.

Für Lucien, denkt sie voller Inbrunst.

TITOUAN

»Yeaaaaah!«, schreit Lix in Titouans Kopfhörer.

»Bamm!«, antwortet er im gleichen Tonfall. »Die hatten null Chance gegen uns ...«

Er entdeckt seinen Bruder in der Zimmertür und nimmt hastig die Kopfhörer ab, verpasst die Reaktion von Lix.

»Hier stinkt's wie im Pumakäfig«, stellt Eliott fest.

»Stimmt, bei dir riecht's ja immer nach Rosen. Und das nächste Mal klopfst du gefälligst an, klar?«

»Ich *hab* geklopft, du Dödel.«

»Was willst du denn?«

»Na, was wohl?«

Eliott hat sein blaues Hemd angezogen, das zu seinen Augen passt und das er nur zum Ausgehen anzieht. Die Haare hat er auch gestylt. Oder vielmehr sorgsam verstrubbelt, was aufs Gleiche hinausläuft.

»Du hast montagabends ein Date?«, wundert sich Titouan.

»Jetzt quatsch nicht rum.«

»Du hast es echt drauf, die Leute um einen Gefallen zu bitten, Eliott. Das machst du wirklich gut, alle Achtung.«

Eliott beißt sich auf die Lippen, als wollte er die nächste Wortsalve zerkauen, bevor sie ihm rausrutschen kann. Er zeigt auf das Fenster.

»Kann ich?«

Dank eines Strommasts vor dem Fenster ist Titouans Zimmer das einzige im ersten Stock, durch das man das Haus betreten und verlassen kann, ohne von ihren Eltern erwischt zu werden oder sich den Knöchel zu brechen.

»Das nervt, echt. Wie lange bleibst du denn weg?«

»Keine Ahnung. Ein paar Stunden. Lässt du mich dann rein?«

»Muss ich ja wohl.«

Eliott nickt, öffnet einen Fensterflügel, steigt hindurch. Sein großer, muskulöser Körper verschwindet unterhalb der Fensterbank. *Den hat er von unserem Vater*, denkt Titouan. Er selbst ist eher von der schmächtigen Sorte, wie seine Mutter und Lila. Wer ihn und Eliott nebeneinander sieht, würde sie niemals für Brüder halten.

Titouan steht auf, um das Fenster zu schließen. Er sieht, wie Eliott hinter Corentin, seinem besten Freund seit der Mittelschule, auf den Roller steigt. Sie fahren durch die Nacht davon.

»Ein ›Danke‹ würde dich auch nicht umbringen«, murmelt Titouan, während er die Jalousie herunterlässt.

Er kehrt zum Bett zurück, setzt die Kopfhörer auf.

»Sorry, mein Bruderherz wollte ...«

»Mein Vater ist eben gekommen«, unterbricht ihn Lix. »Ich muss aufhören.«

»Okay ... dann bis demnächst!«

»Bis dann!«

Titouan lässt sich eine Weile von Video zu Video treiben, bleibt dann bei dem von einer Hautärztin hängen, die einem alten Mann einen riesigen Mitesser auf dem Rücken ausdrückt. Das ist faszinierend und ekelhaft zugleich, aber er kann nicht anders, als bis zum Ende zuzuschauen. Anscheinend gibt es Hunderte solcher Videos und alle wurden schon millionenfach angesehen. Die Kommentare darunter sind in Dutzenden Sprachen verfasst. Echt verrückt. Das gefällt Titouan ja so gut am Internet. Dass es dort einfach alles gibt. Jede Absurdität findet finden dort ihren Platz.

Um nicht endgültig in den Sog der Verlinkungen zu geraten, greift er nach seinem Handy. Während der Runde mit Lix ist eine SMS eingetroffen. Nummer unbekannt. Titouan öffnet die Nachricht.

heutnachtwärichsogernschonbeidiresistzeit

Stirnrunzelnd trennt er im Kopf die Wörter voneinander. *Heut Nacht wär ich so gern schon bei dir. Es ist Zeit.*

Sein Herz setzt einen Schlag lang aus. Diese Nachricht ist doch sicher nicht für ihn bestimmt. Das muss ein Irrtum sein. Seine Fantasie geht trotzdem mit ihm durch, malt sich eine beginnende Romanze aus. Vielleicht ein Mädchen, das zum ersten Mal mit seinem Freund schlafen will? Oder zwei Kollegen, die die Nacht im selben Hotel verbringen, aber nicht wagen, sich zu treffen? Zwei Liebende, durch Tausende Kilometer voneinander getrennt?

Sollte er dem Verfasser dieser Nachricht nicht lieber mitteilen, dass er sich in der Nummer geirrt hat? Sonst erfährt diese Person vielleicht nie, dass ihr Schwarm sie nicht erhalten hat. Er oder sie wird glauben, dass es vorbei ist, und sich nicht trauen, noch einmal den ersten Schritt zu tun.

Andererseits machen ihn diese ineinander verhakten Wörter neugierig. Er würde gern noch ein bisschen warten, um die Lösung des Rätsels vielleicht doch noch zu erfahren. In ein, zwei Tagen, so beschließt er, wird er den Absender über seinen Irrtum aufklären.

Titouan greift nach dem Roman, der aufgeschlagen auf seinem Nachttisch liegt, und vertieft sich in die Lektüre, während er darauf wartet, dass sein Bruder von seinem nächtlichen Ausflug zurückkehrt.

ARMAND

»Alles okay, Fröschlein?«, fragt Armand.

»Alles super.«

Zufrieden registriert er die leer gegessene Schüssel auf Alix' Schreibtisch. Er küsst seine Tochter auf die Wange, wirft sich auf den riesigen roten Sitzsack.

»Und? Wie war die Geschichtsklausur?«

Alix steht vom Schreibtisch auf, wirft sich bäuchlings aufs Bett, das Kinn in die Hände gestützt. Ausführlich berichtet sie ihm von ihrem Tag in der Schule. Das ist ihr abendliches Ritual. Armand kommt oft spät nach Hause, aber dieser Austausch ist ihm wichtig. Und Alix lässt sich immer noch darauf ein, auch wenn ihre Gesprächigkeit im Laufe der Jahre nachgelassen hat. Sie erzählt, was in Philosophie gerade Thema ist, und von einem Badminton-Match, bei dem sie und eine Mitschülerin ein Jungs-Doppel auseinandergenommen haben. Armand lächelt und fragt sich, wie wohl der erste Freund aussehen wird, den sie mit nach Hause bringt. Eigentlich hatte er schon früher damit gerechnet. Aber er kann noch so plumpe Andeutungen machen, sie lässt sich nichts anmerken oder mustert ihn nur genervt.

»Und bei dir?«, fragt sie, als sie fertig ist.

Ihr höflicher Ton lässt keinen Zweifel: Es ist ihr komplett egal. Armand nimmt eine schmutzige Socke vom Boden, wirft sie nach seiner Tochter, die sie in der Luft auffängt.

»Du könntest wenigstens so tun, als würde dich dein alter Vater interessieren!«

»Na schön. Was hast du denn heute so erlebt, mein liebes Väterlein?«

»Nichts Besonderes.«

»Und dafür dieser Aufstand?«, meutert Alix und wirft die Socke zu ihrem Absender zurück.

»Ganz genau! Und jetzt esse ich noch schnell einen Happen, zusammen mit jemandem, der meine Gesellschaft zu schätzen weiß.«

»Und das wäre?«

»Ich selbst.«

Sie lacht. Armand nimmt die schmutzigen Socken und die leere Schüssel mit. Bevor er die Tür hinter sich zuzieht, fragt er noch: »Wie war die Probe?«

»Gut.«

Mehr wird sie nicht sagen. Mehr sagt sie nie. Auch früher schon durfte er zwar immer beim Vorsprechen und bei Aufführungen dabei sein, aber sobald er auf den Kurs selbst zu sprechen kam, wurde sie stumm und wollte auch nie, dass er ihr beim Lernen der Texte half. Er versteht das gut. Mit seiner Musik war es damals, als er jung war, genauso. Er hat immer nur allein in seinem Zimmer geübt und konnte es nicht ausstehen, wenn seine Eltern oder seine Brüder ihm dabei zuhörten. Insofern hat es ihn auch nicht überrascht, dass Alix das Theater zu ihrem Beruf machen will.

In der Küche schneidet er sich ein Stück Käse ab, verschlingt es hungrig, macht sich dann eine Schüssel Suppe warm und geht auf seinem Handy die Nachrichtenseiten durch, für den Fall, dass er irgendetwas Wichtiges verpasst hat – die Entdeckung einer neuen Regenwurmart? Den jüngsten Korruptionsskandal? Die Geburt des soundsovielten *royal baby* im Vereinigten Königreich? Wieso wählten die Journalisten eigentlich immer nur Themen aus, die ihn nicht

die Bohne interessierten? Er schließt den Browser und schreibt stattdessen eine Nachricht an Gabrielle.

Hab's heute nicht mehr geschafft vorbeizukommen.
Alles okay?

Alles super, antwortet sie.

Sie schickt ihm ein Foto ihres Fernsehers. Auf dem Bildschirm sieht
er Julia Roberts in einer Buchhandlung. Eine Szene aus *Notting Hill*,
ganz zu Anfang, wo die beiden Hauptfiguren sich erstmals begegnen.
Hmm. Sich allein zu Hause eine romantische Komödie reinzuziehen,
ist meist kein gutes Zeichen.

Ist wirklich alles okay?

Roméo hat mir seinen
Wohnungsschlüssel gegeben.

So ein Idiot.

Gabrielle läuft vor allem davon, was auch nur entfernt nach verbind-
licher Beziehung aussieht. Dem armen Roméo ist anscheinend nicht
klar, dass er ihr Verhältnis soeben beendet hat.
 Armand trägt die dampfende Schüssel ins Wohnzimmer.

Drück auf Pause!, verlangt er.

Er holt seinen Rechner, sucht den gleichen Film im Stream, spult vor,
bis er die Einstellung auf Gabrielles Bildschirm findet. Dann schickt
er seinerseits ein Foto.

Kann losgehen.

Er lächelt, als er sich ihre Reaktion vorstellt.

Du bist echt ein Spinner ...

Armand isst seine Suppe auf, rutscht etwas tiefer ins Sofa. Während er sich von dem Film gefangen nehmen lässt, kommt es ihm immer wieder so vor, als könnte er Gabrielle neben sich atmen hören.

Ist fast so, als säßest du neben mir.

Träum weiter.

Er lacht. Flirten war schon immer ein Teil ihrer Beziehung. Ganz am Anfang gab es sogar mal eine Nacht, in der ... Aber das hat Gabrielle dann schnell unterbunden. Was Armand durchaus recht ist. Affären sind flüchtig, nur Freundschaften bleiben, und bei Gabrielle ist es ihm lieber, wenn sie bleibt.

Tu ich ja, antwortet er neckend.

»Nacht, Papa.«
Armand richtet sich auf, lächelt Alix zu, die in der Küche ihre Trinkflasche füllt.
»Schlaf gut, Fröschlein.«

ALIX

Alix geht rauf in ihr Zimmer und ins Bett.

Wie jeden Abend schiebt sie ihre Hand unter die Matratze, zieht ein Foto hervor. Es ist ziemlich zerfleddert, aber man erkennt noch gut eine junge dunkelhaarige Frau, die auf einem Bett liegt. Sie trägt ein helles Kleid, das mit stilisierten Federn verziert ist. Neben ihr ein Baby, und neben dem Baby ein Plüschhase. Die Frau schaut das Kind an, während das Kind das Kuscheltier anschaut, das seinen Blick erwidert. So scheint es jedenfalls. Denn bei genauerem Hinsehen wird klar, dass der Blick der Frau über das Kind hinweggeht, das Kind wohl nicht allzu viel erkennen kann, so schmal, wie der Spalt zwischen seinen Lidern ist, und die glänzenden Knopfaugen des Hasen nur das durchs Fenster einfallende Licht reflektieren. Der Einzige, der wirklich etwas anschaut, ist gar nicht auf dem Bild zu sehen: der, der es aufnimmt.

Alix schiebt das Foto wieder unter die Matratze. Streicht dem Plüschhasen, der zusammengesunken auf ihrem Nachttisch hockt, über die zerschlissene Wange und löscht das Licht.

»Gute Nacht, Frau Feder«, murmelt sie.

TITOUAN

»Aufstehen, Titouan!«

Der dreht sich zur Wand und vergräbt den Kopf noch etwas tiefer im Kissen. Seine Decke löst sich in Luft auf. Mit einem Ruck fährt er hoch. Sein Vater steht neben dem Bett, die Decke liegt auf dem Boden.

»Aufstehen«, wiederholt er.

Titouan starrt ihn verständnislos an. Sein Bruder ist erst mitten in der Nacht zurückgekommen und vorm Einschlafen hat Titouan dann auch noch zwei Folgen einer Serie geschaut.

»W... wie spät ist es?«

»Halb acht. Wenn du in zehn Minuten nicht angezogen bist, bring ich dich in Unterhose zur Schule.«

»Ich geh nicht in die Schule.«

»Oh doch, du gehst hin. Ob du willst oder nicht. Damit das vor meiner Abreise noch ein für alle Mal geklärt ist.«

Er geht aus dem Zimmer. Ein paar Sekunden starrt Titouan benommen vor sich hin. Dann nimmt er die Decke vom Boden, breitet sie über sich aus und zieht sie bis über den Kopf. Schläft sofort wieder ein.

Mit einem Mal wird er angehoben, von der Matratze gezerrt, auf den Boden geworfen. Er schreit. Krümmt sich. Sein Vater greift unter seinen Armen durch, zieht ihn hoch. Titouan wehrt sich, aber den ein Meter neunzig seines Vaters ist er nicht gewachsen. Der hält ihn gegen seinen Oberkörper gepresst, schleift ihn in Richtung Flur. Titouan wehrt sich, klammert sich an den Türrahmen, brüllt aus Leibeskräften. Irgendwo entdeckt er Lila, ihr schmales Gesicht von Tränen verschleiert. Es zerreißt ihm das Herz. Aber er beruhigt sich trotzdem nicht. Er kann sich nicht beruhigen, in seinem Kopf heult ein Alarm wie ein Martinshorn. Er hört kaum, wie seine Mutter ruft:

»Marc, meinst du wirklich ... Hör auf, du siehst doch ... Das hat doch keinen Sinn ...«

Ein Brei aus Geräuschen, der am Rand seines Bewusstseins vorbeizieht. Vor ihnen taucht die Haustür auf. Die Angst verleiht Titouan ungeahnte Kräfte. Er windet sich, entzieht sich dem Griff seines Vaters, versucht, unter seinem Arm hindurchzuschlüpfen und die Treppe hochzurennen. Vergebens. Sein Vater packt ihn, drückt ihn gegen die Wand der Diele.

»Wenn du dir noch eine Hose überziehen willst, Titouan, dann jetzt.«

»Mach ich aber nicht! Mir doch egal! Ich geh nicht hin!«

Mit brennenden Augen starrt er seinen Vater an. Gleich wird er nachgeben. Ihn in den sicheren Hafen seines Zimmers zurückkehren lassen.

»Wir fahren, Eliott«, ruft sein Vater.

Eliott kommt aus der Küche, schiebt sich an ihnen vorbei, ohne seinen Bruder eines Blickes zu würdigen, geht raus. Lässt die Tür weit offen stehen. Titouan spürt die frische Luft auf seinem nackten Rücken. Ihm ist speiübel.

»Na los«, fordert ihn sein Vater auf und zeigt ins Freie.

Titouans Herz pocht so heftig, dass er es bis in die Schläfen spürt. Er rührt sich nicht.

»Mama«, flüstert er, als er dem Blick seiner Mutter begegnet, »sag ihm, er soll mich lassen ...«

Sein Vater seufzt, hebt ihn dann mühelos hoch. Titouan fängt wieder an zu schreien, schlägt um sich, als hinge sein Leben davon ab. Denn sein Leben hängt davon ab. Tränen strömen ihm über die Wangen, Tränen der Wut, der Machtlosigkeit.

»Hör endlich auf!«, schimpft sein Vater, als sie vor dem niedrigen Tor zur Straße stehen.

Aber Titouan hört nicht auf. Er verdoppelt seine Energie noch. Sieht den Gehweg unter den Füßen seines Vaters, die Beine von Passanten, die sich hastig entfernen. Und dann plötzlich das Auto. Sein Vater drückt ihn mit Gewalt hinein, schiebt ihn auf die Rückbank, schlägt die Tür zu.

Einen Moment lang überlegt Titouan, ob er aussteigen und ins Haus zurückrennen soll. Aber er schafft es nicht. Hier im Auto geht es ihm besser, er kann wieder atmen. Seine Mutter legt saubere Kleidung und Schuhe auf den Sitz neben ihn. Sie will ihn an der Wange berühren. Titouan weicht zurück. Hinter den Fenstern der Nachbarn sieht er neugierige Gesichter.

»Voll peinlich«, stößt Eliott hervor und drückt sich noch tiefer in den Vordersitz.

Ihr Vater fährt los. Titouan spürt, wie sein ganzer Körper sich verspannt, als das Haus hinter einer Biegung verschwindet. Er wirft einen Blick auf die Kleidungsstücke. Die Prüfung, die ihm bevorsteht, wird umso schlimmer sein, wenn er auch noch halb nackt ist. Er zieht sich an. Sein Vater beobachtet ihn mit zufriedener Miene im Rückspiegel. Bald nähern sie sich der Schule.

»Halt an«, verlangt Eliott. »Ich will nicht dabei sein, wenn dieser Irre gleich wieder sein Theater abzieht.«

Er nutzt eine rote Ampel, um auszusteigen, und geht mit großen Schritten auf das Schultor zu. Titouan bindet sich langsam die Schuhe zu. Seine Hände zittern, er muss mehrmals von vorn anfangen. Der Wagen fährt wieder los und hält dann vor dem Schultor an. Sein Vater stellt den Motor ab, steigt aus, öffnet die hintere Tür. Wartet.

»Titouan.«

Sein Tonfall klingt drohend.

»Steig aus, Titouan.«

»Ich will nicht.«

»Man kann nicht immer nur machen, was man will. Steig jetzt aus.«

»Nein.«

Sein Vater beugt sich in den Fahrgastraum, ein erbarmungsloser Wirbelsturm der Wut. Er packt Titouan am Arm, zieht daran. Titouan setzt sich zur Wehr, klammert sich an den Polstern fest, macht sich steif, stemmt sich gegen alles, was ihm unter die Sohlen gerät. Schlägt um sich, mit Knien, Ellbogen, Fäusten. Er beißt. Spürt, wie Dutzende brennender Blicke auf ihn gerichtet sind. Es ist ihm egal.

»Lass mich«, brüllt er. »LASS MICH!«

Sein Vater bleibt stur, fällt rücklings mit ihm auf den Gehweg. Titouan rollt sich zu einer Kugel zusammen, brüllt weiter alles heraus, was ihm in den Sinn kommt, beleidigt seinen Vater, bedeckt das Gesicht mit den Händen.

»Nun beruhige dich doch ...«

Vor den Augen von Lehrern und Schülern wagt es sein hilfloser Vater nicht mehr, Gewalt anzuwenden. Titouan schnappt verzweifelt nach Luft. Er hat das Gefühl zu ersticken. Alles dreht sich. Das blaue Schultor, die Menschenmenge, die überdimensionale Gestalt seines Vaters, die Autos. Er schließt die Augen, kneift die Lider so fest zusammen, dass es wehtut, und flieht aus dieser unerträglichen Welt.

»Titouan? Titouan ...«

In seinen Ohren rauscht es. Er schlägt die Augen auf, liegt ausgestreckt auf der Rückbank des Autos, während die Schulschwester sich über ihn beugt.

»Du bist ohnmächtig geworden«, sagt sie. »Hier, iss eine Kleinigkeit.«

Er nimmt den Keks, den sie ihm hinhält, fängt bedächtig an zu kauen.

»Schön liegen bleiben«, befiehlt sie.

Sie entfernt sich ein paar Schritte. Er sieht, wie sie mit seinem Vater auf dem Gehweg spricht. Jetzt sind nur noch die beiden da, und ein Betreuer, den Titouan gern mag. Die Schüler sind offenbar alle zum Unterricht verschwunden. Bestimmt ist er jetzt tagelang das Schulgespräch. Bei dem Gedanken schnürt sich ihm der Magen zusammen. Nach dieser Szene müssen ihn doch alle für verrückt halten. Aber er ist nicht verrückt. Er will bloß nicht mehr rausgehen.

Sein Vater taucht wieder in seinem Blickfeld auf, ein Gesicht vor dem Hintergrund des Himmels, beugt sich durch die Türöffnung.

»Bring mich nach Hause«, murmelt Titouan. »Bitte.«

Sein Vater nickt.

Er sieht plötzlich zehn Jahre älter aus.

ALIX

Am Ende der Mittagspause wirken die Schüler, die mit Alix vor dem Kursraum warten, noch unruhiger als sonst. Sie drängen sich auf dem Gang, starren auf ihre Handys hinunter. Unterdrücktes Lachen steigt aus ihren Kehlen auf.

»Meeega-peinlich!!«

Trotz ihrer Neugier bleibt Alix auf dem Boden sitzen. In Gruppen hat sie sich noch nie wohlgefühlt. Und wurde von ihnen auch nie wirklich akzeptiert. Sie hat immer gedacht, in der Oberstufe würde sich das ändern, weil die Schüler dann schon reifer wären, eher in der Lage, sie so zu nehmen, wie sie ist. Aber das ist nicht der Fall. Die Angriffe sind jetzt weniger frontal, die Tuscheleien ein bisschen diskreter, man lässt sie öfter in Ruhe. Aber ansonsten hat sich nichts geändert. Sie weiß nicht so recht, was man ihr vorwirft, und wird es wohl auch niemals begreifen. Sie hat sich damit abgefunden. Und kann sich den Gedanken nicht verkneifen, dass viele der jetzt so beliebten Schüler im Leben wohl nicht allzu erfolgreich sein werden. Das tröstet sie ein bisschen. Sie stellt sich die Situation in zehn, fünfzehn Jahren vor: sie selbst eine bekannte Schauspielerin, die anderen immer noch hier, in Saint-Malo, für immer in den Startlöchern stecken geblieben. Kein Wunder, dass sie die Schulzeit dann als ›die beste Zeit ihres Lebens‹ verklären. Während Alix ihre besten Jahre noch vor sich hat. Zwangsläufig. Weil die bisherigen ja nur so halbwegs erfreulich waren. Und weil sie es schaffen wird, ihren Traum zu verwirklichen, weit weg von den anderen.

Philippine lässt sich einen Meter neben ihr auf den Boden sinken, ordnet mit einer Hand die knallblauen Haare, die ihr Gesicht umrahmen. Ihre Aufmerksamkeit wandert von der Schülergruppe zu Alix.

»Hast du das Video schon gesehen?«

»Welches Video?«

Philippine wirft ihr einen ungläubigen Blick zu, holt ihr Handy hervor, reicht ihr einen Ohrstöpsel.

»Das hat Lilous Cousin heute Morgen gepostet. Ein Typ in Rennes, der vor seiner Schule einen Zusammenbruch hat. Der ist richtig in Ohnmacht gefallen, sieh dir das an!«

Sie sieht es sich an. Ein Mann zerrt einen schmächtigen Jugendlichen aus einem Auto. Der Junge schreit und schlägt um sich. Es sieht brutal aus. Befremdlich. Er wälzt sich auf dem Boden wie ein launisches Kind. Nur dass es nicht nach einer Laune aussieht. Sondern nach echter, abgrundtiefer Angst.

»Und das finden die alle so lustig?«, fragt Alix.

»Jepp.«

»Ich nicht.«

Philippine zuckt die Achseln. Alix glaubt, plötzlich einen Vornamen in dem Video zu hören.

»Moment, mach mal lauter ...«

Philippine spielt das Video noch einmal ab, in voller Lautstärke. Diesmal hört Alix klar und deutlich, wie ein Schüler sagt: »Scheiße, das ist ja Titouan!«, und wie der Mann, der ihn aus dem Auto zieht, hervorstößt: »Nun beruhige dich doch, Titouan ...«

Titouan.

Ist das der Typ, mit dem sie immer Computer spielt? Ist das seine Schule? Er wohnt zwar in Rennes, aber da muss es doch einen ganzen

Haufen von Oberschulen geben, und sein Vorname kommt in der
Bretagne ziemlich häufig vor. Sie schließt die Augen, lauscht auf die
Schreie des Jungen. Das könnte wohl seine Stimme sein, aber sicher
ist sie sich nicht, dazu brüllt er zu laut.

»Weiß man, warum er diesen Zusammenbruch hatte?«

»Ich glaub nicht.«

»Und ist er wieder bei Bewusstsein?«

»Woher soll ich das wissen?«

Sie gibt Philippine den Ohrstöpsel zurück und schreibt ihrem
Spielpartner eine Nachricht.

Alles okay?

Klar. Und bei dir?

Alles super. Spielen wir heute Abend?

Jepp!

Okay. Dann bis später.

Nachdenklich folgt Alix ihren Mitschülern in den Raum, den der
Lehrer gerade aufgeschlossen hat. Das muss dann wohl ein anderer
Titouan gewesen sein. Trotzdem ein seltsamer Zufall.

TITOUAN

Titouan setzt seine Kopfhörer auf.

Unten streiten sich seine Eltern. Wegen ihm. Er wünscht sich solche Kopfhörer, die alle Geräusche von außen unterdrücken. Echte Stille. Stattdessen macht er Musik an, das schwebende, meditative Stück einer isländischen Band. Er lauscht den Klangschichten, die sich übereinanderlagern. Den Blick zur Decke gerichtet, verliert er jedes Zeitgefühl.

»Titouan?«

Das Gesicht seiner Mutter in der Tür. Sie tritt ein, schattengleich gefolgt von seinem Vater. Titouan unterdrückt einen Seufzer. Eigentlich sollte sein Vater heute Morgen eine Geschäftsreise antreten; offenbar hat er sie abgesagt. Sie setzen sich zu ihm aufs Bett.

»Wir haben mit dem Mann einer Kollegin von mir gesprochen«, sagt seine Mutter. »Er ist Psychologe. Er würde sich gern mit dir unterhalten. Er hat angeboten, herzukommen oder dich über Skype anzurufen, wenn dir das lieber ist. Es geht nicht darum, ihn als Therapeuten zu engagieren. Er hat eindeutig gesagt, dass das von dir ausgehen muss und dass er dir dann eine Kollegin empfehlen könnte.« Sie sucht in Titouans Miene nach einer Reaktion. »Aber dein Vater und ich denken, du hast vielleicht eine Schulphobie entwickelt, und damit wollen wir dich nicht allein lassen. Was hältst du davon?«

»Das ist keine Phobie, sondern eine freiwillige Entscheidung. Die ihr respektieren solltet.«

»Wie bitte?«, ereifert sich sein Vater. »Das heute Morgen war ja wohl alles andere als freiwillig.«

»Reg dich nicht auf«, sagt Titouans Mutter leise. »Wir wollten uns doch nicht aufregen.«

»Ich reg mich nicht auf. Du hast Angst vorm Rausgehen, mein Großer. Du bist vor Angst sogar ohnmächtig geworden.«

»Das war meine einzige Chance, damit du mich in Ruhe lässt.«

»Willst du mir etwa erzählen, du hättest *mit Absicht* das Bewusstsein verloren? Mach dich nicht lächerlich, Titouan! Schau endlich der Wahrheit ins Gesicht, du belügst dich doch nur selbst.«

Titouan schaut der Wahrheit nicht ins Gesicht, aber er hört auf zu diskutieren. Schweigen ist seine beste Verteidigung – sie hören ihm eh nicht zu, egal, was er sagt.

»Willst du diesen Psychologen denn vielleicht mal treffen, Titouan?«, versucht es seine Mutter noch mal.

Er antwortet nicht, dreht sich nur zur Wand und schläft ein, ohne sich darum zu kümmern, dass seine Eltern noch im Raum sind.

Später weckt ihn eine leichte Berührung an der Schulter. Lila. Titouan lächelt seine kleine Schwester an, die ihm einen Teller Nudeln reicht.

»Hat Mama dich damit raufgeschickt?«

»Ja. Papa ist zu seiner Konferenz gefahren, irgendwo weit weg.«

Also doch, denkt Titouan. Dann ist er jetzt bis zum Wochenende unterwegs. Besser so. Ohne seinen Vater ist alles einfacher. Ruhiger. Er nimmt den Teller.

»Danke, Floh. Tut mir leid, dass ich dir heute Morgen Angst eingejagt habe.«

»Schon gut. Zeigst du mir ein Ballettvideo?«

Er lächelt, zieht seinen Rechner heran.

»Was soll's denn sein?«

»*Der Nussknacker.*«

»Was für'n Knacker?«

Ein Glucksen dringt aus Lilas Kehle, wie das Gurren einer Taube. Titouan spielt das gewünschte Video ab, und während seine Schwester durchs Zimmer hüpft und die Tänzer imitiert, schlingt er seine Nudeln hinunter. Checkt die Nachrichten auf seinem Handy. Von der unbekannten Nummer ist keine mehr gekommen. Offenbar hat der Absender seinen Irrtum bemerkt, es hat also wenig Sinn, ihm jetzt noch zu antworten. Trotzdem muss Titouan immer wieder an die seltsam ungetrennten Wörter denken, als enthielten sie ein unergründliches Geheimnis. Nachdenklich liest er sie noch mal.

heutnachtwärichsogernschonbeidiresistzeit

Einen Moment lang träumt er vor sich hin, denkt sich eine weitere romantische Liebesgeschichte aus. Dann legt er sein Handy beiseite, nimmt ein paar Legosteine aus einer Kiste und baut weiter an seinem Baum.

»Zeit fürs Bett, meine Ballerina!«, unterbricht ihre Mutter sie nach einer halben Stunde.

Lila drückt ihrem Bruder einen Kuss auf die Wange.

»Ich find's gut, dass du die ganze Zeit hier bist«, murmelt sie ihm ins Ohr, bevor sie geht.

Ihre Mutter nimmt den leeren Teller mit.

»Nacht, mein Großer. Hab dich lieb.«

»Ich dich auch. Schlaf gut.«

Die Lider seiner Mutter schließen sich für einen Moment, als zweifelte sie an ihrer Fähigkeit, Schlaf zu finden. Sie mustert Titouan noch einmal voller Sorge und Zärtlichkeit, bevor sie die Tür hinter sich zuzieht.

Als er gerade das immer noch laufende Ballettvideo abbrechen will, ploppt eine Werbung auf. Eine junge Frau rekelt sich träge auf einem Sofa. Titouans Geschlecht reagiert, und sofort rollt eine Woge des Ekels über ihn hinweg. Hastig schließt er das Werbefenster. Er verabscheut diese unwillkürlichen Reaktionen seines Körpers. Vor ein paar Jahren hat das ganz langsam angefangen und ist dann irgendwann alles bestimmend geworden. Er erkannte sich selbst nicht mehr wieder, hatte das Gefühl, ein anderer geworden zu sein, über den er keine Kontrolle mehr hatte. Bei jedem Streifen nackter Haut, jedem Mädchenkörper, auf den sein Blick fiel, ob in echt oder als Pixel, wurde ihm heiß, wurde er hart, wurde er dieser andere. Bis in seine Träume hinein, aus denen er schweißgebadet erwachte. Selbst in der Abgeschiedenheit seines Zimmers passiert ihm das noch. Aber hier kann er besser damit umgehen. Hier gibt es weniger Auslöser.

Er öffnet das Spiel, zu dem er für heute Abend mit Lix verabredet ist, loggt sich ein.

»Hey«, sagt Lix.

»Wie läuft's?«

»Ganz gut. Hast du auch dieses Video gesehen, wo so ein Typ vor seiner Schule einen Zusammenbruch hat?«

Lix' Stimme klingt komisch bei diesen Worten, höher als sonst. Titouan zieht sich die Brust zusammen. Klar hat er das Video gesehen – allerdings nicht bis zum Schluss, das konnte er nicht. Ein paar Idioten aus seiner Klasse haben es ihm natürlich gleich geschickt, noch bevor er wieder zu Hause war. Er hat alle seine Konten in den sozialen Netzwerken gelöscht, die Nummern der Leute gesperrt, die ihn belagert haben. Er wird nie wieder einen Fuß in diese Schule setzen.

»Hmmm. Hab ich.«

»War das nicht irgendwo bei dir? In Rennes?«

»Doch, ja.«

»Und weißt du, wer das war? Geht's ihm wieder besser?«

Gute Frage.

»Keine Ahnung. Ich kenn den kaum.«

Und das ist, redet er sich ein, nicht mal wirklich gelogen. Schon lange fühlt er sich wie ein Außerirdischer, der in einer ihm hoffnungslos fremden Welt gestrandet ist. Aber noch nie war dieses Gefühl so ausgeprägt wie heute Morgen, als er dieses Video gesehen hat.

»Und? Wie war dein Tag?«, fragt er, während er das Spiel startet.

Lix stößt einen Seufzer aus, fügt dann hinzu:

»Wie immer.«

Ein Flugzeug setzt sie über einer Insel ab. Ihre Fallschirme öffnen sich, und während sie in die Mitte eines Dorfes hinuntergleiten, lassen sie den Frust des Tages hinter sich. Hier können sie sich auf die Regeln verlassen, sich abreagieren und Gefühle ausleben, die in der wirklichen Welt keinerlei Konsequenzen haben. Die nichts ändern. Und genau das wünscht sich Titouan: dass sich nichts mehr ändert, niemals.

GABRIELLE

Auf der Terrasse eines Cafés.

GABRIELLE: Und? Wollt ihr euch wiedersehen?

ARMAND: Clara und ich? Kann sein ...

GABRIELLE: Nur als Affäre,
oder ...?

ARMAND: Nur als Affäre. Da bin ich immer ganz
klar.

GABRIELLE: Bei mir
warst du da nicht so klar.

ARMAND: Stimmt,
aber du dafür umso mehr.
Außerdem ist das schon lange her.

Sie trinken einen Schluck von ihrem Kaffee.

ARMAND: Und du und dein Roméo?

GABRIELLE: Wenn ich jemanden brauche, der
allem nur zustimmt
und mir ständig an den Lippen hängt,
kaufe ich mir einen Labrador ...

ARMAND: Du bist hart!

GABRIELLE: Ach komm,
du weißt doch ...
Wenn ich mit jemandem zusammen bin, dann soll
diese Person mich herausfordern,
meine Überzeugungen ins Wanken bringen,
mir zeigen, wie ich wirklich bin.
Nicht diese Idealversion von mir, die ich in seinen
Augen sehe.
Warum lächelst du so hinterhältig?

ARMAND: Nur so.
Ist doch schön, wenn man feststellt,
dass sich manche Dinge niemals ändern.

GABRIELLE, nach einem Blick auf ihr Handy:
Oh, Mist.

ARMAND: Gibt's ein Problem?

GABRIELLE: Der Saxofonist.
Der meine Schüler bei der Aufführung im Juni
begleiten sollte.
Er hat mir eben
abgesagt.

ARMAND: Trau niemals einem Saxofonisten.

Gabrielle massiert sich die Schläfen, zieht an ihrer Zigarette.

ARMAND: Muss es denn ein Saxofon sein?

GABRIELLE: Nein.
Einfach nur ein Instrument, das man
im Stehen
spielen kann.

Armand lächelt sie verschmitzt an.

GABRIELLE: Nein.
Nein nein nein.
Nicht du. Deine Tochter ist in meinem Kurs.

ARMAND: Gab, seit zehn Jahren reden wir
von einer Zusammenarbeit,
einem gemeinsamen Projekt ...
und haben es noch nie geschafft.
Das ist *die* Gelegenheit.
Oder nicht?

GABRIELLE, starrt ihn an: Und Alix?

ARMAND: Wir stehen auf derselben Bühne.
Erleben gemeinsam ein Abenteuer.
Ich halte mich zurück.
Wird schon gehen.

GABRIELLE: Bist
du dir
da
sicher?

ARMAND: Sag mir einfach,
wann du mich brauchst.
Dann bin ich da.

Schweigen.

GABRIELLE: Danke.
Ich gebe zu, dass mir das sehr gelegen kommt.
Kannst du vielleicht schon
bei der Probe morgen Vormittag dabei sein?

ARMAND, lächelt: Kann ich.

ALIX

Die Theaterprobe hat schon längst begonnen, als es leise klopft. Alix hebt die Augenbrauen. Welcher Unglückliche wird sich jetzt wieder von Gabrielle einen Rüffel für diese Störung einfangen? Aber es ist ihr Vater, der in der Tür steht, den Geigenkoffer über der Schulter.

Alix setzt sich beunruhigt auf. Was hat der denn hier verloren? Samstagsvormittags gibt er keine Stunden. Und wenn er ihr irgendwas mitteilen muss, kann er doch eine Nachricht schicken, statt hier extra aufzukreuzen.

»Komm rein, Armand!«, ruft Gabrielle.

Alix runzelt die Stirn. Gabrielle wirkt gar nicht überrascht von seinem Erscheinen. Normalerweise hasst sie jede Art von Unterbrechung. Und jetzt begrüßt sie ihn, als hätte sie schon mit ihm gerechnet. Das Augenzwinkern, das ihr Vater in ihre Richtung schickt, kann sie erst recht nicht beruhigen. In ihr beginnt es zu brodeln.

Was macht er hier?

Was macht er hier?

Gabrielle küsst Alix' Vater auf die Wangen. Alix weiß natürlich, dass die beiden schon lange befreundet sind, aber es stört sie trotzdem, sie so vertraut zu sehen. Ihre bewundernde Zuneigung für Gabrielle ist exklusiv.

»Einige von euch kennen Armand sicher schon. Er ist Geigenlehrer am Konservatorium und der Vater von Alix. Er hat sich netterweise bereit erklärt, für den befreundeten Saxofonisten einzuspringen, der mir kurzfristig abgesagt hat. Armand wird euch also im Juni auf der Bühne begleiten und ab jetzt regelmäßig bei den Proben dabei sein.«

Alix verliert die Fassung. Ihr Vater, in ihrer geliebten Theaterblase? Ihrem Zufluchtsort? Dem einzigen Bereich ihres Lebens, in den er bislang noch keinen Fuß gesetzt hat? Kommt nicht infrage. Ohne nachzudenken, steht sie auf.

»Du sollst ... er soll ... bei unserem Stück mitmachen?«

»Du hast es ihr gar nicht gesagt?«, fragt Gabrielle erstaunt.

»Ich wollte dich überraschen, Fröschlein!«

»Ist dir gelungen«, stößt sie tonlos hervor.

Alle schauen sie an. Gabrielle wirkt verärgert.

»Gibt es ein Problem, Alix?«

Ob es ein Problem gibt? Doch, ja, ein kleines. Am liebsten würde Alix ihnen ins Gesicht brüllen, dass sie hier zu Hause ist, dass ihr Vater hier nichts zu suchen hat, dass er kein Recht hat, sich auch noch in diesen Teil ihres Lebens einzumischen, aber es kommt nichts heraus. Stattdessen schlüpft sie hastig in ihre Schuhe, schnappt sich ihren Rucksack und stürmt durch den Zuschauerraum. Gabrielles Stimme erreicht sie gerade noch, bevor sie die Tür zuknallt.

»Alix!«

Rennend durchquert sie den Park. Bei einem Blick über die Schulter sieht sie, wie ihr Vater das Gebäude verlässt und sich an ihre Verfolgung macht. Sie erhöht das Tempo, nutzt die Deckung eines Baums, um nach links abzubiegen. Sie umrundet den großen Ententeich mit seiner schilfbewachsenen Insel in der Mitte, hastet einen Trampelpfad zwischen den Büschen entlang. Eine dicht bewachsene Anhöhe erhebt sich vor ihr. Obendrauf ein Baum mit dicken Wurzeln. In dessen Zweigen sie schon so viele Stunde verbracht hat, dass sie ihn in- und auswendig kennt. Sie klettert hinauf, schiebt sich in die Mulde zwischen den gewaltigen Ästen, kauert sich hin, unsichtbar. Mehrere Minuten vergehen, bis sie unten Schritte hört. Ihr Vater flucht. Geht weiter. Alix rührt sich nicht.

Eine halbe Stunde später sieht sie, wie er in den Theatersaal zurückkehrt. Ihr Handy vibriert von den vielen Nachrichten, die Gabrielle ihr geschickt hat, und bald auch von denen ihres Vaters. Sie schaltet den Flugmodus ein, wirft das Gerät in ihren Rucksack.

In ihrem Inneren rumort es. Wellen der Wut, deren Tosen gar nicht mehr aufhören will. Ihr Vater hat eine rote Linie überschritten. Und was das Schlimmste ist: Es scheint ihm nicht einmal klar zu sein.

Bevor sie ihr Versteck verlässt, stellt sie noch mal sicher, dass sich niemand in der Nähe des Theatersaals herumtreibt. Sie geht nicht durch das hohe Portal neben dem Hauptgebäude – zu exponiert –, sondern durchquert mit großen Schritten den Park in Richtung des Nebenausgangs, einer kleinen Pforte in der Umgebungsmauer. Sie würde gern nach Hause gehen, befürchtet aber, dass ihr Vater dort als Erstes nach ihr suchen wird. Und sie will ihm nicht begegnen. Will nicht, dass er sie findet.

Sie schlägt den Weg Richtung Innenstadt ein, kommt zu einem Platz, auf dem mehrmals in der Woche Markt ist. Heute nicht. Nur ein wohlbekannter, schwarz-weiß gestreifter Transporter steht auf der Esplanade, das Vordach aufgeklappt. Der gehörte Bretagne-Bob, dem Galetten-Verkäufer, der in der ganzen Stadt herumfährt. Bei dem Duft von Buchweizen und Butter fängt Alix' Magen an zu knurren. Die benachbarte Kirche schlägt Mittag, wie als Genehmigung. Alix tritt näher. Bob ist so groß, dass sein ergrauendes Haar fast die Decke seines gestreiften Wagens berührt. Er beugt sich über die beiden gusseisernen Platten und reicht einem Paar, das vor dem Wagen steht, seine Bestellung hin. Alix überfliegt die Holztafel mit der Liste von Galetten.

»Weißt du, dass ich Gedanken lesen kann?«, sagt Bob. Sie wirft ihm einen skeptischen Blick zu, den er über den Rand seiner Sonnenbrille hinweg erwidert. »Einmal klassisch mit Champignons, und zum Nachtisch eine Crêpe mit salziger Karamellcreme. Richtig?«

Die Genauigkeit seiner Vorhersage entlockt Alix ein halbes Lächeln. Sie nickt. Bob wird tätig, verteilt den Buchweizenteig mit einer geübten Drehung des Handgelenks auf der Platte. Sein rechteckiges Gesicht mit den erschlafften Wangen hat ein bisschen Ähnlichkeit mit dem von Bill Murray in *Moonrise Kingdom* – ein Film, den Alix' Vater liebt und sie selbst hasst. Er schlägt ein Ei auf, das sich mit zartem Knistern ausbreitet, und schaut kurz zu ihr hinüber.

»Nicht sehr gesprächig heute.«

»Nein.«

»Das haben wir gleich.«

Sie weiß nicht, ob er damit ihre Schweigsamkeit meint oder die fast fertige Galette. Sie fragt nicht nach. Sie hat einfach nur Hunger und Lust, allein zu sein. Bretagne-Bob nimmt die Crêpe in Angriff, lässt sie einen Moment lang backen, verteilt einen üppigen Löffel Karamell darauf, das langsam schmilzt, während er den Teig zusammenfaltet.

»Neun Euro, bitte.«

Sie zahlt, nimmt ihr Mittagessen entgegen.

»Schönen Tag noch, Bob«, murmelt sie.

»Und dir einen, der hoffentlich wieder besser wird.«

»Der kann nur besser werden.«

»Oh, da täusch dich mal nicht. Auch ein beschissener Tag kann immer noch beschissener werden. Es sei denn, man entscheidet sich dagegen.«

Sie zuckt die Achseln. Geht weg. Wenn man einfach so entscheiden könnte, ob ein Tag sich wieder einrenkt oder nicht, hätte sich das wohl schon herumgesprochen. Sie verschlingt ihr Mittagessen, geht zum Strand hinunter.

Es ist Ebbe. Alix läuft eine Weile über den feuchten Sand, dann wieder zu den Wellenbrechern hinauf, die den Damm schützen. Stundenlang wandert sie ziellos zwischen den Wellen und der Stadt herum, brütet über ihrem Zorn. Fühlt sich betrogen. Von ihrem Vater. Von Gabrielle. Von allen.

Als es Abend wird, ist sie unschlüssig. Sie will nicht nach Hause gehen. Soll ihr Vater sich ruhig mal ein bisschen Sorgen machen, das wird ihm eine Lehre sein. Aber wo schlafen? Sie geht die Leute aus ihrem Theaterkurs durch. Über ihr gemeinsames Hobby hinaus ist sie keinem von ihnen enger verbunden. Außerdem hat sie nach der Szene heute Morgen keine Lust, ihren Blicken zu begegnen. Titouan kommt auch nicht infrage. Philippines knallblaue Haare tauchen vor ihrem inneren Auge auf. Das ist die einzig vorstellbare Möglichkeit.

Alix schaltet ihr Handy wieder ein, das wie verrückt zu brummen anfängt vor lauter Nachrichten, die sie eiskalt ignoriert. Sie schreibt an Philippine.

Ich frag nicht gern, aber ich hab Stress mit meinem
Vater. Kann ich heute bei dir übernachten?

Ähm, ok …

Typisch Philippine. Kurz und knapp, mit nicht mal zehn Buchstaben, macht sie einem klar, dass sie diese Bitte ziemlich seltsam findet. Schließlich ist Alix bisher erst zwei oder drei Mal bei Philippine zu Besuch gewesen, um irgendwelche Partnerarbeiten für die Schule zu erledigen.

Alix nimmt den Bus. Eine halbe Stunde später drückt sie auf den Knopf an der Gegensprechanlage. Es summt. Sie drückt die Tür auf und betritt die Märchenwelt von Philippines Elternhaus.

Bei ihrem ersten Besuch konnte Alix kaum fassen, wie reich Philippines Eltern offenbar waren. Der Garten rund ums Haus wird von ihrer Mutter mit größter Sorgfalt gepflegt. Ein schickes Trampolin thront inmitten von Liegestühlen und Gartenschaukeln. Philippine erwartet sie unter dem Vordach der Eingangstür und küsst sie auf die Wangen.

»Mehr Sachen hast du nicht dabei?«

»Nö.«

»Na, komm rein.«

Ein Wohnzimmer wie aus dem Einrichtungskatalog und am Ende des Flurs eine Küche, bei der ihr Vater zu sabbern anfangen würde, mit Kochinsel, schwarzem Designertresen und raffinierter Beleuchtung.

Philippine zieht sie die Treppe hinauf. Im ersten Stock führt eine Tür zu den Räumen der Eltern, eine andere in das Zimmer von Philippines großer Schwester – bei ihren wenigen Begegnungen hatte Alix den Eindruck, dass die sie nicht leiden konnte.

Sie steigen weiter nach oben. Alix kommt nicht umhin, die Haussprechanlage auf jeder Etage zu bemerken und auch noch megacool zu finden. Im zweiten Stock dann Philippines Refugium: ein riesiges Zimmer, das bis ins letzte Detail an ein Boudoir aus vergangenen Jahrhunderten erinnert, wären da nicht die mit Reißzwecken befestigten Gothic-Rock-Poster und die vielen Mangas. Philippine lässt sich bäuchlings auf ihr gemütliches Bett fallen, beobachtet Alix zwischen ihren blauen Strähnen hindurch. Die stellt ihren Rucksack auf dem Boden ab.

»Sind deine Eltern nicht da?«

»Die sind segeln, zusammen mit meiner Schwester. Müssten jeden Moment nach Hause kommen.«

Denn Philippines Eltern besitzen natürlich auch eine luxuriöse Segeljacht, die in ihrem Garten überwintert und in der schönen Jahreszeit wieder zu Wasser gelassen wird.

»Aber du segelst nicht so gern?«

Philippine verzieht das Gesicht.

»Ich in Ölzeug und mit Crocs an den Füßen? Außerdem hänge ich an meiner Leichenblässe.« Ein Lächeln zuckt um ihre Mundwinkel, steckt die von Alix an. »Ist das dein Handy, was da so brummt? Oder ein Vibrator?«

Alix lacht, holt ihr Telefon heraus und schaltet es ab. Ihr Blick bleibt an Gabrielles letzter Nachricht hängen.

Ich muss mit dir reden. Sag mir, wo du bist, dann
komm ich hin.

Alix schluckt. Gabrielle hat ihren Vater bestimmt wieder rausgeschmissen und will ihr das mitteilen. Sie zögert. Schickt ihr dann doch Philippines Adresse.

Bin in einer halben Stunde da.

Diese schnelle Reaktion gefällt Alix. Gabrielle trifft ja letzten Endes auch gar keine Schuld, überlegt sie, schon ein wenig besänftigt. Die konnte das ja nicht ahnen. Ihr Vater hat den Mist gebaut. Er ist der Eindringling.

»Was machst du da?«, fragt sie Philippine, die immer noch auf dem Bett liegt und auf die Tastatur eines mit Aufklebern übersäten Laptops einhämmert.

»Ich schreibe.«

»Was denn?«

»Einen Roman.«

»Und wovon handelt der?«

Philippine hebt den Blick über den Rand ihres Bildschirms, mustert Alix mit undurchdringlicher Miene.

»Von einer Serienkillerin, die die Doppelgänger von berühmten Sängern umbringt.«

Alix fragt sich kurz, ob es eine gute Idee war, hier Zuflucht zu suchen.

»Cool«, lässt sie dann, scheinbar ungerührt, fallen. »Und wie tötet sie sie?«

»Mit dem Messer. Rituelles Ausweiden, mit Blut geschriebene Symbole und so.«

»Und dann ... verspeist sie ihre Opfer?«

»Nur die Augen.«

»Echt eklig.«

»Allerdings.«

»Hört sich gut an.«

Sie tauschen ein Lächeln.

ARMAND

Armand läuft wie ein Tiger im Wohnzimmer auf und ab.

In der Mittagspause hat er die ganze Stadt nach Alix abgesucht. Um zwei musste er zum Unterricht ins Konservatorium zurück. Die letzten Stunden hat er abgesagt. Ohne eine Nachricht von seiner Tochter kann er sich auf nichts konzentrieren.

Warum nur ist sie einfach so weggelaufen? Wieder sieht er ihr kreidebleiches Gesicht vor sich, als sie im Theatersaal aufgestanden ist, ihre Fassungslosigkeit, ihre Wut. Die Heftigkeit ihrer Reaktion kann er nicht verstehen. Er selbst hat sich darauf gefreut, mit ihr auf der Bühne zu stehen, einmal noch einen so intensiven Moment mit ihr zu erleben, bevor sie aus dem Haus geht ...

Nein, wenn er ehrlich ist, hat er keine Sekunde an Alix gedacht, als er Gabrielle seine Hilfe angeboten hat.

Er hat an sich selbst gedacht, nur dieses eine Mal. Er hat nicht nachgedacht, und das bereut er jetzt bitter.

Armand geht ins Zimmer seiner Tochter hinauf, setzt sich aufs Bett, streicht über den zerschlissenen Hasen auf dem Nachttisch. Frau Feder. Die hat Alix überallhin mitgeschleppt. Drei Mal hat sie sie verloren. Und drei Mal hat Armand sie heimlich neu gekauft, sie absichtlich abgenutzt und fleckig gemacht, damit die Kleine keinen Unterschied bemerkt, hat so getan, als hätte er sie wiedergefunden, um das interstellare Drama ihrer Abwesenheit zu beenden.

Ein Klingelton.

Ich weiß, wo sie ist. Ich fahr hin. Rufe dich dann an.

Erleichterung. Aber nur wenig. Armand will Alix in die Arme schließen, selber sehen, dass es ihr gut geht. Fieberhaft schreibt er an Gabrielle zurück, verlangt genauere Angaben, die sie verweigert. Also wartet er und knetet Frau Feder dabei ein bisschen zu fest zwischen den Händen.

GABRIELLE

Auf der Straße vor Philippines Haus.

ALIX: Ich komme auf keinen Fall nach Hause.

GABRIELLE: Okay.

ALIX: Ich meinte, nur heute Abend.

GABRIELLE: Wo du schläfst, ist nicht mein
Problem.
Das ist eine Sache zwischen dir
und deinem Vater.
Mich interessiert einzig und allein,
dass du deine Aufnahmeprüfung bestehst.

ALIX: Also bleibt es dabei,
dass Papa bei unserer Aufführung spielt?

GABRIELLE: Ja.

ALIX: Das kannst du nicht von mir verlangen, Gab!

GABRIELLE: Darüber denke ich schon

den ganzen Tag lang nach.
Und bin zu dem Schluss gekommen,
dass ich das durchaus von dir verlangen kann.
Ihn rauszuschmeißen, wäre viel zu leicht.

ALIX: Das ist mein Theaterkurs,
nicht seiner!
Wenn er mitmacht, hör ich auf!

GABRIELLE: Du willst doch Profi werden, oder?
Dann musst du lernen, auch unter schwierigen
Bedingungen zu arbeiten.

ALIX, aufgebracht: Das ist doch ...

GABRIELLE: Lass mich ausreden!
Manchmal müssen wir mit Kollegen spielen, die wir
nicht mögen,
oder in einer Besetzung,
die uns nicht gefällt.
Aber wir tun es trotzdem.
Denn das ist unser
Job.

ALIX: Das kann man doch nicht vergleichen!
Er ist mein Vater!

GABRIELLE, sanft: Er ist mit auf der Bühne,
das ist nicht verhandelbar.
Mich mit Blicken zu töten, wird nichts daran ändern.
Zeig mir, dass du

die nötige Reife
für diesen Beruf besitzt.
Ich erwarte dich Montagabend zur Probe.

ALIX: Ich hasse dich, scheiße noch mal!
Ich hasse euch alle beide.

GABRIELLE: Das verstehe ich.

ALIX: Du verstehst überhaupt nichts!
Dir ist doch völlig egal,
wie's mir damit geht!

GABRIELLE: Du weißt genau,
dass das nicht stimmt.
Jemanden zu lieben
bedeutet nicht,
ihm alles durchgehen zu lassen.
Manchmal ist es sogar
genau umgekehrt.

ALIX, den Tränen nahe: Ach, hör doch auf ...
Wie konntest du nur zulassen, dass er ...

GABRIELLE: Bis Montag, Alix.

Gabrielle steigt in ihren Wagen und wartet, bis Alix ins Haus zurückgekehrt ist. Legt die Stirn aufs Lenkrad.

GABRIELLE: Scheiße.

TITOUAN

Titouan schiebt den Rechner zurück. Keine Spur von Lix heute Abend, er ist nicht eingeloggt und antwortet auch nicht. Dafür sind wieder seltsame Nachrichten von der unbekannten Nummer eingegangen. Eigentlich wollte Titouan diesmal sofort Bescheid sagen, dass er der falsche Empfänger ist, aber die ersten beiden Nachrichten, die kurz hintereinander eintrafen, haben ihn davon abgehalten.

Ichkannnichtmehrweitermachenohnedich

meinlebenistmitdeinemzuendegegangen

Seitdem folgen die Nachrichten im Zehn-Minuten-Takt aufeinander. Sie scheinen keine Antwort zu erwarten. Sie sind ein Monolog, ein Gespräch ohne Gegenüber. Titouan ist wie gelähmt, er weiß nicht, wie er reagieren soll. Es geht also wirklich um eine Liebesgeschichte, die aber noch viel tragischer ist, als er sich das vorgestellt hat. Der Absender spricht mit einem Toten.

jedertagfühltsichanwieeinerzuviel

dufehlstmirsosehr,meinlu.

Er bemerkt das Auftauchen von Satzzeichen. Liest die letzte Zeile noch mal. meinlu? Mein Lu? Merkwürdig. Vielleicht doch irgendeine blöde Kuh aus seiner Klasse, die sich über ihn lustig macht? Nein, undenkbar. Kein Schüler würde so schreiben, ohne Leerzeichen.

bisgleich

Titouan umklammert das Smartphone in seiner Hand, wie erstarrt. Sein Herz klopft immer schneller, je länger das Schweigen andauert. Die Person, die diese Nachrichten schreibt, will sich offenbar das Leben nehmen. Die Gewissheit setzt sich in ihm fest, eine Splitterbombe, die ihn innerlich zerreißt. Ohne noch länger nachzudenken, tippt er eine Antwort.

LUCE

Im Dunkel ihres Schlafzimmers starrt Luce auf den Satz, der gerade auf dem Graugrün des Bildschirms erschienen ist.

Drei Wörter.

Ich bin da.

Sie schlägt die Hand vor den Mund, unterdrückt einen Schrei. Das ist doch nicht möglich. Niemals. Oder ...?

Mit zitternden Fingern schreibt sie:

Lucien?

Vertippt sich mehrfach, ärgert sich über ihre Ungeschicklichkeit. Drückt auf ›Senden‹. Die Wartezeit ist kurz, die Antwort erreicht sie mit einem schrillen Piepton.

Ja. Dir scheint es ja nicht so gut zu gehen ...

Luce' Hände umklammern das Handy. Sie drückt es an sich. Kriegt kaum noch Luft. Tränen strömen über ihre Wangen – die Falten entlang, wie Bäche. Es geht ihr nicht gut, nein. So lange schon geht es ihr nicht gut.

»Mein Lu«, murmelt sie. »Mein Lu ...«

Stößt mit einer linkischen Bewegung die Tablettenschachtel weg, die neben ihren Hausschuhen auf dem Bettvorleger landet.

ZWISCHENSPIEL

Wer hat eigentlich
eines Tages
beim Betrachten des Weltalls beschlossen,
dass bestimmte Sterne zusammengehören?
Dass sie, durch Linien verknüpft,
wie Riesen aussehen,
wie Zentauren,
wie Halbgötter?
Ein Spiegel ist es,
den diese Menschen im nächtlichen Himmel gesehen haben.
Wir selbst sind es, zu denen sich diese Sternbilder
    zusammenfügen.
Wir, die wir, miteinander verbunden,
zu Riesen werden,
zu Zentauren,
zu Halbgöttern.

II. AKT

ALIX

Bis zum Sonntagabend überlässt Alix sich ganz dem beruhigenden Rhythmus in Philippines Elternhaus. Spätes Frühstück, Animes auf dem Rechner, köstliches Mittagessen, träger Nachmittag, mal im Garten, auf der Veranda oder im Zimmer ... Philippines Eltern lassen sich von ihrer Anwesenheit nicht stören, im Gegenteil, sie nehmen Alix auf, als würde sie schon seit Jahren jedes Wochenende bei ihnen verbringen. Nur die ältere Schwester mustert sie manchmal misstrauisch über den Rand ihrer Zeitschrift hinweg. Sie und Philippine sind so verschieden, wie man nur sein kann, scheinen aber sehr aneinander zu hängen. Ob ihre Feindseligkeit nur Eifersucht ist?

Gegen sechs steckt Philippines Mutter – »Nenn mich Isabelle« – ihre sonnengebräunte Nase durch die Zimmertür.

»Isst du noch mit uns zu Abend, bevor du nach Hause fährst?«, fragt sie behutsam.

Alix schnürt sich der Magen zusammen. Sie wechselt einen Blick mit Philippine, sagt dann hastig:

»Gern. Vielen Dank.«

»Wunderbar. In einer Stunde gibt's was, Mädels.«

Isabelle verschwindet wieder. Alix legt das Manga, das sie vor der Unterbrechung durch Isabelle gelesen hat, auf die Bettdecke. Philippine tut es ihr nach. Schaut sie an.

»Was willst du jetzt machen?«

»Keine Ahnung.«

Alix hat überhaupt keine Lust, nach Hause zu gehen, keine Lust, ihren Vater zu sehen, und erst recht nicht, der Trauer in seinem Blick zu begegnen. Die Wut ist noch zu frisch, der Verrat ihrer stillschweigenden Vereinbarung zu schmerzhaft. Das würde sie nicht aushalten.

»Zur Not«, schlägt Philippine vor, »tust du nur so, als würdest du gehen, und ich lasse dich heimlich wieder rein.«

Alix verbirgt ihre Überraschung. Die vierundzwanzig gemeinsam verbrachten Stunden haben eine neue Nähe zwischen ihnen entstehen lassen, aber Philippine hat trotzdem den Eindruck erweckt, als wäre sie gern wieder allein. Alix will das Angebot fast schon akzeptieren. Aber dann stellt sie sich den nächsten Morgen vor, an dem sie sich unbemerkt rausschleichen muss, und den nächsten Abend, an dem sie wieder nicht weiß, wo sie schlafen soll. Wenn sie hierbleibt, schiebt sie das Problem nur vor sich her. Außerdem sind Philippines Eltern so unglaublich nett zu ihr gewesen, dass sie ihr Vertrauen nur ungern missbrauchen würde. Alix dreht das Telefon in ihrer Hand.

»Ich ruf meine Mutter an.«

Philippine reißt die Augen auf.

»Deine Mutter? Du hast eine Mutter?«

»Wie alle anderen auch.«

»Ich meine ... ich dachte immer, die wär schon tot.«

»Nein. Sie hat uns ein paar Monate nach meiner Geburt verlassen.«

»Oh Gott! Und wo lebt sie jetzt?«

Alix seufzt. Während ihrer Kindheit hat sie ihre Mutter kein einziges Mal gesehen. Zu Weihnachten oder zum Geburtstag sind Postkarten von ihr gekommen, aus Südfrankreich oder Paris oder sonst irgendeiner Ecke Europas. Tausende Male hat Alix sich vorgestellt, wie sie, wenn sie groß ist, in einen Zug oder ein Flugzeug steigt, die geheimnisvolle Absenderin von Karte zu Karte verfolgt und am Ende ausfindig macht. Vor zwei Jahren ist ihre Mutter dann in die Bretagne zurückgekehrt und lebt jetzt ein paar Kilometer von Saint-Malo entfernt, angeblich um Alix ein bisschen näher zu sein. Zunächst war diese ganz begeistert gewesen. Aber dann hatte sie bei ihrem ersten Treffen das Gefühl, einer Fremden gegenüberzustehen, mit der sie überhaupt nichts verband, nicht einmal eine äußere Ähnlichkeit. Kein Anknüpfungspunkt, keinerlei Gemeinsamkeiten und dazu noch die völlige Unfähigkeit, ihr all die Fragen zu stellen, die sich in ihrem Kopf drängten. Seitdem ist Alix ihrer Mutter aus dem Weg gegangen.

»Sie wohnt in Cancale.«

Eine halbe Stunde mit dem Bus, dann noch zehn Minuten Fußweg. Keine unüberwindbare Entfernung.

»Und die willst du jetzt anrufen?«

»Jepp.«

Alix geht mit ihrem Handy auf den Flur. Einem plötzlichen Impuls folgend löscht sie den gesamten Thread mit ihrem Vater, sämtliche Nachrichten, die zwischen ihnen hin- und hergegangen sind, auch alle von diesem Wochenende, die zu lesen sie sich weigert. Das fühlt sich gut an. Sie sucht nach der Nummer ihrer Mutter. Will schon auf ›Anruf‹ drücken, zögert dann aber. Ihr letztes Gespräch ist schon Monate her. Was soll sie ihr sagen? Wie die Situation erklären? Alix kehrt in Philippines Zimmer zurück.

»Sie geht nicht ran. Ich schreib ihr eine Nachricht.«

Was sie aber nicht tut. Sie wird einfach hinfahren und dann sehen, was passiert. Von Angesicht zu Angesicht wird es leichter sein.

Stattdessen schreibt sie Titouan, der sich wegen ihrer Funkstille schon Sorgen macht.

Alles gut, bin nicht zu Hause, hol mir aber meinen
Rechner, sobald ich kann. Das Spielen fehlt mir
total!

TITOUAN

Titouan wird vom Vibrieren seines Handys geweckt. Eine Nachricht von Lix. Er liest sie, lächelt, reckt sich. 18:30. Binnen weniger Tage hat sich sein Rhythmus komplett verschoben. Er schläft am Tag und lebt in der Nacht, wenn die Welt nur ihm zu gehören scheint.

Er lauscht auf die Geräusche im Haus. Mittlerweile ist er Experte darin, die jeweilige Position seiner restlichen Familie zu bestimmen. Seine Eltern sind gerade mit Lila im Wohnzimmer. Während Eliott offenbar nicht zu Hause ist, sonst würde er wieder allen seinen zweifelhaften Musikgeschmack aufdrängen.

Titouan rutscht an die Bettkante. Geht auf leisen Sohlen durchs Zimmer und erleichtert sich in dem Waschbecken in der Zimmerecke. Allmählich fängt er richtig an zu stinken. Er riecht es schon selbst. Aber er ist zu faul, sich zu waschen, also tauscht er nur seine schmutzige Unterhose gegen eine frische aus und zieht ein T-Shirt über, bevor er sich wieder ins Bett kuschelt.

Er geht noch einmal die Nachrichten durch, die er am Vortag mit seiner Unbekannten ausgetauscht hat.

wiekanndassein?

Weiß ich nicht ...

dufehlstmirsosehr.
inletzterzeitfälltmirallesschwer.
vontagzutagmehr.

Was fällt dir denn schwer?

alles,vomhaaremachenbiszumalleinerausgehen

Das wird schon wieder. Ich helfe dir.
Aber keine Dummheiten machen, ja?

istgut.

Haare machen. Diese Formulierung bestätigt noch mal seine Vermutung, dass die Person am anderen Ende der Leitung eine Frau ist. Aber wenn Titouan sich als ihr verstorbener Partner ausgeben will, muss er mehr über die beiden wissen. Ihren Nachnamen zum Beispiel. Wann und wo sie sich kennengelernt haben. Welche Berufe sie früher hatten. Wann Lucien gestorben ist. Und woran. Wie alt seine Frau jetzt ist und wo sie wohnt. Mit jeder Nachricht riskiert Titouan, sich zu verraten und ihren Austausch zu beenden.

Ob diese Frau wirklich glaubt, dass sie über ihr Handy Kontakt zu einem Toten aufnehmen kann?

Ist letztlich doch egal. Vielleicht glaubt sie daran, vielleicht ist ihr Wunsch, daran zu glauben, aber auch einfach so groß, dass sie den Betrug hinnimmt, solange Titouan nur einigermaßen überzeugend wirkt.

»inletzterzeitfälltmirallesschwer.«

Titouan holt tief Luft. Warum ist ihm das Schicksal dieser Frau überhaupt so wichtig? Er könnte es nicht erklären. Vielleicht, weil er spürt, wie sehr sie ihren Mann geliebt hat, und weil er, wenn er dessen Rolle übernimmt, an dieser Liebe teilhaben kann? Außerdem sind ihre Nachrichten nun mal auf seinem Handy gelandet. Durch Zufall. Eigentlich hasst Titouan Zufälle. Aber diesen hier kann er so halbwegs kontrollieren. Ein Austausch auf Distanz, mit zwei Geräten dazwischen, ohne persönlich in Erscheinung treten zu müssen ... Da ist er in seinem Element. Und so wird er sich den Zufall dieses eine Mal zunutze machen und ihn quasi zurückgeben. Er wird die Stimme eines Toten sein, um dieser Frau zu helfen, noch etwas länger zu leben. Die Entscheidung, sein Zimmer nicht mehr zu verlassen, ist doch quasi ein sozialer Tod, so weit ist er also gar nicht von der Wahrheit entfernt ...

Die Sache ist nur, dass er sich mit Trauer überhaupt nicht auskennt. Er hat noch nie einen Menschen, der ihm nahestand, verloren. Titouan klappt den Rechner auf, gibt die Frage »Wie hilft man jemandem, der trauert?« ein, nimmt die ersten Ergebnisse unter die Lupe, in denen erläutert wird, was man tun und was man vermeiden sollte.

Er begreift ziemlich schnell, dass es keine Gebrauchsanleitung gibt. Jeder trauert anders, jeder muss seinen eigenen Umgang damit finden. Na toll.

Er beschließt, das Problem von der anderen Seite anzugehen. Neue Suchanfrage: »Was braucht man zum Glücklichsein?«

Titouan lässt sich von Seite zu Seite treiben. Die überschwänglichen Fotos, die die Artikel illustrieren, findet er oft albern. Der Inhalt hingegen interessiert ihn, auch wenn er ungefähr hundert Mal die Augen verdreht, weil manche Phrasen einfach dermaßen abgedroschen sind.

Nach einer guten halben Stunde listet er die am häufigsten genannten Punkte auf. Zum Glücklichsein braucht es zunächst einmal die Erfüllung der Grundbedürfnisse: genug zu essen, Luft zum Atmen, ausreichend Schlaf, ein Dach über dem Kopf, das Gefühl von Sicherheit. Gesundheit scheint ebenfalls ziemlich grundlegend zu sein. Und natürlich Liebe, auch in Form von Sex. Okay, damit kennt sich Titouan nicht allzu gut aus, will er sich auch gar nicht auskennen. Das lässt er außen vor. Dann kommen die eher sozialen Faktoren, zum Beispiel stabile Bindungen, Fürsorge, berufliche Anerkennung, Ziele haben, sich für etwas einsetzen, das einem am Herzen liegt ...

Er schaut noch einmal auf die Nachrichten.

Was fällt dir denn schwer?

alles,vomhaaremachenbiszumalleinerausgehen

Alleine. Titouan spürt, dass dieses Wort wichtig ist. Solange er noch nicht mehr über sie weiß, ist das etwas, womit er arbeiten kann. Er geht noch einmal durch, was er gerade gelesen hat, und formuliert eine weitere Nachricht. Er braucht dazu mehrere Anläufe. Und sendet sie, als er endlich zufrieden ist, an seine Unbekannte.

LUCE

Luce starrt auf das Handy, das vor ihr auf dem wuchtigen Wohnzimmertisch liegt. Immer wieder hat sie heute den Bildschirm kon-
trolliert, fieberhaft, wie damals, vor einem halben Jahrhundert, als
Lucien zum Militär musste und sie mehrmals am Tag in den Briefkasten geschaut hat. Es ist nichts gekommen, aber damit hat sie im
Grunde schon gerechnet. Dieser Kontakt mit Lucien gehört zu jener
Art von Magie, die am helllichten Tag nicht entstehen kann. Sie
braucht dazu den Schutz der Nacht. Oder wenigstens die zerbrech-
liche Transparenz der Abenddämmerung. Wie gerade eben, wo die
Sonne jenseits des Fensters langsam zwischen den Häusern versinkt.
Schrilles Piepen. Heftiges Zusammenzucken.

Ich weiß, dass es dir nicht gut geht und du wohl
kaum in der Stimmung dafür bist, aber ... würdest
du dich trotzdem auf ein Spiel mit mir einlassen?

Ein kaum merkliches Lächeln hebt ihre Mundwinkel.

wasfüreinspiel?

Ich gebe dir hin und wieder einen Auftrag, und
wenn du es schaffst, ihn auszuführen, darfst du mir
abends eine Frage stellen. Aber nur eine ...

Luce' Finger drücken in das weiche Plastik der Tasten.

einverstanden.

Erster Auftrag: Du gehst morgen
raus und unterhältst dich mit zwei
unterschiedlichen Personen. Aber nicht nur
Hallo-und-Auf-Wiedersehen, klar? Ein richtiges
Gespräch.

Ein richtiges Gespräch. Sie weiß kaum noch, wie das geht. In der ersten Zeit nach Luciens Tod haben einige der Nachbarn sie unterstützt, und auch ein, zwei frühere Kollegen. Irgendwann sind die Anrufe und Besuche immer dann seltener geworden und schließlich ganz versiegt.

Das Telefon in ihrer Hand piept erneut.

(Kleiner Tipp: Vielleicht fragst du als Erstes mal
jemand, wie man die Leerzeichen auf deinem
Handy macht ...)

Diesmal lächelt Luce ganz unverhohlen.

auftragangenommen.bismorgen.

ALIX

Alix geht am Rand der Straße entlang, die zu dem einsam gelegenen Haus ihrer Mutter führt. Sie ist erst einmal hier gewesen, und das am Tag, aber der Weg hat sich tief in ihr Gedächtnis gegraben. Mit einer Hand hält sie den Riemen ihres Rucksacks umklammert, mit der anderen die Handylampe vor sich auf den Boden gerichtet, damit sie weiß, wo sie hintritt, und von den Autos gesehen wird, die auf der *Route Nationale* an ihr vorbeirasen.

Gut möglich, dass ihre Mutter gar nicht zu Hause ist. Sie reist viel, von einem Ende Europas zum anderen, auf der Suche nach neuen Malern oder Bildhauern, die sie in der Galerie, in der sie arbeitet, ausstellen kann.

Alix hebt den Kopf. Der Nachthimmel ist ein dunkles Blau und mit Sternen übersät, deren fernes Flimmern sie anzufeuern scheint.

Nach fünfhundert Metern öffnet sich zu ihrer Rechten eine schmalere Straße. Ein Schild kündigt Ferienhäuser an. Alix biegt ab, passiert eine Gruppe von Steinhäusern, verliert sich dann zwischen den Bäumen. Am Ende des holprigen Fahrwegs bleibt sie vor einem kleinen Holztor stehen. Auf dem Kies ist ein Auto geparkt. Und dort, ganz hinten im Garten, leuchten zwei Fenster hinter pflaumenfarbenen Vorhängen. Alix holt tief Luft. Schiebt das Törchen auf.

Eine Reihe ins Gras eingelassener Granitsteine bildet einen Weg bis zur Eingangstür. Die Lampe am Vordach springt automatisch an, als sie näher kommt. Von drinnen sind Schritte zu hören. Jetzt gibt es kein Zurück mehr. Alix will gerade auf die Klingel drücken, als die Tür aufgeht. Die schmale Gestalt ihrer Mutter zeichnet sich im Gegenlicht ab, das braune Haar zum Knoten aufgesteckt.

»Alix?«

»Hallo, Manda.«

Ohne Vorwarnung umschlingen sie die Arme ihrer Mutter, drücken sie an sich, in einer Wolke von Jasmin.

»Komm rein, bleib da nicht so stehen«, sagt sie mit einem breiten Lächeln.

Alix folgt Mandalina in die Diele, dann ins Wohnzimmer. Einen Moment lang ruht ihr Blick auf der Wespentaille ihrer Mutter, die vom Schnitt ihrer Jeans noch betont wird. So eine könnte sie selbst nur durch Runterhungern erreichen. Also nie.

»Setz dich doch. Was führt dich her? Ist irgendwas passiert? Du hast dir die Haare getönt ... Steht dir gut.«

Erneutes Lächeln, das strahlend weiß die gebräunte Haut ihrer Mutter spaltet und auch in ihren großen Honigaugen aufleuchtet. Sie sehen sich überhaupt nicht ähnlich. Weder im Gesicht noch vom Körper her. Man muss sich fast fragen, ob diese Frau wirklich ihre Mutter ist – eine Frage, die auch Alix sich schon Tausende Male gestellt hat. Sie wirft ihren Rucksack auf den Boden vorm Sofa, zieht ihre Jacke aus, setzt sich hin.

»Nichts Schlimmes. Nur ein Streit mit Papa.«

Sie schaut sich im Zimmer um. Überall hängen Kunstwerke an den Wänden oder stehen auf den untadeligen Designermöbeln. Trotzdem wirkt das Ganze nicht kalt. Im Gegenteil. Es wirkt einladend. Unbeschwert. Fröhlich.

»Weiß dein Vater, dass du hier bist?«

»Nein.«

»Sag's ihm nicht«, fügt sie schnell hinzu, als sie sieht, wie ihre Mutter nach ihrem Handy sucht.

»Ich hänge an meinem Leben, Alix.«

»Warte noch kurz. Du kannst es ihm später sagen. Okay?«

Mandalina mustert sie. Nickt. Legt sich einen großen purpurfarbenen, mit Goldfäden durchwirkten Schal um die Schultern. Gibt es hier auch nur ein einziges Objekt, das nicht von erlesenem Geschmack ist? So viel Schönheit wirkt fast schon einschüchternd.

»Willst du mir erzählen, was passiert ist?«

»Nein.«

»Willst du über irgendwas anderes reden?«

Über so vieles, denkt Alix. Über die Gründe, warum sich Mandalina früher nie für sie interessiert hat, was sie dazu getrieben hat, Alix im Alter von wenigen Wochen mit ihrem Vater allein zu lassen, warum sie dann vor zwei Jahren zurückgekommen ist und sich in diesem Haus mitten in der Pampa niedergelassen hat, über die Vorgeschichte ihrer Eltern, ob sie verliebt gewesen sind oder ob es nur ein Abenteuer war, ob Mandalina ihre Tochter wenigstens ein bisschen liebt, über diese Wut, die im Bauch von Alix brodelt, sobald sie an all das denkt ...

Stattdessen fragt sie:

»Wie läuft's bei dir auf der Arbeit?«

»Super. Vor drei Tagen bin ich aus Barcelona zurückgekommen, ich hab dort einen Maler getroffen, den wir bald bei uns in Rennes ausstellen wollen. Schau mal ...« Sie sucht auf ihrem Handy nach Fotos, hält Alix das Gerät hin, die die Aufnahmen kurz durchgeht.

»Gefallen sie dir?«

Die Bilder sind Explosionen von knalligen Farben und grotesken Formen. Schwarze oder weiße Linien zerreißen die Leinwand.

»Sehr ... lebhaft.«

»Genau«, bestätigt Mandalina. »Und du solltest sie erst mal in echt sehen – die lassen niemanden kalt! Ich mache mir jetzt einen Tee. Willst du auch einen?« Alix nickt. »Es ist so schön, dich zu sehen.«

»Find ich auch.«

Alix' Blick folgt ihrer Mutter, die mit federndem Gang das Zimmer verlässt. Mit dem Schal über den Schultern ähnelt sie einem Schmetterling. Alix schaut auf ihren eigenen Pullover hinunter und fühlt sich schrecklich unscheinbar.

Als Mandalina mit einer dampfenden Teekanne zurückkehrt, nimmt Alix all ihren Mut zusammen.

»Kann ich hier vielleicht übernachten?«

»Nur heute?«

»Ein paar Tage?«

»Fühl dich wie zu Hause, Alix. Ich mach dir das Gästezimmer fertig. Du kannst bleiben, solange du willst. Aber nicht, ohne deinem Vater Bescheid zu sagen.«

»Na gut«, gibt sie widerwillig nach.

Sie nimmt sich eine Tasse, gießt sie voll, bläst über die Oberfläche. Beobachtet die kleinen Wellen, die entstehen, während Mandalina auf ihrem Handy herumtippt. Im Geiste wiederholt sie die letzten Sätze ihrer Mutter, wie einen Theaterdialog. Bemerkt den tiefen Widerspruch zwischen »Fühl dich wie zu Hause« und »Ich mach dir das Gästezimmer fertig« – sie ist kein Gast, sie ist Mandalinas Tochter, und wenn sie hier zu Hause wäre, hätte sie ein Zimmer. Ein eigenes. Sie hat noch nie einen Platz im Leben ihrer Mutter gehabt, nicht einmal seit diese wieder in der Gegend ist. Aber vielleicht kann sie sich diesen Platz ja erobern? Alix verspürt plötzlich Sehnsucht danach. Schreckliche Sehnsucht. Auch wenn es letztlich sie selber war, die den Annäherungsversuchen ihrer Mutter in den vergangenen Jahren konsequent ausgewichen ist.

»Hast du gar nichts dabei?«, wird es Mandalina plötzlich klar.

»Nein, muss ich mir alles noch von zu Hause holen.«

»Das hat Zeit. Morgen gehen wir erst mal shoppen, am besten gleich nach der Schule! Wann hast du Schluss?«

Morgen ist Montag. Und abends Theaterprobe.

Alix zögert keine Sekunde lang.

»Um vier. Um vier hab ich Schluss.«

LUCE

8:00

Zum ersten Mal seit Langem hat Luce einen Grund aufzustehen. Beschwingt macht sie sich fertig, achtet nicht auf die Schmerzen, die jede Bewegung begleiten. Öffnet ein Fenster, mustert den Himmel, zieht einen pastellblauen Regenmantel über. Sie räumt alles aus ihrer Handtasche, was sie nicht unbedingt braucht, weiß aber schon jetzt, dass ihr der Riemen trotzdem nach wenigen Minuten in die Schulter schneiden wird. Sie hasst es, alt zu sein. Sie hasst es, sich gebrechlich zu fühlen.

Luce geht zur Tür. Das Haus zu verlassen, kostet sie jedes Mal große Überwindung. Der Rückzug hat ganz allmählich stattgefunden, nachdem sie in Rente gegangen ist. Es gab keine Zuflucht, keine Atempause mehr. Ohne ihr Refugium hoch über den Wolken, das ihr ganzes Leben bestimmt hat, empfand sie die Gesellschaft der Menschen als feindlich. Erstickend. Während ihrer letzten gemeinsamen Jahre war Lucien ihr Fels in der Brandung gewesen, ein Schutzschild gegen die Brutalität da draußen. Ohne ihn hatte die Welt dann ziemlich schnell wieder ihre Stacheln ausgefahren.

Heute jedoch spürt sie ihn an ihrer Seite. Außerdem hat sie ja einen Auftrag auszuführen. Und so verlässt sie, nach einer letzten Vergewisserung, dass sie das Handy auch wirklich eingesteckt hat, das Haus.

Sie geht die Straße entlang, offen für ein Gespräch. Doch der einzige Mensch, dem sie begegnet, ist ein Mann im grauen Anzug, der den gegenüberliegenden Fußweg hinunterhastet. Auf dem Weg irgendwohin. Sicher zur Arbeit. Luce unternimmt nicht einmal den Versuch, ihn anzusprechen.

Als sie um die Ecke biegt, entdeckt sie eine vertraute Gestalt. Die Tochter ihrer Nachbarn lehnt an der Pforte vor einem weiß gestrichenen Haus: Afro-Frisur, die Tasche über der Schulter, den Blick unverwandt auf ihr Handy gerichtet. Luce geht auf sie zu.

»Hallo ...« Sie gräbt im Sumpf der Erinnerung nach ihrem Vornamen. »Tess. Richtig, oder?«

»Ja, genau. Hallo, Madame Paradis.«

Kurz nach Luciens Tod sind Tess und ihre Mutter mehrmals vorbeigekommen und haben ihr etwas zu essen oder ein paar Einkäufe gebracht. Tess ist groß geworden seitdem, schon ein richtiges junges Mädchen. Luce ist immer wieder erstaunt, dass das Leben für den Rest der Welt offenbar einfach weitergeht. Aber auch erleichtert.

Ihr Weg ist zu Ende, doch andere folgen ihr nach. Dass sie selbst nicht mehr leben will, muss ja nicht heißen, dass auch alle anderen mit ihr sterben sollen. Im Gegenteil.

»Auf dem Weg zur Schule?«

»Ja, ich warte auf eine Freundin.«

Ihr Ton ist gleichermaßen zuvorkommend wie ungeduldig. Luce will nicht stören. Sie wendet sich schon zum Gehen, als ihr der Auftrag von Lucien wieder einfällt.

»Kann ich dich was fragen, Tess? Ich hab da ein Problem mit meinem Handy und ...«

»Zeigen Sie mal her.«

Sie streckt schon die Hand aus. Luce holt ihr Gerät aus der Tasche, reicht es ihr.

»Oha, das ist aber ziemlich alt ...«

»Ich bin ja auch eine alte Frau ...«

»Die sind schon echt schräg.«

»Wer, alte Frauen?«

Tess hebt den Kopf und mustert sie verblüfft. Ein komplizenhaftes Lächeln gleitet über beide Gesichter.

»Und was genau ist das Problem?«

»Ich weiß nicht, wie man die Leerzeichen macht, wenn man eine Nachricht schreibt.«

»*Sie* schreiben Nachrichten?«, fragt Tess belustigt. »Na, mal sehen ...«

Sie tippt auf den Tasten herum, mustert den Bildschirm.

»Pfff, das ist ja noch aus der Steinzeit«, lässt sie nebenbei fallen.

Konzentriert zieht sie ihre Augenbrauen zusammen. Kein Stirnrunzeln, nur eine kaum wahrnehmbare Kerbung, eine stärkere Wölbung ihres Bogens, der mit einem braunen Stift nachgezogen wurde. Schon verrückt, wie wichtig junge Mädchen heutzutage ihre Augenbrauen nehmen. Als wollten sie alle unbedingt gleich aussehen. Aber wie Luce zugeben muss, ist das Ergebnis bei Tess von anrührender Zartheit.

Deren Gesicht sich jetzt plötzlich erhellt.

»Ich hab's! Das geht so, schauen Sie mal ...«

Sie zeigt es ihr.

»Ach, ist ja ganz einfach«, stellt Luce fest.

»Na klar ...«

Zack, da hast du's, alte Schachtel. Als gute Verliererin bedankt Luce sich trotzdem.

»Wiedersehen, Tess.«

»Wiedersehen, Madame Paradis.«

Luce entfernt sich ein paar Meter, tippt dann eine Nachricht und schickt sie auch gleich ab, bevor sie ihren Weg fortsetzt.

Und eins!

Sie entdeckt die Bushaltestelle, fast überrascht, sie dort noch vorzu-
finden. Mit Lucien zusammen ist sie Dutzende Male in diesen Bus
gestiegen, um in der Innenstadt oder im Parc du Thabor spazieren zu
gehen. Aber seitdem nie mehr.

Der Bus kommt. Luce beobachtet, wie er drei Fahrgäste aussteigen
lässt und wieder anfährt. Zwei Meter zurücklegt. Erneut anhält. Die
vordere Tür geht auf. Erst jetzt merkt Luce, dass sie den Arm geho-
ben hat, als wollte sie den Fahrer bitten zu warten. Ihretwegen hat er
noch mal die Tür geöffnet. Sie eilt hin, steigt ein, entschuldigt sich,
kauft einen Fahrschein. Setzt sich auf den ersten freien Platz.

Verängstigt sieht sie die Straßen jenseits der Fenster vorbeizie-
hen. Sie hatte ganz vergessen, wie groß diese Stadt ist. In den letzten
zwei Jahren scheint sich alles verändert zu haben. Die Häuser, die
Geschäfte, die Restaurants sind ihr fremd. Am liebsten würde sie
umkehren, in ihr vertrautes Viertel zurück. Doch der Bus folgt sto-
isch seiner Bahn, und sie findet nicht die Kraft, ihn anzuhalten.

In der Innenstadt steigt Luce dann aus – eine alte Gewohnheit. Das
Dröhnen der morgendlichen Staus umfängt sie. Vor ihr das Tor zum
Parc du Thabor, dahinter große Bäume, die ihre Äste in den grauen
Himmel recken. Sie tritt ein wie auf der Flucht, erklimmt die Stufen
aus Granit, geht einen steilen Weg hinauf. Ihre Schritte führen sie
zum Vogelhaus. Luce setzt sich auf eine Bank, kommt wieder zu Atem.

Sie ist erschöpft.

Lucien fehlt ihr.

So viele Menschen fehlen ihr.

Und während sie zuschaut, wie sich die bunten Papageien hinter
dem Gitter der Voliere tummeln, kommt Luce zu dem Schluss, dass
unser Lebensmut – jedenfalls zum Teil – in proportionalem Verhältnis zur Zahl der Menschen steht, die uns lieben. Und sie hat niemanden mehr.

GABRIELLE

Gabrielle steigt die Stufen zum Konservatorium hinauf, entdeckt Armand durchs Fenster. Er kommt zu ihr heraus.

ARMAND: Hey.

GABRIELLE: Hey.
Ist Alix wieder zu Hause?

ARMAND: Sie ist bei ihrer Mutter.

GABRIELLE: Ah.

ARMAND: Tja.

Langes Schweigen. Armand wirft einen Blick auf seinen Schüler, der drinnen auf ihn wartet.

GABRIELLE: Wie du weißt,
bin ich nicht gerade
Expertin,
was Eltern-Kind-Beziehungen angeht.

ARMAND: Hm.
Du bist heute so früh.

GABRIELLE: Zu Hause hatte ich keine Ruhe mehr.
Ich dachte,
hier
kann ich vielleicht besser arbeiten.

ARMAND: Hör mal,
in Anbetracht der Lage
wäre es vielleicht besser, wenn ich deine Schüler
nicht
auf der Bühne begleite.

GABRIELLE: Meinst du, das würde irgendwas
ändern?
Für Alix?

ARMAND: Schlimmer
kann es wohl kaum noch werden.

GABRIELLE: Dir fehlt es halt an Fantasie.

ARMAND, seufzt: Gab,
ich bin deinem Zynismus heute nicht gewachsen.

Gabrielle legt Armand eine Hand auf die Schulter, zieht ihn zu sich heran.

GABRIELLE: Entschuldige bitte.

Sie umarmen sich, lösen sich dann wieder voneinander.

ARMAND: Ich sag's ihr heute Abend
vor deinem Kurs.

Er geht zurück ins Gebäude.

GABRIELLE, leise vor sich hin: Wenn sie denn
kommt.

Gabrielle setzt sich mit dem Rücken zum Fenster und zündet sich eine Zigarette an. Hinter ihr setzt das Geigenspiel wieder ein.

ALIX

»Das ist sie?«, fragt Philippine.

Alix nickt. Mandalina, an ihr Auto gelehnt, zieht mit ihrem langen, cremefarbenen Kleid und der überdimensionalen Sonnenbrille die Blicke auf sich. Sie sieht aus wie eine Schauspielerin, die unerkannt bleiben will. Und Alix, die heute eine der Seidenblusen ihrer Mutter trägt, fühlt sich auch fast schon wie eine. Jetzt hat Mandalina ihrerseits Alix entdeckt und hebt lächelnd den Arm in ihre Richtung. Philippine mustert sie eingehend.

»Du siehst ihr überhaupt nicht ähnlich.«

»Sag bloß. Bis morgen!«

Alix geht auf ihre Mutter zu. Wenige Schritte von ihr entfernt wird sie langsamer. Soll sie sie auf die Wange küssen, auch wenn sie sich heute Morgen schon gesehen haben? Vor der ganzen Schule? Sie haben noch keinerlei Gewohnheiten, Rituale. Alles muss erst noch erschaffen werden. Aber die Zeit bis dahin empfindet Alix als ein unbehagliches Zwischenstadium.

Mandalina fegt ihr Zögern kurzerhand beiseite.

»Auf geht's!«, ruft sie, während sie schon den Wagen umrundet und sich ans Steuer setzt.

Alix gleitet auf den Beifahrersitz, die Arme um den Rucksack gelegt.

»Was hast du heute gemacht?«

»Ich hab von zu Hause aus gearbeitet. Künstler angeschrieben,

Verträge vorbereitet, Angebote für eine Vernissage und einen Gemäldetransport eingeholt ... Kurz, ein Haufen E-Mails, Anrufe und öder Papierkram! Mach ich eigentlich nicht so gern, aber muss ja nun mal sein.« Alix nickt, als wüsste sie genau, worin die Arbeit ihrer Mutter besteht. »Und jetzt also shoppen?«

»Können wir vorher noch schnell meinen Rechner holen? Den brauch ich, und Papa ist jetzt bestimmt noch nicht zu Hause.«

»Von mir aus. Und wie war dein Tag?«

»Normal.«

»Normal«, wiederholt Mandalina belustigt.

Sie fährt los, ohne nach dem Weg zu fragen, hält gegenüber vom Haus am Straßenrand an. Einen Moment lang ruht ihr Blick auf der Fassade, wandert zu den Fenstern im ersten Stock hinauf. *Sie hat auch mal hier gewohnt*, wird Alix plötzlich klar. Bis zu ihrer Geburt war dies das Haus ihrer Eltern, ihrer *beiden* Eltern.

»Ich warte hier«, sagt Mandalina.

Alix steigt aus, überquert die Straße, zieht den Schlüssel aus dem Rucksack. Drückt die Klinke nach unten und betet, dass ihr Vater nicht doch schon zu Hause ist. Abgeschlossen. Uff. Sie schließt auf und tritt ein.

In der Diele bleibt sie stehen. Die Stille lastet auf ihr. Die Möbel lasten auf ihr. Die Jacken am Haken, das Chaos von Schuhen an der Wand entlang, der Lichtstrahl, der aus dem Wohnzimmer dringt, die halb geöffnete Küchentür ... Noch vor drei Tagen ist das ihr Zuhause gewesen. Aber seitdem hat sich ihr Leben in so einschneidender Weise verändert, wie sie es am Samstag, beim Verlassen der Theaterprobe, niemals geahnt hätte. Selbst vor ein paar Minuten ist ihr das Ausmaß noch nicht wirklich klar gewesen. Das begreift sie erst jetzt. Mit ihrer Weigerung, ihren Vater in ihre Theaterblase eindringen zu lassen, hat sie einen endgültigen Schritt in Richtung auf ein Leben ohne ihn getan. Sie liebt ihn, daran hat sie überhaupt keinen Zweifel.

Aber auf Distanz zu gehen ist essenziell. Existenziell. Und das nicht erst in drei Monaten, wenn ihr Studium in Paris beginnt, und auch nicht erst in anderthalb Monaten, wenn die Abiprüfungen durch sind. Sondern sofort. Von einer Dringlichkeit erfasst, die ihr selbst ein Rätsel ist, hastet sie, drei Stufen auf einmal nehmend, die Treppe hinauf.

Oben in ihrem Zimmer steckt sie den Laptop in seine Hülle. Selbst in diesem Raum fühlt sie sich fehl am Platz. Das hier ist ein Kinderzimmer, nur leicht vom Schleier der Pubertät verhüllt. Hastig rafft sie ein paar Klamotten zusammen, ihre Schulsachen, ihr Ladegerät, ein paar Hygieneartikel, ihr Schminktäschchen, ihre Lieblingsschuhe, die Texte der Vorsprechszenen, an denen sie arbeitet. Stopft alles in eine Reisetasche. Ihr Blick fällt auf die unförmige Gestalt von Frau Feder auf dem Nachttisch. Nein, die gehört ebenfalls zur Kindheit, genau wie das Foto unter der Matratze. Beide bleiben hier. Alix zieht den Reißverschluss ihrer Reisetasche zu, hängt sich die Laptoptasche um und stürmt wieder nach unten.

Krachend fällt die Haustür hinter ihr ins Schloss. Sie dreht den Schlüssel zweimal rum – was sie, wie ihr Vater ihr vorhält, sonst nie tut. Wirft dann mit feierlicher Geste ihren Schlüsselbund in den Briefkasten. Ziemlich melodramatisch, schon klar. Aber sie ist schließlich Schauspielerin. Mit dramatischen Abgängen kennt sie sich aus.

»So viel?«, fragt Mandalina erstaunt, als sie ihre große Tasche sieht.

»Meine Schulsachen und ein paar Klamotten.«

»Okay. Schmeiß alles hinten rein.«

Sie fährt los, sobald Alix wieder neben ihr sitzt, als wollte auch sie möglichst schnell dieses Haus hinter sich lassen.

Sie fahren in ein Einkaufszentrum. Und als sie gerade den ersten Laden betreten, muss Alix daran denken, dass ungefähr jetzt im Konservatorium die Theaterprobe beginnt. Sie spürt einen kleinen Stich im Herzen, den sie aber gleich wieder verdrängt. Sie braucht Gabrielle nicht mehr, um die Eignungsprüfungen zu schaffen. Sie wird allein weiterüben, nach der Schule mit ihren Mitspielern proben. Sie wird ihr Bestes geben. Und es allen zeigen. Punkt.

»Wie findest du das hier?«, fragt Mandalina und zeigt ihr ein grünes Minikleid mit Zitronenmuster.

Das hätte sie selbst niemals ausgesucht. Aber es gefällt ihr. Und es schmeichelt ihr, was ihre Mutter offenbar in ihr sieht: ein Mädchen, das ein mit Zitronen bedrucktes Kleid tragen kann.

»Warum nicht!«

ARMAND

Armand läuft unruhig vor dem Theatersaal auf und ab. Die meisten Schauspielschüler sind schon da. Er schaut zu Gabrielle hinüber. Sie sitzt vor der Glasfront des Perkussionsraums und raucht. Schaut auf die Uhr. Drückt ihre Zigarette aus.

»Es ist Zeit«, verkündet sie, als er wieder an ihr vorbeikommt.

Armand blickt den Weg entlang, in der Hoffnung, die Gestalt von Alix um die Ecke der großen Gründerzeitvilla, des Hauptgebäudes des Konservatoriums, biegen zu sehen. Doch nur ein anderer Schüler taucht jetzt dort auf und eilt auf den Theatersaal zu.

Armand schluckt mühsam. Sein Magen ist wie zugeknotet.

Sie ist nicht gekommen.

»Ich muss anfangen«, sagt Gabrielle und steht auf.

Armand nickt. Schaut auf sein Smartphone. Keine Nachricht von Alix, keine von Mandalina. Während Gabrielle mit ihren Schülern reingeht, steigt eine Ahnung in ihm auf. Er läuft zu seinem Raum, holt seine Violine, springt ins Auto.

Er fährt schnell. Zu schnell. Das ist sonst nicht seine Art. Aber seit Alix weg ist, erkennt er sich ohnehin kaum noch wieder.

Vor dem Haus hält er an, sprintet hinein. Alix ist nicht da. Dabei hätte er schwören können ...

Armand geht die Treppe ins Zimmer seiner Tochter hinauf. Die Tür steht sperrangelweit offen. Dabei erinnert er sich genau, sie noch an diesem Morgen so weit zugezogen zu haben, dass nur noch ein schmaler Lichtstreif durch den Türspalt fiel. Mit pochendem Herzen lässt er den Blick durchs Zimmer schweifen. Der Schreibtisch, heute früh noch zugestapelt, ist vollkommen leer. Rechner, Bücher, Hefte, alles weg.

Der Anblick von Frau Feder auf dem Nachttisch beruhigt ihn ein wenig – wäre Alix ein für alle Mal gegangen, hätte sie sie bestimmt nicht hiergelassen. Kurz sucht er noch nach anderen Dingen, die vielleicht fehlen. Ist sich aber nicht sicher. Und so geht er wieder nach unten, wandert von einem Zimmer ins nächste.

Vor der Küchentür bleibt er stehen. In den weiß gestrichenen Holzrahmen sind in unterschiedlicher Höhe Linien und Altersangaben eingeritzt. Armand berührt sie mit den Fingerspitzen.

8 Jahre.

9 Jahre.

10 Jahre.

Das alljährliche Ritual zu Alix' Geburtstag. Sobald sie mit fünfzehn die gleiche Größe wie Armand erreicht hatte, war ihr Interesse jedoch schnell verflogen. Er erinnert sich noch an ihr triumphierendes Lächeln an jenem Tag. Sie hatte ihn eingeholt. Inzwischen hat sie ihn sogar ein paar Zentimeter *über*holt, aber sein eigener Strich, von einem schlichten, schiefen *Papa* markiert, ist trotzdem der oberste geblieben.

Armand seufzt. Er kehrt in die Diele zurück, öffnet den Briefkasten, um die Post herauszuholen. Ein Schlüsselbund fällt klirrend zu Boden. Armand bleibt die Luft weg, als er den dicken gelben Schaumstoff-Smiley am Schlüsselring erkennt. Minutenlang steht er nur regungslos da, als würde sein gebrochenes Herz bei der geringsten Bewegung zu Staub zerfallen. Das ist nicht bloß eine Vorstellung. Er kann es körperlich spüren. Klaffende Risse, tief in der Brust, die immer größer werden, ihn zerreißen. Er kennt diesen Schmerz. Es kommt ihm vor, als würde er mit siebzehn Jahren Abstand denselben

Albtraum zum zweiten Mal erleben: Wie die Liebe seines Lebens einfach spurlos verschwindet.

Aber Mandalina hat ihm wenigstens ein anderes Wesen dagelassen, das er lieben konnte. Ein Wesen, das so sehr von ihm abhängig war und ihn so vollständig vereinnahmt hat, dass ihm nicht einmal Zeit blieb, seine Wunden zu lecken.

Während er jetzt, ohne Alix, ganz allein zurückbleibt.

Nutzlos.

Und das ist unerträglich.

Armand hebt die Schlüssel nicht auf, klappt auch den Briefkasten nicht wieder zu. Dreht sich nur ganz langsam um, nimmt seinen Geigenkoffer, öffnet ihn auf dem Wohnzimmersofa. Schiebt sich das Instrument unters Kinn.

Schließt die Augen und beginnt zu spielen.

LUCE

Eine Gruppe Jugendlicher sitzt auf der Wiese im Park und spielt Gitarre. Für diese jungen Leute, wie auch für alle anderen, die seit heute früh an der Voliere vorbeigekommen sind, ist sie nur eine alte Frau auf einer Bank. Wenn sie jetzt plötzlich verschwände, von einem Windstoß davongetragen, würden sie es wohl kaum bemerken.

Luce schließt die Augen, beschwört die Geister herauf, die sich hinter ihren Lidern drängen, stellt sie sich an ihrer Seite vor. Eine bittersüße Illusion.

»Madame?«

Ein Mann tritt im schräg einfallenden Licht auf sie zu. Er trägt eine dunkelgrüne Uniform und eine altmodische Schirmmütze, obwohl er noch jung ist.

»Ja?«

»Der Park schließt in einer halben Stunde.«

»Oh! Wie spät ist es denn?«

»Zwanzig Uhr, Madame.«

Zwanzig Uhr? Kein Wunder, dass die Sonne schon unter den Wolken hindurchschaut! Luce springt auf, von dem panischen Gedanken erfasst, es könnte kein Bus mehr fahren. Sofort beginnt sich alles zu drehen. Der Parkangestellte fängt sie auf.

»Alles in Ordnung?«

»Nur ein Schwindelanfall«, entschuldigt sie sich.

»Ich bring Sie noch bis zum Ausgang.«

Sie nickt, zu schwach, um zu widersprechen. Vorsichtig fasst er sie am Arm und geht neben ihr her, ohne angesichts ihrer Langsamkeit irgendeine Ungeduld erkennen zu lassen. Die ersten Regentropfen fallen.

»Sie sind wirklich sehr blass«, sagt er besorgt. »Haben Sie das öfter, solche Schwächeanfälle?«

»Nein, das ist nur ... Halb so wild. Ich hab wohl seit heute Morgen nichts mehr gegessen.«

Der Angestellte drängt sie nicht weiter. Am Parktor lässt er ihren Arm jedoch nicht los, damit sie zum Bus gehen kann, sondern zieht sie zu einem Lieferwagen, der die schwarz-weißen Streifen der bretonischen Flagge zur Schau trägt. Ein langer Kerl mit grauem Strubbelhaar will gerade das Vordach einklappen.

»He, Bob«, ruft der Parkangestellte, »machst du noch schnell eine Galette für die Dame?«

Der lange Kerl dreht sich um, bohrt seine wasserhellen Augen in die von Luce.

»Sie kenne ich doch. Schinken-Käse-Tomate, stimmt's?«

»W... wie bitte?«

»Sie haben jeden Mittwoch eine Galette bei mir gegessen, wenn Sie mit ihrem Mann aus dem Park gekommen sind. Aber jetzt habe ich Sie schon lange nicht mehr gesehen.«

Luce mustert ihn, wirft dann einen verstohlenen Blick auf die Vordertür des Wagens. *Bretagne-Bob.* Stimmt, jetzt fällt es ihr wieder ein, Lucien mochte seine Galettes immer gern. Sie zögert. Sie hat noch Zucchini zu Hause, die vermutlich schlecht werden, wenn sie sie heute nicht kocht.

»Bob wird sich um Sie kümmern, Madame«, sagt der Parkangestellte. »Lass sie auf keinen Fall gehen, bevor sie nicht etwas gegessen hat«, fügt er, an den Crêpes-Verkäufer gewandt, hinzu.

Der holt einen Klappstuhl aus dem Wagen, faltet ihn im Schutz des Vordachs auseinander, hilft Luce beim Hinsetzen. Dann verschwindet er hinter seinen Platten. Während er sich dort zu schaffen macht, hebt sie den Blick. Das einzige blaue Loch zwischen den Wolken ist von einem weißen Streifen durchzogen, den ein Flugzeug hinterlassen hat. Luce schaut zu, wie er sich nach und nach auflöst.

»Bitte sehr«, sagt Bob, als er ein paar Minuten später die Galette zu ihr rausbringt.

Bei dem Duft von Butter, Buchweizen und Tomate fängt Luce' Magen an zu knurren. Ausgiebig kaut sie jeden Bissen.

»Noch eine?«, fragt Bob. »Geht aufs Haus.«

»Danke, sehr nett, aber ich bin schon satt.«

Sie steht wieder auf.

»Wo müssen Sie denn hin?«

»Nach Norden, Richtung Les Gayeulles.«

»In die Gegend muss ich auch. Soll ich Sie mitnehmen?«

»Nein, nein, ich möchte Sie nicht ...«

»Ich wollte eh gerade zumachen, als Sie gekommen sind. Bei Regen läuft das Geschäft nur selten gut! Und das liegt für mich doch auf dem Weg. Steigen Sie ein.«

»Na gut, dann ... Das ist nett ...«

Er hilft ihr auf den Beifahrersitz. Während er den Wagen zuklappt, mustert Luce das Armaturenbrett. Ein anderes schiebt sich in ihrem Kopf davor, mit zahllosen Anzeigen, Lämpchen und Schaltern. Als Bob die Fahrertür zuknallt, reißt er Luce aus ihren Träumen. Jetzt fällt ihr auch endlich der Auftrag wieder ein, den Lucien ihr gestern erteilt hat. Sie muss noch ein zweites Gespräch führen. Ein *richtiges*.

»Leben Sie schon lange in Rennes?«, fragt sie, während sich der Transporter in den Verkehr einreiht.

»Ich bin hier geboren!«, antwortet Bob. »Und nie von hier weggegangen. Ich habe diesen Wagen nun schon fünfzehn Jahre, und seitdem bin ich unter der Woche immer in Rennes und am Wochenende in Saint-Malo. Außer im Januar.«

»Was ist im Januar?«

»Urlaub in der Sonne! Französisch-Polynesien. Ich hab eine Schwäche für die Marquesas-Inseln ...«

Bilder des Archipels steigen in Luce' Erinnerung empor, mitten im Ozean verstreute Inseln, bunte Boote auf türkisem Wasser, üppige Vegetation, prachtvolle Tätowierungen auf brauner Haut, erbarmungslose Gewitter.

»*Die Erde der Männer*«, sagt sie leise. »So nennen die Bewohner der Marquesas ihre Inseln.«

»Sie waren schon mal dort?«

Luce nickt schweigend. Der Regen prasselt immer stärker auf die Windschutzscheibe, während sie sich ihrem Stadtteil nähern. Schicksalsergeben stößt Bob die Luft aus und stellt den Scheibenwischer auf die höchste Stufe. Luce weist ihm den Weg bis zu ihrer Straße.

»Der Regenmantel war ja sehr vorausschauend«, merkt Bob an, während er am Bordstein hält.

»Ich hatte schon viel früher mit Regen gerechnet.«

»Der Wetterbericht hat gar keinen angesagt ... Ihr Riecher ist wohl noch besser als der eines alten Fischers!«

Er kneift ganz komisch die Augen zusammen, als wollte er ihr zuzwinkern, ohne dass es ihm gelingt. Luce lächelt.

»Vielen Dank fürs Mitnehmen, Bob. Schönen Abend noch.«

»Ihnen auch. Passen Sie gut auf sich auf, Luce.«

Zu Hause geht sie sofort ins Bett. Der Tag hat sie erschöpft. Sie hatte nicht erwartet, wie schwer ihr dieser Auftrag von Lucien fallen würde. Noch, wie viele Bruchstücke der Vergangenheit ihr Ausflug ans Licht holen würde.

Sie schließt die Fensterläden, zieht die Vorhänge vor, schlüpft zwischen die Laken.

Auftrag ausgeführt, schreibt sie noch.

Dann:

Bin im Thabor gewesen. Das war schwer ohne dich,
mein Lucien.

Eine Weile starrt sie noch auf den Bildschirm hinunter, auf eine
Antwort hoffend, aktiviert ihn immer wieder, wenn er dunkel wird.
Leiser Ärger steigt in ihr auf. Was hat Lucien da oben so Wichtiges zu
tun, dass er sich nicht mal ein paar Sekunden Zeit für eine Antwort
nehmen kann?

Bei diesem Gedanken gewinnt ihr Verstand wieder die Oberhand.
Lucien ist tot, das weiß sie sehr gut, auch wenn die Vorstellung, er
wäre am anderen Ende der Leitung, so unglaublich wohltuend ist.
Aber mit wem spricht sie dann?

Ist das wichtig?

Nicht wirklich.

Aber ein bisschen schon.

Sie schiebt die Müdigkeit beiseite, die ihren Körper schwer
macht, befasst sich, zur Verkürzung der Wartezeit, mit ihrem Handy,
ruft unbekannte Menüpunkte auf, geht die verschiedenen Optionen
durch. Kehrt zum Startbildschirm zurück. Ein Gedanke geht ihr
durch den Kopf. Sie will es wissen, endlich herausfinden, ob irgendeine magische Technologie ihr tatsächlich erlaubt, mit Lucien Kontakt aufzunehmen, oder ob – was die sehr viel vernünftigere Hypo-
these wäre – irgendein Betrüger sich für ihn ausgibt. Luce spürt, wie
sich ihr Herz zusammenzieht.

Und wenn sie ...

TITOUAN

Titouan erwacht im Dämmerlicht seines Zimmers.

Er reibt sich den Schlaf aus den Augen, greift nach seinem Handy. 21:30. Die Nachrichten seiner Unbekannten bringen ihn zum Lächeln. Er liest die letzte noch mal:

Bin im Thabor gewesen.

Titouan richtet sich auf. Thabor – so heißt ein Park bei ihm in der Innenstadt. Ob seine Unbekannte womöglich auch in Rennes wohnt?

Er fängt an zu recherchieren, forscht im Internet nach, ob es noch andere Orte dieses Namens gibt. Unter dem Stichwort findet er einen Berg in Israel, ein Gebirgsmassiv an der französisch-italienischen Grenze, eine Kapelle in Québec und den Park in Rennes. Vier Orte, an denen zumindest ein Teil der Bewohner Französisch spricht. Also eine Chance von eins zu vier ... Das wäre ja wirklich verrückt!

In diesem Moment beginnt sein Handy beharrlich zu brummen. Auf dem Bildschirm wird die Nummer seiner Unbekannten angezeigt. Panik. Geht er dran, wird seine jugendliche Stimme ihn verraten. Geht er nicht dran, wird sie seine alberne Mailbox-Ansage hören, was noch schlimmer wäre. Ihm ist plötzlich sehr heiß. Er starrt auf sein Smartphone, ohne sich entscheiden zu können. Jeden Moment kann die Mailbox anspringen. In letzter Sekunde fällt ihm die Lösung ein. Er nimmt ab und legt sofort wieder auf. Fieberhaft sucht er im Menü, wo man die Mailbox-Ansage ändern kann, ersetzt sie durch ein einfaches, unpersönliches Piepen.

Die Unbekannte ruft ein zweites Mal an. Wie versteinert wartet Titouan auf das Ende des Klingelns. Hoffentlich hat das funktioniert ...

Neuerliches Vibrieren kündigt eine Sprachnachricht an, die er eilig abhört.

»L... Lucien?« Geklapper. Räuspern. »Lucien, bist du das?« Lange Stille. Biep.

Titouan hält den Atem an. Spielt die Nachricht mehrmals ab. Stellt zunächst fest, dass seine Unbekannte ziemlich alt sein muss. Eine Erwachsene hat er sich schon vorgestellt, aber keine Seniorin. Und ohne Vorwarnung schießen ihm die Tränen in die Augen. Grenzenlose Hoffnung spricht aus ihrer brüchigen Stimme. Zum ersten Mal nimmt seine Unbekannte wirklich Gestalt für ihn an. Das hier ist kein Spiel. Auf der anderen Seite des Bildschirms befindet sich tatsächlich jemand. Ein echter Mensch, mit Träumen und Ängsten, Sehnsüchten, Erinnerungen. Er möchte so gern Lucien für sie sein, ihr diesen Trost schenken. Aber hat er überhaupt das Recht dazu? Darf er einfach so in diese Rolle schlüpfen? Um dem Tod zu trotzen? Wenn diese Frau nicht mehr leben will, ist das ganz allein ihre Entscheidung. Und kann er sie denn überhaupt täuschen? Er weiß doch gar nichts über das Leben der beiden. Was, wenn er eines Tages, aller Vorsicht zum Trotz, einen Fehler macht? Dann findet sie heraus, dass er gelogen hat. Und wird nur noch trauriger sein.

»Titouan, bist du wach?«

»Jepp.«

Seine Mutter kommt herein, ein Tablett in den Händen. Der Duft von geröstetem Brot steigt ihm verlockend in die Nase. Ihm knurrt der Magen.

»Hast du Hunger?«

Er nickt, legt das Tablett, das sie ihm reicht, auf seinen Schoß.

»Danke.«

»Schon gut. Denkst du daran, dass ...«

»Ich denke daran.«

Seit Tagen liegen ihm seine Eltern in den Ohren, dass er mit diesem Psychologen sprechen soll. Am Ende hat er eingewilligt, damit sie ihn in Ruhe lassen. Das Treffen ist für heute Abend vorgesehen. Titouan hat nicht die Absicht, auch nur einen Ton zu sagen, insofern wird es wohl nicht lange dauern.

Er beißt in ein Brot.

»Machst du schon mal den Rechner an, damit alles bereit ist?«, wagt seine Mutter sich vor.

Er reagiert nicht, kaut nur schweigend. Wenn sie weiter so drängelt, wird er den Typ vielleicht doch noch versetzen. Und mal ehrlich, was soll das überhaupt bringen? Der wird ihm doch bloß wieder sagen, dass er sich nicht in seinem Zimmer verkriechen soll, dass er rausgehen, zur Schule gehen, Leute treffen, morgens aufstehen statt nachts herumgeistern soll ... Er wird es einfach nicht kapieren, wie die anderen auch. Sobald man in dieser Welt ein bisschen anders ist, werden alle immer gleich nervös.

Seine Mutter geht wieder. Er isst seine Brotscheibe auf, beißt in eine zweite, stellt dann das Tablett auf dem Boden ab. Sein Hunger ist gestillt. Seit er hier drin bleibt, isst er weniger. Er braucht nicht mehr so viel Energie. Der Gedanke gefällt ihm: seine körperlichen Bedürfnisse mit der Zeit immer weiter zurückzuschrauben.

Seufzend öffnet er seinen Rechner. Keine Viertelstunde später ertönt ein Klingelton und der Name des Psychologen wird auf dem Bildschirm angezeigt, neben dem Foto eines Baums. Titouan setzt sein Headset auf und nimmt den Anruf an, einen Knoten im Bauch und fest entschlossen, kein einziges Wort rauszulassen. Einige Sekunden vergehen, bis die Verbindung hergestellt ist.

»Guten Abend, Titouan.«

Der Typ auf dem Bildschirm ist um die fünfzig, kurze, grau melierte Locken und helle Augen, deren Farbe Titouan nicht genau bestimmen kann. Er scheint an einem Schreibtisch zu sitzen, denn die Wand hinter ihm wird von einem riesigen Bücherregal eingenommen. Er lächelt.

»Kannst du mich hören?«

»Hm.«

»Sehr gut. Deine Eltern haben mir von dir erzählt und mich gebeten, ein Gespräch mit dir zu führen. Ich danke dir schon mal in ihrem Namen, dass du den Anruf angenommen hast, denn das wird sie beruhigen. Ihre Sorge ist ja der Grund, warum ich mich überhaupt bei dir melde.

Er verstummt, scheint auf eine Reaktion zu warten, die Titouan jedoch sorgfältig vermeidet.

»Wie findest du selbst denn diese Sorge deiner Eltern?«

Reflexhaft zuckt Titouan mit den Achseln. Ärgert sich sofort darüber, als hätte er dem Psychologen damit eine Öffnung gelassen, durch die er jetzt eindringen kann. Doch der schweigt. Das wird langsam penetrant, dieses Schweigen. Es breitet sich in seinem Zimmer aus, hüllt alles ein, erstickt ihn.

»Komplett unnötig«, stößt er schließlich hervor.

»Ihre Sorge ist komplett unnötig?«

»Hm.«

»Kann sein. Trotzdem ist sie real, sie sind wirklich sehr beunruhigt. Sie sind der Meinung, dass du Hilfe brauchst, denn sie selbst wissen nicht mehr, wie sie dir helfen können.«

»Aber *Sie* wissen das, oder was?«

»Du kannst bei mir keine Therapie anfangen, falls du das damit meinst. Deine Mutter ist eine Freundin von mir.«

»Und was soll das dann alles?«

»Du meinst, dieses Gespräch?«

»Hm.«

»Das soll deine Eltern beruhigen.«

»Na also, dann können sie doch jetzt beruhigt sein. Mir geht's gut. Ich bin mir selbst genug. Sag ich ihnen ja auch ständig.«

Der Psychologe schaut Titouan an. Nickt. Sein Lächeln ist verschwunden, aber er wirkt weder besorgt noch verärgert.

»Du machst gern Online-Spiele, hab ich gehört? Wie sieht dein Avatar denn aus? (Titouan verzieht amüsiert das Gesicht.) Was ist an meiner Frage so lustig?«

»Man merkt sofort, dass Sie kein Gamer sind.«

»Das stimmt. Ich kenne mich überhaupt nicht aus. Was hätte denn ein Gamer gefragt?«

Titouans Blick flüchtet sich zu den Legofiguren, die überall in seinem Zimmer stehen. Er vermisst die Duos mit Lix. Seit Tagen muss er schon ohne ihn spielen. Das ist nicht dasselbe.

»Ich spreche nur als Freund deiner Eltern mit dir«, fährt der Psychologe nach kurzem Schweigen fort, »aber ich merke schon, dass es bei dir etwas gibt, das dich unglücklich macht. Hast du selbst denn das Gefühl, du könntest vielleicht Hilfe gebrauchen?«

»Nö.«

»Ich kenne eine Therapeutin, die viel mit jungen Leuten arbeitet, ich glaube, die könnte dir helfen. Ich weiß, dass sie eine Gruppe für Jugendliche leitet, die auch alle viel Zeit mit Computerspielen verbringen. So viel Zeit, dass ihre Eltern sich deshalb Sorgen machen, genau wie deine.«

»Die Spiele sind doch gar nicht das Problem!«, ereifert sich Titouan.

»Sondern was?«

»Na, alles andere!«

Titouan sieht, wie der Psychologe nur mit Mühe ein Lächeln unterdrückt, als hätte er gerade einen Sieg errungen, und das nervt ihn nur noch mehr. Er lässt sich wieder in die Kissen fallen

»Wir können dir helfen, Titouan, aber das ist ganz allein deine Entscheidung, diesen Weg kann niemand anders für dich gehen. Ich werde dir nicht raten, diese Therapeutin aufzusuchen, nur damit deine Eltern Ruhe geben. Wenn du das tust, dann muss das aus eigenem Ansporn geschehen. Weil *du* das Bedürfnis danach hast. Und solltest du das irgendwann verspüren, ruf mich einfach an, dann sage ich dir, wie sie heißt.«

Er lässt einige Sekunden verstreichen, fügt dann hinzu:

»Wir machen jetzt Schluss, okay? Ich werde deinen Eltern keine Details aus unserem Gespräch erzählen. Das bleibt unter uns. Ich werde ihnen nur mitteilen, dass es stattgefunden hat und dass ich dir von meiner Kollegin und ihrer Gruppe erzählt habe.«

Soll er ihnen doch sagen, was er will, Titouan ist das scheißegal. Er hüllt sich nur noch tiefer in Schweigen. Der Psychologe verabschiedet sich und beendet den Anruf. Titouan rührt sich nicht. Blicklos starrt er auf den Bildschirm.

»Ich hab kein Problem«, murmelt er.

ALIX

»Dieses Kleid ist wirklich wie für dich gemacht!«, ruft Mandalina von der Türschwelle aus.

Alix erwidert ihr Lächeln im Spiegel. Wenn sie von einer Shopping-Session nach Hause kommt, probiert sie immer noch mal alles an, wie um sicherzugehen, dass diese Version ihrer selbst, die ihr der Spiegel in der Umkleide zurückgeworfen hat, kein Trugbild war. Sie hat lange gebraucht, um zu akzeptieren, dass ihr Körper niemals dem eines Zeitschriftenmodels gleichen wird. Das einzige Mal, dass sie in der Mittelstufe darüber gesprochen hat, ihre Theaterleidenschaft zum Beruf zu machen, haben mehrere Mädchen laut losgeprustet. Alix hat ihr Getuschel hinter vorgehaltener Hand gehört.

Nicht schön genug für eine Schauspielerin,

nicht schlank genug,

nicht genug.

Bis zum Beginn der Oberstufe hat Alix das Thema immer tunlichst vermieden. Aber im Theaterkurs hat Gabrielle irgendwann so viel von ihr verlangt, dass sie sich voll reinhängen musste, und entsprechend ließen die Fortschritte auch nicht auf sich warten. Sie hat angefangen, an ihren Traum zu glauben. Bis sie sich schließlich kein anderes Leben mehr vorstellen konnte. Und so lernt sie ganz allmählich, diesen Körper zu lieben, der ihr Arbeitsgerät ist, die Kraft zu akzeptieren, die von ihm ausgeht, in ihm ihre Freiheit zu finden und eine Weiblichkeit zu verkörpern, die nicht die einer zarten Elfe ist. Sich einfach zu zeigen. Egal, was die anderen denken. Sie weiß, dass man sie als Schauspielerin oft nach ihrem Äußeren beurteilen wird und dass sie sich ein dickes Fell zulegen muss, um nicht davon verletzt zu werden. Jedenfalls nicht allzu sehr.

»Danke für das alles, Manda.«

»Gern geschehen.«

Sie gehen nach unten, zaubern sich ein improvisiertes Abendessen aus Nudeln und Zucchini. Mandalina plant nie irgendetwas.

»Ich muss bei der Arbeit schon immer so viel organisieren, da will ich das hier nicht auch noch tun«, sagt sie entschuldigend, während sie in allen Ecken nach einer Zwiebel sucht.

Alix genießt das sehr. Nicht zu wissen, was kommt, und dass es auch niemand anders für sie weiß. Seit vierundzwanzig Stunden ist sie jetzt bei ihrer Mutter und der Alltag ist zum Abenteuer geworden. Sie hat das Gefühl, hier schon seit Wochen zu wohnen.

Im Schneidersitz lassen sie sich auf den Kissen nieder, die zu beiden Seiten des niedrigen Wohnzimmertischs liegen. Ein seltsamer Webstoff schützt die hölzerne Platte, eine Art schmaler Teppich aus blauer Wolle, der über die ganze Länge geht. Beim Essen streicht Alix mit der Hand darüber.

»Der gehörte deiner Großmutter. Ich glaube, sie hat ihn selber gewebt, als sie noch jung war, in der Türkei.«

Alix runzelt die Stirn.

»In der Türkei?«

»Sie wurde dort geboren, ist dort aufgewachsen.«

»Das heißt, sie war ... eine Türkin?«

»Aber ja. Hat dein Vater dir das nie erzählt?«

»Er spricht nie über dich.«

Mandalina starrt sie an. Stützt das Kinn in eine Hand, die Finger wie Gitterstäbe vor den Lippen.

»Deine Urgroßeltern waren Teppichweber in der Türkei. Ihre

Tochter, also meine Mutter, hat einen Franzosen geheiratet und ist ihm nach Marseille gefolgt. Dort hab ich meine Kindheit verbracht.«

»Ja, *das* wusste ich.«

»Meine Mutter hat immer gern erzählt, wie sie während der Schwangerschaft mit mir auf dem Markt war, um Mandarinen zu kaufen, und als der Verkäufer ihr gerade den Beutel rüberreichte, soll ich sie ganz fest getreten haben. Daraufhin hat sie mich Mandalina genannt. Sie selbst hieß Alev. Das heißt ›Flamme‹ auf Türkisch und passte gut zu ihr. Du hättest deine Großmutter sicher sehr gemocht.«

»Ist sie denn schon gestorben?«

»Mehr als zehn Jahre vor deiner Geburt.«

Alix rechnet schnell nach. Ihre Eltern sind beide gleich alt: fünfundvierzig. Was bedeutet, dass sie bei Alix' Geburt siebenundzwanzig waren und Mandalina noch ein junges Mädchen gewesen sein muss, als ihre Mutter starb.

»Woran denn?«

»Sie hat sich das Leben genommen.«

»W... was? Warum?«

Mandalina streicht nun ihrerseits mit den Fingerspitzen über den schmalen Teppich auf dem Tisch.

»Ich weiß es nicht. Sie trug so eine Trauer in sich. Etwas, das mit ihrer Kindheit in der Türkei zusammenhing. Sie hat nie darüber gesprochen. Eines Morgens, da war ich ungefähr so alt wie du jetzt, habe ich ihr einen Kuss gegeben und bin zur Schule gegangen. Und als ich abends zurückkam, war die Polizei bei uns, und mein Vater stand weinend vor dem Haus. Meine Mutter hatte sich erhängt.«

Alix begegnet Mandalinas Blick. Diese lächelt, ein resigniertes Lächeln, hinter dem Alix dieselbe Trauer wahrnimmt, von der sie gerade gesprochen hat – als hätte die Mutter sie an die Tochter weitergegeben.

Von dieser Frau stamme ich ab, denkt Alix. Und auch von jener anderen Frau vor ihr – Alev, die Flamme. Noch nie hat sie ihre Herkunft so stark empfunden, wie eine neue Wurzel, die sich unter ihren Füßen in den Boden bohrt, bis in dieses ferne Land hinein, das sie noch nie betreten hat, zurück zu diesem mysteriösen Kindheitserlebnis, das ihre Großmutter dazu getrieben hat, sich einen Strick zu nehmen und ihr Leben zu beenden. Alix nimmt sich vor, eines Tages dorthin zu fahren, dieser Wurzel zu folgen. Um zu sehen, wohin sie führt.

»Bist du schon mal in der Türkei gewesen?«

»Nein.«

»Hast du nie Lust dazu gehabt?«

»Nicht so richtig.«

»Und dein Vater? Lebt der denn noch? Ich weiß noch, dass Papa mich mal zu ihm nach Marseille gebracht hat, in dem Sommer, bevor ich in die Oberstufe gekommen bin. Wir haben den ganzen Tag zusammen verbracht. Er hatte so einen lustigen Laden mit lauter alten Sachen drin ...«

»Er war Antiquitätenhändler«, bestätigt Mandalina. »Aber er ist auch schon tot. Krebs. Ging alles ganz schnell.«

»Tut mir leid ...«

Vor allem für sie selbst tut es Alix leid. Sie hätte gern noch eine Chance gehabt, ihn wiederzusehen und richtig kennenzulernen.

Mandalina isst langsam, lässt die Gabel über den Teller tanzen, wählt sorgfältig ihre Fracht aus und führt sie dann in einem anmutigen Bogen an die Lippen.

Alix könnte ihrer Mutter stundenlang zuschauen, in ihrer Mimik und Gestik jene Ähnlichkeit suchen, die ihnen ansonsten fehlt. Manchmal erfasst sie eine Bewegung – eine besondere Art, die Haare nach hinten zu werfen, ein halbes Lächeln, eine Drehung des Handgelenks, um ihre Worte zu unterstreichen – und ahmt sie dann nach. Eignet sie sich an. Sie studiert ihre Mutter auf dieselbe Weise wie eine Schauspielerin, die eine historische Figur verkörpern soll, die Gemälde oder Aufnahmen der dazugehörigen Epoche studiert.

»Das ist alles lange her«, sagt Mandalina jetzt, wie um das Thema zu beenden.

Für sie vielleicht. Für Alix ist jede dieser Informationen brandneu. Deshalb nisten sie sich auch ganz nahe ein, dort, wo es pocht, am Saum des Herzens.

Schon bald sind ihre Teller leer und sie bringen sie zurück in die Küche.

»Wann geht's morgen bei dir los?«, fragt Mandalina.

»Um neun.«

»Okay, dann fahr ich dich hin. Aber wenn du noch länger bleibst, müssen wir mal rauskriegen, wann der Schulbus fährt.«

»Kann ich denn noch länger bleiben? Ich meine, störe ich dich auch wirklich nicht?«

»Natürlich nicht. Außerdem bin ich ja nicht immer hier, ich muss oft nach Paris und ins Ausland.«

»Klar, ich weiß. Danke.«

»Gute Nacht, Alix.«

»Äh, hast du vielleicht einen WLAN-Code?«

Mandalina lacht, zeigt auf ein Post-it, das am Kühlschrank klebt und das Alix gleich abfotografiert. Nichts gegen das Landleben, aber alles hat seine Grenzen ...

»Gute Nacht«, antwortet sie und zieht sich zurück.

Steigt in die kleine Mansarde hinauf, in der Mandalina sie untergebracht hat. Sie fühlt sich wohl dort oben. Ihre Schulsachen stapeln sich auf dem winzigen Schreibtisch aus hellem Holz. Die neuen Kleidungsstücke räumt sie in den Schrank, zieht einen Schlafanzug an und schlüpft unter die Decke, ihren Rechner auf dem Schoß. Schaut zu dem dunklen Rechteck des Dachfensters über ihr auf. Hier gibt es viel mehr Sterne als in der Stadt ...

»Hey!«, begrüßt sie Titouan, der schon online ist.

»Na, von den Toten auferstanden? Wo warst du denn so lange?«

Alix lächelt. Es tut gut, die Stimme ihres Freundes zu hören. Während das Spiel noch lädt, fasst sie kurz zusammen:

»Stress mit meinem Vater. Jetzt wohne ich bei meiner Mutter.«

»Auf Dauer?«

»Glaub schon.

»Und ... ist das gut?«

»Besser als vorher.«

»Na dann, cool.«

Auf dem Bildschirm springen sie aus dem Flugzeug ab, öffnen ihre Fallschirme. Alix malt sich aus, wie ihr der Wind in den Ohren pfeift und das Sonnenlicht in der rot-weißen Ballonseide spielt. Sie atmet tief durch.

»Yee-ha!«, ruft Titouan, während er zwischen den Häusern landet.

Und »Yee-ha!« antwortet sie als Echo.

TITOUAN

Hinter der heruntergelassenen Jalousie ballt sich der Morgen. Im Zimmer seiner Eltern geht ein Wecker los. Titouan spürt, wie der Schlaf ihn ruft. Doch er widersteht. Die ganze Nacht hat er an seine Unbekannte gedacht, hat überlegt, ob er sich bei ihr entschuldigen soll, weil er Luciens Rolle übernommen hat, oder den Kontakt einfach abbricht. Aber zwischen ihnen ist ein Band entstanden, das er nicht mehr lösen kann. Wenn er das Spiel, auf das sie beide sich eingelassen haben, jetzt einfach beenden würde, hätte er das Gefühl, sie im Stich zu lassen. Also wird er weiterspielen. Aber um sich nicht zu verraten, muss er unbedingt mehr über sie herausbekommen.

Ihr Versuch gestern Abend, ihn anzurufen, hat ihn auf eine Idee gebracht, der er seit zwei Stunden den letzten Schliff verpasst. Um diesen Plan in die Tat umzusetzen, muss er nur noch warten, bis das Haus sich geleert hat. Auf eine Lüge mehr oder weniger kommt es jetzt auch nicht mehr an.

Er hört, wie seine Mutter Lila weckt und bei Eliott an die Tür klopft, der ein Knurren ausstößt. Titouan trommelt leise an die Wand. Ein Kratzen antwortet ihm, und im nächsten Moment schlüpft Lila in sein Zimmer. Mit tänzelnden Schritten nähert sie sich seinem Bett.

»Alles klar, du Spargelmaus?«

»Har har!«, erwidert sie, ohne mit dem Getänzel aufzuhören.

»Sag mal, wenn du vom Frühstück raufkommst, kannst du mir dann das Telefon aus dem Wohnzimmer mitbringen?«

»Das Festnetz?«

»Genau. Machst du das?«

»Klar!«

Sie küsst ihn auf die Wange und zieht sich zurück, stolz auf ihre Mission. Wenn sein Plan aufgehen soll, darf Titouan seine Unbekannte nicht von Luciens Nummer aus anrufen. Also muss die Festnetznummer seiner Eltern dafür herhalten. Einer nach dem anderen verschwinden alle Bewohner des Hauses im Erdgeschoss. Titouan wartet.

Lila kommt mit dem Hörer zurück, den sie mit triumphierendem Blick unter ihrem Pulli hervorzieht.

»Du bist die Beste! Schlag ein!«

Sie schlägt in seine ausgestreckte Hand, hält sie dann fest, mit einer Kraft, die ihn überrascht.

»Warum sagst du, dass man in dieser Welt nicht leben kann?«

»Was?«

»Ich hab gehört, wie du mit Mama und Papa gesprochen hast.«

Er seufzt.

»Ich mein doch nur, dass *ich* das nicht kann, weil ich ständig sehe, was nicht in Ordnung ist. Du bist da ganz anders. Du siehst immer nur das Schöne.«

Sie zieht ihr Näschen kraus.

»Es *ist* ja auch schön.«

»Ganz genau.«

Ihr sind all die Probleme da draußen doch gar nicht bewusst. Wie auch, sie ist ja erst acht. In dem Alter war die Welt auch für Titouan noch ein großer Spielplatz.

»Du kommst zu spät, Spargelmäuschen.«

»Schlaf gut«, sagt sie schelmisch und verschwindet geräuschlos.

Eine halbe Stunde später hat er das Haus für sich allein. Er wählt die Nummer seiner Unbekannten. Mit klopfendem Herzen lauscht er auf das Klingelzeichen. Er hat noch nie gern telefoniert, schreibt lieber Nachrichten. Plötzlich verstummt das Tuten und er landet auf der Mailbox. Titouan legt auf, ruft ein zweites Mal an. Sie wird doch wohl wissen, wie man einen Anruf annimmt.

Seltsame Geräusche dringen an sein Ohr, das Rascheln von Stoff und leises Gemurmel. Dann ...

»H ... hallo?«

»Guten Tag, hier ist Rémi, vom Unternehmen *Orange*.«

Den Anbieter hat er nur zufällig ausgewählt, in der Hoffnung, dass sie den Anschluss nicht selbst angemeldet hat.

»Von welchem Unternehmen?«

»Von ihrem Telekommunikationsanbieter, Madame.«

»Ach so ...«

»Wie ich sehe, läuft der Vertrag auf den Namen eines Mannes, Monsieur Lucien ...«

»... Paradis.«

Titouan jubelt innerlich, lässt sich aber nichts anmerken, wischt nur die feuchte Handfläche am Laken ab. Er kennt die Antwort auf seine nächste Frage.

»Genau. Könnte ich vielleicht mit ihm sprechen?«

»Mein Mann ist vor zwei Jahren verstorben.«

»Verstehe. Das tut mir sehr leid, Madame Paradis, mein herzliches Beileid. Dann müssen wir den Telefonvertrag auf Ihren Namen übertragen. Würden Sie mir bitte Ihren Vornamen nennen?«

»Luce. Luce Paradis.«

»L-U-C-E«, buchstabiert er.

Luce und Lucien Paradis. Im Ernst? Klingt wie aus einem alten Schwarz-Weiß-Film.

»Und Ihr Geburtsdatum, bitte?«

»29. April 1945.«

Wow, die ist ja wirklich schon alt!

»Wunderbar. Und Ihre Anschrift?«

»Ist immer noch die gleiche wie die meines Mannes.«

Mist. Er wagt trotzdem einen weiteren Vorstoß.

»Sie wohnen also immer noch in Rennes?«

»Ja.«

Na gut. Keine Adresse, aber wenigstens eine Bestätigung. Sie lebt in der gleichen Stadt wie Titouan, und der Thabor war tatsächlich der Park, den er kennt. Vielleicht kann er ihre Adresse über ihren Namen herausfinden?

»Dann habe ich jetzt alles, was ich brauche, Madame Paradis. Einen schönen Tag wünsche ich noch.«

»Ihnen auch, junger Mann.«

Er legt auf. Drückt die Hände in die Decke, damit sie zu zittern aufhören. Einen Augenblick später nimmt er sein Handy wieder und gibt den Namen *Luce Paradis* ins Suchfeld ein. Er rechnet damit, die hintersten Ecken des Internets nach ein paar Informationsbröckchen durchforsten zu müssen. Aber er irrt sich. Mehrere Tausend Treffer werden auf seinem Bildschirm angezeigt. Er geht die Überschriften der ersten Suchergebnisse durch. Stößt ein bewunderndes Pfeifen aus.

»Ah ja ...«

Die Pionierin der Lüfte
Luce Paradis hat den Weg bereitet
Luce und Lucien, ein himmlisches Paar

Er folgt den Links, verschlingt die Texte.

Luce Paradis wurde am 29. April 1945 geboren, mitten in das befreite Frankreich hinein und knapp eine Woche vor der deutschen Kapitulation, die das Ende des Zweiten Weltkriegs markiert. Es war außerdem der Tag, an dem sich die Frauen in ihrer Heimatstadt, die ein Jahr zuvor das Wahlrecht erhalten hatten, erstmals zu einer Kommunalwahl an die Urnen begaben. Noch am Morgen hatte ihre Mutter, eine der vielen Vorkämpferinnen für dieses Recht, ihren Wahlzettel in die Urne geworfen. War es diese Atmosphäre des historischen und sozialen Aufbruchs, die ihr den Glauben daran verlieh, dass nichts unmöglich ist? Denn ihr ganzes Leben lang hat Luce Paradis – allen Widerständen zum Trotz – an ihrem Traum festgehalten: dem Traum vom Fliegen.

Ihr Vater, selbst ein Amateurpilot, war es, der dieser Pionierin der zivilen Luftfahrt seine Leidenschaft vererbt hat. Luce Paradis verbringt einen Gutteil ihrer Kindheit in Flugzeugkanzeln und auf dem Rollfeld des Luftsportvereins von Rennes. Dort lernt sie 1964 ihren zukünftigen Ehemann kennen, der zur Vorbereitung auf seinen Militärdienst einen Flugschein macht. Er heißt Lucien. Manche Begegnungen sind offenbar vorherbestimmt …

Nach dem Militärdienst beginnt Lucien ein Studium an der renommierten Hochschule für nationale Luftfahrt, die er 1968 mit einem Diplom abschließt. Anschließend erhält er sofort eine Anstellung bei der Air France. Luce würde es ihm gern gleichtun, aber die Hochschule nimmt keine Frauen auf. Sie fliegt weiter, nimmt an Kunstflug-Wettbewerben teil, wo sie durch ihren Wagemut beeindruckt.

Erst 1976, nachdem die Hochschule ihre Türen auch endlich für Frauen geöffnet hat, legt sie ihrerseits erfolgreich die Aufnahmeprüfung ab, muss die Ausbildung aber aus persönlichen Gründen kurzzeitig unterbrechen. 1980 erhält sie schließlich ihr Diplom und folgt Lucien. Drei Jahre später, mit siebenunddreißig, wird sie als eine der ersten weiblichen Flugkapitäne bei der Air France eingestellt, für die sie noch weitere vierundzwanzig Jahre fliegt.

Mehrere Fotos illustrieren den Text. Luce im Fliegeranzug vor einem kleinen alten Flugzeug. Luce und Lucien, wie sie, die Helme in der Hand und ins Gespräch vertieft, über ein Rollfeld laufen. Ein Gruppenfoto mit Kolleginnen, die Arme um Taille und Schultern gelegt.

Luce in Air-France-Uniform in einem imposanten Cockpit, den Blick direkt in die Kamera gerichtet. Titouan zoomt jedes Bild heran, studiert die Gesichter, die Mienen. Luce ist nicht unbedingt schön zu nennen, verströmt aber eine solche Energie und trotzige Unbekümmertheit, dass sie alle um sie herum in den Schatten stellt.

Schon erstaunlich, dass eine solche Frau, auch wenn sie schon alt ist, kein Handy bedienen kann, denkt Titouan. Er geht noch einige andere Artikel über sie durch, erfährt aber – bis auf die Information, dass sie Mitglied einer Vereinigung französischer Pilotinnen war und sich dort sehr engagiert hat – kaum Neues.

Titouans Augen fangen zu brennen an. Er schiebt den Rechner weg, zieht die Decke hoch, schließt die Lider.

Mit diesem Ergebnis seiner Nachforschungen hat er nicht gerechnet. Eigentlich wollte er nur ein bisschen mehr über seine Unbekannte in Erfahrung bringen. Tja, das hat er ja nun.

Luce ist eine Heldin.

Eine verdammte Heldin.

LUCE

Luce setzt sich auf ihr Sofa. Ohne eine Nachricht von Lucien ist der Tag mit quälender Langsamkeit verstrichen. In ihren Beinen pocht ein dumpfer Schmerz, eine Folge des gestrigen Ausflugs in den Parc du Thabor. Bleierne Müdigkeit legt sich auf ihre Glieder, überpudert ihr Gesicht, schnürt ihr die Brust zusammen, macht jede Bewegung zur Qual.

Sie erinnert sich noch sehr genau an den Tag, als sie diese Lähmung erstmals empfunden hat. Zwei Jahre zuvor hatte sie ihre Flügel an den Nagel gehängt und genoss ihren Ruhestand mit Lucien. Wegen ihres Berufs waren sie beide so viel gereist und so oft voneinander getrennt gewesen, dass sie sich in eine geradezu symbiotische Zweisamkeit zurückgezogen hatten. Der besagte Tag war ihr Geburtstag gewesen. Lucien hatte vor, ihn bei ihrem Lieblingsitaliener zu feiern. Aber je näher der Abend rückte, desto stärker hatte sich ein Gefühl der Schwere in ihrem Körper ausgebreitet, bis sie abends nicht einmal mehr das Haus verlassen konnte. Lucien hatte sich große Sorgen gemacht und darauf gedrängt, dass sie gleich am nächsten Tag zum Arzt ging. Doch beim Aufwachen war alles wieder normal gewesen. Das Gewicht hatte sich in Luft aufgelöst.

Seitdem ist es jedoch immer häufiger und immer länger zurückgekehrt. Und irgendwann hat sie den Kampf dann aufgegeben. Sich damit abgefunden. Was blieb ihr auch anderes übrig?

Das Brummen ihres Handys durchbricht die Stille im Wohnzimmer. Luce beugt sich vor, nimmt das Gerät vom Tisch.

> Ich bin stolz auf dich, wegen gestern.
> Du darfst deine erste Frage stellen ...

Luce überlegt.

Wie ist es da, wo du bist?

> Wie Fliegen, nur endlos und ohne
> Flugzeug.

Luce erstarrt vor Verblüffung.

> Bist du bereit für deinen zweiten
> Auftrag?

Im Moment fühle ich mich zu gar nichts bereit.

Das Handy vibriert erneut in ihrer Hand.

> Du hast fünf Tage Zeit, dich auszuruhen
> und einzustimmen.

Mich worauf einzustimmen?

> Nächsten Sonntag ist Tag der offenen
> Tür beim Luftsportverein. Da sollst du
> hingehen, meine Luce. Das ist deine
> zweite Mission.

151

Luce starrt den Bildschirm an, liest die Nachricht nochmals durch. Alle Zweifel an der Identität ihres Gegenübers sind verflogen. Er ist es. Er muss es sein.

Gehst du hin?, hakt Lucien nach.

Ja, ich gehe hin.

GABRIELLE

Das Konservatorium von Saint-Malo. Gabrielle verlässt mit ihren Schülern den Theatersaal, entdeckt Alix und Philippine.

GABRIELLE, zu ihren Schülern: Und wer von euch
am Montag den Text immer noch nicht draufhat,
der oder die
kann die Schulaufführung ein für alle Mal vergessen.
Ist das klar?

LOLA, flüsternd: Da werden ja nicht viele
übrig bleiben.

GABRIELLE: Hallo, Alix.

ALIX: Hi.

GABRIELLE: Wir kennen uns noch nicht,
du bist ...?

ALIX: Philippine.
Eine Mitschülerin von mir.

GABRIELLE: Bei der du letztes Wochenende
übernachtet hast.
Guten Tag,
Philippine.

PHILIPPINE: Tag.

GABRIELLE: Und? Läuft's gut
bei deiner Mutter?

ALIX: Super.

GABRIELLE: Freut mich zu hören.

ALIX: Bist du so weit, Simon?

Simon nickt, schielt verlegen zu Gabrielle hinüber.

GABRIELLE: Ihr arbeitet zusammen an deiner
Szene weiter?

ALIX: Jepp.

GABRIELLE: Du willst dich also immer noch
bewerben?

ALIX: Offensichtlich.

Schweigen.

GABRIELLE: Denkst du auch
an deinen freien Teil?

ALIX: Ja.
(Zu Simon und Philippine)
Gehen wir?

GABRIELLE: Alix ...
Du weißt,
wenn du jemand zum Reden brauchst,
meine Tür steht dir immer
offen.

ALIX: Okay.

Alix, Simon und Philippine entfernen sich. Lassen sich auf der Wiese nieder. Alix und Simon fangen an, ihre Szene zu proben. Gabrielle starrt ihr Handy an, überlegt, ob sie eine Nachricht schicken soll. Steckt es wieder ein.

GABRIELLE: Nicht mein Problem.
Nicht mein Problem.
Nicht
mein
Problem.

ARMAND

Das Rascheln von Laken. Armand hält Claras Körper umschlungen. Küsst sie aufs Haar. Sie macht sich sanft von ihm los. Widerstrebend lässt er es zu.

»Du kannst doch nicht ernsthaft die Werke von Marin Marais denen von Bach vorziehen«, murmelt er. »Ich meine, ich mag Marin Marais, aber ...«

Sie lächelt, ein Lächeln, das ihre Augen mit sternförmigen Lachfältchen umgibt.

»Mein Kopf weiß Bach durchaus zu schätzen. Aber Marin Marais bringt mich zum Weinen.«

»Und du weinst lieber.«

»Du nicht?«

»Hm.«

Armand rollt sich auf den Rücken. Das ist bereits ihr zweites Treffen in dieser Woche, wie immer bei Clara. Sie ist intelligent, besitzt eine außergewöhnliche Stimme, ein Lächeln, für das man sich ins Unglück stürzen würde, enzyklopädische Kenntnisse über Musik – von mittelalterlichen Gesängen über die indische Sitar bis hin zu Marilyn Manson – und eine maßlose Liebe für die Epoche des Barock. Seit sie an der Musikschule angefangen hat, kurz vor den Osterferien, um eine Kollegin im Mutterschutz zu vertreten, fragt er sich, wie eine solche Frau alleinstehend sein kann. Er sucht nach Charakterfehlern. Findet keine. Vielleicht hat sie es so für sich entschieden.

»Hunger?«

»Und wie.«

»Restaurant?«

Sie schlüpft ohne jede Prüderie unter der Decke hervor, steht auf. Ihre Haarspitzen streicheln sanft ihre Brustwarzen. Armand folgt ihr mit den Augen, als sie im Bad verschwindet. Er liebt es, ihren üppigen Körper auf sich zu spüren, schwer und mit weichen Stellen, in die man seine Hände vergraben kann. Kein harter, spitzer Körper, wie die jüngeren Frauen ihn haben, mit denen er sonst meist zusammen ist. Am liebsten würde er sie noch mal in die Wärme seiner Arme ziehen, sich noch ein bisschen mehr in ihrer Haut verlieren, um alles andere zu vergessen. Doch jetzt wird das Rauschen der Dusche hörbar und er lässt das Vorhaben fallen, steht ebenfalls auf.

Sie landen bei dem Italiener unten im Haus.

»Hallo, meine Liebe«, begrüßt sie die Kellnerin. »Dein Tisch ist frei.«

Sie nehmen in einer Ecke Platz, die auf der einen Seite von Bücherregalen und auf der anderen vom Fenster begrenzt wird. Clara streicht Armand über die Hand. Es ist ihr anscheinend nicht unangenehm, dass die Bedienung, die gerade mit den Getränken kommt, diese intime Geste bemerkt. Trotzdem hat sie bisher noch mit keiner Silbe angedeutet, dass sie vielleicht mal ein Paar werden könnten.

Armand nimmt einen Schluck von seinem Wein.

»Gefällt dir die Art, wie wir uns sehen, Clara?«

»Ja. Und dir?«

»Mir auch.«

Er zieht sein Handy hervor, vergewissert sich, dass seine Tochter ihm nicht geschrieben hat, legt es dann umgedreht auf den Tisch. Dieses Schweigen ist einfach unerträglich. Und unfair. Er hat sich in ihr Leben eingemischt, noch dazu sehr ungeschickt, das stimmt, aber er hat sich – zumindest in seinen Nachrichten – entschuldigt und seine Mitwirkung bei dieser verflixten Aufführung abgesagt. Was soll er denn noch machen?

Armands Hand krampft sich um sein Weinglas. Manchmal, wenn sich die Wut in seiner Brust zusammenballt, würde er Alix am liebsten mit Gewalt nach Hause holen. Aber auch wenn sie noch ein paar Wochen lang minderjährig sein wird, ist sie schließlich nur zu ihrer Mutter gezogen. Und dazu hat sie jedes Recht.

ALIX

Alix sieht sie schon von Weitem kommen. Zwei vertraute Gestalten, die aus der Glastür des Perkussionsraums treten. Zwei Jungs mit zerzausten Haaren, der eine dunkelhaarig, der andere blond, jeder das entsprechende Ziegenbärtchen am Kinn. Während sie sich eine Zigarette drehen, werfen sie immer wieder Blicke in ihre Richtung. Alix probt weiter, schafft es aber nicht, ihre Anwesenheit auszublenden. Unwillkürlich strafft sie sich, um vorteilhafter zu wirken.

»Das war gut!«, urteilt Philippine, als Simon bei der letzten Erwiderung angekommen ist. »Am Schluss hast du die Figur plötzlich viel besser erfasst, man hatte das Gefühl, als wollte Antigone die ganze Welt herausfordern! Aber ganz ruhig, so nach dem Motto: *Bring on the fire, I can handle it.* Echt tough.«

Alix hat das auch so empfunden, sie hat gerade einen Zugang gefunden, der ihr vorher immer fehlte. Keine fünfzehn Meter entfernt haben sich die beiden Schlagzeuger ins Gras gesetzt und beobachten sie mit ausdrucksloser Miene. Alix gibt sich alle Mühe, ihren Blicken auszuweichen.

»Schluss für heute?«, schlägt sie vor.

»Ist gut. Unsere Eltern sind sicher auch gleich da.«

»Danke, Philippine. Das war echt cool, dass du gekommen bist.«

»Fand ich auch«, bestätigt diese nachdenklich.

Philippine hat sich einverstanden erklärt, Alix bei ihren Prüfungsszenen als externe Beobachterin zu dienen. Und wie Alix zugeben muss, sind ihre Hinweise äußerst hilfreich. Nicht so hilfreich wie die Anmerkungen von Gabrielle, schon klar, aber trotzdem sehr viel besser, als wenn sie sich einzig und allein auf ihr eigenes Gespür verlassen müsste.

Simon verabschiedet sich und geht los. Er wohnt gleich neben dem Konservatorium. Statt in gerader Linie auf den Ausgang zu zu gehen, macht Alix noch einen Umweg an den Schlagzeugern vorbei, um von dort auf den Sandweg zu gelangen. Als die Mädchen auf ihrer Höhe sind, heben beide den Kopf.

»Was habt ihr da geprobt?«, fragt der Dunkelhaarige.

Er hat große, leuchtend nussbraune Augen und eine kleine, perfekt geformte Nase. Alix hat noch nie eine so perfekte Nase gesehen. Sie versucht, sein Alter zu schätzen. Zweiundzwanzig? Dreiundzwanzig?

»Eine Szene aus *Antigone*. Von Brecht.«

»Brecht?«, wundert sich der Blonde. »Ist *Antigone* nicht von Sophokles?«

Er trommelt mit den Fingern auf seiner Hose herum, als würde die Musik in seinem Kopf niemals aufhören und mit ihren synkopischen Rhythmen unaufhaltsam aus ihm herausströmen.

»Es gibt mehrere Fassungen. Die von Brecht gefällt mir am besten.«

»Okay ... die seh ich mir mal an. Ich bin übrigens Matej.«

Riesig breites Lächeln. Alix fällt ins Blaue. Ein funkelndes Blaugrau, das die Farbe des Himmels reflektiert, und darin sie selbst, leicht gekrümmt in der Dunkelheit seiner Pupille. Ein seltsamer Spiegel. Sich in seinen Augen zu entdecken, fühlt sich irgendwie komisch an, als könnte er sehen, wie sie in Wahrheit ist, sie in Gänze erfassen.

»Alix«, erwidert sie.

Der andere stellt sich ebenfalls vor. Alix hört ihn kaum, sie ist wie betäubt.

»Dann bis bald, Alix!«, sagt Matej zum Abschied.

»Bis bald.«

Sie zieht Philippine zum Ausgang. Spürt die Blicke der Jungs wie Stiche in ihrem Rücken, brennend und köstlich zugleich. Nur nicht umdrehen.

»Ich glaub, ich will auch Stücke schreiben und Regisseurin werden«, sagt Philippine unvermittelt, als sie das Parktor durchschreiten. »Das ist wie Romane schreiben, nur besser, weil man sie dann auch noch zum Leben erweckt.«

Mit zwei Schritten ist sie an Alix vorbei und läuft dann rückwärts vor ihr her, den Parkplatz hinunter, während die Abendsonne ihre blauen Haare wie ein Heiligenschein umgibt.

»He, Lix, hast du nicht Lust, einen Film zu drehen?«

Alix ist so irritiert von dieser Kurzform ihres Namens, dass sie die Frage kaum hört. *Lix* ist ihr Pseudonym im Netz. Außerhalb davon hat sie noch nie jemand so genannt.

»Wie bitte?«

»Einen Film. Ich schreibe das Drehbuch und wir drehen ihn mit deinen Leuten vom Theaterkurs! Wär doch cool, oder?«

»Äh. Ja, schon ... Aber erst nach den Eignungsprüfungen.«

»Na klar, im Sommer dann! Ich muss ja auch erst mal was schreiben.«

Alix schüttelt belustigt den Kopf. Philippine ist echt durchgeknallt. Sobald es irgendwie ums Kreativsein geht, hat sie ein endloses Selbstvertrauen. Sie macht es einfach, ohne an ihren Fähigkeiten zu zweifeln. Alix weiß diese Eigenschaft immer mehr zu schätzen.

»Wahrscheinlich bin ich diesen Sommer aber gar nicht mehr in Saint-Malo.«

»Sondern wo?«

»In Paris. Selbst wenn ich die Prüfung nicht schaffe, kann ich an der Hochschule für Theater anfangen. Ich muss also auf jeden Fall nach Paris, mir eine Wohnung suchen und all so was ...«

»Hm.«

»Was hast du denn nach der Schule vor?«

»Sollte dieser scheiß Algorithmus, der über unser Leben entscheidet, mir gnädig sein, mache ich ein Vorstudium an einer der Kunsthochschulen in Paris. Bei den dreien, die mich interessieren, bin ich noch auf der Warteliste. Notfalls gibt's auch Privatschulen, die meine Eltern mir natürlich bezahlen würden. Aber das fänd ich echt blöd. Die kosten ein Schweinegeld.«

»Also auch Paris. Dann drehen wir ihn halt dort, deinen Film.«

»Keine dumme Idee.«

Ganz hinten auf dem Parkplatz entdeckt Alix den Wagen ihrer Mutter. Mandalina steht ein paar Meter weiter und unterhält sich mit Philippines Vater. Die Mädchen beschleunigen ihren Schritt, fest davon überzeugt, dass ihre Eltern von ihnen sprechen.

»Da sind sie ja!«, ruft Mandalina.

Na bitte.

Die Mädchen verabschieden sich ohne viel Umstände voneinander und steigen in den Wagen ihres jeweiligen Elternteils. Mandalina fährt los.

»Ich bin nächste Woche auf Geschäftsreise«, erklärt sie Alix auf dem Rückweg. »Nur für einen Tag, aber ich muss morgens schon ganz früh los. Hast du dich mal erkundigt, wann der Schulbus fährt?«

»Mach ich noch«, verspricht Alix widerwillig.

Alix ist gern unabhängig. Aber noch lieber ist ihr, dass Mandalina sich um sie kümmert und für sie da ist, wenn Alix nach ihr ruft.

Nach einem weiteren improvisierten Abendessen und der Erledigung ihrer Schulaufgaben loggt Alix sich ein, setzt ihr Headset auf. Titouan überfällt sie förmlich.

»Willst du mal was Krasses hören?«

»Äh ... dir auch einen guten Tag.«

»Willst du?«

»Spuck's aus.«

Er erzählt ihr eine ziemlich schräge Geschichte von irgendwelchen Nachrichten, die eine Witwe ihrem verstorbenen Mann geschrieben hat und die irrtümlich auf seinem Handy gelandet sind, und dass er den Eindruck hatte, sie sei kurz davor, sich das Leben zu nehmen, und ihr deshalb geantwortet hat. Dann erzählt er noch, was er über die Vergangenheit dieser alten Frau herausgefunden hat, die eine der ersten weiblichen Pilotinnen war. Alix hört immer aufmerksamer zu. Die Geschichte hält ausreichend Geheimnisse, Liebe und Heldentum bereit, um ihre Neugier anzustacheln.

»Und du sagst, sie wohnt, wie du, in Rennes?«

»Jepp!«

»Dann lern sie doch mal kennen! Du musst ihr ja nicht sagen, dass du der Typ am Telefon bist. Wenn du morgen auch zum Luftsportverein gehst, kannst du sicher sein, dass sie da ist.«

Alix spürt ein Zögern am anderen Ende, als würde Titouans Begeisterung plötzlich in sich zusammenfallen.

»Nee ... ich glaub ... ich bleib lieber auf Distanz.«

»Aber sie weiß doch gar nicht, wer du bist. Oder du klingelst mal bei ihr, unter irgendeinem Vorwand ... Weißt du, wo sie wohnt?«

»Im Telefonbuch steht sie nicht, und im Netz habe ich auch nichts gefunden.«

Alix überlegt. Eine Adresse muss doch wohl rauszukriegen sein.

»Ich an deiner Stelle würde bei der Air France anrufen, unter dem Vorwand, dass du ein Referat über Frauen in der Luftfahrt halten sollst und sie gern interviewen würdest. Oder bei dieser Vereinigung da ...«

»Der französischen Pilotinnen?«

»Genau. Wenn sie nicht vor Kurzem umgezogen ist, haben die bestimmt noch ihre Adresse. Bei der Air France musst du sonst erst mal jemanden finden, der dir nicht bloß ein Ticket verkaufen will …«

»Stimmt. Dann schreib ich dieser Vereinigung.«

»Aber schon verrückt, dass diese SMS auf deinem Handy gelandet sind. Ich mein, sie hat die Nummer ihres Mannes doch sicher eingespeichert, da kann sie sich wohl kaum vertippt haben oder so. Echt krass.«

»Vollkommen irre.«

Sie spielen eine Weile. Aber Alix ist mit den Gedanken ganz woanders, randvoll mit Blaugrau und Gänsehaut. Sie träumt von einer Liebe wie die von Luce und Lucien, nur dass ihre gemeinsame Leidenschaft dem Theater, nicht der Luftfahrt gilt, und der Park des Konservatoriums das Rollfeld ersetzt.

»Halt mich auf dem Laufenden, okay?«, bittet sie Titouan, bevor sie sich ausloggt.

Und dann malt sie sich an der Dachschräge ihres Zimmers in endlos vielen Versionen ihre nächste Begegnung mit Matej aus.

LUCE

Luce will gerade aufbrechen, als im Wohnzimmer das schrille Klingeln ihres uralten Telefons aus beigefarbenem Bakelit ertönt, das auszutauschen sie sich immer geweigert hat. Sie nimmt den Hörer ab.

»Hallo?«

»Luce? Luce Paradis?«

»Ja.«

»Hier ist Catherine Voisin, von der Vereinigung französischer Pilotinnen.«

Die Vereinigung französischer Pilotinnen. Seit Jahren hat Luce nichts mehr von ihren früheren Kolleginnen gehört. Sie kramt in ihrem Gedächtnis nach dem Gesicht von Catherine, stößt auf das verschwommene Bild eines braunen Lockenkopfs mit knallroten Lippen.

»Catherine. Wie geht es dir?«

»Gut, sehr gut! Und dir? Ich hab von Lucien gehört, mein herzliches Beileid ... Ich hätte dich damals anrufen sollen, aber ich wollte nicht stören, wir hatten uns ja schon so lange nicht mehr gesprochen.«

»Alles gut«, sagt Luce ausweichend.

»Hör zu, ich rufe an, weil ein Schüler sich bei uns gemeldet hat.«

Luce hört zu, während Catherine irgendetwas von einem Schulreferat und einem Interview erzählt. Sie versteht zwar nicht so ganz, was der Junge von ihr will, aber er kann ihr ja gern mal schreiben, warum nicht.

»Dann gebe ich ihm also deine Adresse weiter?«

»Ist gut.«

Luce legt auf, voller Erstaunen, dass dieser Anruf sie ausgerechnet in dem Moment erreicht, als sie sich zum ersten Mal seit einer Ewigkeit auf den Weg zum Luftsportverein macht. Aber jetzt ist sie natürlich spät dran und muss sich beeilen, schnell schnell ihre Handtasche, ihre Schlüssel, schnell schnell zur Bushaltestelle. Sie muss einmal umsteigen, um an ihr Ziel zu gelangen. Zehn Mal hat sie das im Fahrplan nachgesehen. Innerlich bebt sie vor Angst und Aufregung, als würde sie zu einer gefährlichen Expedition aufbrechen.

Wortlos schüttelt sie den Kopf, während sie im Wartehäuschen Platz nimmt. Wie konnte sie nur so tief sinken? Eine armselige Busfahrt für ein Abenteuer zu halten, während sie früher um die ganze Welt geflogen ist! Die Falttür schiebt sich vor ihr auseinander. Luce nimmt zusammen, was ihr an Mut geblieben ist, und besteigt den ersten Bus.

Der Umstieg verläuft ohne Zwischenfall. Von ihrem erhöhten Sitz aus sieht Luce, wie die Straße breiter wird, die Stadt zwischen den Feldern ausdünnt. Erst bei der Einfahrt nach Saint-Jacques-de-la-Lande, dem kleinen Dorf, in dem der Luftsportverein angesiedelt ist, erkennt sie einige Gebäude wieder: eine alte Schule, mehrere Häuser. In ihrer Kindheit war hier nichts. Nur plattes Land und ein paar verstreute Höfe. Rennes schien weit entfernt. Inzwischen haben seine Ausläufer das Dorf erreicht, und ›la Lande‹, das Heideland, gibt es nur noch im Ortsnamen. Schon damals, als sie nach Paris gezogen ist, wo Lucien studierte, wurden die ersten Siedlungen am Stadtrand gebaut. Inzwischen haben sie alles überwuchert.

Der Bus biegt zum Flughafen ab. Luce steigt inmitten eines Pulks von mit Koffern beladenen Reisenden aus. Über ihnen ist gerade eine

Linienmaschine im Anflug. Ein Hauch von Kerosin hängt in der Luft. Das macht sie ganz schwindelig, diese überwältigende Vertrautheit, wie wenn ein Reiter den Stall betritt oder ein Taucher den Raum mit den Neoprenanzügen. Manche Gerüche sind unverwechselbar und wirken wie ein Schlag ins Gesicht, wenn sie einem begegnen, ein vorwurfsvolles, eifersüchtiges ›Wie konntest du mich nur vergessen?‹. Luce atmet tief ein, nimmt das Aroma in sich auf, hält sich an einer Absperrung fest, um wieder zur Besinnung zu kommen.

Dann schaut sie sich um, völlig desorientiert.

Schon in der Zeit, als sie hier regelmäßig ein und aus ging, ist der Luftsportverein mehrmals auf dem Gelände umgezogen. Aber seitdem ist hier noch viel mehr Neues entstanden, angefangen mit dem Verkehrsflughafen von Rennes, der sich genau in der Mitte niedergelassen hat.

»Verzeihen Sie ... wo finde ich denn hier den Luftsportverein?«

Die Frau in Arbeitskleidung weist auf ein graues Gebäude mit schwarz-weißem Logo, ganz am Ende des Parkplatzes. Luce bedankt sich. Sie ist nicht die Einzige, die darauf zusteuert, zwei Familien gehen vor ihr her. *Fliegen und andere zum Fliegen bringen,* liest sie unter dem Logo, als sie näher kommt. Sie mustert die von Gras gesäumte Rollbahn, die sie hinter dem Gitterzaun erkennt. Nichts kommt ihr bekannt vor. Mit einer Ausnahme, die ihr die Brust zudrückt: die Hangars. Vier riesige graue Flugzeughallen, die sich unter ihren Wellblechdächern aneinanderschmiegen. Die kennt sie gut. Die einzigen vier, die die Bombenangriffe überstanden haben, wie ihr Vater ihr erzählt hat, als sie noch klein war.

Eigentlich wollte sie gar nicht reingehen, aber eine Mutter hält ihr die Glastür auf, und sie will sie nicht umsonst warten lassen, deshalb geht sie doch weiter und betritt die modernen Räume des Luftsportvereins.

Sofort fühlt sie sich fehl am Platz. Alles ist viel zu glatt, zu sauber, zu neu. Ihr Blick fällt auf eine rot gestrichene Wand. Unter all den dort aufgelisteten Namen von Vereinsvorsitzenden, Chefpiloten und Mechanikern findet sie auch einige bekannte. Ein altes Foto der Vereinsgründer hängt in der Mitte. Freunde ihres Vaters.

»Guten Tag, Madame«, wird sie von einer Frau mittleren Alters begrüßt, deren Lächeln ein graublonder Bob umrahmt. »Sie sind zum Tag der offenen Tür gekommen? Das findet alles draußen statt, gehen Sie ruhig hin«, sagt sie aufmunternd.

Luce geht aufs Rollfeld hinaus. Mehrere kleine Schulungsmaschinen sind hier ausgestellt, zwei alte *Rafale*-Kampfflugzeuge und ein Militärhubschrauber, um den sich die Besucher drängen. Ein Motor wird angelassen. Luce spürt sein tiefes Wummern in der Brust, wie das Schnurren einer Katze.

Plötzlich entdeckt sie einen grauen Schnurrbart, den sie in Braun noch aus den Sechzigerjahren kennt. Sein Besitzer ist alt geworden, aber unverkennbar. Sie ergreift die Flucht. Sie will keine vertrauten Gesichter wiedersehen. Nur die Flugzeuge. Sie steuert auf das geöffnete Maul des ersten Hangars zu.

Beim Eintreten hebt sie den Blick zur Stahlkonstruktion des Daches. Die gleiche wie damals. Verrückt. Ihr schnürt sich die Kehle zu. Ganz hinten, stolz seinen hölzernen Propeller in die Höhe reckend, steht das erste Flugzeug, mit dem Luce geflogen ist. Absperrungen wurden aufgestellt, um die Besucher auf Abstand zu halten, auch wenn die meisten hier ohnehin nur vorbeilaufen und sich mehr für die Militärmaschinen draußen interessieren. Luce tritt so nah wie möglich heran. Die Maschine wurde komplett neu gestrichen, in Rot, mit einem gelben Löwen auf der Kanzel und einem zweiten auf der Unterseite der Tragfläche. Ihr Blick fällt auf den Mechaniker im dunkelblauen Arbeitsoverall. Er spielt mit einem kleinen schwarzen Mädchen mit geflochtenen Zöpfen. Sicher seine Tochter, leicht überdreht an diesem besonderen Tag.

»Hallo«, sagt er, als er einen Augenblick später neben Luce stehen bleibt.

Die Kleine ist verschwunden. Luce sieht sie gerade noch aus dem Hangar rennen.

»Sie haben ja immer noch die *Stampe*«, murmelt sie. »Das ist ... einfach unglaublich.«

»Oh, von denen sind aber noch so einige unterwegs. Der Pilot, der diese hier am häufigsten fliegt, ist schon über achtzig. Aber auch junge Leute versuchen es mal ab und zu. Ich mag sie sehr gern.«

»Sie fliegen selbst?«

»Natürlich.«

»Das tun aber nur noch wenige Mechaniker«, sagt sie lächelnd.

»Stimmt. Ich finde das seltsam. Man kann doch die Piloten und die Schwierigkeiten, die sie uns schildern, viel besser verstehen, wenn man beide Seiten kennt. Möchten Sie mal näher heran?«

»Darf ich?«

Er führt sie um die Absperrung herum. Luce lässt eine Hand über die rote Verkleidung gleich unter dem Propeller gleiten. Sie schaut in die vordere Öffnung, die als Lufteinlass dient.

»Immer noch der Originalmotor von Renault«, stellt sie fest.

»In tadellosem Zustand.«

Sie zeigt auf ein anderes, etwas jüngeres Flugzeug.

»Und die *Piper* da?«

»Die ist launisch.«

»Das waren die schon immer. Hier gab's mal eine ganze Flotte von denen.«

»Ach, dann sind Sie früher hier geflogen?«, ruft er begeistert.

»Ich bin hier praktisch aufgewachsen. Mein Vater war Automechaniker. Und leidenschaftlicher Amateurpilot, deshalb hat er im Tausch gegen Flugstunden die Maschinen gewartet. Ich hab ihm geholfen. Das fand ich toll.«

Der Mann dreht sich um, sucht nach seiner Tochter.

»Dann muss ich Ihnen Michel vorstellen«, sagt er unvermittelt, »den kennen Sie sicher noch, einen Moment ...«

»Nein, ich ... ich will niemanden treffen.«

Der Mechaniker hebt die Hände, zum Zeichen, dass er nichts dagegen hat.

»Wie Sie möchten.«

Luce geht einmal um die *Stampe* herum, wirft einen Blick in das Cockpit. In einer Ecke sind Fliegerbrille und Lederkappe aufgehängt. Letztere sieht noch genauso aus wie in ihrer Jugend, nur hat jemand sie so umgeändert, dass man die großen Funk-Kopfhörer darübersetzen kann. Luce muss lachen. Der Mechaniker mustert sie neugierig.

»Wann genau hat ihr Vater hier gearbeitet?«

»Kurz nach dem Krieg. In den Fünfzigerjahren.«

»Dann kommen Sie mal mit, ich zeig Ihnen was. Ich bin übrigens Noël.«

»Luce.«

»Luce«, wiederholt er, wie zur Bestätigung.

Fast im Laufschritt überqueren sie das Rollfeld, schlängeln sich zwischen den Besuchern hindurch. Noëls Tochter holt sie ein und greift im Laufen nach der Hand ihres Vaters, wird zusammen mit Luce von ihm ins Schlepptau genommen. Sie betreten den Klub, dann einen Raum, der offenbar als Schulungszimmer dient. Noël bleibt vor einem Foto an der Wand stehen. Luce' Herz setzt einen Schlag lang aus. Das ist ihr Vater, dort, aufrecht auf der Tragfläche einer *Stampe*, den Blick direkt in die Kamera gerichtet. Und da ist sie, auf dem Pilotensitz. Sie kann nicht älter als zehn Jahre sein.

»Das sind Sie«, sagt Noël.

Sie kann nur nicken, tief bewegt. Ihre Finger streichen über das Glas, das das Foto schützt.

»Es gibt noch ein anderes«, erklärt der Mechaniker.

Er zeigt auf einen Rahmen an der Rückwand des Raums. Dieses Foto ist Luce schon bekannt. Es ist das von ihr und Lucien, wie sie über das Rollfeld laufen, kurz nachdem sie sich kennengelernt haben. Sie lächelt. Verscheucht mit einem Lidschlag die Tränen.

»Ist sie das wirklich?«, wundert sich Noëls Tochter, die noch vor dem ersten Foto steht.

»Na klar, da war sie so alt wie du jetzt. Und das ist ihr Vater.«

»Genau wie wir zwei!«, ruft die Kleine entzückt.

Noël streicht seiner Tochter über die Zöpfchen. Luce fürchtet, in Tränen auszubrechen, wenn sie jetzt etwas sagt, deshalb nickt sie nur mehrmals und lächelt scheu.

Sie kehren in die riesige Flugzeughalle zurück, schlendern von Maschine zu Maschine. Luce würde gern noch bleiben. Dieses Wellblechdach, der ölgetränkte Asphalt, das Rechteck voller Licht, das aufs Rollfeld hinausführt, all das ist ihr Zuhause. Doch die Müdigkeit überwältigt sie. Die Schmerzen kehren zurück, mit aller Gewalt, als wären sie der Preis für die kurze Atempause, die die Freude ihrem Körper verschafft hat. Noël scheint das zu spüren, denn er nimmt sie behutsam am Arm.

»Heute ist es zu voll zum Fliegen. Aber Sie kommen wieder, ja? Diese alte Dame muss doch mal wieder bewegt werden«, fügt er hinzu und tätschelt die rote Hülle der *Stampe*.

»Vielen Dank für ... alles.«

»Immer gern.«

TITOUAN

Titouans Handy vibriert an seinem Bein. Er schiebt eine Hand unter die Decke, öffnet ein Auge. Gerade mal achtzehn Uhr.

»Zu früh«, knurrt er.

Doch das Handy meldet eine neue Mail. Neugierig öffnet er sein Postfach. Es ist die Antwort der Vereinigung französischer Pilotinnen. Titouan reibt sich die Augen, setzt sich auf.

Guten Tag,

bezüglich Ihrer Anfrage haben wir uns mit Madame Luce Paradis in Verbindung gesetzt. Sie erklärt sich bereit, Ihnen auf dem Postweg zu antworten.

Darunter eine Adresse und eine Unterschrift, *Catherine Voisin.*

Die Schleier der Müdigkeit in seinem Hirn sind sofort wie weggeblasen. Er gibt Luce' Adresse ins Suchfeld ein. Sie liegt im Norden der Stadt, in einer Gegend, die er nicht so gut kennt. Zunächst schaut er sich das Viertel von oben an. Geht dann auf den Boden hinunter. Es ist fast so, als würde man tatsächlich durch die Straße laufen; nur die Gesichter einiger Passanten und Autofahrer sind verpixelt.

Er betrachtet das Haus von Luce. Das einzige aus Naturstein zwischen all den jüngeren Gebäuden. Der kleine Garten setzt sich bestimmt auch nach hinten fort, wo man die Zweige eines Baums übers Dach ragen sieht. Mehrere Rosenstöcke ranken an der Fassade empor. Linker Hand ein weißes Tor, dahinter der Abstellplatz für ein Auto – leer.

Titouan spaziert ein bisschen herum, schaut sich die nähere Umgebung an. Erst als er wieder auf Luce' Haus zugeht, bemerkt er die Gestalt eines Mädchens. Sie drückt gerade die Tür des Nachbarhauses auf. Etwas an ihrer Haltung fesselt seinen Blick. Die Aufnahme muss im Frühjahr gemacht worden sein, denn das Mädchen trägt eine Schultasche über der Schulter und ein vor dem Bauch geknotetes Jeanshemd anstelle einer Jacke.

Titouan geht so nahe heran, wie die Software es erlaubt. Das Mädchen ist zu drei Vierteln von ihm abgewandt, und ihr Gesicht wurde, wie das der anderen Leute, unkenntlich gemacht. Aber ihr Nacken ist es, von dem er kaum den Blick lösen kann. Mühelos entspringt er dem Kragen ihrer Bluse und schwebt bis zum Ansatz ihrer lockigen Haare hinauf. Und auch die scheinen den Gesetzen der Schwerkraft zu trotzen. Als würde das ganze Mädchen von einer unsichtbaren Hand gen Himmel gezogen.

Ob sie lächelt?

In Titouans Vorstellung lächelt sie.

Als er spürt, wie sein Intimbereich reagiert, schließt er hastig die Anwendung und schämt sich genauso, als hätte das Mädchen ihn tatsächlich beim Anstarren erwischt.

Er legt sein Handy auf den Nachttisch und versucht, wieder einzuschlafen. Doch die bezaubernde Gestalt des Mädchens ist auf seiner Netzhaut eingebrannt. In Endlosschleife tanzt sie hinter seinen Lidern. Dreht sich immer wieder langsam um, bis er ihr Gesicht fast sehen kann. Sein Herz schlägt schneller. Dann stoppt der Film, fängt wieder von vorne an. Und jedes Mal entzieht sie sich.

Titouan zappelt hin und her, reibt sich das Gesicht. Überlegt, sich einzuloggen, um Lix zu erzählen, dass seine Idee funktioniert hat, dass er Luce' Adresse herausbekommen hat. Doch dann holen ihn seine Träumereien wieder ein, lange Arme, weich und vertraut. Titouan mummelt sich gemütlich ein, ein Lächeln auf den Lippen. Was interessiert ihn das Leben da draußen? Wo er sich hier, unter seiner Decke, umgeben von seinen Büchern, seinen Legosteinen, seinem Müll und seinen Gedanken, weit weg vom Gewimmel des Lebens, doch am lebendigsten fühlt?

Einen Moment lang malt er sich genussvoll dieses Draußen aus, wo die Menschen sich drängeln, schubsen, berühren. Alles kommt ihm verlangsamt vor, wie unter Wasser. Leicht verschwommen. Wie ein unerkennbares Gesicht über einem himmlisch schönen Nacken.

Kann man sich in einen Nacken verlieben?

ALIX

»Wie hast du Papa eigentlich kennengelernt?«

Mandalina nimmt einen Schluck von ihrem Tee, als würde sie die Antwort noch ein bisschen hinauszögern wollen. Wie gespiegelt sitzen sie sich auf dem Wohnzimmersofa gegenüber, ein Bein auf die Sitzfläche gefaltet, um sich anzuschauen.

»Was hat dir dein Vater denn erzählt?«

»Nichts. Ich sag doch, er spricht nie von dir.«

»Ehrlich gesagt, spreche ich auch nie von ihm.«

»Nun erzähl schon«, regt Alix sich auf. »Was war das damals? Ein One-Night-Stand? Hast du dich deshalb gleich nach meiner Geburt aus dem Staub gemacht?«

Sie weiß nicht, warum sie plötzlich so aggressiv wird. Ihre Reaktion kommt aus dem Bauch heraus, unkontrollierbar. Mandalina runzelt ihre perfekt geformten Augenbrauen.

»Du bist jetzt fast erwachsen, Alix«, erwidert sie ruhig, aber bestimmt, »wir können eine Beziehung auf Augenhöhe führen, ohne laut zu werden ...«

»Glaubst du wirklich, man kann eine Beziehung aufbauen, ohne über das alles zu reden?«, stößt Alix halb erstickt hervor.

»Das ist alles schon so lange her, mein Liebes. Lassen wir die Vergangenheit ruhen.«

»Das ist nicht die Vergangenheit. Das ist mein Leben. Mein ganzes Leben, in dem du komplett abwesend warst.«

Sie ist aufgestanden, kerzengerade, zitternd. Mandalina unterdrückt einen Seufzer. Klopft aufs Sofa, damit sie sich wieder hinsetzt. Alix gehorcht, voller Misstrauen.

»Wir haben uns im Theater kennengelernt. Ich war mit einer Freundin da, Armand allein. Wir haben nebeneinandergesessen. Immer wieder haben sich unsere Hände auf der Armlehne berührt, und während der ganzen Vorstellung haben wir uns verstohlene Blicke zugeworfen. Am Ende«, fährt sie mit einem schiefen Lächeln fort, »habe ich meine Freundin versetzt, um noch ein Glas mit ihm trinken zu gehen. So hat es angefangen.«

Im Theater, wiederholt Alix in Gedanken, wie vor den Kopf geschlagen. So was Verrücktes. Als hätte sie es gespürt, als hätte es sie mit Macht an diesen Ursprungsort zurückgezogen, obwohl sie das alles noch gar nicht wusste.

»Welches Stück habt ihr euch denn angeschaut?«

»*Ruy Blas* von Victor Hugo. Die Schauspieler waren toll. Erstaunlich gut. Ich weiß noch, dass wir viel gelacht haben. Aber vielleicht hatte meine Begeisterung auch eher mit dem zu tun, was sich da gerade zwischen mir und deinem Vater entspann, als mit dem Stück, ich weiß es nicht.«

»Und danach?«

»Haben wir das besagte Glas zusammen getrunken. Mehr als eins. Von unserem Leben erzählt. Uns geküsst. Wir waren leidenschaftlich verliebt, völlig besessen voneinander, es war die Art von Liebe, die einem Flügel verleiht. Wir sind dann ganz schnell zusammengezogen, zuerst in seiner Wohnung in Saint-Malo. Ich hab damals in Rennes gearbeitet, bin immer gependelt. Wir haben jede freie Minute miteinander verbracht. Armand hat die Stelle am Konservatorium angenommen. Ein Jahr später hat er das Haus gekauft – ich hätte keinen Kredit bekommen, ich hatte keine Festanstellung.«

»Und dann?«

»Dann bist du gekommen.«

Das Bedauern in ihrer Stimme trifft Alix wie ein Schlag in den Magen, der ihr den Atem verschlägt. Sie versteckt sich wieder hinter ihrem Schutzschild aus Wut.

»Wenn du mich nicht haben wolltest, warum hast du dann nicht abgetrieben?«

Mandalina nimmt ihre Hand.

»Wir wollten dich haben, Alix. Du warst kein Unfall. Wir wollten dich unbedingt.«

»Was war denn dann der Grund?«

Ein weiterer Schluck Tee. Mandalinas Blick flüchtet sich auf den Wohnzimmertisch. Zweimal öffnet sie den Mund. Schließt ihn wieder. Am Ende kommt nur ein Murmeln heraus:

»Hör mal, ich hab dich doch gerade erst wiedergefunden, können wir das nicht einfach nur ... genießen?«

Genießen? Hatte sie denn überhaupt nichts kapiert? Abrupt zieht Alix ihre Hand zurück, springt wieder auf.

»Wie soll das gehen? Wie soll ich das genießen? Ich schaff es ja nicht mal, dich Mama zu nennen! Was soll ich denn da genießen, scheiße noch mal?«

Alix rennt in den ersten Stock, knallt die Tür hinter sich zu und drückt das Gesicht in ihr Kissen, um ihren Zorn zu ersticken.

ARMAND

»Ohne Alix kommt mir alles sinnlos vor.«

»In ein paar Wochen wäre sie doch ohnehin zum Studium weggegangen«, wendet Gabrielle ein, die mit zwei Flaschen Bier aus der Küche kommt. »Hier.«

Sie setzt sich wieder aufs Sofa, ein Bein unters Gesäß geschoben. Armand nimmt zwei lange Züge.

»Ich weiß. Ich hatte auch schon einen Film im Kopf, wie das alles ablaufen würde, wie ich ihr bei der Wohnungssuche helfen würde, beim Kistenschleppen, bei dem ganzen Umzug ... Und jetzt ...«

»Glaubst du wirklich, sie hätte dich das alles machen lassen?«

Armand zuckt die Achseln. Er hätte sich eben an das gehalten, was seine Tochter an Unterstützung geduldet hätte.

»Ich glaube, im Grunde hoffe ich darauf, dass die Sache mit ihrer Mutter schiefgeht, damit Alix zu mir zurückkommt. Ist es schlimm, wenn ich das sage? Siebzehn Jahre lang hat Mandalina keinen Finger gerührt, hat nur zu Weihnachten und zum Geburtstag eine Postkarte geschrieben, und auch das nicht regelmäßig, und ich konnte dann sehen, wo ich mit meiner untröstlichen Tochter bleibe, wenn der Briefkasten mal wieder leer war ... Vor zwei Jahren ist sie dann aus heiterem Himmel wieder hier aufgekreuzt. Alix hat sich fast geweigert, sie zu sehen, und ehrlich gesagt ... war ich froh darüber, ich geb's zu. Natürlich finde ich es gut, wenn Alix eine Beziehung zu ihrer Mutter aufbaut, und natürlich habe ich sie nicht großgezogen, damit sie denkt, sie müsste mir dankbar sein, aber jetzt bin ich auf einmal der Böse und Manda kann sich in ihrer Beliebtheit sonnen? Das ist schon bitter.«

Gabrielle sagt nichts dazu, bietet ihm nur ihr mitfühlendes Schweigen an. Bilder aus der Kindheit von Alix ziehen an Armands innerem Auge vorbei, bis zurück zu ihren ersten Wochen, die sie im Brutkasten verbracht hat, ohne dass er wusste, ob sie am Leben bleiben würde. Alix ist viel zu früh auf die Welt gekommen, zwei Monate und vier Tage vor dem errechneten Termin. Er sieht sie wieder im Krankenhaus vor sich, an Schläuche und Maschinen angeschlossen, die ihre unreifen Lungen unterstützen und ihr Herz überwachen. Zwei Monate lang. Die schlimmsten Monate seines Lebens.

»Sie war noch so winzig klein«, flüstert er. »Stundenlang habe ich sie an meine nackte Haut gedrückt, ein kleines Würmchen auf meiner Brust, hab auf jede Bewegung geachtet, mit ihr gesprochen. Ihr gesagt, dass ihre Mutter sie lieb hat, auch wenn sie es nicht schafft, sie besuchen zu kommen. Dass ich da bin und wahnsinnig froh, dass es sie gibt. Hab ihr Lieder vorgesungen. Und als sie dann endlich nach Hause durfte, hab ich ihr manchmal auf der Geige vorgespielt, ganz leise, halb ausgestreckt auf dem Bett, mit ihr auf dem Bauch. In den ersten Jahren habe ich ganze Nächte damit verbracht, ihr beim Schlafen zuzusehen, mich zu vergewissern, dass sie noch atmet. Und auch später nachts immer noch oft nach ihr geschaut.«

»Sie atmet«, sagt Gabrielle lächelnd. »Es geht ihr gut.«

»Ich weiß.«

Aber die Angst, sie zu verlieren, hat Armand nie mehr ganz verlassen. Er schaut Gabrielle in die Augen. Er ist froh über diesen spontan vereinbarten Abend, froh über ihre langjährige Freundschaft, die nichts verlangt und alles verzeiht.

»Du kennst Alix«, sagt er. »Du kennst sie auf ganz andere Weise. Was soll ich deiner Meinung nach tun?«

»Ich habe keine Kinder, Armand. Und ich wollte auch nie welche. Insofern bin ich wohl kaum in der Position, dir einen Rat zu geben, wie du dich mit deiner Tochter wieder vertragen kannst ...«

»Im Ernst, Gab.«

Sie starrt ihnen einen Moment lang an.

»Schickst du ihr Nachrichten?«

»Nicht mehr. Ich dachte, sie braucht vielleicht ein bisschen Abstand.«

»Dieser Schwachsinn von wegen ›Abstand brauchen‹ ist doch nur eine Ausrede von Paaren, die sich nicht eingestehen wollen, dass sie sich entfremdet haben und dass es längst vorbei ist. Sie ist deine Tochter, Armand. Deine einzige. Ich glaube, ich an deiner Stelle würde ihr weiter schreiben, auch wenn sie nicht reagiert. Einfach um die Verbindung zu halten. Ihr zu zeigen, dass sie, zumindest von deiner Seite aus, nicht abgebrochen ist, dass du ihr Vater bist, was immer auch geschieht. Aber wie gesagt, ich bin nun mal nicht an deiner Stelle.«

Armand nickt.

»Vor langer Zeit hast du mir mal was erzählt«, fährt Gabrielle etwas vorsichtiger fort. »Das erste und einzige Mal, dass du von Alix' Mutter gesprochen hast. Du hast etwas von einer Einweisung in die Psychiatrie gesagt.«

»Ja. Vor sieben Jahren habe ich Mandas Vater in Marseille besucht. Er hat mir damals erzählt, sie sei, kurz nachdem sie mich verlassen hat, für mehrere Wochen in eine geschlossene Abteilung eingewiesen worden.«

»Und hat er auch gesagt, warum?«

»Wegen einer bipolaren Störung. Damals hieß das noch manisch-depressiv. Bis dahin hatte es noch keine Diagnose gegeben, aber sie hatte schon mal solche überdrehten Phasen gehabt, in denen sie sich wie die Königin der Welt vorkam, und andere, melancholische, wo sie von lähmenden Zweifeln erfasst wurde, und die Schwangerschaft hat diesen Zustand offenbar noch verschärft.«

»Weiß Alix davon?«

Armand hält kurz inne. Was genau weiß Alix? Nach der Begegnung mit ihrem Großvater hat sie ihm Fragen gestellt, aber was mag sie von den Antworten verstanden haben, die er ihr zu geben versucht hat? Sie haben seitdem nicht mehr darüber gesprochen.

»Ich habe ihr gesagt, dass ihre Mutter krank ist und dass man von dieser Krankheit nicht geheilt werden kann.«

»Das reicht nicht.«

»Sie hat mich schon seit Jahren nichts mehr gefragt. Und als Manda zurückkam, da dachte ich ... dass sie jetzt dran ist, ihrer Tochter Rede und Antwort zu stehen.«

»Und wenn sie das nicht tut?«

»Wir werden sehen.«

Sie trinken ihr Bier.

»Du hast mir noch nie gesagt, was sie auf der Bühne wert ist.«

»Alix wär stinksauer, wenn sie von diesem Gespräch erführe«, warnt ihn Gabrielle.

»Sie erfährt es ja nicht. Nun sag schon.«

Gabrielle denkt kurz nach, sagt dann:

»Sie ist brillant. Nervig, bockig, überempfindlich, aber brillant, mit dem Instinkt einer echten Schauspielerin. Und sie hat den Charme ihres Vaters geerbt. Das kommt gut an.«

Armand lächelt, ergreift ihre Hand und drückt sie sanft. Als sie keine Anstalten macht, sie zurückzuziehen, hält er sie weiter fest. Sie reden noch eine Weile. Alix durch die Augen von Gabrielle zu entdecken, tut ihm gut und macht ihm Freude.

Als die Musik aus den Bars weiter unten allmählich verstummt, steht Armand auf, um sich zu verabschieden. Er geht zum Fenster, durch das man einen Blick auf den Hafen hat, auf die Tour Solidor, den von Scheinwerfern angestrahlten steinernen Turm, und auf die Boote, die gemächlich auf den Wellen schaukeln. Im Hintergrund schimmern die Lichter von Dinard. Er liebt diesen Blick. Bevor er das Haus gekauft hat, hatte er fast denselben.

»Geht's ein bisschen besser?«, fragt Gabrielle.

Armand nickt, legt die Arme um sie, zieht sie zu sich heran.

»Danke.«

Gabrielles Finger wandern seine Wirbelsäule hinauf, massieren die Verspannungen zwischen seinen Schulterblättern. Armand lässt es sich gefallen, versucht, seinen Atem zu beherrschen, der sich aber trotzdem beschleunigt. Langsam lässt er seine Hände von Gabrielles Taille auf ihre Hüften gleiten, mit einer Beklommenheit, wie er sie schon lange nicht mehr empfunden hat.

GABRIELLE

In der Wohnung von Gabrielle, am Fenster. Draußen die Lichtkreise von Straßenlaternen.

GABRIELLE: Das ist keine gute Idee.

ARMAND: Nein?
Okay.

GABRIELLE: Das ist keine gute Idee, aber
ich hab trotzdem Lust.

ARMAND: Ich auch.

GABRIELLE: Wenn du mich auch nur ein einziges Mal
mit dem vergleichst, wie ich vor zehn Jahren aussah,
werf ich dich sofort aus dem Bett.

ARMAND: Du bist noch viel schöner geworden.

GABRIELLE: Am Arsch.

ARMAND: Der auch, du hast recht.

GABRIELLE: Woher willst du das wissen?

ARMAND: Hin und wieder kommt es vor, dass du
mir den Rücken zuwendest.

GABRIELLE: Deine romantische Ader wird noch
mal dein Untergang sein.

ARMAND: Bisher hat sich noch keine beschwert.

GABRIELLE: Vielleicht, weil
du ihnen gar nicht die Zeit dazu lässt?

ARMAND: Das sagt die Richtige!
Gib zu,
dass du mit diesem Typen
nur deshalb zusammen warst,
weil er Roméo heißt!

Gabrielle bringt ihn mit einem Kuss zum Schweigen.

ZWISCHENSPIEL

Ich habe sie alle gekannt, Titouan, Luce, Gabrielle, Alix, Armand ...

Genauer gesagt, bin ich ihnen allen schon einmal begegnet.

Denn ich bin nur ein Schatten. Ein Lächeln in ihrem Alltagstrott, ein gelegentliches Auffangbecken für ihre Sorgen und Nöte, ohne irgendeinen anderen Zweck, als ihnen ein wenig Erleichterung zu verschaffen, indem sie sie mit mir teilen.

Oder jedenfalls *war* ich dieser Schatten, bis zu jenem Sommernachmittag, der uns alle in seiner Faust versammelt hat.

Aber so weit sind wir noch nicht.

III. AKT

ALIX

Alix schaut zu, wie Mandalina den Griff ihres Rollkoffers heraus-
zieht, zur Haustür geht, in ihre Jacke schlüpft.

»Zum Abendessen sind noch Reste im Kühlschrank und ein paar
Pizzen im Gefrierfach. Okay?« Alix nickt. »Bis Dienstag!«

»Bis Dienstag.«

Kein Kuss, keine Umarmung, nur ein zärtliches Lächeln zum
Abschied, und die Tür schließt sich hinter Mandalina. Alix rührt
sich nicht. Hört das Zuschlagen der Kofferraumklappe, dann das der
Autotür und schließlich den Motor, der röhrend in der Nacht verschwindet.

In den drei Wochen, die Alix inzwischen hier wohnt, ist es das
erste Mal, dass ihre Mutter sie mehrere Tage am Stück allein lässt.
Die perfekte Gelegenheit, selber nach den Antworten zu suchen, die
Mandalina ihr verweigert. Alix wartet noch ein bisschen, für den Fall,
dass ihre Mutter doch noch mal zurückkommt, weil sie den Haustür-
schlüssel oder eine Tasche vergessen hat. Stille. Sie ist wirklich weg.

Alix geht ins Wohnzimmer. Wo soll sie mit der Suche beginnen?
Sie dreht sich einmal im Kreis, mustert die Bücherwand voller Bild-
bände und Romane, den Schrank, die große, mit Kissen übersäte
Reisetruhe, die Schubladen im Sofatisch. Letztere sind am leichtes-
ten zugänglich. Dort dürfte sich nichts Vertrauliches finden. Nichts
Gefährliches. Alix schaut trotzdem nach. Fernbedienungen, Kunst-
zeitschriften, angebrochene Tablettenpackungen, Gummibänder,

Wäscheklammern ... Sie wendet sich von den Schubladen ab, geht zur Reisetruhe. Die Kissen landen eins nach dem andern auf dem Boden. Alix hebt den Deckel an. Drinnen entdeckt sie nur einen Stapel Textilien: Bettwäsche, Vorhänge, Handtücher ... enttäuscht räumt sie alles wieder zurück.

Den großen Wandschrank aus dunklem Holz hat sie schon mal offen stehen sehen, sich aber nicht getraut, drin herumzustöbern. Sie zieht die schweren, mit Ornamenten verzierten Türflügel auf. Ganz unten findet sie eine Reihe von Spirituosen neben aufgestapelten Schüsseln und Körben. Auf mittlerer Höhe wird eine Nähmaschine von einem Nähkorb auf der einen und Tischdecken und Geschirrtüchern auf der anderen Seite flankiert. Eine beeindruckende Gläsersammlung in allen Farben und Formen füllt das darüberliegende Regal, und ganz oben, fast unerreichbar, finden sich weitere Laken und Handtücher, offenbar etwas neuer als die in der Truhe.

Nichts Interessantes in diesem Zimmer, entscheidet Alix. Sie steigt in die erste Etage hinauf, betritt das Schlafzimmer ihrer Mutter, schaltet die Deckenlampe ein.

Der Bereich unter dem Hochbett ist als Kleiderschrank eingerichtet. Gleich neben der Tür an der Wand steht eine große petrolfarbene Kommode, etwas weiter hinten ein Frisiertisch in Zartrosa, mit sorgfältig arrangierten Cremedosen, Haarbürsten und Kosmetikartikeln. Alix berührt vorsichtig Ohrringe und Halsketten, die an einem Schmuckständer hängen. Öffnet das mit Samt ausgelegte Kästchen daneben, betrachtet Armbänder und Ringe. Stöbert eine Weile darin herum, schiebt sich einige Stücke aufs Handgelenk, auf die Finger. Ein Paradies für kleine Mädchen. Aber sie ist kein kleines Mädchen mehr und ihr Interesse gilt anderen Dingen.

Alix durchsucht die Schubladen der Kommode. Sie enthalten nur Kleidung. Die Unterwäsche macht sie neugierig. Nur wenige BHs –

Mandalina trägt fast nie einen –, aber eine ganze Sammlung spitzenbesetzter Satinhöschen. Lila, Weinrot, Nachtblau, Tannengrün und Schwarz ergeben ein seltsames, seidig glänzendes Gemälde, durchsetzt von leuchtenden Tupfern aus Safrangelb und Altrosa. Alix würde gern welche anprobieren. Traut sich aber nicht. Und würde sowieso nicht reinpassen. Sie lässt die Finger über die Strumpfhosen gleiten, wendet sich dann von der Kommode ab.

Sie kann es sich nicht verkneifen, auf dem Hocker vor dem Frisiertisch Platz zu nehmen, eine Creme auf ihrem Handrücken auszuprobieren, dann einen kupferfarbenen Lidschatten. An jedem Tiegel zu schnuppern, sich ein bisschen Parfum an den Hals zu sprühen.

Sie öffnet die kleine Schublade vorn am Tischchen. Sie quillt über vor Medikamenten mit barbarisch klingenden Namen. Alix zieht die Beipackzettel heraus. Stimmungsregler, Angstlöser, Antipsychotika. *Psychotisch.* Alix schluckt schwer. Das Wort macht ihr Angst. Eine Erinnerung kehrt ganz unvermittelt zurück. Ein Autobahnrastplatz, eine schmierige Bank, die an ihren nackten Oberschenkeln klebt, Kaffeegeruch, die dreieckige Folienverpackung eines Sandwichs, ihre Finger, die mit einem neongelben Haargummi spielen, Musik, die aus müden Lautsprechern scheppert, ihr Vater ihr gegenüber am Tisch. Die Rückfahrt von Marseille nach Saint-Malo.

»Ist Mama meinetwegen weggegangen? Weil ich nicht so war, wie sie wollte?«

»Nein, Fröschlein. Das hatte überhaupt nichts mit dir zu tun. Sie ist weggegangen, weil es ihr nicht gut ging. Sie war sehr krank. Sie musste allein sein.«

»Und geht es ihr jetzt wieder besser?«

»Ich weiß es nicht. Das ist eine Krankheit, die man sein Leben lang hat. Aber es gibt natürlich Medikamente, die man dagegen nehmen kann, also ja, vielleicht schon.«

»Und warum kommt sie mich dann nie besuchen?«

»Ich weiß es nicht. Ich weiß nur, dass sie dich, wo sie auch sein mag, sehr lieb hat.«

Alix presst die Kiefer zusammen. Holt tief Luft und schiebt die Erinnerung in jenen Winkel ihres Hirns zurück, in dem sie bisher verschlossen gewesen war.

Sie entdeckt einen Einbauschrank unter dem Fenster, gut getarnt durch seine mit Tapete beklebte Tür. Nur der kleine goldene Griff verrät seine Existenz. Alix zieht daran.

Ein Schauer läuft ihr über den Rücken.

Mehrere rote Archivboxen sind auf dem Brett aneinandergereiht, darunter dann die unterschiedlichsten Kisten und Kartons. Die Art von zusammengewürfelten Behältnissen, in denen man all das verstaut, was man vergessen will, und sie dann in irgendeine Ecke schiebt, um sie nie wieder hervorzuholen. Alix lässt sich im Schneidersitz auf den Dielenboden nieder, filmt mit ihrem Handy jedes Detail in diesem Schrank, damit sie später alles wieder genauso anordnen kann, greift nach der ersten Schachtel.

Sie ist randvoll mit Fotos. Alix kennt fast niemanden darauf, außer ihrem aus Marseille stammenden Großvater, den sie hier und da entdeckt. Oft ist das Meer in irgendeiner Ecke zu sehen, oder eine sonnige Stadt im Süden. Alix versucht, Zusammenhänge zwischen den Aufnahmen herzustellen, sie zeitlich einzuordnen. Auf diesen Bildern wirkt ihre Mutter sehr gesellig, umringt von Freunden, jungen Leuten ihres Alters ...

Bei einem Porträtfoto hält Alix inne.

Ihre Mutter als junges Mädchen, das Gesicht etwas runder als heute, die Wangen voller, ihre langen braunen Haare zu einem Pferdeschwanz gebunden. Sie trägt ein rückenfreies Oberteil. Man erkennt das schmale weiße Band um ihren Hals. Ein Kleid vielleicht? Das grelle Sonnenlicht scheint sie nicht zu stören und ihre weit geöffneten Augen sind blicklos ein paar Meter vor ihr auf den

Boden gerichtet. Sie wirkt nicht traurig. Nur abwesend. Vollkommen abwesend. Unerreichbar. Und doch entdeckt Alix hier erstmals eine Ähnlichkeit zwischen ihnen, das hohe Jochbein, die vollen Wangen und Lippen, die Mandalina inzwischen verloren hat.

Etwas weiter hinten stößt sie auf ein wohlbekanntes Foto. Das, auf dem ihre Mutter mit ihr und ihrem Plüschhasen auf dem Bett liegt, in dem Zimmer, in dem jetzt ihr Vater schläft. Es fühlt sich komisch an, hier einen Abzug dieser Aufnahme zu entdecken, die sie schon seit ihrer Kindheit begleitet. Das einzige Bild von Alix.

Und dann, gleich dahinter, entdeckt sie einen Schnappschuss ihrer Eltern. Halb ausgestreckt auf einem blau-weiß gestreiften Liegestuhl, ein Arm von Armand um Mandalinas Schultern gelegt. Beide sind in die Betrachtung einer gelben Blume versunken, die ihr Vater in der Hand hält.

Allein auf der Welt.

Das war vor ihrer Zeit. Wie unglaublich jung sie da wirken …

Alix erkundet den Inhalt jeder Schachtel, findet Gegenstände aus Mandalinas Kindheit, glatte Kiesel, Postkarten, Briefe ihres Großvaters aus der Zeit, als Mandalina in Paris studiert hat, Kino- und Theaterkarten.

Ruy Blas.

Der Name des Stücks springt ihr in die Augen. Das Datum passt. Das war der Tag ihrer ersten Begegnung, von dem ihre Mutter erzählt hat. Ohne zu zögern, lässt Alix die Karte in der Bauchtasche ihres Hoodies verschwinden.

Als Nächstes nimmt sie sich die Archivboxen vor, die Berge von amtlichen Dokumenten ausspucken, mit denen sie nichts anfangen kann. Es gibt auch einige Studienhefter, seitenweise mit der akkuraten Handschrift ihrer Mutter bedeckt. Alix entschlüsselt ihre rätselhaften Abkürzungen. Ein paar Zeichnungen am Rand berühren sie tief. Hätte Mandalina vielleicht selbst gern gezeichnet? Gemalt? Selber Kunst erschaffen, statt die von anderen zu verkaufen? Alix nimmt sich vor, sie danach zu fragen, sobald sie zurück ist.

Mehr hat der Einbauschrank nicht zu bieten. Alix räumt alles wieder so ein, wie sie es vorgefunden hat, und steigt die metallene Wendeltreppe am Ende des Flurs hinauf. Sie führt in den winzigen Raum, den Mandalina als ihr Atelier bezeichnet. Eigentlich nur ein Schreibtisch in einem winzigen Türmchen, der von drei schmalen, hohen Fenstern durchbrochen wird. In einer Ecke thront ein Bildschirm, an den Mandalina ihren Laptop anschließt, den sie jetzt aber auf ihre Geschäftsreise mitgenommen hat. Darunter steht, in der hintersten Ecke, eine Metallkassette. Alix geht in die Hocke. Der Deckel ist eiskalt und verschlossen. Sie sucht überall nach dem Schlüssel – vergeblich.

Drei große übereinandergestapelte Holzkisten lehnen geduldig an der Wand. Die erste ist voll mit Computerzubehör: alte Rechner, Festplatten und Kabel aller Art. In der zweiten findet Alix berufliche Unterlagen und Hefte voller Termine, Adressen und Telefonnummern, unbekannten Namen und kryptischen Notizen.

Die dritte Kiste scheint auf den ersten Blick nur leere Blätter und Klarsichthüllen zu enthalten, aber ein Papierwust ganz unten weckt ihre Neugier. Er besteht aus Notizen zu verschiedenen Künstlern und bunten Heften, in denen sie einige Gedanken zu Papier gebracht hat ...

Die Kindheit ist eine Insel, die Jugend ein weit verstreutes Archipel, das Erwachsenenalter ein Kontinent ...

Alix lächelt. Die Vorstellung gefällt ihr. Sie fühlt sich wirklich so zerstückelt, wie ein Kaleidoskop, ihre Geschichte so kleinteilig und bruchstückhaft, dass nur ein paar wenige Inselchen an der Oberfläche schwimmen. Aber jetzt will sie tauchen, aus der Tiefe der Fluten das an die Oberfläche holen, was sich da unten versteckt. Sie will verstehen.

Sie überfliegt die Seiten, entziffert einen Text.

Und immer wieder dieser zähe Klumpen im Hals, der alles so mühsam macht. Ich laufe durch die Gänge der Metro und schaue jedem, der mir begegnet, ins Gesicht, um vielleicht doch einen Hauch von Interesse zu entdecken. Aber da ist keins. Alle haben ihr eigenes Leben, kommen irgendwoher und gehen irgendwohin. Ich stehe nur daneben, gefangen in dem Gefühl, ein Nichts zu sein. Weniger als ein Nichts. Denn selbst ein Nichts, eine schöne Leere, kann noch Interesse wecken. Und ich möchte schreien. Ich entwickle mich zurück. Die rebellische Jugendliche erwacht und überwältigt mich mit ihrer Trauer, mit der Ablehnung, die sie hervorzurufen glaubte und deshalb dann auch wirklich hervorrief. Sie tobt in mir und brüllt mich an: »Hab mich lieb! Lass du mich nicht auch noch im Stich!« Aber ich kann ihre Bitte nicht erfüllen, es tut zu weh. Ein gigantischer Kloß in meinem Hals, ein Kopf, ihr Kopf, und ihre langen braunen Haare ergießen sich aus meinem Mund, ersticken mich mit einem Übermaß an unerwiderter Liebe. Ich versuche zu singen, ein süßes Lied, mit heilenden Tönen und beruhigenden Worten. Und ich wiege sie, bis sie endlich einschläft.

Mandalina hatte das Gefühl, ›weniger als ein Nichts‹ zu sein? Das kann sich Alix kaum vorstellen. Ihre Mutter wirkt immer so selbstsicher, ihr Lächeln so breit.

Weiter unten ein Zitat von Léo Ferré, in grauer Tinte.

»Manchmal weinst du, wie die Tiere weinen
Die nicht wissen, warum, und die nichts sagen.«

Alix googelt nach dem Text, hört sich das Lied an, aus dem die Zeilen stammen. Es heißt »Du sagst nie irgendwas«. Das stimmt allerdings: Mandalina sagt nie irgendwas. Immer wieder hat Alix in den letzten Wochen versucht, noch mal die Frage anzusprechen, warum sie fortgegangen ist, als Alix noch ein Baby war. Vergeblich.

Auf der letzten Seite eines Hefts ein in Schönschrift geschriebenes Wort, mit eleganten Schnörkeln verziert. *Armandalina.* Armand und Mandalina. Zwei Wesen, die nur noch eins sind. Und dann doch wieder zwei.

Ganz unten in der Kiste ein vergilbter Umschlag. Alix faltet den Brief, der darin steckt, auseinander.

Armand,

es tut mir leid, dass ich alldem nicht gewachsen bin und dich so enttäuschen muss, aber es ist besser, wenn ich gehe. Ich habe Angst, Alix mehr zu schaden, als Gutes zu tun, wenn ich bleibe. Ich weiß, dass du das nicht verstehen wirst, dazu bist du viel zu gut und verantwortungsvoll. Aber glaub mir, es ist besser so. Ich muss erst wieder lernen zu atmen. Ich lasse bald von mir hören.

In Liebe
Manda

Alix schnürt sich die Kehle zusammen. Wie kann Fortgehen besser sein als Bleiben? Wie hätte ihre Anwesenheit mehr schaden können als ihre Abwesenheit? Das ist doch absurd.

Sie geht mit dem Brief auf ihr Zimmer, setzt sich aufs Bett, legt ihn auf die Decke, neben die Theaterkarte.

Der Anfang und das Ende einer Geschichte.

Der erste Tag und der letzte.

Und dazwischen: Alix.

Alix und ihre Fragen ohne Antwort.

TITOUAN

»Titouan, bist du wach?«

»Hm-hm.«

Seine Mutter drückt die Tür auf, die gegen den Baum stößt, dessen Astwerk inzwischen den ganzen Raum am Fuß des Bettes einnimmt. Von Woche zu Woche verwandelt sich sein Zimmer immer mehr in ein Labyrinth, seine Legosteine in Wehrmauern. Um zum Bett zu gelangen, muss seine Mutter um den Baum herumgehen, unter einem Bogen durchkriechen, über einen Flugzeugnachbau hinwegsteigen und sich zwischen den lebensgroßen Avataren von Lix und Titouan durchschlängeln. Lila liebt diesen Plastik-Dschungel. Eliott flucht jedes Mal, wenn er sich durch das Fenster seines Bruders aus dem Haus stehlen will. Seine Mutter findet sich damit ab. Und sein Vater kommt sowieso nicht mehr rein.

»Ich werf gleich eine Maschine an, hast du noch schmutzige Wäsche?«, fragt sie, als sie schließlich neben Titouan auftaucht.

»Nö, geht schon.«

Seit einigen Tagen versucht er, allein klarzukommen. Das Waschbecken wird häufig in Anspruch genommen. Dort spült er sein Geschirr ab, wäscht sich und – seit er, dank Lila, über eine Waschschüssel und Waschpulver verfügt – auch seine Wäsche, die er dann zum Trocknen über die Legobauten hängt. Außerdem verbringt er sein Leben ja ohnehin in T-Shirt und Unterhose, da fällt also nicht viel an. Nur für seine Ernährung hat er noch keine andere Lösung, als dass seine Familie ihm das Essen raufbringt, und seine seltenen Toilettengänge, für die er über den Flur gehen muss, erledigt er, wenn das Haus leer ist.

Titouan hebt den Blick zu seiner Mutter. Sie steht immer noch da, schaut sich wachsam in seiner Höhle um. Sie hat es aufgegeben, ihn zum Lüften zu zwingen oder ihm zu sagen, dass er aufräumen soll. Aber sie denkt sich natürlich ihren Teil. Plötzlich schüttelt sie den Kopf, wie um sich aus einem seltsamen Traum zu befreien, hebt dann eine leere Müslipackung vom Boden auf und zieht sich in entgegengesetzter Richtung durch das Lego-Gewirr zurück.

»Gleich gibt's Essen«, sagt sie. »Ich bring dir einen Teller rauf.«

Titouan hört, wie sie das saubere Geschirr unter dem Waschbecken einsammelt, bevor sie aus dem Zimmer geht.

Er öffnet eine Datei. Er hat angefangen, sich Notizen zu Luce und Lucien zu machen ... Zum einen das, was die alte Dame in ihren Nachrichten enthüllt, zum anderen das, was er selbst recherchiert. Im Lauf der Tage hat er eine Chronologie ihres gemeinsamen Lebens erstellt und konnte nicht nur diverse Fakten zu Luciens Kindheit und Jugend in Bordeaux zusammentragen, sondern auch zu einigen ihrer Urlaubsorte. Er durchforstet Online-Archive, gräbt Zeitungsartikel über die beiden aus, Fernseh-Interviews ... Das ist wie ein Puzzle. Oder wie eins dieser Online-Spiele, in denen man nach und nach immer mehr über die Figur erfährt, die man verkörpert.

Titouans Handy vibriert unter der Decke. Das ist bestimmt Luce. Die Uhrzeit passt.

Das war schön heute. Véro ist alt geworden, wie ich
auch, aber immer noch dieselbe: ein Punk, trotz
ihres braven grauen Bobs!

Véro ist eine von Luce' früheren Kolleginnen, die im Kontrollturm des Flughafens von Vannes gearbeitet hat und für ihren Ruhestand nach Rennes zurückgezogen ist. Titouan lächelt. Luce nimmt seine Vorschläge immer begeisterter auf. In den letzten beiden Wochen ist sie in einen Verein eingetreten, wo Kindern Bücher vorgelesen werden, hat drei alte Freunde kontaktiert und sich mit ihnen auf einen Kaffee in der Innenstadt getroffen, war im Museum für zeitgenössische Kunst und in einer Ausstellung über Luftaufnahmen ...

Es ist, als wäre mein Leben einfach stehen geblieben
und du hättest es wieder in Gang gesetzt, hat sie
ihm gestern geschrieben.

Ihre Müdigkeit erwähnt sie kaum noch und wirkt auch weniger deprimiert. Zeit für die zweite Phase von Titouans Plan: sie wieder zum Fliegen zu bringen.

Wann gehst du wieder zum
Luftsportverein?

Ich weiß nicht, ob die unter der Woche geöffnet
haben ...

Titouan schaut kurz nach, bevor er antwortet.

Die haben jeden Tag geöffnet. Geh
morgen hin ... Ich weiß, dass du Lust
dazu hast, so oft, wie du davon redest.

LUCE

Luce betritt den Hangar des Vereins. Noël, der vorn an der *Piper* herumschraubt, schaut ihr entgegen, während er sich die Hände abwischt.

»Ich hab mich schon gefragt, ob ich Sie noch mal wiedersehe«, merkt der Mechaniker an.

»Störe ich auch nicht?«

»Ich muss einen Testflug machen. Wollen Sie mitkommen?«

Luce druckst herum. Das geht zu schnell, entspricht nicht dem Film, den sie seit gestern vor ihrem inneren Auge abspielt. Andererseits schlägt Noël ihr ja nur vor, sie mitzunehmen, nicht gleich selbst zu fliegen.

»Ich … Sind Sie wirklich sicher, dass ich nicht störe?«

»Ganz sicher!«

Noël schiebt das Flugzeug aus dem Hangar, öffnet die kleine Cockpit-Tür, lädt Luce zum Einsteigen ein. Reicht ihr die Hand, um ihr auf den hinteren Sitz hochzuhelfen. Führt noch eine letzte Kontrolle am Motor durch, nimmt dann seinen eigenen Platz ein. Beide setzen ihre Helme auf. Noël lässt den Motor an. Der Propeller am Bug beginnt sich zu drehen.

»Seit wann sind Sie denn schon nicht mehr geflogen?«, fragt Noëls Stimme in den Kopfhörern.

»Seit ich vor zehn Jahren in den Ruhestand gegangen bin. Aber mit dieser Art von Flugzeug … zuletzt in den Achtzigern.«

Dröhnend rast die *Piper* über die geteerte Piste. Löst sich von ihr. Luce klammert sich an einen Haltegriff. Das Adrenalin rauscht durch ihre Adern, ein Ansturm, wie sie ihn schon ewig nicht mehr gespürt hat. Sie schaut auf das Feld und die Flugzeughallen hinunter, die unter ihr zurückbleiben.

Als sie genügend Höhe gewonnen haben, dreht Noël nach Norden ab. Luce schließt einen Moment lang die Augen. Alles in ihr erbebt. Nachdem sie jahrzehntelang nur noch Linienmaschinen – die Ozeanriesen der Luft – geflogen ist, hatte sie dieses Hochgefühl, dem Himmel so nah zu sein und noch vom geringsten Windstoß durchgerüttelt zu werden, fast schon vergessen.

Diese Vibrationen, die einem bis ins Mark dringen, dieses wohlige Gefühl, mit der Maschine im Gleichklang zu schwingen.

Aber jetzt erinnert sie sich.

Luce lässt sich gegen die Rückenlehne sinken.

»Alles in Ordnung?«, fragt Noël.

»Alles perfekt.«

Sie errät das Lächeln des Mechanikers, auch ohne es zu sehen.

Zwanzig Minuten lang bewundert Luce das Panorama, das sich ihr bietet. Sie fliegen über die Felder hinweg, über einen Wald und mehrere Dörfer. Sie sichtet Flugplätze, die sie am Tag ihrer Pilotenprüfung angeflogen haben muss, um sich ihren Flugplan stempeln zu lassen. Sechzehn war sie da. Ihr fällt alles wieder ein.

Noël streift kurz die Küste von Saint-Malo, fliegt einen Bogen über die sonnendurchflutete Stadt, bevor er wieder Kurs nach Süden nimmt.

Bald ist Rennes wieder in Sicht. Sie setzen zur Landung an. Auf dem Rasenstreifen neben der Piste wird der Schatten der *Piper* immer größer. Zwei kleine Hüpfer, dann setzen die Bremsen ein. Das Flugzeug rollt noch fünfzig Meter weiter und kommt dann zwischen den Gebäuden des Luftsportvereins zum Stehen.

Stille sinkt wieder auf sie herab. Noël öffnet das Cockpit, nimmt den Helm ab, dreht sich um.

»Und?«

Luce ist nicht in der Lage zu sprechen. Sie hätte keine Worte dafür. Sie schaut ihn an, lächelt. Er lächelt zurück, ohne nachzuhaken.

Sie überlässt es ihm, die *Piper* wieder reinzubringen, und ihr Blick schweift über die Umgebung.

Dieser Flugplatz ist ihr Leben.

Hier ist sie aufgewachsen, über diesen Dächern und Feldern hat sie ihren ersten Alleinflug absolviert, hier hat sie Lucien kennengelernt. Sie kann seine Anwesenheit fast körperlich spüren. Ihre Hand schiebt sich in die Jackentasche, streichelt das Handy. Es gefällt ihr, dass das Ende zum Ausgangspunkt zurückführt.

Mit ruhigen Schritten betritt sie die stählerne Konstruktion des Hangars. Ihr Blick richtet sich auf die rote *Stampe*, ganz hinten an der Wand. Ihr Flugzeug. Das Flugzeug ihrer Kindheit, ihrer Flugausbildung, ihrer Jahre als Kunstfliegerin. Vorn an der Nase bleibt sie stehen, streicht mit der Hand über den Propeller aus hellem Holz, tätschelt die rote Verkleidung, wie man die Flanke eines Pferdes tätschelt.

Ein letzter Flug, als Antwort auf den allerersten.

Den Kreis schließen.

Ja, das wäre perfekt.

»Und dann komme ich zu dir, meine ewige Liebe«, flüstert sie in die Leere, die sich unter dem hohen Wellblechdach auftürmt.

ARMAND

Während seine Schülerin ihre Geige einpackt, überlegt Armand, ob er sich noch einen fünften Kaffee aus dem Automaten holen soll. Er hat schlecht geschlafen. Das ist zwar nichts Neues, er hatte schon immer einen unruhigen Schlaf. Inzwischen aber reihen sich so viele schlaflose Nächte aneinander, dass er allmählich lethargisch wird.

»Bis nächste Woche«, sagt das junge Mädchen.

»Bis nächste Woche.«

Wenn sie nur wollte, denkt er, *könnte sie es weit bringen.* Leider interessiert sie sich mehr für ihre Freundinnen als für die Geige. Er versucht natürlich, jeden seiner Schüler möglichst gut zu fördern, aber sie sind nun mal nicht alle gleich, weder im Hinblick auf ihre Motivation noch auf ihren Fleiß. Beides müssen sie schon selber mitbringen. Und mehr Druck zu machen würde bedeuten, die Hälfte von ihnen zu vergraulen.

Der nächste Schüler geht an seinem Fenster vorbei – ein kleiner Sechstklässler, der die Geige in der Schule als musischen Schwerpunkt gewählt hat. Einen Augenblick später klopft der Junge an die Tür.

»Komm rein, pack schon mal aus.«

In der Ferne sieht er Gabrielle vorübereilen. Mit großen Schritten läuft sie durch den hinteren Teil des Parks zum Theatersaal, wie sie das jetzt immer tut, seit Armand die Nacht bei ihr verbracht hat.

Sie haben nicht mehr darüber gesprochen. Sie weicht ihm aus, antwortet nur einsilbig auf seine Nachrichten, gibt vor, schrecklich viel zu tun zu haben.

Armand zückt sein Handy, öffnet den Thread mit Alix. Oder eher: den Monolog mit ihr. Und wenn schon! Gabrielle hat recht, ein einseitiger Kontakt ist immer noch besser als keiner. Allmählich gewöhnt er sich sogar daran, nutzt dieses neue Ritual einer täglichen Mitteilung, um seiner Tochter Dinge zu sagen, die er bisher für sich behalten hat.

Ich hab solche Angst gehabt, dich zu verlieren, Fröschlein. Dein Leben lang. Aber erst jetzt, nachdem du aus meinem Alltag verschwunden bist, fange ich an, dich zu finden. Dich zu sehen, wie du wirklich bist, über diese Angst hinaus. Schon seltsam, oder? Was auch geschieht, du wirst mich niemals verlieren. Ich hoffe, du weißt das, ganz tief in dir drin. Ich hab dich lieb. Papa.

Er drückt auf ›Senden‹.

Hebt den Blick.

»Also, woran hast du seit dem letzten Mal gearbeitet, Théo?«

ALIX

Alix sitzt zusammen mit Philippine auf einem Gang im Schulgebäude und wartet auf den nächsten Kurs. Das Handy vibriert in ihrer Tasche. Ihr Vater. Ein flüchtiges Lächeln umspielt ihre Lippen. Anfangs war sie davon genervt, dass er so stur an diesen Mitteilungen festhält. Aber irgendwann hat sie sich dabei ertappt, fast schon auf diese Nachrichten des Tages zu warten. Auch wenn sie nicht weiß, was sie von ihnen halten soll. Was will er damit erreichen? Dass sie wieder nach Hause kommt? Das wird nicht passieren. Sie wird bis zum Ende des Schuljahrs bei Mandalina wohnen und dann nach Paris gehen. Sie will selbst entscheiden, wo ihr Zuhause ist, und das auf ihre Weise.

Dafür muss sie aber auch erst mal die Eignungsprüfung an dem Konservatorium ihrer Wahl bestehen. Ein Monat bleibt ihr noch. Aber sie hat immer noch nichts gefunden, was sie in ihrem freien Teil vorführen kann.

»Willst *du* mir nicht irgendwas schreiben?«, fragt sie Philippine.

»Häh?«

»Für meinen freien Teil?«

»Was denn schreiben?«

»Irgendwas möglichst Kreatives, mit dem ich mich der Jury vorstellen kann. So nach dem Motto: ›Hier bitte, das bin ich.‹«

»Und wer bist du?«

Eine scheinbar harmlose Frage. Angestrengt starrt Philippine auf ihren Bildschirm und beißt sich auf die Lippen, um ein Lächeln zu unterdrücken. Ihre ganz persönliche Art und Weise, Alix klarzumachen, dass sie nicht die Arbeit für sie machen wird.

»Ich bin ... ich.«

»Und darüber hinaus?«

Bilder gehen ihr durch den Kopf, Gedanken, die Alix festzuhalten versucht, bevor sie wieder verschwinden.

»Ich bin die Tochter meiner Eltern.«

»Das ist schon mal ein Anfang.«

»Ich bin ... ihre ganzen Geheimnisse leid. Ich stehe irgendwie ... neben meinem Leben und versuche wieder hineinzukommen.«

Philippine wirft ihr einen Blick zu.

»Das ist der Moment, wo man anfängt, sich Notizen zu machen, Herzchen. Klingt doch schon ganz gut.«

Alix öffnet die Notiz-App auf ihrem Handy, tippt hastig ein, was sie eben gesagt hat, und noch mehr. Bei jedem Satz versucht sie, sich neu zu definieren, auch wenn sie noch nicht weiß, ob sie dieses Material überhaupt gebrauchen kann.

Probst du heute wieder im Park?

Matej, ihr Schlagzeuger mit den blauen Himmelsaugen. Inzwischen haben sie sich schon ein paarmal im Park getroffen. Alix probt dort so oft wie möglich, wann immer sie sicher sein kann, dass ihr Vater nicht in der Nähe ist. Und Matej und Diego sind fast jeden Tag zum Üben im Konservatorium, entweder in dem verglasten Perkussionsraum oder im Konzertsaal. Wenn sie Alix mit Philippine und Simon auf der Wiese sehen, legen sie meist eine Pause ein und kommen kurz zu ihnen raus. Letztes Mal sind sie und Matej hinterher sogar noch was trinken gegangen, in einer Bar um die Ecke. Ein etwas zwielichtiger Laden, aber ruhig. Matej hat ein Bier getrunken, sie selbst eine Grenadine. Sie hat ihm ein paar Ausschnitte aus ihrem Leben erzählt und dabei mit den Eiswürfeln gespielt. Er selbst hat nicht viel rausgelassen. Besser so. Sie kann es sich ausdenken.

Matej. Alix spielt mit diesem ungewöhnlichen Namen, dreht und wendet ihn, kehrt ihn um … Matej, Jetam, das klingt ja fast wie *Je t'aime*, oder?

Geht nicht, mein Vater ist da, antwortet sie.

Schade …

Ein warmes Gefühl breitet sich in ihr aus. Ununterdrückbares Lächeln.

Mittwochnachmittag?, schlägt sie vor.

Mittwochs unterrichtet ihr Vater zwar auch, hat aber so viele Schüler hintereinander, dass sie ihm, solange sie das Hauptgebäude meidet, kaum begegnen kann. Außerdem ist Gabrielle dann nicht da. Das macht es leichter.

Der Geschichtslehrer kommt und schließt die Tür auf, lässt Alix, Philippine und die wenigen Schüler, die auch schon warten, in den Raum.

Okay, ich bin da!, schreibt Matej zurück.

Cool, bis dann.
Freu mich auf dich!, fügt sie noch hinzu.

Sie schiebt ihr Handy tief in den Rucksack, einen Kloß im Hals, stolz, dass sie sich getraut hat, das zu schreiben, aber auch voller Angst, er könnte das peinlich finden, oder aufdringlich, oder …

»Und atmen!«, flüstert Philippine, ein schelmisches Grinsen in den Mundwinkeln.

GABRIELLE

Später Nachmittag, im Park des Konservatoriums.

ARMAND: Gab, können wir ...

GABRIELLE: Ich hab's eilig,
ich muss vorm Unterricht noch was kopieren.

ARMAND: Nur eine Minute.

GABRIELLE, bleibt stehen: Was Dringendes?

ARMAND: Ich wollte noch mal über unsere ...

GABRIELLE, wendet sich wieder ab: Also nichts
Dringendes.

ARMAND: Sag mir, wie du dich fühlst!

GABRIELLE: Blendend. Auf der Höhe meines Lebens.

ARMAND, legt ihr die Hand auf den Arm: Lass doch
jetzt mal die Scherze.
Sag mir, wie du dich fühlst. Ganz ehrlich ...

Der frenetische Rhythmus, der Gabrielles Leben beherrscht, gerät einen Moment lang ins Stocken. Ein seltsamer Schwebezustand. Verstört mustert sie Armand, versinkt in seinem von dichten Wimpern gesäumten Blick. Seine Frage schlängelt sich zwischen ihren Gedanken hindurch, schiebt alle anderen beiseite, drängt sich auf. Wie sie sich fühlt? Überfordert. Von sich selbst genervt. Müde. Wie am Rand eines Abgrunds. Am Ende eines Wegs, der sie nirgendshin geführt hat.
Aber solche Geständnisse würde sie niemals laut aussprechen. Sie schüttelt den Kopf, um ihr Unbehagen zu verscheuchen.

GABRIELLE: Gut.
Ganz gut.
Das mit uns beiden, das war doch nichts, nur eine Laune.

ARMAND: Okay.

GABRIELLE: Ich muss weiter ...

Sie zeigt auf den Blätterstapel unter ihrem Arm, wendet sich zum Gehen.

ARMAND, folgt ihr: Dieses Stück mit deinen Schülern, wie ist da jetzt der Stand?

GABRIELLE: Ich musste ziemlich viel ändern, um den Ausfall von Alix zu kompensieren.
Und den des Musikers.
Keine Ahnung, ob das so funktioniert.

ARMAND: Ich hab mehrere ältere Schüler, die da
bestimmt gern mitmachen würden.

GABRIELLE: Nein.

ARMAND: Wie kann ich dir bloß helfen?

GABRIELLE, verärgert: Du kannst mir nicht helfen,
Armand.
Es gibt nicht für jede Situation ein Patentrezept.
Und nicht alle Geschichten gehen gut aus.
Du musst mir nicht mein Leben reparieren, das ist
nämlich gar nicht kaputt.
Wird schon gehen.
Ich werd's überleben.

*Armand bleibt auf den Stufen zum Hauptgebäude stehen, vor dem Fenster
zu seinem Raum. Gabrielle drückt die Tür auf, wendet sich noch einmal um.*

GABRIELLE: Ich frag mich, warum ich das alles
überhaupt mache.
Den Schülern ist das eh egal,
ob große Schulaufführung oder
nur kleines Klassenspiel,
macht für sie keinen Unterschied.
Am liebsten würde ich alles hinschmeißen.

TITOUAN

»Ich werde nicht zulassen, dass du alles hinschmeißt. Hast du mich verstanden?«

Titouan klebt weiter mit der Nase am Bildschirm. Eine halbe Stunde redet seine Mutter nun schon auf ihn ein, entwickelt Strategien, wie sie ihn am besten aus dem Haus bekommt, drängt ihn, sich bei dieser Psychologin und ihrer Gruppe anzumelden, von der ihr Freund erzählt hat. Sie hat ihn geweckt, einfach so, obwohl er wie ein Baby geschlafen hat. Titouan kann ihr noch so oft versichern, dass es ihm gut geht, es nutzt einfach nichts. Dabei sah es doch so aus, als hätte sie seine Entscheidung, nicht mehr rauszugehen, akzeptiert ... Von wegen.

»Ich werde nicht zulassen, dass du dir dein Leben ruinierst«, fügt sie, den Tränen nahe, noch hinzu, bevor sie aus dem Zimmer geht.

Titouan reagiert nicht darauf. Solche Sätze erreichen ihn einfach nicht, sie haben für ihn jeden Sinn verloren. Stattdessen wartet er darauf, dass Luce ihm schreibt oder Lix sich einloggt, schaut sich Videos an. Gefühlt keine zehn Sekunden später schneit Eliott bei ihm rein. Leise fluchend schiebt er sich zwischen den Plastikbauten hindurch, lässt sich dann neben dem Bett auf den Boden fallen. Einen Ellbogen auf die Matratze gestützt, schaut er Titouan an.

»Mama ist völlig am Ende ... So hab ich sie noch nie erlebt.«

Titouan sagt nichts dazu, lässt die Pfeile an Schuldgefühlen, die sein Bruder auf ihn abschießt, an sich abprallen. Eliott bleibt hartnäckig.

»Wie stellst du dir denn dein Leben in zehn Jahren vor? Immer noch hier? Unter der Decke?«

»Warum soll ich mir mein Leben in zehn Jahren vorstellen? Wozu? Das ist mir so was von egal.«

»Ach scheiße, ich versteh dich einfach nicht!«

»Und? Ist das schlimm?«

»Nee. Nur nervig. Deinetwegen sind hier alle am Durchdrehen. Erst dachte ich noch ›Super, wenn sie um Titouan und seine Wahnvorstellungen kreisen, sitzen sie mir nicht so auf der Pelle.‹ Aber von wegen. Es ist eher schlimmer geworden. Sie haben eine Höllenangst, dass bei mir auch noch die Sicherung durchbrennt, machen ständig Druck wegen der Schule und lassen mir keine Ruhe ...«

Titouan klappt seinen Rechner zu, mustert Eliotts Gesicht. Es wirft lauter Falten, wie bei diesen Welpen, die zu viel Haut haben. Ärgerfalten.

»Bring doch mal ein Mädchen mit nach Hause«, schlägt Titouan vor. »Vielleicht bietet ihnen das ein neues Gesprächsthema? Oder noch besser: einen Typen! Dann sind sie erst mal eine Zeit lang still. Und lassen uns in Ruhe.«

Eliott wird knallrot, schaut weg, kratzt sich die Nase.

»Moment ... du hast ... wirklich einen Typen?«

»Wenn du ihnen das erzählst, bring ich dich um. Das mein ich ernst. Das weiß noch keiner.«

»Ist doch klar, dass ich ihnen das nicht erzähle!«

Eliott mustert ihn einen Moment lang misstrauisch.

»Auch nicht, um dir damit deine Ruhe zu erkaufen?«

»Spinnst du? Was denkst du denn von mir? Du wirst es ihnen schon sagen, wenn du es für richtig hältst.«

Eliott wirkt überrascht. Er entspannt sich, lehnt den Kopf an den Bettpfosten. Titouan versucht, ihn sich mit einem Jungen vorzustellen. Groß? Klein? Blond? Dunkelhaarig?

»Wie heißt er denn?«

Eliott zögert, stößt dann hervor:

»Corentin.«

Sein Gesicht leuchtet auf, als er den Namen des Jungen ausspricht, den Titouan jahrelang für seinen besten Freund gehalten hat. Ach, du Scheiße. Eliott, verknallt in einen Typen. Und dann auch noch in Corentin. Mit dem trifft er sich also jedes Mal, wenn er heimlich bei Titouan aus dem Fenster steigt. Darauf wäre er nie gekommen!

Die Stimme ihrer Mutter ertönt im Flur.

»Es gibt Essen!«

Die beiden Brüder sagen nichts. Rühren sich nicht. Bleiben in wortlosem Einverständnis sitzen, in der Geborgenheit des Zimmers.

»Es gibt Essen!«, wiederholt ihre Mutter.

Eliott seufzt.

»Manchmal hätte ich auch Lust, ihre beschissenen Regeln zum Teufel zu jagen. Aber wenn ich es so mache wie du, kann ich Corentin nicht mehr sehen. Also ...«

»Er könnte doch zu uns kommen.«

»Spinnst du? Wenn unsere Eltern hier rumturnen, können wir doch nicht das Geringste machen ...«

Was denn ›machen‹? Meint er, sich küssen? Oder sind sie schon viel weiter?

Eliott steht auf und schlängelt sich durch den Lego-Dschungel. Titouan hört, wie er mit schweren Schritten die Treppe hinunterläuft. Er schiebt die Fragen zum Privatleben seines Bruders beiseite, klappt den Rechner wieder auf, klickt einen Tab in seinem Browser an, der immer offen ist. Rechts erscheint das Haus von Luce und links ... das Mädchen mit der Tasche und dem göttlichen Hals.

Eliotts Worte gehen ihm durch den Kopf. *Wenn ich es so mache wie du, kann ich Corentin nicht mehr sehen.* Titouan selbst ist es völlig egal, ob seine Eltern zu Hause sind oder nicht. Er würde dieses

Mädchen nur zu gern in seinem Zimmer empfangen. Dazu müsste sie allerdings erst mal wissen, dass es ihn gibt. In einem Videospiel, oder auch im Mittelalter, könnte er sie dafür mit einem Fluch belegen oder ihr einen magischen Trank verabreichen oder so was in der Art ... Andererseits hätte man die Geräte, die ihm heute zur Verfügung stehen, im Mittelalter doch bestimmt für magisch gehalten. Vielleicht findet er ja eine Möglichkeit, das Mädchen mithilfe dieser technischen Errungenschaften anzulocken. Die Personalien von Luce hat er schließlich auch herausbekommen. Und die Chancen stehen gut, dass dieses Mädchen ein digitales Leben hat. Die Frage ist nur: Möchte er überhaupt mehr über sie erfahren? Solange er nichts weiß, kann er sich alles ausmalen. Sich einen Vornamen für sie ausdenken. Eine Vergangenheit. Eine Familie. Eine Persönlichkeit.

»Hi, was geht?«, ruft Lix in seinem Headset.

»Hey!«

Titouan schickt ihm einen Link.

»Was ist das?«

»Das Haus von Luce. Siehst du das Mädchen da links?«

»Die gerade ins Nachbarhaus geht?«

»Genau. Die sieht gut aus, oder?«

»Schwer zu sagen.«

»Aber sie hat was, findest du nicht?«

»Äh ... eine Tasche?«

»Blödmann! Ich meinte, was Besonderes ...«

Stille dröhnt in seinen Ohren, nur von leisen Atemzügen durchbrochen.

»Manchmal bist du echt schräg«, sagt Lix.

»Du auch.«

»Stimmt.«

ALIX

Als Mandalina am Dienstagabend nach Hause kommt, hat Alix schon alles vorbereitet. Die Carbonara, die Mousse au Chocolat, die Teller auf dem Sofatischchen, ihre Fragen aus dem Hinterhalt. Mandalina staunt, dass sie gekocht hat, kniet sich breit lächelnd auf das Kissen. Schaut zu, wie Alix den Topf hereinträgt und die Nudeln serviert. Kostet. Nickt anerkennend, mit Genießermiene.

»Und? Alles gut gelaufen die zwei Tage hier allein?«

»Bestens. Und bei dir, wie war's in Bordeaux?«

»Sehr spannend. Ich hab mich mit einem Maler getroffen, dessen Bilder wir ab Sommer in der Galerie verkaufen wollen, und mit einer Malerin, noch ganz jung, deren Arbeit ich sehr bewundere. Sie hat mich ein bisschen an dich erinnert.«

»Wieso?«

Mandalina neigt den Kopf zur Seite, mustert ihre Tochter nachdenklich.

»Vielleicht wegen eurer Energie«, sagt sie schließlich. »So ein pulsierendes Licht, das von euch ausgeht. Hat sicher mit eurem Schaffensdrang zu tun ...«

»Wolltest du eigentlich nie selber mal zeichnen? Oder malen?«

»Als ich jung war, hab ich mal ein bisschen vor mich hin gekritzelt ... Aber für eine Karriere hat mein Talent nicht gereicht.«

»Gabrielle sagt immer, Talent ist vor allem eine Frage des Willens. Der muss so stark sein, dass man alle Hindernisse überwindet, die sich einem in den Weg stellen und sein Ziel mit eiserner Disziplin verfolgt.«

»Gabrielle?«

»Meine Theaterlehrerin.«

Mandalina nickt, dreht die Nudeln um ihre Gabel.

»Dann war mein Wille wohl nicht stark genug. Aber ich liebe meinen Beruf, weißt du? Ich bereue es nicht.«

Alix versucht, sich ihre Zukunft vorzustellen, falls sie es nicht schaffen sollte, ihr Geld als Schauspielerin zu verdienen. Sieht aber nur eine große nebelverhangene Leere vor sich, ein ödes Einerlei. Für sie gibt es nur das Theater oder nichts.

»Hast du auch schon in einer Galerie gearbeitet, als ich auf die Welt kam?«

»Nein. Da war ich noch Korrekturleserin für einen Kunstverlag und hab nebenher Artikel für Fachzeitschriften geschrieben.«

»Wie eine Journalistin oder so?«

»Genau. Ich hab Künstler interviewt, Ausstellungen besprochen ...«

»Und dann, nachdem du weggegangen bist? Hast du damit weitergemacht?«

Mandalina hört auf zu kauen. Starrt Alix an, die schon fürchtet, dass ihre Mutter jetzt dichtmacht und gar nichts mehr sagt.

»Nur noch kurz«, presst sie schließlich hervor. »Dann habe ich bei einem Galeristen in Toulouse angefangen. Dadurch konnte ich viel reisen.«

»Stimmt, die Postkarten.«

»Ja, genau.«

Ihre Mutter sagt das sehr schnell, fast schon reflexartig. Sie steht auf, trägt die leeren Teller in die Küche. Alix folgt ihr, holt die Mousse au Chocolat aus dem Kühlschrank, ohne Mandalina dabei aus den Augen zu lassen. Sie hat das Gefühl, dass ihre Mutter bei der nächsten

Frage nach ihrer Vergangenheit plötzlich aufschäumen und über-
kochen wird, wie heiße Milch in einem Topf. Na und? Soll sie doch.
Alix will es wissen. Sie steckt zwei lange Löffel in die Schüssel mit
der Mousse und trägt sie ins Wohnzimmer.

Eine Minute später kommt Mandalina wieder dazu. Sie stützen
sich mit den Ellbogen auf den niedrigen Tisch und löffeln die Mousse
direkt aus der Schüssel. Armand würde das nicht ertragen, ihm
müsste man die Mousse in hübschen kleinen Förmchen servieren,
aber Alix gefällt es besser so, und ihre Mutter scheint es lustig zu
finden und sich wieder etwas zu entspannen. Ihre Löffel klirren aneinander. Mandalina mimt ein Degenduell, stiehlt Alix die Mousse, die
sie schon auf dem Löffel hat. Sie lachen.

»Wirst du's mir irgendwann sagen?«

»Was denn, meine Große?«

»Warum du damals weggegangen bist?«

Mandalinas feine Züge erstarren unter einer Maske der Verlegenheit. Sie wischt sich die Schokoreste aus den Mundwinkeln, holt
tief Luft, wie um etwas zu sagen. Stößt sie in einem langen Seufzer
wieder aus.

»Kurz nach deiner Geburt bin ich in eine tiefe Depression gefallen. Heute wird mehr darüber geredet, aber damals ... Damals jedenfalls kaum. Dein Vater hat versucht, mir zu helfen, aber er wusste
nicht, wie. Ich selber auch nicht. Ich erkannte mich kaum noch
wieder. Ich hatte Angst, dir etwas anzutun. Deshalb bin ich ... gegangen. Hab einfach meine Tasche gepackt, ihm einen Brief hingelegt
und bin gegangen. Ich sah keine andere Möglichkeit, am Leben zu
bleiben.«

In Alix zieht sich alles zusammen. Die Kehle, der Bauch, das Herz.
Von einem Brief hat Armand nie gesprochen. Alix hat zwar diese
Zeilen bei den Unterlagen ihrer Mutter gefunden, aber sie hätte nie
gedacht ... Sie hat geglaubt ...

»Du hast ihm einen Brief hinterlassen?«

»Ja. Wusstest du das nicht?«

»Und was stand drin?«

»Dass ich … Angst hatte, dir in meinem Zustand etwas anzutun, und lieber eine Weile auf Abstand gehen wollte.«

Das passt. Dann muss der Brief, den Alix am Sonntagabend entdeckt hat, eine Kopie gewesen sein. Mandalinas Worte wirbeln Alix durch den Kopf. »*Tiefe Depression.*« »*Hab einfach meine Tasche gepackt.*« »*Am Leben bleiben.*« Gegen ihren Willen beschleunigt sich ihr Atem. Sie wendet eine Übung an, die Gabrielle ihnen gegen Lampenfieber beigebracht hat. Es hilft nicht. Der Tumult in ihrem Innern wird immer lauter. Also redet sie sich ein, Mandalina würde gar nicht von ihr sprechen, gar nicht ihre Geschichte erzählen, sondern die einer anderen. Sonst bricht sie gleich in Tränen aus. Oder schreit rum. Oder beides. Es ist nur eine Rolle, genau. Ihre Mutter ist die Regisseurin, und sie besprechen gerade die Figur, die Alix spielen soll. Diese Vorstellung hilft ihr, wieder Fuß zu fassen. Nach einer Erwiderung zu suchen. Sie zu finden.

ALIX: Fünfzehn Jahre sind ziemlich lang
für eine Weile.

Mandalinas Blick flüchtet sich auf den Webteppich ihrer türkischen Großmutter. Sie streicht ihn mit ihren langen Fingern glatt.

»Für dich natürlich schon«, sagt sie.

»Für dich nicht?«

»Die Zeit ist so schnell vergangen.«

»Fünfzehn Jahre?«, beharrt Alix ungläubig.

Mandalina hebt den Blick, mustert ihre Tochter, als sähe sie sie zum ersten Mal.

»So schnell«, wiederholt sie.

Alix würde ihre Mutter am liebsten an den Schultern packen und so lange schütteln, bis all die Worte aus ihr herausfallen, die sie in ihrem Innern zurückhält. All die Antworten auf ihre Fragen. Aber sie ahnt schon, dass sie heute nichts mehr erfahren wird. Mit einer geschmeidigen Bewegung steht sie auf, räumt die Schüssel in die Küche, wo sie sie stehen lässt, geht rauf in ihr Zimmer. Ihr Handy vibriert, als sie die Tür hinter sich schließt. Ihr Vater.

Ich würd dich gern sehen. Nur ganz kurz, auf einen
Kaffee irgendwo. Magst du?

»Nein«, antwortet sie dem Bildschirm.
Und lässt sich aufs Bett fallen.

ARMAND

Da ist Alix, im Park des Konservatoriums! Armand lässt den Kopierer stehen, stürmt die breite Treppe ins Erdgeschoss hinunter, durch die schwere Eingangstür nach draußen und im Sprint um das Gebäude herum.

»Alix!«

Sie zuckt zusammen, bleibt stehen.

»Wo kommst du denn her?«, knurrt sie, als er sie erreicht.

»Ich hab dich von da oben gesehen.«

Er zeigt auf das Fenster des Sekretariats. Eine Schar Kinder, die aus dem Musikunterricht kommt, läuft kreischend an ihnen vorbei. Alix schaut ihnen nach. Ihr Gesicht eine Mauer.

»Ist ... alles in Ordnung?«, fragt er.

»Klar.«

»Hast du einen Moment? Können wir uns später kurz mal sehen?«

Sie wirft ihm einen dieser tödlichen Blicke zu, die sie schon mit fünf auf ihn abgeschossen hat, worauf dann unausweichlich ein Trotzanfall folgte. Doch gerade, als er sich schon für eine Ablehnung wappnet, presst sie überraschend ein »Okay« hervor, auch wenn es sich eher wie eine Aufforderung zum Duell anhört.

»Super. In einer Stunde bin ich fertig. Oder hast du hier noch länger zu tun?«

Sie zuckt nur die Achseln, geht weiter durch den Park.

Wie benommen kehrt Armand zum Kopierer und dann in seinen

Raum zurück. Die letzte Unterrichtsstunde dehnt sich endlos lang. Als sein Schüler schließlich geht, packt er seine Sachen zusammen und macht sich auf die Suche nach Alix. Sie sitzt mit zwei Jungen im Gras. Matej und Diego. Nur mit Mühe hält er sich davon ab, zu ihnen hinzugehen. Alix würde das garantiert übergriffig finden, zumal sie doch gerade so entspannt aussieht. Außerdem kann er die beiden Schlagzeuger gut leiden. Sie treten öfter zusammen bei Konzerten und Schulaufführungen auf. Sie sind mit Leidenschaft dabei, sehr begabt, gut gelaunt und fleißig. Ein bisschen zu alt, um mit seiner Tochter abzuhängen, kommt er nicht umhin zu denken. Weist diesen Gedanken aber schnell zurück. Fünf oder sechs Jahre Unterschied sind ja wohl kein Drama. Außerdem ist das nicht sein Problem, letztlich geht ihn das überhaupt nichts an. Es ist Alix' Leben, nicht seins. Auch wenn es ihm natürlich Sorgen bereitet, wie alles andere auch.

Er kehrt zum Hauptgebäude zurück und läuft dort auf und ab. Zwanzig Minuten später kreuzt Alix schließlich auf. Ohne ein Wort gehen sie zusammen durchs Tor und über den Parkplatz. Alix verzieht misstrauisch das Gesicht, als er auf sein Auto zusteuert.

»Nicht nach Hause«, sagt sie.

»Okay. *La Caravelle?*«

Das ist ein Café ganz am Ende des großen Strands von Le Sillon, auf dem Deich von Rochebonne, mit einer breiten Fensterfront, durch die man bei Ebbe eine weite Sandfläche überblickt und bei Flut die anbrandenden Wellen, die an den Füßen der Stadt lecken. Früher haben sie an Wintersonntagen, wenn sie bis zum Sonnenuntergang am Strand gespielt und herumgetobt hatten, dort oben oft noch einen Kakao getrunken, bevor sie dann heimgefahren sind. Es ist nicht weit bis dorthin, gerade weit genug, um die Benutzung des Autos zu rechtfertigen. Außerdem hat Armand Lust, aufs Meer zu schauen.

Alix gleitet auf den Beifahrersitz. Armand fährt los, tief gerührt, sie wieder an seiner Seite zu haben, wenn auch schweigend, schmollend, feindselig. Sie parken oben auf der gepflasterten Rampe, laufen dann zum Café, nehmen auf den breiten Bänken aus verschlissenem braunen Leder Platz. Armand beobachtet, wie seine Tochter ihren Schal abnimmt, ihn neben sich legt, mit einer mechanischen Geste ihre Haare ordnet.

»Einen Earl Grey, bitte«, sagt er zum Kellner.

»Einen Kaffee«, sagt Alix lässig.

»Du bist jetzt auf Kaffee umgestiegen?«

Sie antwortet nicht, und als sie an dem bitteren Gebräu nippt, das der Kellner soeben gebracht hat, gibt er vor, nicht zu bemerken, dass sie es kaum runterbekommt. Beider Blicke flüchten sich durchs Fenster, verlieren sich auf den weißen Schaumkronen, die der Wind weit draußen auf den Wellenkämmen erzeugt. Es ist Ebbe, das Wasser fängt gerade erst wieder an zu steigen. Auf dem Sand das für einen Mittwochnachmittag typische Gewimmel aus Familien, Flugdrachen und von der Weite berauschten Hunden. Auf dem Wasser teilen sich Kitesurfer und Windsurfer ihren frühlingshaften Tümmelplatz. Und vom Deich aus bewundern die Alten das Schauspiel.

»Warum hast du mir nie von dem Brief erzählt?«, fragt Alix vorwurfsvoll.

»Was für ein Brief?«

»Der, den Mandalina dir hinterlassen hat, als sie weggegangen ist.«

»Als du noch ganz klein warst?«

Alix macht sich nicht einmal die Mühe zu nicken – Manda ist schließlich nur ein einziges Mal weggegangen, so abrupt, als würde man ein Pflaster abreißen.

»Ich weiß nicht, was du meinst ... welcher Brief?«

Alix' Miene verfinstert sich noch mehr. Sie öffnet ihren Rucksack, kramt in einer Innentasche, zieht ein dreimal gefaltetes Blatt heraus, reicht es ihm mit herrischem Blick. Er nimmt es entgegen, faltet es auseinander. Erkennt Mandas Schrift, und gleich das erste Wort versetzt ihm einen Stich ins Herz: *Armand.* Das Schreiben ist an ihn gerichtet. Plötzlich weiß er nicht mehr so genau, ob er wirklich weiterlesen will. Aber vor ihm sitzt Alix und wartet darauf, verlangt es, gebietet es. Er überfliegt die Zeilen.

Armand,

es tut mir leid, dass ich alldem nicht gewachsen bin und dich so enttäuschen muss, aber es ist besser, wenn ich gehe. Ich habe Angst, Alix mehr zu schaden, als Gutes zu tun, wenn ich bleibe. Ich weiß, dass du das nicht verstehen wirst, dafür bist du viel zu gut und verantwortungsvoll. Aber glaub mir, es ist besser so. Ich muss erst wieder lernen zu atmen. Ich lasse bald von mir hören.

In Liebe
Manda

Armand fährt sich mit der Hand über den Mund, reibt sich den Bart, der auf seinen Wangen sprießt. Bringt den stechenden Schmerz zum Schweigen, den dieser Brief in ihm weckt. Alix ist jetzt das einzig Wichtige. Nur Alix. Alles andere gehört der Vergangenheit an.

»Wo hast du den her?«

»Aus Mandalinas Unterlagen. Wieso hast du ... wie konntest du mir diesen Brief all die Jahre verschweigen?«

Alix' Wut zerschellt an ihm. Ruhig bleiben. Rational. Er runzelt die Stirn, hebt besänftigend eine Hand.

»Wenn du diesen Brief bei deiner Mutter gefunden hast, wie soll ich ihn dann erhalten haben?«

»Das ist eine Kopie!«

»Hat sie dir das gesagt?«

»Nein, sie ... sie hat gesagt, sie hätte ihn für dich zurückgelassen.«

»Alix ... ich sage nicht, dass sie ihn nicht geschrieben hat. Aber sie hat ihn mitgenommen und mir auch später nicht mehr geschickt. Vor dem heutigen Tag habe ich diese Worte noch nie gelesen, das schwöre ich dir.«

»Ich glaube dir nicht!«

»Das ist keine Kopie. Von einer solchen Nachricht macht man doch keine Kopie, schon gar nicht in dem Zustand, in dem sie damals war, das ist doch Unsinn ...«

»Sie hat aber gesagt, sie hätte ihn dir hingelegt.«

»Und vielleicht glaubt sie das ja auch wirklich. Aber es stimmt nun mal nicht. Mir wäre es sehr viel lieber gewesen, das kannst du mir glauben. Manda hat sich nie mehr bei mir gemeldet, mir kein einziges Mal geschrieben. Es gab immer nur die Postkarten zu deinem Geburtstag und das, was ihr Vater mir nach sieben Jahren Funkstille in Marseille erzählt hat. Sonst nichts. Nur ein Mal habe ich sie noch wiedergesehen, als sie vor zwei Jahren zurückgekommen ist und du dich mit ihr getroffen hast. Das ist alles. Es tut mir wirklich leid ...«

Tränen hängen wie Perlen in Alix' Wimpern. Wie gern würde er sie jetzt in den Arm nehmen. Stattdessen reicht er ihr eine Papierserviette als Taschentuch und wiederholt:

»Tut mir leid.«

Sie schweigen einen Moment, schauen nach draußen.

»Apropos Brief«, sagt Armand, »für dich ist Post gekommen. Ich wollte sie bei deiner Mutter vorbeibringen, aber ...«

Sie nimmt den Umschlag entgegen, den er ihr reicht, entziffert den blauen Stempel, der auf der Vorderseite prangt. Armand weiß natürlich, was drin ist. Alix versteht es erst, als sie den Zettel aus dem Umschlag zieht. Ihre Zulassung zu den Abiturprüfungen, die in zehn Tagen beginnen.

»Und? Bist du gut vorbereitet?«

»Wird sich zeigen.«

Sie war immer gut in der Schule. Angesichts der Umstände befürchtet er allerdings, dass sie sich im Moment nicht so recht aufs Lernen konzentrieren kann. Sie stopft die Zulassung in ihren Rucksack, zusammen mit dem Brief von Manda, wickelt sich wieder den Schal um den Hals. Steht auf.

»Ich bin froh, dass wir uns getroffen haben. Soll ich dich noch in Cancale vorbeibringen?«

»Ich nehme den Bus.«

»Auch gut. Dann bring ich dich bis zur Haltestelle?«

Sie hebt den Blick zur Decke, zum Zeichen, dass er mal wieder übertreibt, und geht dann los, den Rucksack über der Schulter. Die Tür des Cafés fällt hinter ihr zu. Armand bleibt noch sitzen, trinkt seinen lauwarmen Tee. *Hätte auch schlechter laufen können*, denkt er, während ein gelber Drache im Sturzflug auf die Wellenbrecher hinuntersaust.

Als die Sonne sich schon dem Horizont nähert, bezahlt er die Rechnung und geht die fächerförmige Rampe hinunter, über den feuchten Sand, bis er das Gefühl hat, die Stadt sei weit entfernt, weit hinter ihm, vom Rauschen der Wellen verschluckt. Erst jetzt gestattet er sich, wieder an Mandas Brief zu denken. Sein Kummer, sie verloren zu haben, ist schon lange verblasst. Und auch die Wut darüber, dass sie Alix im Stich gelassen hat. Und doch, wenn er sich jetzt ihre Worte in Erinnerung ruft, steigt ein dumpfer Zorn in ihm auf. Er stößt einen Schrei aus. Ein langes erbittertes Brüllen, mit dem er die Möwen zu seinen Füßen erschreckt.

Ich weiß, dass du das nicht verstehen wirst, du bist viel zu gut und verantwortungsvoll dafür.

»Du hast mir doch gar keine Wahl gelassen«, schleudert er der Gischt entgegen.

LUCE

Luce fliegt einen Bogen über den langen Strand, der Saint Malo säumt. Über und unter ihr erstrecken sich die Tragflächen der kleinen *Stampe*. Der Wind peitscht ihre Wangen, wo sie nicht von der Brille oder der Kappe geschützt werden, spielt mit dem festen Stoff ihres Overalls.

Gestern ist sie wieder zum Flugplatz gefahren. Sie konnte nicht länger warten. Noël hat amüsiert beobachtet, wie sie das Rollfeld überquert hat, und ihr vorgeschlagen, die *Stampe* herauszuholen. Sie sind ungefähr zwanzig Minuten lang nach Süden geflogen. Mit ihm auf dem Pilotensitz.

»Aber morgen überlasse ich Ihnen das Steuer«, hat er nach der Landung noch mal versichert.

Und als sie dann vorhin auf der Piste beschleunigt hat, war es wie beim ersten Mal. Die Aufregung, das Adrenalin, das berauschende Gefühl von Freiheit und Macht.

In der von Wolken und Vogelschreien erfüllten Luft spielen die Strahlen der untergehenden Sonne auf der Flugzeugkanzel und auf dem Lächeln von Noël, der sich zu ihr umdreht. Sie müssen zurück, sie will nicht im Dunkeln landen. Dabei mochte sie Nachtflüge eigentlich immer am liebsten, als sie noch Linienpilotin war. Sie fragt sich, wie es wohl wäre, mit einer kleinen Maschine wie dieser hier in die sternenübersäte Dunkelheit einzutauchen. Der Gedanke weckt eine so große Sehnsucht in ihr, dass er ihr fast Angst macht.

Und als Noël sie an diesem Abend fragt, ob sie morgen wiederkommt, schüttelt Luce den Kopf.

»Das würde mein altes Herz nicht mehr mitmachen«, erklärt sie.

Obwohl ihr altes Herz in diesem Moment durchaus in der Lage wäre, bis ans andere Ende der Galaxie zu fliegen. Aber vielleicht nicht mehr zurück.

Luce ist gerade erst wieder zu Hause, als es an die Tür klopft. Ihre junge Nachbarin steht auf der Schwelle, einen Brief in der Hand.

»Guten Abend, Tess.«

»Hallo, Madame Paradis! Der hier ist versehentlich bei uns eingeworfen worden.«

Luce nimmt die Post entgegen, erkennt den Briefkopf der Bank. Wahrscheinlich nur die Kontoauszüge.

»Danke. Nett, dass du extra rübergekommen bist.«

»Kein Problem. Und? Kommen Sie jetzt mit Ihrem Handy klar? Mit den Nachrichten und so?«

Luce glaubt eine höfliche Ironie in ihrer Stimme zu hören.

»Sehr gut. Deine Erklärung war perfekt.«

»Cool. Cool.«

Sie macht keine Anstalten zu gehen.

»Magst du kurz reinkommen?«

»Ist gut.«

Luce geht in die Küche, um einen Tee zu kochen. Als sie ins Wohnzimmer zurückkommt, mustert Tess gerade neugierig ihre Regale. Sie zeigt auf eine dunkelblaue Schirmmütze.

»Sie sind früher mal geflogen?«

»Ich war Pilotin.«

»Stark.«

Sie gießt sich eine Tasse ein, wandert weiter durch Luce' Wohnzimmer und bombardiert sie mit Fragen zu ihrer beruflichen Laufbahn. Luce gibt bereitwillig Auskunft.

»Und Ihre Eltern, waren die einverstanden, dass Sie diesen Beruf ergreifen?«

»Damit hatte anfangs ja niemand gerechnet, weibliche Pilotinnen gab's einfach nicht. Und als es dann möglich wurde, war ich längst in einem Alter, in dem ich niemanden mehr für irgendwas um Erlaubnis bitten musste. Aber mein Vater hat mich immer unterstützt, ja.«

»Sie Glückliche.«

Kurz darauf verabschiedet sich Tess. Ratlos schaut Luce ihr nach, wie sie durch den Vorgarten hinuntergeht und jenseits des Zauns wieder zu ihrem Haus hinauf. Worauf wollte das junge Mädchen mit seiner Flut von Fragen hinaus?

GABRIELLE

Auf dem Platz vor der Kirche, unweit des Konservatoriums.

BRETAGNE-BOB: Crêpe Schoko-Kokos?

GABRIELLE: Dir auch einen guten Tag.

BRETAGNE-BOB: Ist 'ne Weile her. Erzähl.

GABRIELLE: Was denn?

BRETAGNE-BOB: Wo du die Augenringe herhast.

GABRIELLE: Sehr charmant.

Gabrielle seufzt, stützt die Ellbogen auf den Tresen. Sie hat das Gefühl, als bräche alles ringsherum zusammen, als käme ihr jegliche Orientierung abhanden, als würde alles, was ihr bisher wichtig war, sie langweilen oder nerven. Sie hat Mühe, sich auf ihre Schüler und ihren Unterricht zu konzentrieren. Das ganze Drumherum drängt sich immer wieder auf, lenkt sie ab.

Bob in seinem Wagen bereitet die Crêpe zu und wartet geduldig, ohne eine Miene zu verziehen. Er ist an ihr Schweigen und ihre Enthüllungen gewöhnt. Seit Jahren kommt sie nun schon jeden

Samstagmittag bei ihm vorbei, seit Jahren trägt er diese Bruchstücke
aus ihrem Berufs- und Gefühlsleben zusammen. Sie holt tief Luft.
Blinzelt ein paarmal.

GABRIELLE: Ich mach's kurz.
Mein Theaterprojekt geht gerade den Bach runter.
Weil ich keinen Musiker habe, der die Aufführung
begleitet.
Alix ist aus meinem Kurs abgehauen, weil ich
blöderweise dachte,
ihr Vater könnte als Ersatz-Musiker einspringen,
und ...

BRETAGNE-BOB: Die Kleine mit den getönten Haaren?

GABRIELLE: Genau. Und ich hab mit Armand
geschlafen.

BRETAGNE-BOB: Armand ... Armand?

GABRIELLE: Jepp.
Ihr Vater.
Der Violinist.
Der bei meinem Stück spielen sollte.

BRETAGNE-BOB: Ah. Und? War's schön?

GABRIELLE: Das ist nicht die Frage.

BRETAGNE-BOB: Das ist ... *eine* Frage.

231

GABRIELLE: Es war schön.

Ein bisschen zu schön.

Ich kann ihm nicht mehr in die Augen sehen.

Scheiße.

Bretagne-Bob wickelt die Crêpe in Papier, beugt sich vor, um sie Gabrielle zu reichen.

BRETAGNE-BOB: Das ist immer eine Frage der

Perspektive, weißt du.

Man könnte deine Situation auch ganz anders sehen.

Du hast einen Musiker an der Hand,

viele begabte Schülerinnen und Schüler,

von denen eine sicher nur darauf wartet, dass man

ihr die Rückkehr schmackhaft macht,

und du hast mit einem Mann geschlafen, mit dem

dich eine tiefe Freundschaft verbindet,

was nicht unbedingt ein schlechter Ausgangspunkt

für eine Beziehung ist.

Die Antworten liegen alle schon in deinen Fragen,

meine Kleine ...

GABRIELLE, mit vollem Mund: »Meine Kleine«?

Du bist ... na, was? Fünf Jahre älter als ich?

Zehn?

BRETAGNE-BOB, mit einem verschmitzten

Lächeln: Ich bin zwölf, und das schon immer.

Wir alle kommen mit einem bestimmten Alter auf

die Welt.

Und wenn wir es dann wirklich erreichen,

bleiben wir dort stehen.
Es gibt Leute, die sind bei ihrer Geburt schon alt.
Und andere, die das niemals werden.
Und ich bin halt zwölf.

GABRIELLE: Warum gerade zwölf?

BRETAGNE-BOB: Weil man sich da schon für
Mädchen interessiert,
aber die Welt
ihre Magie noch nicht verloren hat,
denke ich?

GABRIELLE: Ich wurde bestimmt schon alt geboren.
Meine Welt ist nie
magisch gewesen.

BRETAGNE-BOB: Das glaube ich dir nicht.
Du spielst Theater.
Das ist auch eine Form von Magie.
Vielleicht bist du schon alt auf die Welt gekommen,
aber dann
als eine faszinierende alte Fee
mit Blumenhaaren und einer tausendjährigen Seele,
mindestens.

GABRIELLE, amüsiert: Du hast eine sehr
eigenwillige Art, Komplimente zu machen.

BRETAGNE-BOB: Und du hast mal eine
Umarmung nötig. Komm rauf zu mir.

GABRIELLE: Ich werde nach Butter stinken.

BRETAGNE-BOB: Der herrlichste Duft der Welt.

Gabrielle steigt in den Wagen, lässt sich von Bretagne-Bob in die Arme nehmen.

GABRIELLE: Ich will keine Beziehung.

BRETAGNE-BOB: Keine Sorge,
ich bin auch nicht interessiert.

GABRIELLE: Blödmann.
Ich meinte doch,
mit Armand.

BRETAGNE-BOB: Oder mit Roméo.
Oder sonst irgendwem.

GABRIELLE: Du sagst es.

BRETAGNE-BOB: Dann vielleicht eine Beziehung
mit einer zweiten Schoko-Kokos-Crêpe?

GABRIELLE: Das wär toll.

BRETAGNE-BOB: Zu Befehl ...

ALIX

Alix betritt den Park des Konservatoriums durch den Seiteneingang. Die Theaterprobe ist seit gut zwei Stunden vorbei, es besteht also keine Gefahr, Gabrielle über den Weg zu laufen. Was ihren Vater angeht, so fürchtet sie seit ihrem Gespräch am Mittwoch nicht mehr, dass er sie hier überrascht. Soll er doch. Sie wird nicht wegbleiben, nur weil er hier arbeitet. Dazu hängt sie viel zu sehr an diesem Ort. Außerdem ist Matej auch oft hier. Matej, mit dem sie für heute Nachmittag verabredet ist. Matej, bei dem sie vorhat, ihn heute zu küssen. Oder sich von ihm küssen zu lassen. Oder was auch immer – sie hat sich diese Szene schon in zu vielen Versionen ausgemalt, um eine genaue Vorstellung des Ablaufs zu haben.

Mit klopfendem Herzen geht sie an der Glasfront des Perkussionsraums vorbei. Ein Junge hat dort gerade Unterricht. Matej ist nirgends zu sehen. Als sie die Tür aufdrückt, wird Alix von den warmen Klängen einer Marimba empfangen. Diego – brauner Herrendutt, dunkle Haut, ein ins Rötliche gehendes Ziegenbärtchen – übt gerade in dem gefliesten Eingangsbereich, der den Übungsraum vom Konzertsaal trennt. Er blickt auf und lächelt ihr zu, ohne aufzuhören. Als er sein Stück beendet hat, hält Alix ihm die Wange hin.

»Alles okay?«

»Alles super. Ist Matej auch irgendwo hier?«

»Nicht gesehen.«

Alix geht ein paar Schritte beiseite, schreibt eine Nachricht an Matej, um zu fragen, wo er bleibt.

Bin unterwegs!, versichert er ihr.

Sie setzt sich an die Wand und holt ihren Philosophie-Hefter heraus, um die Wartezeit zum Lernen zu nutzen.

Hin und wieder schaut sie Diego dabei zu, wie er seine Stücke spielt. Die vier Schlegel mit den violetten Wollköpfen, die er zwischen den Fingern hält, verleihen ihm ein fast spinnenartiges Aussehen. Animalisch. Überrascht erkennt sie eine Violinsonate von Bach, die ihr Vater sehr liebt. Bach auf der Marimba. Klingt seltsam, aber superschön. Sie wirft einen Blick auf ihr Handy. Nichts Neues von Matej. Sie steckt die Nase wieder in den Hefter.

Nach anderthalb Stunden hört Diego auf. Er löst den Dutt, wuschelt sich durch das dunkle Haar. Es reicht ihm fast bis zur Taille. So lang hatte Alix es sich nicht vorgestellt.

»Päuschen gefällig?«, fragt er, als er ihren Blick auffängt.

»Gern, ich krieg hier eh nichts hin.«

»Kommst du mit zum Automaten?«

Alix verzieht das Gesicht. Der Automat steht im Eingang des Hauptgebäudes, dafür muss man an den Fenstern des Geigensaals vorbei.

»Da ist doch mein Vater. Dem geh ich lieber aus dem Weg.«

»Soll ich dir was mitbringen?«

»Eistee?«

»Geht klar.«

Er verlässt das Gebäude, läuft durch den Park, wobei er die Jacke über den Kopf zieht, um sich vor dem Nieselregen zu schützen, der inzwischen eingesetzt hat.

Was ist denn jetzt?, schreibt Alix an Matej.

Mein Auto hat mich hängen lassen.
Versuche es per Anhalter. Sorry ...

Alix schaut nach draußen, stellt sich Matej am Rand einer Landstraße vor, in diesem Regen.

Oh nein, viel Glück ...

Sie steht auf, hüpft auf und ab, vertritt sich die Beine. Ihr Blick bleibt an den Schlegeln hängen, die verlassen auf der Marimba liegen. Sie tritt näher. Alix hat mal eine Weile Klavier gespielt, um dann mit elf zu verkünden, Musik sei nicht ihr Ding – hauptsächlich deshalb, weil es schon das Ding ihres Vaters war, wenn sie ehrlich ist, und weil sie das dringende Bedürfnis hatte, sich von ihm abzugrenzen. Auf einer Marimba sind die Klangstäbe ähnlich angeordnet wie die Tasten auf dem Klavier, nur dass man halt nicht mit den Fingern auf schwarze und weiße Tasten drücken, sondern mit den Schlegeln auf breite, dunkle Holzstäbe schlagen muss. Untendrunter verstärken metallene Rohre den Klang. Die fröhlichen, hüpfenden Töne verleihen diesem Instrument etwas Kindliches. Aber Diegos Stücke haben Alix eine wesentlich größere Bandbreite aufgezeigt. Sie greift nach den Schlegeln, klemmt sie sich zwischen die Finger, schlägt vorsichtig auf die Stäbe, sucht einen Akkord, dann einen anderen.

Erschrocken zuckt sie zusammen, als Diego mit einem Becher Kaffee und einer Dose Eistee zurückkommt.

»Entschuldige«, sagt sie.

»Nein, nein, mach ruhig weiter, aber fang erst mal nur mit zwei Schlegeln an.« Er nimmt die beiden anderen und stellt sich auf die andere Seite des Instruments. »Hier, so muss man die halten.«

Mit einem amüsierten Funkeln in den braunen Augen hört er zu, wie sie eine Melodie zusammensucht, die sie aus ihrer Klavierzeit noch im Kopf hat.

»Nicht schlecht!«, sagt er anerkennend, als sie am Ende triumphierend die Arme hochreißt.

Sie verbeugt sich lachend und nimmt sich ihr Getränk. Sie setzen sich vor die Tür, unter das kleine Vordach. Sie müssen ziemlich eng zusammenrücken, um nicht nass zu werden. Diego zieht seine perfekte Nase kraus.

»Sorry, ich riech bestimmt ziemlich nach Schlagzeuger!«

Alix lacht.

»Wofür übst du diese Stücke gerade?«

»Für meinen Bachelor in Musik.«

»Matej auch?«

»Nein, der macht Schulmusik. Deshalb siehst du ihn auch manchmal Kurse geben.«

Kurz darauf machen sie sich wieder an die Arbeit, Diego hinter seiner Marimba, Alix im Schneidersitz auf den Fliesen, über ihren Philosophie-Hefter gebeugt, Thema ›Zeit und Existenz‹. Ein ganz schöner Brocken. Die ersten Musiker treffen zur Orchesterprobe ein, stören ihre Ruhe. Das Kommen und Gehen hat ein Ende, als die Probe beginnt. Alix schaut immer wieder auf ihr Handy. Schon nach vier. Diego ist nett, aber sie sehnt sich so sehr nach Matej, dass es sie innerlich verbrennt. Sie stellt sich vor, wie sie seine Hand nimmt, ihre Finger mit seinen verschränkt. Gänsehaut.

Gegen fünf kommt endlich eine Nachricht.

Hier geht gar nichts, keiner nimmt mich mit, bin
schon klatschnass ... Nicht böse sein.
Hätte dich so gern gesehen.

Sie versucht ihn anzurufen. Er geht nicht ran. Er wohnt irgendwo an der Straße nach Rennes, ungefähr zwanzig Kilometer entfernt. Da muss es doch Busse geben … Es ärgert sie, dass er sie in dem Glauben gelassen hat, er würde noch kommen, obwohl er offenbar gar nicht erst losgefahren ist.

Dann halt nicht.

Er schickt ihr ein Selfie, auf dem er eine todtraurige Miene macht. Es wurde drinnen aufgenommen. Womöglich hat er nicht mal versucht zu kommen. Er ist einfach zu Hause geblieben und hat ihr bloß eine Ausrede aufgetischt.

Verletzt blickt Alix auf ihren Hefter hinunter, will sich nichts anmerken lassen. Die Wörter verschwimmen, wabern über das Blatt. Es gibt keinen Grund mehr hierzubleiben, sie kann ebenso gut bei Mandalina lernen – falls sie es noch schafft, sich zu konzentrieren. Sie packt ihre Unterlagen ein.

»Er kommt nicht«, sagt sie zu Diego, der zu spielen aufgehört hat. »Sein Auto streikt.«

»Ah … Tja, mir reicht's auch, ich mach Schluss für heute.«

Er schiebt die Schlegel in eine Hülle, in der noch an die zwanzig andere in allen möglichen Formen, Farben und Materialien stecken. Sie gehen nach draußen, heben das Gesicht in den rein gewaschenen Himmel. Der Regen hat aufgehört, als wäre er nur gefallen, um Matej einen Vorwand zu liefern.

»Wo musst du hin?«

»Nach Cancale, zu meiner Mutter.«

»Da war ich schon ewig nicht mehr. Soll ich dich hinbringen?«

Sie ist einverstanden, ohne jeden Hintergedanken, weil sie auch keinen in seinem Angebot spürt. Wenn es doch mit Matej auch so einfach wäre. Bei ihm hat sie immer das Gefühl, dass er etwas vor ihr geheim hält. Alix setzt sich in Diegos alten Twingo und sie fahren vom Parkplatz des Konservatoriums hinunter.

»Wo wohnst du eigentlich?«, fragt sie.

»Bis zu meinem Abschluss noch in der kleinen Ferienwohnung meiner Eltern, in der Altstadt.«

»Und danach?«

»Strasbourg, wenn alles klappt. Da gibt's eine super Professorin, bei der ich gern meinen Master machen würde. Aber sag mal, was für einen Ärger hast du denn mit deinem Vater?«

Alix stößt einen langen Seufzer aus. Und während der zwanzigminütigen Fahrt bis zum Haus ihrer Mutter erzählt sie Diego, wie ihr Leben diese seltsame Wendung genommen hat, mit der sie niemals gerechnet hätte.

TITOUAN

Titouan schaut sich ein Video an, in dem ein Mädchen ganz begeistert von dem Tag erzählt, an dem es ihr endlich möglich sein wird, ihre ganze Persönlichkeit ins Netz hochzuladen, sich in reine Datenmengen zu verwandeln, nur noch eine Information zu sein, die auf allen Servern der Welt unterwegs ist. Und wenn man Lust hat, so stellt sie sich das vor, kann man ab und zu mal in eine Roboterhülle schlüpfen und ein bisschen draußen herumlaufen. Titouan lauscht ihr völlig fasziniert. Und kann es kaum erwarten. Das klingt nach der perfekten Daseinsform. Nach unbegrenzter Freiheit.

Denn Titouan war sein Körper schon immer irgendwie lästig. Na ja, vielleicht nicht schon immer. Aber schon sehr lange, mindestens seit dem Ende der Grundschulzeit. In den letzten Jahren hat er oft in den Unterhaltungen der Oberstufenschüler gehört, dass sich alle zu dick, zu dünn, zu groß oder zu klein finden. Und dann gibt es ja auch noch solche, die nicht wissen, ob sie im richtigen Körper geboren wurden, die als Junge auf die Welt kamen, sich aber wie ein Mädchen fühlen, oder umgekehrt, oder auch irgendwo dazwischen. Aber das ist es bei ihm nicht. Er hätte nur am liebsten überhaupt keinen Körper. Will nicht ständig seine Begrenztheit ertragen müssen, mit nur einem Blick auf sein Äußerliches reduziert werden. Und je mehr Nächte sich in der Zuflucht seines Zimmers aneinanderreihen, je mehr sich das Konzept von Stunden, Wochen und sogar von Zeit aus seinem Leben verflüchtigt, desto mehr spürt er, wie seine

Muskeln schwinden, immer weniger und weicher werden, als löste er sich langsam auf, als würde er eins mit dem weichen Nest, das ihn umgibt. Er liebt dieses Gefühl. Mit der Matratze zu verschmelzen, mit der Decke, dem Kissen, nicht mehr Fleisch, sondern Faser zu sein, nicht mehr Materie, sondern Nachgiebigkeit, sich diesem wohligen Zustand hinzugeben.

Und so ist diese Vorstellung, seinen störenden Körper irgendwann endgültig loszuwerden, für ihn ein Hoffnungsschimmer. Er denkt wieder an die Frage von Eliott. Wie stellt er sich sein Leben in zehn Jahren vor? Entmaterialisiert. So stellt er sich das vor. Die Entwicklung, die er seit einigen Wochen begonnen hat, abzuschließen und immer leichter zu werden.

Eine Nachricht ploppt in der Bildschirmecke auf. Lix.

Bin bei meinen Recherchen für Philosophie auf
diesen Artikel gestoßen. Lies vor allem den Schluss ...

Titouan klickt auf den Link. Ein Zeitungsartikel mit dem Titel »Löschen Sie die Telefonnummern Ihrer Verstorbenen. Sie selbst können das nämlich nicht mehr.«

Neugierig liest er die von der Journalistin gesammelten Berichte von namentlich nicht genannten Leuten, die die Verbindung zu einem verstorbenen Angehörigen aufrechterhalten wollen, indem sie seine Telefonnummer in ihrem Verzeichnis lassen. Denn seine Nummer zu löschen, käme ihnen vor wie ein zweiter Tod – so, als würden sie ihn zugleich auch aus ihrem Gedächtnis löschen.

Bei der Aussage einer Frau bleibt er hängen. Sie bezeichnet die Nummer ihrer verstorbenen Verwandten als »eine Art Code, über den ein Kontakt möglich war, ohne dass sie dafür Gestalt annehmen mussten«. Titouan lächelt bei diesem Gedanken. Im Grunde hat er, indem er für Luce die Rolle von Lucien übernimmt, sein Ideal der

Entmaterialisierung fast schon erreicht. Er ist ein körperloser Geist geworden. Wenn auch nur der Geist eines anderen ...

Und das Ende des Artikels ist dann wirklich interessant:

Nach der Kündigung eines Telefonvertrags, liest er da, *wird die Nummer etwa drei bis sechs Monate später einem neuen Teilnehmer zugewiesen. Und so gibt es dann – am anderen Ende der Leitung – einige Menschen, die nicht mal ahnen, dass ihre Nummer noch bei irgendwelchen Unbekannten im Kontaktverzeichnis steht. Vielleicht ja auch die Ihre? Nichts verbindet diese Menschen miteinander, nur der Zufall und eine Zahlenfolge.*

Titouan rechnet nach. In der Mittelstufe hat er das alte Handy seines Vaters benutzt, mit einem Vertrag, der ihm kaum mehr als das Verschicken von Textnachrichten erlaubte. Anfang der 9. Klasse haben seine Eltern dann endlich nachgegeben und ihm ein Smartphone mit unbegrenzter Flatrate gekauft. Damals hat er diese Nummer bekommen. Das ist jetzt anderthalb Jahre her. Sechs Monate nach dem Tod von Lucien. Das passt. Die Nachrichten von Luce kommen also deshalb bei ihm an, weil er die Nummer ihres Mannes geerbt hat.

Sofort überschlagen sich weitere Fragen in seinem Kopf. Ob es üblich ist, eine Nummer in derselben Stadt wieder neu zu vergeben? Oder war das nur Zufall, ohne logische Ursache?

Titouan schickt Lix einen Smiley, dessen Kopf explodiert.

Echt krass!!!
Das erklärt alles!!

> Genau! Hab auch sofort an dich
> gedacht!

Sie schwärmen noch eine Zeit lang weiter, springen von einem Ausrufezeichen zum nächsten, bis Titouan erschrocken zusammenzuckt, als er Lila zwischen den Legozweigen entdeckt.

»Sag mal, klopfst du nicht mehr an, bevor du reinkommst, Spätzchen?«

Sie antwortet nicht. Einen Teller Ravioli in der Hand, starrt sie den nackten Oberkörper ihres Bruders an. Der streift sich schnell ein T-Shirt über, verlegen. Lila rührt sich nicht. Titouan schiebt seinen Rechner beiseite, krabbelt ans Fußende, sucht den Blick seiner kleinen Schwester.

»Ist der Teller für mich?«

Endlich hebt sie die Augen zu ihm auf, braun, riesengroß, schimmernd vor Tränen.

»Wirst du bald sterben?«, fragt sie tonlos.

LUCE

»Hallo, Madame Paradis.«

Luce fährt auf der Türschwelle herum, entdeckt ihre junge Nachbarin, die gerade auf der anderen Seite des Zauns nach Hause kommt.

»Hallo, Tess.«

»Hä... hätten Sie wohl kurz mal Zeit? Um was zu besprechen?«

»Ist gut, aber bei mir, ich hab frische Sachen hier drin«, antwortet sie und zeigt auf ihren Einkaufstrolley.

Kurz darauf, während sie noch ihren Kühlschrank einräumt, hört Luce ihre Nachbarin eintreten. Sie geht zu ihr ins Wohnzimmer. Tess zeigt auf den großen Glastisch, der mit Aktenordnern, Heftern und verschiedenen Stapeln bedeckt ist.

»Da haben Sie sich aber was vorgenommen, würde ich sagen.«

»Es war höchste Zeit, mal wieder aufzuräumen.«

»Wenn ich das Chaos da sehe, hab ich's nicht eilig mit dem Erwachsenwerden ...«

Luce dreht unauffällig ein paar Blätter um, von denen sie nicht möchte, dass Tess sie liest.

»Setz dich doch.«

Luce nimmt auf einem Sessel Platz. Das junge Mädchen lässt sich aufs Sofa fallen.

»Ich wollte Sie was fragen, weil Sie doch ... weil Ihr Beruf doch Ihre Leidenschaft war. Und da hab ich mich gefragt, woher man eigentlich weiß, was man machen will, also, was das Richtige ist und so? Wenn ich mit meinen Eltern über ihre Arbeit rede, hab ich immer das Gefühl, dass sie genauso gut irgendwas anderes machen könnten, das wäre ihnen ziemlich egal, solange sie damit genügend Geld verdienen und nicht völlig verblöden, und dass sie schon froh sind, einfach nicht arbeitslos zu sein, aber ich, ich hätte gern, dass mein Beruf später mal ... dass der's dann auch wirklich *ist*, also wirklich das Richtige, und auch einen Sinn hat. Verstehen Sie?«

»Aber ja«, lächelt Luce. Sie überlegt einen Moment. »Wenn du allein in deinem Zimmer bist, auf deinem Bett liegst oder so, malst du dir dann manchmal dein späteres Leben aus?«

»Ja, schon.«

»Und stellst du dir in diesen Momenten vielleicht eine bestimmte Tätigkeit vor? Etwas, das du gern machen würdest, aber noch keinem erzählt hast, weil du das für albern oder langweilig oder sowieso unerreichbar hältst?«

»Doch, ja.«

»Dann hast du deine Antwort.«

»Aber wenn diese Tätigkeit nun *wirklich* albern ist?«

Luce wartet einen Moment, mit fragendem Blick.

»Wenn du meinen Rat hören willst«, hakt sie schließlich nach, »musst du's mir schon erzählen ...«

Tess presst verlegen die Lippen aufeinander.

»Okay, eigentlich ist sie gar nicht albern, aber alle um mich herum *halten* sie dafür. Ich will Konditorin werden. Auch an Wettbewerben teilnehmen und so. Aber wer so was macht, geht meist schon nach der Zehnten ab, und ich bin eigentlich ganz gut in der Schule. Meine Eltern, und meine Lehrer auch, die würden das niemals zulassen, die wollen alle, dass ich mal studiere und so. Und außerdem: Kennen Sie viele Chefkonditoren, die schwarz sind? Frauen gibt's da eh kaum welche, und dann noch eine schwarze ...«

»In welcher Klasse bist du denn?«

»Zehnte.«

»Dann mach doch einfach was mit Chemie.«

»Wie bitte?«

Luce lacht über das völlige Unverständnis auf Tess' Gesicht.

»Deine Eltern wollen, dass du studierst, und du hast nicht den Mut, dich einfach darüber hinwegzusetzen? Kann ich gut verstehen. Ohne die Unterstützung meines Vaters hätte ich es bestimmt nicht geschafft, Pilotin zu werden. Also musst du dir überlegen, wie du deinen Traum verwirklichen kannst, ohne sie vor den Kopf zu stoßen. In der Küche, und erst recht in der Konditorei, dreht sich alles um Chemie. Mein Rat wäre deshalb der folgende: Fang ihnen zuliebe ein Chemie-Studium an, hol alles aus diesem Fach heraus, was dich als Konditorin weiterbringt und besser macht, und nimm nebenher an so vielen Kursen und Workshops teil wie nur möglich, denn du brauchst Praxis, Praxis, Praxis. Und wenn deine Eltern wegen all der Köstlichkeiten, die du zauberst, schon einige Kilos zugelegt haben, werden bestimmt auch sie begreifen, wo deine wahre Berufung liegt ...«

Tess bricht in Gelächter aus.

»Ganz schön clever, diese Alten!«, ruft sie. »Oh Verzeihung, ich meinte nur ...«

»... dass ich alt bin, schon klar. Was für mich nun wirklich nichts Neues ist, da kannst du beruhigt sein.«

»'tschuldigung!«

»Eins noch, Tess: Du bist eine Frau und du bist schwarz, das stimmt. Und irgendwelche Idioten werden garantiert versuchen, dir deinen Platz streitig zu machen. Aber das ist nur ein Grund mehr, diesen Platz für dich zu beanspruchen. Irgendwann werden sie sich damit abfinden.«

Tess steht auf, geht um den Couchtisch herum und gibt Luce einen Kuss auf die Wange.

»Danke. Bei nächster Gelegenheit bring ich Ihnen mal was zum Probieren vorbei.«

»Morgen?«, fragt Luce herausfordernd.

»Deal!«

Tess hebt begeistert die Hand. Erst als sie gegangen ist, begreift Luce, dass sie diese Hand hätte abklatschen sollen. Stille senkt sich wieder über das Wohnzimmer.

Luce geht zu dem großen Glastisch hinüber. Nimmt einen der Zettel in die Hand, die sie vorhin umgedreht hat. Der Entwurf eines Testaments. Das, was sie vor zehn Jahren verfasst hat, hat seit dem Tod von Lucien keine Gültigkeit mehr. Sie schreibt diese neue Fassung ins Reine, unterschreibt sie, sortiert dann weiter aus, wirft weg, was nicht länger verwahrt werden muss, heftet die wichtigen Dokumente ab, stellt dann in einem Ordner mit der Aufschrift *Nachlass* all das zusammen, was ihr Notar nach ihrem Tod vielleicht brauchen kann.

Die Nacht ist schon lange hereingebrochen, als sie endlich fertig wird. Sie hat noch nicht zu Abend gegessen und jetzt ist es zu spät. Egal. Wer schläft, der hungert bekanntlich nicht. Sie geht ins Bad, zieht sich langsam aus, begutachtet ihre Schmerzen, streift ihr Nachthemd über. Stellt sich vor den Spiegel. Anstelle der üblichen Empfindung, einer Fremden zu begegnen, steigt eine Woge der Zärtlichkeit in ihr auf.

Du hast gut gelebt, denkt sie.

Sie könnte einfach weitermachen. In den letzten Wochen hat sie die Kruste aus Angst durchbrochen, unter der sie so lange isoliert gwesen war. Und sie ist froh, dass sie den Kontakt zum Luftsportverein wiederhergestellt hat. Sie könnte noch Jahre so weiterleben, jetzt, wo sie den Himmel neu für sich entdeckt hat, und es ist schön, wieder eine Wahl zu haben. Aber wozu weitermachen? Ein Himmel ohne Lucien ist nicht mehr derselbe. Und der Schmerz über seinen Verlust lässt einfach nicht nach. Die Zeit verwehrt ihr den sanften Schleier der Wehmut, der sonst alle Wunden heilt. Ihre Wunde bleibt offen, klaffend, wie ein abgetrennter Körperteil, dessen Stumpf nicht vernarben will. Sie hat so gelebt, wie sie es wollte. Und so wird sie auch sterben. Nach ihren Wünschen und ihren Regeln.

Deshalb muss sie sich vorbereiten, ihre Angelegenheiten in Ordnung bringen. Diese Last jemand anderem aufzubürden, gehört sich einfach nicht. Aber nun ist es ja endlich erledigt.

Die Badezimmerlampe fängt wieder an zu flackern, ein nervtötendes Flimmern, wie das Brummen eines Insekts. Luce streicht sanft über das Handy, das auf dem Waschbeckenrand liegt. Es ist ihr Kontakt zu Lucien. Das Handy ist Lucien.

»Bald«, murmelt sie.

ARMAND

Armand geht bei Clara aus der Tür. Es ist fast schon elf. Er ist erschöpft, aber nicht wirklich müde – ein seltsamer Zustand, der für ihn schon normal geworden ist. Er geht zu seinem Auto, setzt sich hinters Steuer, stöpselt automatisch sein Handy zum Laden ein. Eine Nachricht ploppt auf. Von Gabrielle.

Tut mir leid wegen der wochenlangen Funkstille.
Wir können reden, wann immer du willst.

Jetzt?, schlägt er vor.

Er fährt los, den Boulevard Douville entlang, biegt zur Anse de Solidor ab.

Okay. Bin bei mir.

»Ich auch«, murmelt Armand, während er das Auto parkt.

Als Gabrielle ihm Sekunden später die Tür öffnet, wirkt sie belustigt.

»Das ging ja schnell.«

»Ich saß schon im Auto.«

Er tritt ein, zieht die Jacke aus. Lässt den Blick durch die kleine Wohnung schweifen, verharrt auf dem Fenster, vor dem sie sich nähergekommen sind, als er das letzte Mal hier war. Was hat ihn bloß dazu gebracht, auch noch über Nacht zu bleiben? Das tut er sonst nie und Gabrielle weiß das auch. Kein Wunder, dass ihr das nicht geheuer war. Er setzt sich so halb auf die Rückenlehne des Sofas.

»Gab, wir sind nicht mehr fünfzehn, wir können offen miteinander reden, oder? Ist alles in Ordnung zwischen uns?«

»Ja, alles gut. Sei mir nicht böse, aber dass wir uns nach all der Zeit noch mal auf so was einlassen, hat mich ganz schön durcheinandergebracht.«

»Mich auch. Aber wir werden ja nicht ... Ich meine, wir kennen uns doch. Wir werden ja nicht alles wegen einer Geschichte, die vermutlich böse enden wird, aufs Spiel setzen.« Gabrielle lächelt. »Ich brauche dich. Ich kann nicht innerhalb eines Monats meine Tochter *und* meine beste Freundin verlieren.«

»Willst du was trinken?«

Er akzeptiert ein Bier, stößt mit Gabrielle an. Sie reden über das Konservatorium, die Parkuhren, die in Saint-Malo wie die Pilze aus dem Boden schießen, sodass man bald nirgendwo mehr kostenlos parken kann, über die Stadtpolitik, die sie mit ihren ständigen Kürzungen von Kulturfördermitteln ärgert ... Egal worüber, Hauptsache, es lenkt ihren Kopf von dem ab, was hier vor drei Wochen geschehen ist, von diesem kurzen Intermezzo, das zu beenden sie soeben gemeinsam beschlossen haben.

Armand holt zwei neue Bier. Der Brief von Mandalina fällt ihm wieder ein. Hätte es irgendetwas geändert, wenn er ihn damals gelesen hätte?

»Ich muss in einem früheren Leben mal was ganz Schlimmes gemacht haben.«

»Wieso?«

»Weil mir in meinem jetzigen Leben alle Frauen weglaufen. Manda, Alix.«

»Du kannst deine Frau und deine Tochter doch nicht in dieselbe Schublade stecken.«

»Aber sie haben mich beide verlassen. Liegt das an mir? Schlage ich sie alle in die Flucht?«

Gabrielle seufzt.

»Ich bin keine Psychologin, aber ...«

Sie schweigen einen Moment, die Flaschen in der Hand.

»Ich hab schon den Eindruck«, fährt Gabrielle dann fort, »dass du manchmal ein bisschen ... übergriffig bist?«

»Inwiefern?«

»Du hast so gar kein eigenes Leben, unabhängig von ihnen.«

»Hab ich wohl. Ich hab das Konservatorium. Meine Schüler. Ich hab Freunde. Und ... Geliebte.«

Verstohlen schaut er zu ihr hinüber. Gabrielle reagiert nicht, ein sicherer Beweis dafür, dass das Thema noch sensibel ist.

»Aber im Vergleich zu Alix hat all das keine Bedeutung für dich.«

»Das ist doch normal! Sie ist meine Tochter!«

»Armand, bei deiner Begabung hättest du auch Konzertmusiker werden können. Stattdessen bist du Musiklehrer an einem kleinen Konservatorium in der Bretagne geworden.«

»Ich wollte eine Familie, ein Zuhause. Und nicht ständig unterwegs sein.«

Beide haben sich aufgerichtet und beobachten sich über den Sofatisch hinweg.

»Hast du eigentlich noch Träume?«, fragt Gabrielle.

»Dass Alix alles erreicht, was sie sich wünscht. Dass sie glücklich ist.«

»Eigene Träume.«

»Ihre Träume sind meine Träume.«

»Deine Tochter hat es nicht nötig, dass du an ihrer Stelle träumst, das kann sie sehr gut allein.«

Verärgert lässt sich Armand von der Lehne aufs Sofa gleiten. Gabrielle hat doch keine Ahnung, was es heißt, ein Kind zu haben. Das *kann* sie gar nicht verstehen. Trotzdem bahnt sich ihre Frage einen Weg in seinen Kopf. Träume? Eigene Träume? Er geht zurück bis zu der Zeit, als sein Weg noch nicht den von Mandalina gekreuzt hatte. Da hatte er tatsächlich überlegt, Konzertmusiker zu werden. Allerdings war es nie sein Traum gewesen, auf der Bühne zu stehen, vor einem Publikum. Als Kind und als Jugendlicher war die Geige für ihn etwas sehr Persönliches gewesen, ein Mittel, um seinen Ängsten und Hoffnungen Ausdruck zu verleihen, aber nur für ihn allein, oder jedenfalls in erster Linie für ihn allein. Und Unterrichten hat ihm immer schon Spaß gemacht, er hat diesen Beruf nicht mangels Alternativen ergriffen. Nein, egal was Gabrielle darüber denkt, sein Traum war genau das gewesen, was er sich mit Manda hatte aufbauen wollen. Eine leidenschaftliche Liebe, eine symbiotische Familie. Seiner Tochter eine Kindheit zu ermöglichen, die er selbst nie gehabt hatte. Ohne das Geschrei und die Zusammenbrüche, ohne die Angst und die vielen Stunden, die er, unter seiner Bettdecke zusammengekrümmt, darauf gewartet hat, dass es aufhört, dass am nächsten Tag alles wieder besser ist. Aber er hat diesen Traum nicht am Leben erhalten können. Oder war es eher Manda, die ihn zerrissen hatte wie einen missratenen Entwurf? Vielleicht von beidem ein bisschen.

Genügt es ihm, dass er Alix mit all der Liebe und Fürsorge, deren fähig war, großgezogen hat? Solange sie bei ihm war und ihn brauchte, hatte er sich das einreden können.

Aber wenn er ganz ehrlich ist: Es genügt ihm nicht.

»Du hast mal wieder recht. Und du nervst.«

»Gern geschehen.«

ALIX

Mandalina steckt den Kopf durch die Zimmertür. Alix nimmt ihre Kopfhörer ab.

»Zeit zum Lichtausmachen«, sagte Mandalina.

»Ich krieg das schon hin, keine Sorge. Ich bin nicht mehr acht.«

Während ihre Mutter anfangs gar nicht oft genug die Vorzüge der Spontaneität loben konnte, hat sie vor einigen Tagen damit begonnen, Regeln und Zeitpläne aufzustellen, als hätte sie plötzlich die Mutterrolle für sich entdeckt und wollte ihr jetzt schnell noch gerecht werden.

»Ich weiß, ich weiß«, sagt Mandalina besänftigend.

»Ich will hier noch was fertig machen. Danach geh ich ins Bett.«

»Ich dachte nur, weil doch das Abi bald losgeht und deine Eignungsprüfungen, und ...«

»Beides Dinge, die *mir* sehr viel wichtiger sind als *dir*, also lass mich doch einfach.«

Zwischen Mandalinas dunklen Augenbrauen taucht eine zarte Falte auf. Sie kommt ins Zimmer, setzt sich aufs Bett.

»Mir sind die auch wichtig. Sehr sogar.«

Alix bezweifelt das. In all den Wochen hat sich Manda kein einziges Mal nach ihren Theaterproben erkundigt oder für die Schule interessiert. Bestenfalls hat sie mal gefragt, wie's dort war. Alix antwortet nicht, begnügt sich mit einem vielsagenden Schmollmund.

»Stimmt irgendwas nicht, Alix? Dann sag's mir doch ...«

»Papa sagt, du hättest ihm gar keinen Brief hinterlassen, als du weggegangen bist.«

Das ist ihr einfach so rausgerutscht.

»Natürlich habe ich das«, erwidert Mandalina energisch.

Alix starrt sie an, hebt dann ihre Tasche auf, zieht den Brief heraus.

»Ach ja? Etwa diesen hier?«

»Hat er ihn dir gegeben?«, wundert sich Manda, während sie ihn überfliegt.

»Ich hab ihn oben im Atelier gefunden.«

»Du hast meine Sachen durchwühlt?«

»Wieso war der Brief noch hier, wenn du ihn doch angeblich Papa gegeben hast?«

Mandalina schüttelt langsam den Kopf, ihr Blick wandert von dem Brief zu ihrer Tochter, ein Blick zwischen Wut und Ratlosigkeit, den Alix noch nie an ihr gesehen hat.

»Ich glaube dir nicht ...«, murmelt Manda. »Armand hat ihn dir gegeben, um dich gegen mich aufzubringen.«

»Red keinen Scheiß! Der war in einer der Kisten!«

»Ich verbitte mir diesen ...«

»Wenn das schon gelogen war, was kann ich dir dann überhaupt noch glauben? Warum hast du nicht schon viel früher den Kontakt zu mir gesucht? Kein einziger Anruf, kein Besuch, nichts! Welche Ausrede hast du dafür parat? Dass du kein Telefon hattest?«

»Ich hab dir doch erzählt, dass ich krank war. Das wird man doch nicht mit Absicht, so was sucht man sich nicht aus, und genauso wenig kann man einfach beschließen, wieder gesund zu werden, so funktioniert das leider nicht, das geht nur ganz langsam, Schritt für Schritt, mit vielen Rückschlägen ...«

»Und deshalb konntest du mich nicht mal *anrufen*? Fünfzehn Jahre lang? Im Ernst?«

Mandalina zerknüllt den Brief zwischen ihren Händen. Ihr schönes Gesicht wirkt abgespannt. Gequält. Fast schon erschreckend. Aber Alix' Wut kocht trotzdem über, und jetzt, wo sie sie einmal rausgelassen hat, kann sie nicht mehr aufhören.

»Und was war dann vor zwei Jahren, als dir plötzlich einfiel, dass es mich auch noch gibt, und du hier wiederaufgetaucht bist? Hatte sich die Depression da einfach in Luft aufgelöst?«

»Das ist nicht bloß eine Depression. Es gibt auch manische Phasen. Und diese Krankheit wird immer da sein, auf die eine oder andere Weise. Sie ist ein Teil von mir.«

»Was war dann der Grund?«

»Du ... du warst in demselben Alter, in dem ich meine Mutter verloren habe ... Und ich hab mir gesagt, ich dachte ...«

Alix reißt ungläubig die Augen auf.

»Was ist denn das für ein Schwachsinn? Teilen wir das Glück, eine Mutter zu haben, jetzt zwischen uns auf? Du hast die Option ›null bis fünfzehn‹ gewählt, also steht mir die für ›fünfzehn und älter‹ zu, oder was?«

»Nein. Natürlich nicht. Aber die Erkenntnis, dass du dasselbe Alter hast, wie ich damals, war ein richtiger ... Schock.«

»Du bist doch verrückt. Völlig durchgeknallt.«

Mandalinas Hand schnellt zu ihrer Wange vor, versetzt ihr eine brennende Ohrfeige. Alix starrt sie an, mühsam die Tränen der Wut zurückhaltend.

»Raus hier.«

»Das ist immer noch mein Haus, Alix. Und ich dulde nicht, wie du mit mir sprichst.«

»Raus hier!«

»Nein, ich will, dass wir reden.«

»Wir haben schon genug geredet«, faucht Alix und springt auf.

Sie schlüpft in ihre Schuhe, greift nach ihrer Tasche. Zum Glück sind Rechner und Schulsachen schon drin. Hastig stopft sie Handy,

Ladegerät und einen dicken Pullover dazu, und bevor Mandalina wirklich begreift, was geschieht, stürmt sie schon die Treppe hinunter.

»Alix! Was hast du vor? Warte!«

Alix knallt die Haustür hinter sich zu und rennt die Straße hinunter. Sie hört, wie in ihrem Rücken ein Motor anspringt, versteckt sich hinter einer Hecke. Das Auto ihrer Mutter rollt langsam vorbei, seine Scheinwerfer durchbohren die Nacht. Sie ruft nach ihr aus dem offenen Fenster. Alix wartet. Tränen laufen ihr über die Wangen. Ein Teil von ihr wünscht sich fast, dass Mandalina sie findet. Aber das Auto fährt im Schritttempo weiter und verschluckt die Stimme ihrer Mutter.

Alix richtet sich auf, schlägt einen Weg zwischen den Bäumen ein. Sie hütet sich, die Handytaschenlampe zu benutzen, hebt die Füße ganz hoch, um nicht über Steine oder Wurzeln zu stolpern. Die Dunkelheit macht ihr keine Angst. Sie hat nie zu diesen Kindern gehört, die nur schlafen können, wenn man im Flur das Licht brennen lässt. Im Gegenteil. Die Nacht umhüllt sie wie ein Mantel, nimmt sie in sich auf, schützt sie.

Der Weg führt zu einer Straße, an der schon bald zu beiden Seiten die ersten Häuser von Cancale auftauchen. Alix schaltet ihr GPS ein, verlässt die Hauptstraße zugunsten der weniger befahrenen Gassen. Sie überlegt einen Moment, in Richtung Innenstadt zu gehen, aber dort wird ihre Mutter garantiert nach ihr suchen. Nimmt stattdessen den Weg zur Pointe du Grouin und schickt eine Nachricht an Matej, mit der Bitte, sie abzuholen.

Gute zwanzig Minuten läuft sie die Landstraße entlang, schreckt jedes Mal auf, wenn sich ein Auto nähert. Die Tränen versiegen. Das scheint langsam zur Gewohnheit zu werden, Hals über Kopf einfach wegzulaufen und dann nicht zu wissen, wo sie bleiben soll. Hätte man ihr das vor einem Jahr erzählt, sie hätte es nicht geglaubt. Offenbar ist das Maß jetzt endgültig voll, der Punkt erreicht, an dem sie das alles einfach nicht mehr erträgt, weder die ständige Einmischung in ihr Leben noch die Lügen und Tabus. Weder das Zuviel noch das Zuwenig, weder ihren Vater noch ihre Mutter, von denen der eine nicht besser ist als die andere, die sie beide enttäuschen. Dann sucht sie sich ihren Weg halt allein. Das scheint ihr die einzige Möglichkeit zu sein.

Zu ihrer Rechten erkennt sie jetzt den Steilhang, der zum Strand von Port-Mer abfällt. Sie gibt Matej Bescheid, dass sie dort auf ihn wartet. Das Restaurant unten, in der Mitte des Strandes, ist noch geöffnet. Sie lässt es hinter sich, folgt einem Holzsteg, der erst über die Felsen, dann über den Sand führt. Über die ganze Länge eines Drahtzauns sind Bilder von Delfinen befestigt.

Der Steg mündet auf eine Terrasse mit einem Bootshaus aus Holz. Die Ecke hier ist völlig verlassen. Im Sand liegen ein paar kleinere Boote, die bestimmt zu der Segelschule gehören. Alix setzt sich auf das Trampolin eines Katamarans, nimmt sich endlich die Zeit, ihren Pulli unter die Cordjacke zu ziehen, die sie sich beim Rausgehen übergestreift hat.

Matej antwortet nicht auf ihre Nachrichten. Sie ruft ihn an. Landet auf seiner Mailbox.

»Mat, ruf doch mal zurück, bitte ...«

Sie legt auf. Ihr Blick wandert zu den schimmernden Masten hinaus, die sich in der Dünung wiegen. Eine Zeit lang lauscht sie ihrem Klickern, begleitet vom Rauschen der Wellen und vom Wind, der ihr um die Ohren pfeift. Meeressonate in g-Moll. Alles erbebt, bis hin zu den Sternen, die hier und da durch die Wolkenlücken blinzeln. Alix schaut zu ihnen empor. Wovon mögen die Sterne wohl träumen, da oben in der tiefsten Nacht? Einige leuchten so schwach, dass man sie kaum noch sieht. Und doch würde man, käme man näher heran, feststellen, dass sie genauso hell brennen wie die anderen auch. Selbst das allerkleinste Sternbild der Welt besteht noch aus endlos vielen Sternen. Und Alix denkt, dass sie wie einer dieser winzigen Sterne ist. Dass sie mit dem gleichen Feuer brennt, aber dass man näher herankommen muss, um das zu erkennen.

Zu ihrer Linken schiebt sich der vertraute Umriss der Pointe du Grouin vor den Horizont, überragt von ihrem Kontrollturm. Etwas weiter hinten ist ein Leuchtfeuer zu sehen, mitten auf dem Wasser. Alix beobachtet einen Moment lang, wie sein Strahl in regelmäßigen Abständen das Schwarz des Himmels durchbohrt.

Ein Uhr morgens.

Ihr ist kalt. Matej scheint schon zu schlafen. Sie entschließt sich, die Nacht hier zu verbringen, leiht sich die Plane auf einer kleinen Jolle als Zudecke aus. Das Trampolin des Katamarans ist gar nicht so ungemütlich. Alix streckt sich darauf aus, mit dem Rucksack als Kopfkissen, und wird langsam wieder warm.

Als sie noch klein war, hatte ihr Vater mal versprochen, eine Nacht mit ihr unter freiem Himmel zu verbringen, auf dem Grand Bé, einem großen Felsen, der durch einen Steindamm mit Saint-Malo verbunden ist. Bei Hochwasser wird der Weg jedoch überflutet und der Felsen zu einer Insel. Jeden Sommer tappen zahlreiche Touristen in diese Falle und müssen dann von Rettungskräften mit dem Schlauchboot ans Festland zurückgeholt werden. »Aber wir machen das mit Absicht«, hatte Armand erklärt, »dann haben wir die Insel bis zur nächsten Ebbe ganz für uns allein!« Zu dieser Übernachtung ist es nie gekommen, aber hier, unter ihrer Plane am Strand von Port-Mer, fühlt sich Alix auch schon fast wie eine Piratin, ganz allein auf ihrer Insel, die Möwen als einzige Gefährten. Der Gedanke zaubert ihr ein Lächeln auf die Lippen, während sie friedlich einschläft.

Irgendwann demnächst wird sie auf dem Gran Bé übernachten. Ohne ihren Vater. Oder sonst jemanden.

Nur sie, die Wellen und die Nacht.

TITOUAN

Es ist Zeit, mein Lu.

Wir sehen uns in den Wolken.

Starr vor Angst liest Titouan die Nachricht von Luce, die eben gekommen ist, ein zweites Mal durch. Sucht nach einer anderen Deutung als der einen, entsetzlichen, die sich ihm aufdrängt. In den Wolken? Will sie zum Luftsportverein fahren und in ein Flugzeug steigen? Mitten in der Nacht? Nein, das ergibt keinen Sinn. In den letzten Tagen hat er kaum noch von ihr gehört. Hat das als Zeichen dafür gewertet, dass es ihr besser ging. Aber das ist gar nicht der Fall. Sie stehen wieder am Ausgangspunkt – offenbar hat er sie nur für eine Weile davon ablenken können. Sie möchte sterben. Lucien wiedersehen. Was jetzt noch viel schlimmer ist als zu Anfang, wo er sie noch gar nicht kannte. Zitternd hasten Titouans Finger über die Tastatur.

Lassen Sie mich nicht allein.

Er wartet. Hält die Luft an.

Ich lasse dich nicht allein, meine ewige Liebe. Ich komme zu dir.

> Aber mich, Titouan, mich lassen Sie jetzt
> allein.

Er schließt kurz die Augen. Vielleicht wird sie ihm jetzt nie wieder antworten, vielleicht ist es für immer vorbei, vielleicht zeigt sie ihn bei der Polizei wegen Identitätsmissbrauchs an, vielleicht wird er, ganz gleich wie diese Nacht ausgeht, nie wieder von ihr hören. Er lässt trotzdem nicht locker. Er hat nichts mehr zu verlieren. Nur noch sie, nur noch diese seltsam vertraute Beziehung, die sich Nachricht für Nachricht zwischen ihnen entwickelt hat. Der Gedanke ist ihm unerträglich.

Lilas Frage holt ihn wieder ein. »*Wirst du bald sterben?*« An dem Abend hat er gut eine Stunde damit verbracht, sie zu beruhigen, ihr klarzumachen, dass seine Magerkeit damit zusammenhängt, dass er sich seit anderthalb Monaten kaum noch bewegt und auch weniger isst als früher, aber dass das gar nicht schlimm ist, dass es ihm gut geht.

Aber es geht ihm nicht gut. Lila hat recht, es geht ihm nicht gut.

Und so schreibt er. Zwingt sich, absolut ehrlich zu sein, aufrichtiger als bei den Gesprächen mit seiner Familie oder mit diesem Psychologen, der bei ihm angerufen hat. Aufrichtiger sogar noch, als wenn er mit seinen Gedanken allein ist und sich einredet, seine Entscheidungen seien vernunftgesteuert.

> Ich brauche Hilfe. Ich brauche Sie. Ich
> bin fünfzehn und ich brauche Sie.

Die Sekunden ziehen sich endlos hin.

LUCE

Im Nachthemd auf der Bettkante sitzend, starrt Luce auf das Handy-display.

Im Grunde hat sie es die ganze Zeit gewusst.

Hat nur deshalb an das Unmögliche geglaubt, weil die Illusion, mit Lucien zu sprechen, so wunderbar wohltuend und tröstlich war. Aber nun muss sie binnen Sekunden eine Entscheidung treffen: sich vom Kummer verschlingen zu lassen oder ihn noch einmal in Schach zu halten und zu akzeptieren, dass der Traum vorbei ist. Nein, sie *muss* es akzeptieren, auch wenn's wehtut. Denn dieses Kind am anderen Ende der Leitung, dieser Junge, der sich in den letzten Wochen mehr und besser um sie gekümmert hat als jeder Freund, schreibt diese Worte:

»Ich brauche Sie.«

Man kann doch nicht jemandem den Rücken zukehren, der den Mut zu einem solchen Geständnis hat.

Ihr Blick wandert zu dem Foto von Lucien im Regal. Seufzt. *Noch ein bisschen Geduld, mein Liebster,* denkt sie. Und dann drücken ihre alten Finger die nun schon vertraut gewordenen Tasten des Handys.

Guten Abend, Titouan.

ALIX

»Guten Morgen.«

Mit einem Ruck fährt Alix aus dem Schlaf empor, stößt sich beinahe den Kopf an einer Metallstange. Ein Fremder starrt sie an, Mitte dreißig, gestreifter Pulli über die Schultern gelegt, nackte Füße im Sand, blonde Locken vor einem zartblauen Himmel. Er lächelt sie an, in jeder Hand einen Pappbecher.

»Ich hab dich so lange wie möglich schlafen lassen, aber allmählich trudeln die ersten Leute ein und die Kollegen vom Segelklub werden ihre Boote brauchen. Kaffee? Orangensaft?«

»Ich, äh ... Orangensaft.«

Er reicht ihr einen Becher, greift nach der Tüte, die er sich unter den Arm geklemmt hat, zieht ein Croissant heraus und teilt es in der Mitte durch. Alix schiebt die Plane zurück, die ihr als Decke gedient hat.

»Du hast dir eindeutig den besten Ort zum Schlafen ausgesucht. Diese Katamarane sind richtig bequem. Croissant? Hätte ich geahnt, dass wir Besuch haben, hätte ich zwei mitgebracht.«

Er lächelt wieder. Seine Zähne sind superweiß und supergerade. Fast schon beunruhigend. Aber seine Herzlichkeit wirkt echt und sein Angebot ernst gemeint. Alix nimmt die Croissanthälfte entgegen, wirft einen Blick auf ihr Handy. 8:40. Ihre Eltern haben mehrmals angerufen – sicher hat Mandalina ihrem Vater Bescheid gesagt. Von Matej hingegen immer noch keine Nachricht.

»Ich heiße Gaël.«

»Alix. Arbeitest du hier?«, fragt sie dann und zeigt auf das Boots-haus.

»Ja.«

»Bist du Segellehrer?«

»Nein, wir sind gleich daneben. Der Verein AL LARK. Wir beob-achten die Delfine in der Bucht und nehmen auch regelmäßig Leute mit raus, damit sie für uns arbeiten und nach ihnen Ausschau hal-ten«, scherzt er.

Alix runzelt die Stirn.

»Hier gibt's Delfine?«

»Ja, das ganze Jahr, in der Bucht des Mont Saint-Michel.«

Ist ja verrückt. Sie ist doch in dieser Gegend aufgewachsen, aber bis auf die wenigen, einzelnen Delfine, die sich gelegentlich in den Hafen von Saint-Malo verirrten und von denen die Zeitungen dann unaufhörlich sprachen, bis sie irgendwann wieder verschwanden, hat sie diese Tiere immer für Exoten gehalten. In ganz anderen Gegenden heimisch. Nie hätte sie gedacht, dass manche von ihnen ganz in der Nähe lebten und dass man sie beobachten konnte.

Gaël wirft einen Blick zu der Plattform hinüber, die das Bootshaus umgibt. Zwei Leute tragen gerade einen großen Tisch vor die Tür, auf dem Berge von Schwimmwesten liegen. Sofort bildet sich eine Warteschlange.

»Sind das die Leute, die du mit aufs Meer rausnimmst?«

»Heute Vormittag, ja. Willst du mitkommen?«

Alix spürt hinter dieser Frage all die anderen Fragen, die er nicht zu stellen wagt. Was machst du eigentlich hier? Wieso hast du am Strand geschlafen? Wie alt bist du? Wo wohnst du? Kommt dich gleich jemand abholen? Solange er darauf keine Antworten hat, will er sie nicht einfach allein hier zurücklassen. Das rührt sie, diese selbst-verständliche Fürsorge, zumal er sie doch überhaupt nicht kennt.

»Ich bin gar nicht dafür angezogen, aufs Wasser zu gehen, ich würde mir da draußen bloß einen abfrieren ...«

»Ich leih dir eine Jacke.«

»Und ich hab auch kein Geld dabei, nur meine Karte.«

»Geld brauchst du keins. Ich muss mich jetzt um die anderen kümmern und die Schlauchboote holen. Hinten gibt es ein paar Duschen, falls du möchtest, du kannst dir ein Handtuch aus dem Vorraum nehmen. Danach treffen wir uns hier. Und ich rate dir, die Plane wieder zurückzubringen, sonst werfen dich die Segelschullehrer noch mit voller Montur ins Wasser. Die haben den Schalk im Nacken ...«

Alix lacht, schaut ihm nach, wie er, nach einem letzten strahlenden Lächeln, zum Bootshaus hinaufstapft. »Den Schalk im Nacken.« Wer sagt denn heute noch so was? Sie isst den Rest ihrer Croissanthälfte auf, spült sie mit einem Schluck Orangensaft hinunter. Der Tag fängt seltsam an. Und keiner weiß, wohin er führen wird. Immerhin hat sie diese Nacht im Freien noch ganz gut überstanden, deshalb macht ihr der Gedanke, auch heute nicht zu wissen, wo sie schlafen soll, nicht mehr ganz so viele Sorgen. Sobald Matej wach ist, wird er ihre Nachrichten lesen und ihr antworten. Er wird sie abholen. Und sie wird ihn küssen. Und danach wird man sehen. Bei der Aussicht auf den kommenden Abend spürt sie ein heftiges Kribbeln im Bauch.

Alix reckt sich, nimmt ihre Tasche, faltet die Plane zusammen und legt sie auf die Jolle zurück, nicht ohne ein entschuldigendes Lächeln in Richtung der Segellehrer, die aus ein paar Schritten Entfernung zu ihr herüberschauen. Sie flieht vor ihren Blicken, flüchtet sich in die Sanitäranlagen, duscht ausgiebig. Als sie wieder herauskommt, sind bereits alle mit Rettungswesten versorgt. Gaël hat sie schon entdeckt, drückt ihr einen dicken roten Mantel, eine Strickjacke und zwei Taschen mit Kameraausrüstung in die Hand. Dann geht er in den Anbau, um das Boot zu holen.

Alle warten am Ufer. Mehrere Kinder mit ihren Eltern, einige Rentner, ein junges Paar ... Alix schließt sich der Gruppe an, als wäre das so vereinbart und ihre Anwesenheit das Normalste der Welt. Als Gaël mit einem großen grauen Schlauchboot zurückkommt und seine Kollegin mit dem gleichen in Knallgelb, hält sich Alix zurück und steigt als Letzte ein. Blinde Passagierin und Ehrengast zugleich. Gaël steuert das Boot zwischen den ankernden Seglern hindurch, meldet dem Kontrollturm, dass er jetzt ausläuft und wie viele Personen sich an Bord befinden, nimmt dann Alix seine Ausrüstung ab und bedeutet ihr, seinen Platz am Ruder zu übernehmen.

»Äh, ich hab aber noch nie ein Boot gesteuert.«

»Siehst du da vorn den Mont Saint-Michel?«

Sie kneift die Augen zusammen und erkennt seine vertraute Silhouette, kaum dunkler als der Morgennebel.

»So halbwegs.«

»Lass ihn nicht aus den Augen. Das ist dein Kurs. Die Geschwindigkeit kannst du einfach beibehalten.«

Sie legt die Hände ans Steuerrad, setzt sich auf die Bank, den Blick auf den Mont Saint-Michel gerichtet, um ihn nicht aus den Augen zu verlieren. Gaël gesellt sich zu den Passagieren am Bug, hält ihnen einen Kurzvortrag über Meeressäugetiere, die Sicherheitsvorschriften und wie die Suche nach den Delfinen ablaufen wird. Alix hört nur mit halbem Ohr zu, auf ihre Aufgabe konzentriert.

Als er fertig ist, übernimmt Gaël wieder das Steuer. Der Mont Saint-Michel ist schon näher gerückt, man kann ihn inzwischen problemlos erkennen. Alix setzt sich auf eine erhöhte Polsterbank schräg hinter Gaël. Klammert sich an den Fahnenhalter und sucht mit den Augen die Wasseroberfläche ab, hält Ausschau nach einer Flosse, einer kleinen schwarzen Zacke vor dem milchigen Silbergrau des Wassers. Sie vergisst alles andere. Mehrmals glaubt sie, es wäre so weit, aber dann ist es nur ein Kormoran, ein Stück Holz oder eine

Plastiktüte, die Gaël aus dem Wasser zieht, um sie an Land zu entsorgen.

Etwa eine Stunde später stößt Alix, als sie am Horizont Gischt aufspritzen sieht, im selben Moment wie drei weitere Passagiere einen Schrei aus. Mit einem breiten Lächeln lässt Gaël das Boot beschleunigen. Während alle noch rätseln, ob es sich wirklich um Delfine handelt, ist er sich schon sicher, das sieht man an dem Funkeln in seinen Augen.

Und es sind tatsächlich welche.

Gaël drosselt die Geschwindigkeit wieder, nähert sich behutsam. Eine Gruppe von fünf Delfinen schwimmt in aller Ruhe dahin, taucht manchmal unter und irgendwo in der Nähe wieder auf. Keine kunstvollen Sprünge, nichts Spektakuläres. Trotzdem kann Alix den Blick nicht von ihnen abwenden. Sie sehen so friedlich aus. Einmal taucht einer von ihnen unter dem Boot durch, genau auf ihrer Höhe, und sie begegnet seinem Blick unter der Wasseroberfläche. Das Ganze dauert nicht mal eine Sekunde. Der Delfin schaut sie neugierig an, fast schon schelmisch, wie Gaël heute Morgen, als er sie geweckt hat. Dann schwimmt das Tier davon.

Sie folgen der Gruppe noch etwa eine Stunde lang. Alix nimmt ein Video nach dem anderen auf. Schickt eine Nachricht an Matej.

»Wir lassen sie jetzt wieder in Ruhe«, verkündet Gaël kurz darauf und packt seine Kamera weg. »Das war heute ja wirklich ein Glückstag, das andere Boot hat auch eine Gruppe gefunden, bei denen fahren wir jetzt noch vorbei!«

Mit Vollgas brausen sie in Richtung der Landspitze von Le Grouin, hüpfen über die Wellenkämme, die sich von Minute zu Minute höher auftürmen. Alix zieht die Mantelkapuze über den Kopf, um sich vor Gischt und Wind zu schützen. Sie schließt die Augen, genießt die Geschwindigkeit und die peitschende Luft auf ihrem Gesicht.

»Was hast du gleich noch vor?«, fragt Gaël.

Sie öffnet wieder die Augen. Überlegt einen Moment, was seine Frage zu bedeuten hat. Ob er etwas anderes in ihr sieht als ein verirrtes kleines Mädchen. Ob sie ihn interessiert. Sie wischt den Gedanken gleich wieder beiseite, zum einen, weil sein Blick nichts in dieser Richtung andeutet, zum anderen, weil er, da kann er noch so gut aussehen, einfach viel zu alt für sie ist. Die kurze Auszeit, die er ihr gewährt hat, wird zu Ende sein, sobald sie wieder festen Boden betritt. Und Alix macht sich nichts vor: Gaël hat sie vor allem deshalb mit aufs Meer genommen, um ein Auge auf sie zu haben, von daher wird er sie auch bestimmt nicht allein nach Hause gehen lassen.

»Ich organisier«, antwortet sie und steckt wieder die Nase ins Handy.

Wen könnte sie anrufen? Philippine? Zum zweiten Mal bei ihr Unterschlupf suchen? Lieber nicht. Titouan fällt ihr ein, aber der ist in Rennes und auch noch jünger als sie, er hat kein Auto, um sie abzuholen. Außerdem weiß er noch gar nicht, dass sie ein Mädchen ist. Nein, kommt nicht infrage. Es ist schon nach elf, Matej muss längst wach sein, hat aber immer noch kein Lebenszeichen geschickt. Auf ihn kann sie sich nicht verlassen. Am liebsten wäre sie auf niemanden angewiesen, auch wenn sie weiß, dass das unmöglich ist. Aber eines Tages, je schneller, desto besser, wird sie niemanden mehr brauchen. Allerdings erst, da ist sie realistisch, wenn sie irgendwann ihr eigenes Geld verdient. Sie wendet sich an Gaël.

»Wann sind wir denn ungefähr zurück?«

»Am Strand? So um eins.«

Zwei Stunden später schlängeln sie sich wieder zwischen den ankernden Booten in der Bucht von Port-Mer hindurch. Alix' Blick wandert über den Strand. Sie muss nicht lange suchen. Diego wartet schon und winkt ihr zu.

»Ist das dein Freund?«, fragt Gaël.

»Nur ein Bekannter vom Konservatorium.«

»Alles klar. Gib mir dein Handy.«

Sie reicht es ihm, neugierig. Er tippt seine Handynummer unter dem Namen ›Gaël Delfine‹ ein. Sie muss lachen. Er ist taktvoll genug, jetzt nicht sein eigenes Handy anzurufen, um dann auch ihre Nummer zu haben. Er überlässt es ihr, mit ihm Kontakt aufzunehmen.

»Schick mir kurz eine Nachricht, ob's dir gut geht, ja? Sonst mache ich mir Sorgen.«

Sie nickt. Auf dem Bildschirm sind neue Mitteilungen aufgetaucht. Matejs Name springt ihr ins Auge.

Sorry, hatte mein Handy nicht dabei. Alles okay????

Alles gut.

Sie schiebt das Gerät ganz tief in ihre Tasche.

Gaël lenkt das Boot so dicht wie möglich an den Strand und springt raus, um es festzuhalten, das Wasser bis zu den Knien. Alle Passagiere steigen aus, Alix als Letzte.

»Danke für diesen Vormittag«, sagt sie zu Gaël.

»War mir ein Vergnügen.«

Und sie stapft zu Diego hinauf.

GABRIELLE

Früher Abend am Hafen Solidor. Diego und Alix erwarten Gabrielle vor ihrem Haus.

GABRIELLE, bleibt vor ihnen stehen: Was macht
ihr denn hier? Deine Eltern suchen dich überall!

ALIX: Kann ich bei dir übernachten?

DIEGO: Wenn nicht, bleibt sie heute Nacht bei mir,
aber mir wär's lieber ...
Also, ich denke, ihrem Vater wär's lieber.

ALIX, schaut zum Himmel: Was meinem Vater
lieber wäre,
tut hier überhaupt nichts zur Sache.
Das ist *mein* Leben.

DIEGO: Ich weiß, ich möchte nur nicht ...
Du weißt schon.
Wir haben das doch besprochen.
Du bist noch minderjährig.

Gabrielle verfolgt ihren Wortwechsel nur mit halbem Ohr. Alix will bei ihr wohnen? Denn auch wenn sie hofft, dass das Mädchen den Streit mit ihren Eltern bald geklärt haben wird, ist doch klar, dass sie nicht nur für eine Nacht um Asyl bittet. Gabrielle kennt sich aus mit Flucht und dem Abbruch von Beziehungen. Mit dem Krieg, der in manchen Familien tobt und kein Ende mehr findet. Sie denkt an die Abiprüfungen in einer Woche, an die Aufnahmeprüfungen, die rasend schnell näher kommen, an ihre widersprüchliche Freundschaft mit Armand, an ihre Freiheit und Unabhängigkeit, die sie über alles liebt, an dieses Mädchen, das sie hat aufwachsen sehen und das jetzt voller Trotz seinen Blick auf sie richtet, nach dem Motto »Wenn du mich nicht willst, finde ich eine andere Lösung, und das wirst du dann bitter bereuen«, sieht ihre Fäuste, die sich nervös immer wieder ballen und öffnen, ohne es zu bemerken, diese Fäuste, die ›Bitte‹ sagen und ›Los, komm schon‹ ...

Das ist ein Notfall, schneidet sie kurzerhand ihren Gedankengang ab, schiebt ihre Zweifel beiseite.

GABRIELLE, zu Diego: Danke, dass du
sie hergebracht hast.
Ich kümmere mich um sie.
Dann an Alix gewandt.
Komm rein.

ZWISCHENSPIEL

Es gibt Tage, die fangen ganz normal an, verlaufen dann aber völlig anders als erwartet. Fragen Sie alle, die schon mal ein Drama erlebt haben. Ihre Geschichte beginnt meist mit ›Es war ein Tag wie jeder andere‹.

Bis er das dann nicht mehr ist.

Bis plötzlich alles aus den Fugen gerät.

IV. AKT

ARMAND

Armand mustert das Gesicht der Frau, die er bis zum Wahnsinn geliebt hat, vom ersten Augenblick an, seit sie im Theater neben ihm Platz genommen hatte. Er mustert ihr Gesicht, aber es ist nicht mehr wirklich das ihre. Oder es ist zu sehr das ihre. Die junge Frau, die er im Theater kennengelernt hat, und jene, die ihm fünf Jahre später das Herz ausgerissen hat, sind untrennbar miteinander verwoben. Ihre Anwesenheit tut ihm fast körperlich weh.

»Alix bleibt jetzt erst mal bei Gabrielle«, sagt er, den Blick abgewandt, »zumindest bis zum Ende der Abiprüfungen.«

»Hältst du das für eine gute Idee?«

»Hast du eine bessere?«

Sie nervt ihn. Sie nervt ihn, wie es nur jene können, die man einmal sehr geliebt hat, vor denen man sich in aller Verletzlichkeit gezeigt und alle Mauern eingerissen hat. Solche Mauern kann man nicht mehr neu errichten. Sind die erst einmal gefallen, ist das nicht mehr zu ändern. Manda gegenüber wird Armand immer dünnhäutig bleiben.

Sie lässt sich von seiner Wut nicht provozieren, begnügt sich damit, ihre großen dunklen Augen über die regennasse Glasfront des Cafés schweifen zu lassen. Er überlegt, ob er den Brief erwähnen soll. Nein, auf dieses Gespräch hat er überhaupt keine Lust. Und wozu auch?

»Und wie geht's dir so?«, fragt Manda.

Ihr Lächeln wischt die Melancholie so unvermittelt aus ihrem Gesicht, als hätte sie einen Scheibenwischer angestellt. Armand ist nicht in der Stimmung für Vertraulichkeiten, und Mandas Ohr wäre ohnehin das letzte, das er sich dafür aussuchen würde.

»Gut«, sagt er ausweichend.

»Und sonst?«

»Gut, wirklich.«

Das Schweigen zwischen ihnen dehnt sich aus. Der Regen draußen verdoppelt noch mal seine Intensität.

»Ich hab mich freiwillig in eine Klinik einweisen lassen«, lässt sie fallen.

»Ich weiß. Dein Vater hat es mir erzählt.«

»Drei Mal in fünfzehn Jahren.«

Er verbirgt seine Überraschung. Von ihrem ersten Psychiatrie-Aufenthalt, bei dem ihre bipolare Störung diagnostiziert worden war, hatte er gewusst. Von den anderen nicht.

»Du hast doch gesagt, du bist seit zwei Jahren stabil. Ist das noch so?«

»Ja. Ich bekomme Medikamente, die gut wirken. Aber irgendwann kommt immer der Moment, wo ich sie absetze. Die Vorstellung, mein Leben lang von diesen Tabletten abhängig zu sein … Du kennst mich. Dann denke ich, ach, es geht mir doch gut, ich brauche die nicht mehr, ich bin stark und komme auch ohne diese ganze Chemie zurecht, und dann setze ich sie ab. Und alles geht wieder von vorne los.«

Sie deutet ein Achselzucken an, wie zur Entschuldigung.

»Und im Moment?«, fragt Armand.

»Nehme ich sie. Ich hab mir versprochen, sie nie wieder abzusetzen. Aber Versprechen sind bekanntlich nicht so meine Stärke, erst recht nicht solche, die ich mir selber gebe.«

»Dann versprich es Alix.«

»Nein. Ich will ihr kein Versprechen geben, das ich womöglich doch wieder breche.«

»Dann versprich es mir. Zwischen uns ist ohnehin schon alles zerbrochen.«

Mandalina schaut ihn an.

»Alix braucht dich«, sagt er. »Sie braucht dich schon sehr lange. Versprich mir, dass du mir Bescheid sagst, falls du doch irgendwann, warum auch immer, deine Medikamente wieder absetzt. Alix ist das Einzige, was uns noch verbindet. Darum muss ich das wissen. Ich muss sicher sein können, dass du durchhältst. Bitte.«

Sie nickt langsam.

»Hast du mit Alix über deine Krankheit gesprochen?«

»Ich schaff das nicht.«

»Du hast keine andere Wahl, Manda. Wenn du's ihr nicht erzählst, wirst du sie endgültig verlieren.«

»Es fällt mir schwer, darüber zu sprechen. Ich will ihr diese Last nicht aufbürden.«

»Die trägt sie doch so oder so.«

Sie schweigen einen Moment. Dann zieht sie eine Stofftasche unter der Bank hervor, reicht sie ihm.

»Ihre Sachen. Make-up, Schulunterlagen und so. Die Kleidung lass ich bei mir. Dann kann sie ohne Gepäck zurückkommen.«

»Das bring ich gleich bei Gabrielle vorbei.«

Mandalina trinkt ihren Kaffee in einem Zug aus.

»Ich lad dich ein«, sagt sie und küsst ihn auf die Wange.

Sie nimmt die Rechnung vom Tisch, zahlt am Tresen und geht, ein Wirbel aus buntem Rock und braunen Haaren. Armand steht ebenfalls auf, geht zu seinem Auto. Es ist noch früh. Sein erster Schüler kommt erst in einer Stunde. Er fährt zu Gabrielle, klingelt an ihrer Tür. Sie öffnet ihm: karierter Schlafanzug, smaragdgrüner Poncho, die Haare zerzaust, einen Becher Kaffee in der Hand.

»Ich würde dich ja reinbitten, aber dann läuft deine Tochter womöglich gleich wieder weg. Und wer weiß, wo sie als Nächstes auftaucht.«

»Hier, das soll ich ihr bringen.«

Sie nimmt die Tasche entgegen.

»Ach, und, Gab?«

»Ja?«

»Danke. Ich weiß, was es dich kostet, sie hier aufzunehmen.«

»Hm. Bis später.«

Und Armand steht vor einer geschlossenen Tür.

GABRIELLE

ALIX: Wer war das?

GABRIELLE: Dein Vater.

ALIX: Ah.

Gabrielle gibt ihr die Tasche.

GABRIELLE: Du tust ihm unrecht.

ALIX: Nimm du ihn nicht auch noch in Schutz.

GABRIELLE: Das ist meine Wohnung.
Du wirst mich nicht daran hindern zu sagen,
was ich denke.
Armand hat angeboten, unser Stück zu begleiten,
weil er mir aus der Klemme helfen wollte.
Sicher,
es war dumm von ihm, nicht mit dir darüber
zu sprechen.
Aber das hier hat er nicht verdient.

ALIX: Es geht ja nicht bloß ums Theater.

GABRIELLE: Sondern?

ALIX: Um ... noch tausend andere Sachen.
Er ist überall
in meinem Leben.
Überall.
Ihn bei der Probe aufkreuzen zu sehen,
war nur der Tropfen,
der das Fass zum Überlaufen gebracht hat.
Ich liebe ihn, aber
ich muss einfach weg.
Weit weg von ihm.
Es ist kompliziert.

GABRIELLE: Es ist immer
kompliziert.
Ich war kaum älter als du, da hab ich mich
mit meinen Eltern zerstritten.
Und sie seitdem nie mehr wiedergesehen.
Seit 25 Jahren.

ALIX, richtet sich auf dem Schlafsofa auf: Im Ernst?
Worum ging's denn bei dem Streit?

Gabrielle zündet sich eine Zigarette an, raucht am offenen Fenster. Dieser Moment, der alles zum Einsturz gebracht hat, ist ihr nur noch bruchstückhaft in Erinnerung. Zu laute Stimmen, zu grelles Licht, explodierender Schmerz. Der Sinn, die Gründe sind über die Jahre verloren gegangen, zu lange hat sie das alles aus ihren Gedanken verbannt. Hat sich keine Chance gelassen, die Scherben wieder zu kitten. Der Bruch war endgültig. Wie ein Skalpell hat er ihre Eltern von dem

Leben abgetrennt, für das sie sich entschieden hat. Ein amputierter Körperteil, der sich manchmal noch als Phantomschmerz bemerkbar macht.

GABRIELLE: Das ist alles schon so weit weg.

ALIX: Erzähl.

GABRIELLE: Ich war verliebt. Ein bisschen zu sehr.
Er war dreißig Jahre älter als ich.
Mein Theaterlehrer.
Meine Eltern haben mich vor die Wahl gestellt:
sie oder er.
Ich hab mich für ihn entschieden.

ALIX: Seid ihr lange zusammen gewesen?

GABRIELLE: Einige Jahre.

ALIX: Und wie ist es ausgegangen?

GABRIELLE: Schlecht.
Es gibt wenige Menschen, die ich hasse.
Die ich wirklich hasse.
Er ist einer von ihnen.
Ich glaube, deshalb bin ich Lehrerin geworden, um Mädchen wie dich
vor Männern wie ihm zu beschützen.

ALIX: Und hast du nie den Wunsch gehabt,
deine Eltern wiederzusehen?

Später?

GABRIELLE: Doch.

ALIX: Und warum hast du's nicht gemacht?

GABRIELLE: Es war zu spät.

Schweigen.

ALIX: Das ist ja ein richtiges Drama,
dein Leben ...

Gabrielle schließt das Fenster. Ihre Vergangenheit ist ein Teil von ihr, gewiss. Aber sie definiert sie nicht. Bestimmt nicht ihr Dasein. Ein Mensch ist mehr als nur seine Geschichte, er reicht weit über seine Entscheidungen hinaus. Und doch kommt es Gabrielle so vor, als hätte sie sich auf ein bestimmtes Bild von ihr festlegen lassen. Wie eine Theaterfigur, ja, das hat Alix richtig erkannt. Und dieses Mädchen in ihrer Wohnung verunsichert sie mehr, als sie es in Worte fassen könnte. Als würde Alix eine Bresche öffnen. Sie von Neuem zwingen, über sich hinauszuwachsen. Oder endlich bei sich anzukommen.

Sie begegnet dem Blick von Alix, die auf dem Schlafsofa kniet und anscheinend auf eine Fortsetzung wartet.

GABRIELLE: Musst du nicht fürs Abi lernen?

ALIX

Alix beißt ein Stück Schokolade ab. Sie hat ihre ganzen Schulunterlagen auf Gabrielles Wohnzimmerboden ausgebreitet und es sich mit ihrem Rechner bäuchlings auf ein paar Kissen in der Mitte bequem gemacht. Diese Woche ist keine Schule mehr. Der Unterricht ist vorbei, alle sitzen zu Hause und lernen – oder tun jedenfalls so, als ob.

Sie dreht sich auf den Rücken, greift nach ihrem Handy, liest noch einmal den Nachrichtenverlauf mit Matej. Ihr Groll verblasst allmählich und weicht einer wohligen Wärme.

Zwei Wochen, ohne dich zu sehen, das wird lang.

Die Antwort folgt auf dem Fuß:

Was??? Zwei Wochen??? Wieso?????

Abi. Wenn wir uns treffen, kann ich nicht lernen,
ganz einfach!

Tut mir echt leid, dass ich
Samstagabend nicht da war.

Diego war ja da.

Hat er mir erzählt.

Wie läuft's denn so?

Alix lässt den Blick durch Gabrielles Wohnung wandern. Sie fühlt sich hier wohl. Neutrales Terrain, und noch dazu bis in den letzten Winkel geprägt von dieser Frau, die sie bewundert.

Das Vorsprechen stresst.

Ansonsten geht's.

Das Abi nicht?

Nee, das ist bisher so gut gelaufen, dass eigentlich nichts mehr schiefgehen kann, von daher ...

Wenn du gar nicht lernen musst, können wir uns doch treffen!

Sie lächelt. Antwortet nicht. Jetzt kann *er* mal ein bisschen warten.

Sie lernt den ganzen Nachmittag, erst Erdkunde, dann Philosophie. Punkt achtzehn Uhr geht sie raus, um ein bisschen Luft zu schnappen. Der Regen vom Vormittag ist längst abgezogen. Der Himmel über der Tour Solidor ist klar wie Kristall, mit Gold durchwirkt. Sie geht unter den Arkaden hindurch, springt über die Felsen, wo noch die Reste des alten Römerwegs zu erkennen sind, und steigt zu dem Wiesenstück mit dem alten Holztor hinauf, das sie noch nie hat offen stehen sehen. Sie mag diesen verschwiegenen Ort mit Blick auf Dinard. Hier, auf dieser Stufe aus Granit, vor dieser Pforte, die ins Nichts zu führen scheint, hat sie gesessen und zum ersten Mal einen Jungen geküsst. Richtig geküsst, mit Zunge und allem, nicht bloß so ein schneller Schmatzer. Hier kommt sie von Zeit zu

Zeit wieder her. Erinnert sich, malt sich aus, was andere hier erlebt haben mögen.

Manchmal denkt sie, wenn sie sich eine Superkraft aussuchen könnte, würde sie gern sämtliche Erinnerungen sehen können, die mit einem Ort verbunden sind. Irgendwo langspazieren und dabei auf alles Zugriff haben, was sich dort jemals an aufregenden Ereignissen abgespielt hat. An unvergesslichen Momenten. Empfinden, was andere Menschen dort empfunden haben, manchmal schon vor Jahrhunderten. Die Welt als ein riesiges Reservoir an Gefühlen, die mit jedem Stein, jedem Baum, jeder Brücke, jeder Kreuzung verknüpft sind.

Alix zieht ihr Smartphone aus der hinteren Tasche ihrer Jeans und geht die ›Ich bin‹-Liste durch, die sie vor einigen Wochen begonnen und seitdem mit Hunderten von Einträgen ergänzt hat. Allmählich nimmt er Form an, dieser Text. Wurde auch Zeit. Zwei Wochen hat sie noch, um ihn in eine kurze Szene für ihren freien Teil zu verwandeln. Sie stellt ein paar Sätze noch mal um, ändert andere ein wenig ab, lässt sie prüfend über die Zunge rollen, mit dem Abendwind als einzigem Zeugen. Bilder strömen auf sie ein. Die Taschen, die sie in den letzten Wochen von einem Ort zum anderen getragen hat. Und dann die unsichtbaren Taschen der Mutterlosigkeit, der Wut, der Fragen, der Trauer, die sie seit ihrer Kindheit mit sich herumschleppt. Wie sie sie eine nach der anderen auf dem Boden abstellt. Sich von ihnen befreit.

Ja, jetzt weiß sie, was sie der Jury vorführen will.

Bleibt nur noch abzuwarten, ob es ihr gelingt, aus diesen Bildern eine Szene zu erschaffen.

LUCE

Schlag zwanzig Uhr klopft Luce am Haus von Titouan an die Tür. Eine Frau macht ihr auf, eine erschöpfte Endvierzigerin, die sie misstrauisch mustert.

»Ja?«

»Sind Sie die Mutter von Titouan?«

»Ja. Und Sie sind?«

»Luce. Luce Paradis. Ich würd gern mit Ihnen sprechen.«

»Worüber?«

»Über Ihren Sohn.«

»Wir wollten gerade zu Abend essen.«

»Oh ... verstehe. Ich kann später noch mal wiederkommen.«

Die Frau runzelt die Stirn.

»Kommen Sie rein«, entscheidet sie dann.

Im Wohnzimmer sitzt ein massiger Mann vorm Fernseher und schaut Nachrichten. Überrascht steht er auf, gibt Luce die Hand. Auch das kleine blonde Mädchen, das in einer Ecke sitzt und malt, hebt neugierig den Kopf. Titouans Mutter bittet Luce, Platz zu nehmen, bietet ihr etwas zu trinken an.

»Nur ein Glas Wasser. Danke.«

»Woher kennen Sie Titouan?«

»Lange Geschichte. Sagen wir, wir stehen seit einigen Wochen in schriftlichem Kontakt. Würden Sie mir wohl erzählen, wie es dazu gekommen ist? Zu diesem völligen Rückzug?«

Titouans Mutter zögert. Luce lächelt ihr aufmunternd zu. Der Vater macht den Eindruck, als würde er gern vor den Fernseher zurückkehren oder noch lieber ganz aus dem Wohnzimmer flüchten, bleibt dann aber doch. Setzt sich neben seine Frau, die jetzt zu erzählen beginnt. Von den Noten in der Schule, die seit einem Jahr den Bach runtergehen, den Computerspielen, die immer mehr Raum in Titouans Leben beanspruchen, den Lego-Bauten, die wie eine Festungsmauer um sein Bett emporwachsen, und dann der Urlaub ohne ihn und seine anschließende Entscheidung, sein Zimmer nicht mehr zu verlassen. Die Worte purzeln eins nach dem anderen von ihren Lippen wie die Perlen einer gerissenen Kette, hüpfen in alle Richtungen über den Wohnzimmerboden davon. Das ist natürlich nur ihre Sicht der Dinge, eine Geschichte, die sie sich zurechtgelegt hat, um Titouans Verhalten irgendwie einzuordnen. Wir alle legen uns solche Geschichten zurecht, um den Dingen einen Sinn zu geben, basteln uns aus ein paar Fragmenten eine Wahrheit zusammen, suchen nach dem Zusammenhang von Ursache und Wirkung. Auch wenn es gar keinen gibt. Erst recht, wenn es gar keinen gibt.

Luce hört ihr zu. Nur am Rande nimmt sie das kleine Mädchen wahr, das aufgehört hat zu malen, und den großen mürrischen Teenager, der in der Tür erschienen ist und jetzt am Rahmen lehnt, ohne wirklich hereinzukommen. Eine Familie, durch die sich tiefe Risse ziehen. Trotzdem bleibt Luce' Aufmerksamkeit weiterhin ganz auf diese Frau gerichtet, auf den Schmerz, der aus ihren Worten quillt und die Stille überflutet, als sie schließlich verstummt.

»Das muss sehr schwierig für Sie sein«, sagt Luce. »Wie ... wie geht es Ihnen damit?«

Die Augen der Frau füllen sich mit Tränen.

»Aurore ...«, murmelt ihr Mann und streichelt ihr sanft den Rücken. »Nicht weinen, Aurore ... Verzeihen Sie bitte.«

»Da gibt es nichts zu verzeihen.«

Aurore löst sich aus dem Arm ihres Mannes, zieht ein Taschentuch aus der Box auf dem Tisch, trocknet sich die Wangen.

»Es ist ... einfach nur schrecklich, zusehen zu müssen, wie er sich da oben abkapselt, sein Leben vergeudet, und ich frage mich, was wir ... was ich falsch gemacht habe ... Ich sehe alles, was aus ihm hätte werden können und jetzt nicht mehr werden wird. Trauere dem nach, was ich mir für ihn erträumt hatte. Und das hat natürlich auch Auswirkungen auf unser Familienleben. Normalerweise gehen hier ständig Leute ein und aus. Ich mag das sehr. Freunde einladen, sich zum Aperitif treffen, gemeinsam zu Abend essen. Aber das trau ich mich nicht mehr. Wie soll ich ihnen denn erklären, dass Titouan nicht mit uns zusammen isst, nicht mal mehr runterkommt, um Hallo zu sagen. Das kann man doch gar nicht erklären, oder? Dass der eigene Sohn beschlossen hat, nicht mehr vor die Tür zu gehen, sich komplett aus der Welt zurückzuziehen. Selbst Lila lädt keine Freundinnen mehr nach Hause ein. Wenn er ein paar Jahre älter wäre und sich in irgendein Kloster am anderen Ende der Welt verkrochen hätte, ginge es ja vielleicht noch. Aber so, da oben in seinem Zimmer ... Das versteht doch keiner. Ich versteh's ja selber nicht. Ich schäme mich. Und ich schäme mich, dass ich mich schäme. Ich weiß nicht mehr, was ich tun soll, verstehen Sie?«

Sie putzt sich die Nase. Redet dann gleich wieder weiter.

»Und du hast einfach aufgegeben, Marc. Du willst nicht mehr über ihn reden, gehst nicht mehr zu ihm rauf, du tust so, als gäbe es ihn gar nicht, fährst auf Dienstreise, kommst spät nach Hause ... Und ich kann das hier alles alleine machen. Wenn ich von der Arbeit komme, muss ich mich auch noch damit rumschlagen. Das kriegst du doch gar nicht mehr mit.«

Marcs Kiefer pressen sich noch ein bisschen fester aufeinander. Aber er schweigt.

Luce schaut zum Fuß der Treppe hinüber, die sie durch die Wohnzimmertür sehen kann. Sie hat keine Ahnung, was sie jetzt tun oder lassen soll, sagen oder nicht sagen, sie weiß nicht, wo sie anfangen soll, und fürchtet, mehr zu schaden als zu helfen. Aber Titouan hat sie, und niemand anders, um Hilfe gebeten.

Sie steht auf.

»Ich geh jetzt rauf«, sagt sie nur.

TITOUAN

Zitternd sitzt Titouan auf der Bettkante und wartet. Er weiß, dass Luce gekommen ist. Sie hat ihn gewarnt:

Ich helfe dir gern, aber dafür muss ich dich
leibhaftig vor mir sehen. Der Psychologe war bereit,
sich über den Bildschirm mit dir zu unterhalten. Ich
nicht. Und ich bin auch keine Psychologin. Ich weiß
nicht, ob ich dir helfen kann. Aber wenn, muss ich
dich auf jeden Fall erst mal sehen. Also komme ich
dich besuchen.

Titouan hat kaum geschlafen. Zu nervös. Heute Abend hat er sich gewaschen, eine Hose übergezogen – zum ersten Mal, seit sein Vater ihn gewaltsam zur Schule geschleift hat – und sein Zimmer ein paar Minuten lang gelüftet, damit Luce von dem Gestank in seiner Höhle nicht abgeschreckt wird. Sonst bittet sie ihn womöglich, mit ihr rausgehen, und dazu sieht er sich nicht in der Lage.

Auf der Treppe sind Schritte zu hören. Schritte, deren Rhythmus und Intensität ihm nicht vertraut sind. Jemand klopft an seine Tür, die sich auch gleich öffnet, bevor er reagieren kann. Zwischen den Lego-Ästen zeichnet sich eine Gestalt ab, eine Wolke aus weißen Haaren, ein flaschengrüner Pulli.

»Du lebst ja in einem Dschungel«, konstatiert eine raue Stimme.

Verschwunden die Brüchigkeit der Sprachnachricht, die Luce ihm vor ein paar Wochen hinterlassen hat, als sie dachte, sie spräche mit Lucien. Diese Stimme klingt selbstsicher. Fast schon geheimnisvoll, wie sie da aus der Tiefe der Kehle dringt. Perfekt geeignet für die Stimme einer Zauberin oder Weissagerin in einem Computerspiel.

»Kann ich reinkommen?«

»Ja. Vorsicht mit dem Kopf.«

Sie bückt sich unter den Zweigen des Baums hindurch, steigt über den Bogen hinweg, schlängelt sich bis zu seinem Bett hindurch. Sie ist größer, als er sie sich anhand der Fotos vorgestellt hat, aber vielleicht wirkt sie auch nur so ehrfurchtgebietend. Verschüchtert lädt er sie ein, sich zu setzen. Luce nimmt den Vorschlag mit einem Nicken an, zieht sich einen Stuhl heran.

»So siehst du also aus«, murmelt sie. »Du hast hinter den Nachrichten gesteckt.«

»Ich ... ja.«

»Und warum glaubst du, dass du mich brauchst?«

Titouan lässt den Blick durchs Zimmer schweifen. Zum ersten Mal erscheint es ihm nicht mehr wie ein Schutzraum, sondern wie ein Gefängnis. So logisch ihm die Argumente auch erscheinen mögen, mit denen er seinen Rückzug rechtfertigt, und so viele Vorzüge seine Flucht ins Virtuelle auch haben mag – vor der Realität hat das alles keinen Bestand: Er kann hier nicht mehr raus. Seine Entscheidung, sich hier einzuschließen, ist alles andere als freiwillig. Er hat einfach keine andere Wahl. Und das macht ihm jetzt Angst. Hier drinnen erstickt er genauso, wie er draußen erstickt ist – nur dass er jetzt keinen Ausweg mehr hat, keine Rückzugsmöglichkeit. Er zerrt am Kragen seines Shirts.

»Ich krieg keine Luft mehr.«

»Das Gefühl kenne ich.«

»Nein, ich ... krieg wirklich keine mehr.«

Er keucht. Vor seinen Augen verschwimmt alles. Er spürt, wie eine Hand nach der seinen greift, klammert sich an ihr fest.

»Schau mich an, Titouan. Schau mich an. Du hast gerade eine Panikattacke, aber das geht vorbei. Alles wird gut. Lass die Luft wieder rein. Ganz ruhig. So ist gut ...«

Und während er einen Hauch von Kontrolle zurückgewinnt, fängt Luce an zu reden. Erzählt ihm, wie es ist, wenn man fliegt, wie einem der Wind ins Gesicht peitscht, wie sich in jeder Kurve der Magen hebt, wie der Körper beim Beschleunigen in den Sitz gepresst wird, die berauschende Einsamkeit. Sie erzählt ihm von den Kunstflug-Wettbewerben, den gemeinsamen Flügen mit Lucien, ihrer Ausbildung an der Pilotenschule, umgeben von Männern, denen ihre Anwesenheit alles andere als recht war. Sie erzählt ihm von den Linienflugzeugen, von der Verantwortung für die Passagiere, den Langstreckenflügen bis tief in die Nacht, dem sternenübersäten Himmel. Sie erzählt von den Kämpfen, dem Fieber, der Wut, der Verbissenheit. Von alles verzehrender Leidenschaft.

»Du musst etwas finden, das für dich funktioniert«, sagt sie. »Etwas, das dich zum Fliegen bringt.«

ARMAND

Armand lässt eine Hand durch Claras Haare gleiten. Dieses eine Mal sind sie nach dem Restaurant bei ihm gelandet, und es war alles so schön, dass er ihr vorgeschlagen hat, über Nacht zu bleiben. Gabrielles Worte gehen ihm nicht mehr aus dem Kopf. Er versucht jetzt, sich wieder was Eigenes aufzubauen. Sein eigenes Leben zu leben und nicht das von Alix. Das fällt ihm nicht leicht, er ist es nicht mehr gewohnt, seine Wünsche über die von anderen zu stellen, sie überhaupt zu beachten.

Clara öffnet einen Spaltbreit ihre vom Schlaf noch zerknitterten Lider, bemerkt, dass er sie anschaut. Vergräbt stöhnend ihr Gesicht im Kissen. Armand unterdrückt ein Lachen.

»Ich glaube, ich möchte mehr«, murmelt er.

Sie hebt wieder den Kopf, reibt sich den Sand aus dem Augenwinkel, stützt sich auf einen Ellbogen.

»Wie jetzt?«

»Ich möchte gern richtig mit dir zusammen zu sein.«

»Du meinst, offiziell?«

»Ja. Sofern du das auch möchtest ...«

»Nein.«

Er starrt sie an, überlegt, ob sie ihn vielleicht auf den Arm nimmt.

»Nein?«

»Nein, ich möchte das nicht.«

Sie hat sich aufgesetzt. Armand schaut zu, wie sie ihr T-Shirt vom

Boden aufhebt und überstreift. Fünf Minuten später verlässt Clara
das Haus. Und weitere fünf Minuten später vibriert sein Handy.

Offenbar sagt dir die Art unserer Beziehung nicht
mehr zu. Mir wär's daher lieber, wir belassen es
dabei.

Ein nervöses Lachen steigt in ihm auf. Er lässt es kommen, anrollen
und zurückweichen wie die Brandung, trocknet die Tränen, die es
ihm entlockt, mit dem Zipfel seines Lakens. Das Universum hat ganz
offenbar entschieden, dass er seinen Traum vom trauten Heim ein-
für allemal begraben und sich einen neuen suchen soll.

»Botschaft angekommen, laut und deutlich«, murmelt er, als sein
Lachkrampf schließlich nachlässt.

ALIX

Alix läuft durch den Park des Konservatoriums. Seit vier Tagen wechselt sie in atemberaubendem Tempo zwischen dem Lernen fürs Abi und den Proben fürs Vorsprechen hin und her. An diesem Nachmittag gönnt sie sich erstmals ein paar Stunden Pause. Sie muss mal durchschnaufen. Und Matej fehlt ihr.

Sie winkt ihm durch die Glasfront des Perkussionsraums zu. Er probt im Trio mit Diego und einer Dunkelhaarigen, die öfter mal mit ihnen abhängt. Matejs Gesicht erhellt sich mit einem Lächeln. Er bedeutet ihr, reinzukommen. Alix schlüpft leise durch die Tür. Diego zwinkert ihr, über seine Marimba gebeugt, zu, ohne mit dem Spielen aufzuhören. Am Ende des Stücks kommen beide auf sie zu und begrüßen sie mit einem Wangenkuss.

»Du bist ja wirklich mal aus deiner Höhle gekrochen!«, scherzt Matej und pufft ihr freundschaftlich in die Rippen.

»Und du hast es wirklich mal bis hierher geschafft!«

»Wie geht's Élise denn jetzt, nach dem Unfall?«, fragt die Dunkelhaarige.

Matej zögert eine Sekunde, bevor er antwortet.

»Schon viel besser. Sind ja nur Prellungen.«

»Und ihr Auto?«

»Totalschaden.«

»Ach, du Scheiße. Na ja, Hauptsache, ihr ist nichts Schlimmeres passiert.«

Alix' Hirn hat einen Moment lang ausgesetzt, fängt jetzt aber umso schneller an zu rattern, füllt die Leerstellen in diesem Gespräch. Élise. Matej hat eine Freundin namens Élise, die letzte Woche einen Autounfall hatte, weshalb er sich nicht mit Alix in Saint-Malo treffen konnte. Ja, so muss es sein. Das erklärt vieles. Außer, dass er noch nie von seiner Freundin gesprochen hat. Hunderte von Nachrichten haben sie ausgetauscht, so viele Stunden miteinander verbracht, und doch hat er es zu keinem Zeitpunkt für notwendig erachtet, Élises Existenz zu erwähnen?

Sie weiß nicht so recht, was sie mit diesen neuen, nach Verrat klingenden Informationen anfangen soll, und so folgt sie Diego nach draußen und setzt sich neben ihn auf die Wiese. Matej schaut ihr mit offensichtlicher Erleichterung hinterher. Er selbst bleibt noch drin und unterhält sich mit der Dunkelhaarigen.

»Ist Matej schon lange mit Élise zusammen?«

»O ja. Schon sechs, sieben Jahre.«

Aus Alix' Perspektive sind sechs, sieben Jahre eine Ewigkeit. Also was Ernstes.

Diego löst sein Haar, das sich mit den Grashalmen vermengt, schiebt das Gummi aufs Handgelenk, bläst eine Rauchwolke in die glasklare Luft des Spätnachmittags.

»Matej ist ein bisschen kompliziert«, sagt er schließlich.

»Du nicht?«

»Doch. Aber anders.«

»Anders kompliziert?«

»Genau.«

Sie lachen. Der Druck auf Alix' Brust verringert sich. Sie streckt sich im Gras aus, legt den Kopf auf Diegos Oberschenkel. Er lässt es zu, nimmt diese Vertraulichkeit wie selbstverständlich hin. Kurz darauf fängt die Dunkelhaarige im Perkussionsraum wieder an zu spielen und Matej kommt zu ihnen heraus. Die Sonnenstrahlen setzen sein blondes Haar in Flammen. Er kann seine Verlegenheit nur schlecht verbergen. Alix hat die Augen halb geschlossen und genießt Diegos Wärme in ihrem Nacken. Sie lehnt ihre Wade an das Knie von Matej, eine sanfte Berührung wie ein Versöhnungsangebot. Jetzt, wo sie weiß, woran sie ist, nimmt sie ihm seine Geheimniskrämerei nicht mal mehr übel. Stattdessen entfaltet eine seltsame Trauer ihre Blüten in ihrer Brust. Die Existenz dieser Élise macht vieles unmöglich, das spürt sie genau. Alix' Verlangen wird keine Erlösung finden. Zumindest nicht jetzt, und vielleicht niemals.

Matej steht auf, um im Hauptgebäude Kaffee zu holen. Diego stützt sich auf einen Ellbogen und fängt an, einen Kranz aus Gänseblümchen zu flechten. Alix und er reden über alles und nichts, mit einer wohltuenden Unbeschwertheit.

»Hier«, sagt er schließlich und legt ihr den kleinen Kranz auf die Handfläche.

»Danke …«

Sie ahnt noch nicht, dass sie dieses erste Geschenk viele Jahre lang in einem Schatzkästchen aufbewahren wird.

TITOUAN

Titouan steht am Fenster und beobachtet, wie die Leute von der Arbeit nach Hause kommen. Er hat sich dazu gezwungen, sich anzuziehen und die Jalousie zu öffnen. Seit Luce' Besuch stellt er sich den Wecker jeden Tag ein paar Minuten früher. Und jeden Tag bleibt er dann eine Weile dort stehen, am Rand der Welt. Das hat Luce ihm so verordnet – sie haben die Rollen getauscht und jetzt ist sie diejenige, die ihm Aufträge erteilt.

In diesem Moment bremst ein seltsam schwarz-weiß gestreifter Lieferwagen unten vorm Haus. Der Fahrer mustert prüfend die Fassade, parkt dann am Straßenrand und klappt sein seitliches Vordach aus. Ein Crêpe-und-Galette-Wagen. Hier, mitten im Einfamilienhausgebiet? Normalerweise stellen die sich doch irgendwo in der Innenstadt auf. Der große, schlaksige Typ schaut jetzt rauf zu Titouan und bedeutet ihm, das Fenster zu öffnen. Titouan zögert. Gehorcht dann langsam. Die milde Luft schnürt ihm die Kehle zu.

»Bist du Titouan?«, ruft der Mann zu ihm rauf.

»Äh ... ja.«

»Ich hab eine Sonderbestellung für dich! Die sollte ich nur ausliefern, wenn du am Fenster stehst. Ist in fünf Minuten fertig.«

Titouan kann nur mühsam ein Lachen unterdrücken. Das sind ja lustige Methoden, mit denen Luce ihn für die Erfüllung seiner Aufträge belohnt!

»Ich ... ich schick Ihnen meine Schwester runter!«

Er trommelt an die Wand zu Lilas Zimmer. Lila kommt auch gleich angerannt, stürmt dann die Stufen hinunter und auf die Straße hinaus. Sie unterhält sich mit dem Crêpe-Verkäufer, dreht nach jedem Satz eine kleine Pirouette. Irgendwann zwischendurch schaut sie zu Titouans Fenster hinauf und brüllt:

»Er macht mir eine Crêêêêpe! Mit Schokolaaaade!«

Als Lila ins Zimmer zurückkommt, ist ihr Mund schon völlig verschmiert. Fröhlich reicht sie ihrem Bruder eine in weißes Papier gewickelte Galette.

»Danke, Floh!«

Titouan beißt hinein. Der Geschmack von Buchweizen und der von Käse treffen in seinem Mund aufeinander, mit Tomate verfeinert. Der nächste Biss stößt dann auf Schinken und Ei. Wieder muss er lachen. Seit er klein war, nimmt er seine Galette immer nur ›klassisch mit Tomate‹.

»Hast du ihm gesagt, was ich drauf haben will?«, fragt er Lila.

»Nein, wir haben nur übers Ballett gesprochen und über meine Freundin Enid! Er heißt übrigens Bob. Und hat ganz lustige graue Haare. Nicht mehr viele, aber die spielen völlig verrückt, die machen so wuuuusch!, in alle Richtungen! Willst du mal meine Crêpe probieren?«

»Wie denn? Die hast du doch schon aufgegessen ...«

»Ah ja!«, gibt sie schelmisch zurück.

Und bricht in ein so helles, unbändiges Lachen aus, dass es auch noch die letzten Schatten aus den Zimmerecken vertreibt. Titouan geht zum Fenster, um sich bei dem Crêpe-Verkäufer zu bedanken. Der will gerade wieder aufbrechen. *Bretagne-Bob*, liest Titouan auf der Rückwand des davonfahrenden Wagens.

Er greift nach seinem Smartphone.

Woher wussten Sie, dass ich immer mit Tomate
nehme?

Die Antwort erreicht ihn kurz darauf, während Lila sich noch die
letzten Reste Schokolade von den Fingern leckt.

> Die Entscheidung hab ich Bob
> überlassen.
> Er weiß immer, was richtig ist.

LUCE

Im Hangar des Luftsportvereins dreht und wendet Luce das Telefon in ihren Händen.

»Alles in Ordnung?«, fragt Noël besorgt.

»Weißt du, wie man im Handy einen Namen ändert?«

»Was für einen Namen?«

»Wenn ich eine Nachricht bekomme, wird doch immer ein Name angezeigt, und den würde ich gern ändern.«

»Darf ich mal?«

Diese Unart von jüngeren Leuten, ihr das Handy einfach wegzunehmen, wenn irgendetwas nicht klappt, anstatt ihr zu zeigen, wie's geht, regt sie ziemlich auf. Außerdem ist ihr das Teil inzwischen ans Herz gewachsen, ein enger Vertrauter geworden. Sie gibt es nicht gern aus der Hand. Reicht es trotzdem dem Mechaniker.

»Ein Flugzeug ist wesentlich komplizierter, weißt du?«, scherzt er.

»Mit Flugzeugen bin ich aufgewachsen, die haben sich parallel zu mir entwickelt. Aber diese Geräte da, Smartphones, Computer und so ... damit wollte ich mich nie befassen. Ich fand immer schon, dass die Leute viel zu viel Zeit mit ihnen verbringen. Und so langsam verstehe ich auch, warum ...«

»Das stimmt. Hier, guck mal, das ist dein Kontaktverzeichnis. Ach herrje, da ist ja kaum was drin! Und welchen Namen willst du jetzt ändern?«

»Lucien.«

Er mustert sie erstaunt.

»Und welchen gebe ich stattdessen ein?«

»Titouan.«

»Titouan. Alles klar. Bitte sehr.«

Sie nimmt das Gerät wieder an sich, lässt es in die Jackentasche gleiten. Ihr Atem geht plötzlich stoßweise. Als hätte sie mit seinem Namen auch das Andenken an ihn gelöscht. Sie schickt eine stumme Abbitte in die Wolken.

Draußen rennt die Tochter von Noël übers Rollfeld, die Arme wie ein Flugzeug ausgebreitet. Luce legt eine Hand auf den Propeller der *Piper*, an der der Mechaniker gerade arbeitet.

»War das vorhin dein Ernst, als du gesagt hast, der Verein überlegt, sie zu verkaufen?«

»Allerdings. Sie ist ja auch nicht mehr die Jüngste. Und ziemlich unzuverlässig. Ich muss irre viel an ihr machen, aber sie wird nur selten geflogen ...«

»Was soll sie denn kosten?«

Noël richtet sich auf, wischt die Hände an einem Lappen ab.

»Bist du interessiert?«, fragt er überrascht.

»Ich bin schon so viele Flugzeuge geflogen, hab aber noch nie eins besessen. Das wäre doch *die* Gelegenheit. Außerdem bliebe sie euch dann erhalten. Ihr könntet sie immer noch nutzen und vorführen ...«

»Ich frag mal den Vorstand, aber das sollte klappen. Ich geb dir Bescheid, was den Preis angeht.«

»Danke.«

Noëls Tochter kommt in den Hangar gestürmt und wirft sich ihrem Vater in die Arme, der sie auffängt und einmal herumwirbelt, bevor er sie wieder auf die Füße stellt.

»Ach, ich hab doch Kuchen mitgebracht«, erinnert sich Luce. »Meine Nachbarstochter will Konditorin werden und bringt mir ständig welchen vorbei, aber allein kann ich das gar nicht alles essen ... Hilfst du mir?«

Die Kleine nickt mit erwartungsvoller Miene. Alle drei gehen sie zu den Räumlichkeiten des Luftsportvereins hinüber und setzen sich an die Bar, um diese seltsamen, mit Creme und bunter Glasur überzogenen Küchlein zu probieren, die Tess als ›Cupcakes‹ bezeichnet hat. Noël und seine Tochter schlingen ihre zwischen zwei Kitzelattacken hinunter. Luce beobachtet ihre innige Vertrautheit mit einem Kloß im Hals. Der Anblick ruft so viele Erinnerungen wach, dass sie es kaum ertragen kann.

GABRIELLE

Armand steht auf der Treppe zum Hauptgebäude des Konservatoriums, mit dem Rücken an das Fenster seines Geigensaals gelehnt, das Smartphone in der Hand. Gabrielle kommt auf den Eingang zu.

ARMAND: Was machst du denn hier, an einem Freitag?

GABRIELLE: Ich hab ein Gespräch mit den Eltern einer Schülerin.

ARMAND, ironisch: Wie schön.

GABRIELLE: Du sagst es.

ARMAND: Alles okay?

Gabrielle erstarrt. So, wie Armand diese Frage stellt, gewinnt sie plötzlich ihren tieferen Sinn zurück, als würde er sie von aller Belanglosigkeit befreien. Um ihr Schweigen zu rechtfertigen, steckt sie sich eine Zigarette an.

Vielleicht hat Bretagne-Bob ja recht.

Vielleicht weiß man, dass man jemanden liebt, wenn man jedes seiner Worte, egal wie unbedeutend, für ungeheuer wichtig hält;

und jede seiner Fragen, auch noch die banalste, für absolut ernst gemeint.

Aber vielleicht ist das auch alles nur Quatsch.

Gabrielle wirft einen Blick auf Armand und nimmt einen langen Zug von ihrer Zigarette.

ARMAND: Und mit Alix, läuft alles gut?

GABRIELLE: Deine Tochter kann ganz entzückend sein, wenn sie will.
Als ich Mittwoch nach Hause kam, hatte sie für uns gekocht.

ARMAND: Wir reden aber schon von derselben Alix?

GABRIELLE: Durchaus.

ARMAND: Aha.

GABRIELLE: Ich geh dann mal.
Bis morgen.

ARMAND: Bis morgen.

ALIX

Alix sitzt an dem Tresen, der die Küche vom Wohnzimmer trennt, knabbert ihr Brot und lässt Gabrielle nicht aus den Augen, die eilig hin- und herläuft. In weniger als einer Stunde wird sie im Theatersaal stehen und die Samstagsprobe leiten. Ohne Alix. Der Gedanke versetzt ihr einen schmerzvollen Stich.

»Gab?«

»Ja?«

»Kann ich wieder zu den Proben kommen?«

Gabrielle bleibt stehen. Starrt sie an.

»Kannst du. Aber deine Rolle im Stück kriegst du nicht zurück, das wäre Lola gegenüber unfair, schließlich musste sie deinetwegen noch mal einen ganz neuen Text lernen.«

»Ich könnte ja vielleicht das Haus spielen ...«

Das ist ihr einfach so rausgerutscht. Die Idee geht ihr schon seit ein paar Tagen durch den Kopf, hat geduldig auf ihrer Zunge gesessen und auf die passende Gelegenheit gewartet.

»Wie jetzt?«

»Na, du sagst doch immer, dieses Gutshaus, das verkauft werden soll, ist auch eine Figur in dem Stück. Sogar die Hauptfigur.«

»Und wie stellst du dir das vor, ein Haus zu spielen?«

Hoffnungsvoll strafft Alix die Schultern, lässt die Hände fliegen und malt Schnörkel in die Luft, mit denen sie ein unsichtbares Bühnenbild beschreibt.

»Ich könnte ... immer in der Nähe des Kirschbaums bleiben, den wir aufgestellt haben. Mal sitzend, mal stehend. Und während der Umbauten über die Bühne irren. Hier und da eine Kulisse verschieben. Überall dabei sein, ohne dass die anderen Figuren sich dessen bewusst sind. Die Seele des Hauses sein, sein Geist. Verstehst du?«

»Ich ... ja. Klingt interessant, aber ich weiß nicht, ob wir die Zeit haben, das alles noch umzusetzen, in drei Wochen ist die Aufführung. Und du kannst auch nur dann wieder mitmachen, wenn die anderen im Kurs damit einverstanden sind, Alix. Du hast sie alle im Stich gelassen, als du ausgestiegen bist, von daher ist es nicht an mir, das zu entscheiden. Aber jetzt mach dich erst mal fertig, sonst kommen wir zu spät.«

Alix springt vom Hocker, duscht und zieht sich in Windeseile an.

Auf dem Weg zum Konservatorium schickt sie stumme Gebete an irgendwelche unbekannten Götter, dass die anderen Schüler ihrer Rückkehr zustimmen werden.

»Was macht denn eigentlich dein freier Teil?«, fragt Gabrielle, als sie schon auf den Theatersaal zulaufen.

»Ich hab jetzt einen.«

»Willst du ihn mir mal zeigen?«

»Nein.«

»Sturkopf.«

»... sagt die Frau, die ihre Eltern seit fünfundzwanzig Jahren nicht mehr gesehen hat, obwohl die sogar recht behalten haben.«

Gabrielle bleibt stehen, stemmt mit entrüsteter Miene die Hände in die Hüften. Alix bricht in lautes Gelächter aus.

»Wenn du dein Gesicht sehen könntest!«

»No comment«, faucht Gabrielle und setzt ihren Weg zum Theatersaal fort.

Alix folgt ihr, immer noch lachend.

Die misstrauischen Blicke, mit denen die anderen Schauspiel-schüler ihnen entgegensehen, dämpfen ihren Übermut. Alle versammeln sich im Theatersaal.

»Wir fangen mit den Szenen für die Eignungsprüfungen an«, verkündet Gabrielle. »Und spielen danach den ersten Akt des *Kirsch-baums* einmal durch. Aber vorher noch: Alix?«

Alix steht auf, nervös. Alle Blicke sind auf sie gerichtet.

»Ich möchte mich dafür entschuldigen, dass ich euch im Stich gelassen habe. Ich hatte meine Gründe, so zu reagieren, aber mir war überhaupt nicht klar, in was für Schwierigkeiten ich euch und das Stück damit bringe. Das tut mir sehr leid. Ich würde gern zurück-kommen und hier an meinen Vorsprechszenen arbeiten. Was das Stück angeht ... Lola hat meine Rolle übernommen und dabei bleibt es natürlich auch, aber vielleicht könnte ich ja trotzdem wieder mit-machen? Das ist mein letztes Jahr hier, vielleicht die letzte Gelegen-heit, mit euch allen auf der Bühne zu stehen ...«

Sie erklärt ihre Idee, das Haus zu spielen. Sie fühlt sich wie eine Seiltänzerin über dem Abgrund: Jeden Einzelnen von ihnen muss sie überzeugen, zum einen von der Glaubwürdigkeit ihrer Entschuldi-gung, zum anderen von dem Gewinn, den diese neue Rolle für das Stück bedeuten würde. Und dann still sein. Ihr Urteil erwarten.

»Wärt ihr damit einverstanden, wenn Alix auf diese Weise wieder bei uns einsteigt?«, fragt Gabrielle. »Eins muss ich allerdings klarstel-len, Alix: Wenn deine Idee nicht funktioniert oder zu viel Aufwand bedeutet, lassen wir's bleiben, und du musst dich damit begnügen, hinter den Kulissen zu helfen. Also?« Die Schüler wechseln ratlose Blicke, zucken die Achseln. »Okay«, setzt Gabrielle wieder an, »wir wollen hier nicht den ganzen Vormittag sitzen. Wer ist dafür, dass Alix wieder mitmacht?«

Einige Hände gehen hoch. Andere folgen, und am Ende dann auch die Zögerlichsten.

»Das wäre also geklärt«, sagt Gabrielle.

Alix wird von einer wilden Freude ergriffen, die sie nur mit Mühe zügeln kann, und setzt sich dann wieder hin, mitten zwischen die anderen.

TITOUAN

Titouan steht auf. Durch die Lamellen der Jalousie greift das Tageslicht ihn an, zwingt ihn, die Augen zuzukneifen. Er lauscht einen Moment lang, regungslos. Das Haus ist still. Seine Eltern sind noch auf der Arbeit, seine Schwester in der Schule und sein Bruder ... Sein Bruder schreibt heute eine Abiklausur. Titouan kann sein Zimmer also kurz mal verlassen. Zwei große Schritte mit angehaltener Luft – schon findet er sich auf der Toilette wieder. Er überlegt, ob sein Mut noch bis zum Badezimmer reicht, nur wenige Meter weiter, um mal richtig zu duschen. Heute Abend kommt Luce. Bei ihrem letzten Besuch hat sie ihn auf seinen Geruch angesprochen – taktvoll, aber sehr bestimmt. Titouan will sie nicht vergraulen.

Er verlässt die Toilette, bleibt mitten im Flur stehen, öffnet die Lider einen Spalt. Links das Badezimmer. Schräg gegenüber sein eigenes. Zur Rechten führt die Treppe ins Dunkel hinab. Und Letzteres ruft ihn. Titouan geht auf die erste Stufe zu. Die Angst in seiner Brust dehnt sich immer mehr aus, presst seine Organe zusammen. Er erinnert sich an die Osterferien, als er das Haus für sich allein hatte und nach Lust und Laune durch die Zimmer gewandert ist. Damals hat er sich hier noch so wohlgefühlt. Sicher und geborgen. Mit einer Hand am Geländer geht er nach unten. Ein Schritt, dann ein zweiter. Er hat das Gefühl zu ersticken, zwingt sich zu atmen. Sein Bauch: ein Klumpen Zement. Und er weiß nicht einmal, warum er das eigentlich macht. Wie viel lieber würde er jetzt unter seiner warmen

Decke liegen! Er geht trotzdem weiter, erreicht den Flur, tritt ins Wohnzimmer.

An einem Ende des Tischs liegt ein Stapel Papiere. Kissen auf dem Sofa fliegen durcheinander, als hätte Lila dort vor der Schule noch gespielt. Titouan setzt sich auf einen Stuhl, konzentriert sich auf die harte Fläche unter seinem Hintern. Eine Zeit lang bleibt er so sitzen, mustert jeden Gegenstand, all die Einzelheiten, die man sonst gar nicht mehr bemerkt, weil man jeden Tag an ihnen vorübergeht. Lernt den Raum wieder neu kennen. Lehnt sich gegen das Rückenteil. Dermaßen steif. Wie kann man nur so unbequeme Möbel bauen? Er verschränkt die Arme vor der Brust, ganz fest, so fest er kann. Eine Ewigkeit vergeht, die es aber nicht leichter macht. Er kämpft. Bloß nicht ohnmächtig werden.

Plötzlich steht er auf, geht in die Küche. Wischt die Frühstückskrümel vom Tisch. Ein Teller mit Muffins und anderen Kuchen steht auf der Arbeitsfläche. Ein zweiter im Kühlschrank. Die Reste von Lilas Geburtstag am Wochenende, den sie mit ihren Freundinnen im Park gefeiert hat. Titouan holt den Teller aus dem Kühlschrank – Hunger hat er nicht, aber er braucht einen Beweis, dass er hier unten war. Drei Stufen auf einmal nehmend, hastet er die Treppe wieder hinauf, flüchtet auf sein Zimmer. Sein Herz pocht laut, wie ein wütender Boxer, dessen Hiebe er im ganzen Körper spürt. Er setzt sich aufs Bett, streift das klatschnasse T-Shirt ab, wischt sich die Schweißperlen vom Gesicht. Jetzt könnte er wirklich eine Dusche gebrauchen. Aber dazu fehlt ihm die Kraft. Er geht zum Waschbecken, stellt kochend heißes Wasser an, steigt in die Waschschüssel und rubbelt sich so lange mit dem Waschlappen ab, bis seine Haut knallrot ist.

Als seine Mutter und seine Schwester nach Hause kommen, sitzt er angezogen auf dem Bett, völlig erschöpft. Erst bei Luce' Ankunft wird er wieder munter. Sie begutachtet die *Stampe*, die er aus Lego nachgebaut hat – rot und gelb, wie die vom Luftsportverein. Betrachtet sie von allen Seiten.

»Ich hab mir heute ein Flugzeug gekauft«, sagt sie.

»Echt jetzt?!«

Sie nickt und lächelt geheimnisvoll.

»Dieses hier?«, fragt Titouan.

»Nein, die *Piper.*«

»Die gehört jetzt ... Ihnen ganz allein?«

»Mir ganz allein.«

»Gratuliere.«

Titouan zögert.

»Ich hab heute auch was Aufregendes gemacht. Ich bin ins Erdgeschoss runtergegangen.«

Luce mustert ihn mit dem gleichen Blick, den sie auf manchen Jugendfotos hat, zufrieden und herausfordernd zugleich.

»Das ist doch schon ein schöner Fortschritt.«

»Ich hab das hier mit nach oben genommen«, fügt er hinzu und hält den Teller aus dem Kühlschrank hoch.

»O nein, du nicht auch noch!«

»Wieso?«

»Ganz ehrlich, ich kann bald keine Cupcakes mehr sehen. Die schmecken sehr gut, keine Frage, aber sie sind auch die neueste Obsession meiner Nachbarstochter, die Konditorin werden will. Ständig bringt sie mir welche zum Probieren vorbei und mir reicht's allmählich ... Iss sie ruhig allein auf, mein Großer. Du kannst ein bisschen was auf den Rippen gebrauchen.«

Titouans Herz schlägt wieder schneller.

»Ihre ... Nachbarstochter, haben Sie gesagt?«

ALIX

Philippine springt auf die Füße.

»So, ich will dich nicht rausschmeißen, aber ... Doch, will ich. Ich hab morgen meine mündliche Prüfung und muss noch lernen, aber so, dass es keiner merkt. Ich hab in dieser Familie schließlich einen Ruf zu wahren.«

Alix lacht und sammelt die Taschen voller Schaumstoff und zerknülltem Papier wieder ein, die überall im Zimmer herumliegen. Stopft sie alle miteinander in die größte von ihnen: einen riesigen blaugrauen Wanderrucksack.

»Aber dein freier Teil ist echt gut, finde ich.«

»Danke. Und danke für die Taschen! Bring ich dir nach dem Vorsprechen zurück.«

Philippine schiebt nur die Unterlippe vor, zum Zeichen, dass ihr das egal ist. Sie hat schon wieder ihre gigantischen Kopfhörer aufgesetzt und die Nase ins Buch versenkt.

Alix geht zu Gabrielle nach Hause, den Riesenrucksack auf dem Rücken. Eigentlich müsste sie auch noch lernen, ihre mündliche Prüfung ist in drei Tagen. Aber vor lauter Aufregung darüber, dass ihr freier Teil Philippine so gut gefallen hat, kann sie sich kaum konzentrieren. Außerdem geht Gabrielle heute mit einer Freundin aus, Alix hat die Wohnung für sich allein. Sie holt ihren Rechner, loggt sich ein.

»Sie heißt Tess«, platzt Titouan statt einer Begrüßung heraus.

»Was?«

»Das Mädchen, das neben Luce wohnt, heißt Tess und will Konditorin werden.«

»Ernsthaft, Alter, komm mal ein bisschen runter, das wird ja langsam zur Besessenheit.«

Titouan lacht. Das ist das erste Mal, dass Alix ihn so lachen hört, ganz ungehemmt.

Zwei Stunden lang spielen sie Runde um Runde. Alix tobt sich aus, verbeißt sich in die Tastatur. Schlag zwölf wird ihr dann klar, dass sie noch nichts zu Abend gegessen hat.

»Ich hör jetzt mal auf! Hab Kohldampf.«

»Alles klar, bis dann!«

Sie umrundet den Tresen, erkundet den Inhalt des Kühlschranks, entscheidet sich für eine Omelette mit einem Rest grüne Erbsen. Auf der Suche nach einem Pfannenwender zieht sie eine Schublade auf, in der sich Zettel, Stifte, Wäscheklammern und Geschirrtücher tummeln. Ihr Blick fällt auf die Ecke eines Fotos, in dem eine silberne Niete steckt. Ein alter Personalausweis aus gelblichem Karton. Auf dem Foto kann Gabrielle nicht älter als sechs Jahre sein. Alles darauf sieht retro-mäßig aus: ihr Topfschnitt, ihr knallroter Rollkragenpulli, der türkise Faltenvorhang im Hintergrund, selbst das breite Lächeln und der strahlende Blick würden von den Behörden heutzutage nicht mehr akzeptiert.

Alix überfliegt die Einträge auf dem Dokument. 1 Meter 21. Geboren am 12. Dezember 1977 in Paris. Gabrielle, Marie, Amélia – ihre Eltern waren nicht allzu grausam.

Doch dann erstarrt sie. Liest drei Mal den Familiennamen ganz oben auf dem Pass.

Nein. Den hat sie nicht bloß geträumt.

GABRIELLE

In der Wohnung von Gabrielle. Alix und Gabrielle sitzen am Tresen und essen zu Abend.

GABRIELLE: Mach schon mal alles für morgen fertig,
bevor du ins Bett gehst,
okay?
Dein Zug fährt um sieben Uhr dreißig.

ALIX: Ja.

GABRIELLE: Fühlst du dich gut vorbereitet?

ALIX: Ja.

GABRIELLE: Antwortest du jetzt nur noch
mit Ja und Nein?

ALIX, lächelnd: Ja.

GABRIELLE: Dann kann ich nur hoffen, dass du
morgen vor der Prüfungskommission ein bisschen
gesprächiger bist.

Alix geht nicht darauf ein. Isst schweigend weiter. Gabrielle bedrängt sie nicht – hat ja keinen Sinn, ihr Druck zu machen, den macht Alix sich seit Monaten schon ganz allein. Außerdem gelingt es ihr sowieso nicht mehr, Alix gegenüber die Rolle der Lehrerin einzunehmen. Wird wirklich höchste Zeit, dass sie sich jemand Neues sucht, der sie weiterbringen kann. Und ihr nicht ganz so nahesteht.

Das Danach haben sie bisher noch gar nicht besprochen. Alix will weder zu ihrem Vater noch zu ihrer Mutter zurück, stellt sich wahrscheinlich vor, sofort nach Paris aufzubrechen, hat dort aber noch kein Quartier ... Gabrielle könnte natürlich ihre Pariser Freunde fragen, ob sie das Mädchen bei sich aufnehmen würden, bis sie eine WG gefunden hat. Aber wie soll sie sie vorstellen? Als eine Schülerin von ihr? Als die Tochter eines Freundes? Als ihre Patentochter? Im Augenblick vermischt sich das alles. Was sie für Alix empfindet, geht ohnehin weit darüber hinaus. Ihr fällt kein passendes Wort für das ein, was sie einander gerade sind, keins, das auf ihre Art von Beziehung passen würde, seit sie dem Mädchen erlaubt hat, seinen Kram in der ganzen Wohnung zu verteilen.

GABRIELLE: Ich frage mich nur, warum sie die Eignungsprüfungen dieses Jahr so früh gelegt haben ...

ALIX: Die Dozentin ist schwanger.

GABRIELLE: Was?

ALIX: Die Dozentin am Pariser Konservatorium geht in zehn Tagen in Mutterschutz und hat die Prüfungen deshalb vorverlegt.

GABRIELLE: Ah.
Okay.

Gabrielle ist mit dem Essen fertig. Spürt Alix' Blick auf sich ruhen. Weicht ihm aber aus. In den letzten Tagen hat sie das Mädchen schon öfter dabei überrascht, wie es sie anstarrt, als sei sie ein Rätsel, das es zu lösen gilt.

ALIX: Hast du eigentlich nie Kinder gewollt?

GABRIELLE: Wo kommt diese Frage plötzlich her?

ALIX: Eigentlich gut, dass du keine bekommen hast.
Dadurch
ist jetzt Platz für mich.

GABRIELLE, amüsiert: Das ist eine unglaublich egoistische
Sicht der Dinge.
Aber zugleich auch unglaublich süß.

ALIX: Ich liebe dich auch.

Emotionaler Überraschungsschlag. Gabrielle steckt ihn ein, zwingt sich zu einem Lächeln. Wie gern würde sie diese Worte mit der gleichen Leichtigkeit aussprechen wie Alix. Früher konnte sie das. Aber sie hat es verlernt.

LUCE

Luce hat es eilig. Sie will den nächsten Bus zu Titouan erwischen. Kurzer Abstecher ins Bad, um sicherzugehen, dass ihre Haare nicht schon wieder ihre Unabhängigkeit erklärt haben; sie drückt auf den Schalter. Ein Blitz antwortet ihr, begleitet von einem lauten Knall. Diesmal ist die Birne durchgebrannt.

»Ausgerechnet jetzt«, schimpft sie leise, »das war ja klar ...«

Sie überlegt, ob sie trotzdem losgehen soll. Entscheidet sich. Nach ihrer Rückkehr heute Abend, hat sie bestimmt noch viel weniger Lust, diese Birne zu wechseln, vor allem wenn es spät wird. Sie sucht im Wohnzimmerschrank nach einer Ersatzbirne und der Taschenlampe, stellt die kleine dreistufige Trittleiter in der Mitte des Badezimmers auf, steigt hinauf. Schraubt vorsichtig die alte Birne heraus, legt sie auf den Waschbeckenrand, schiebt dann die neue in die Fassung und dreht.

Das aufflammende Licht überrascht Luce so sehr, dass sie die Birne automatisch loslässt und zurückweicht. Ihr Fuß tritt ins Leere. Sie fällt, knallt mit dem Kopf auf die Trittleiter, landet hart auf den Fliesen.

Wie unter Schock bleibt sie erst einmal ganz still liegen. Sie hat nicht geschrien. Tränen steigen ihr in die Augen, als der Schmerz mit leichter Verzögerung in ihren Beinen und ihrem Rücken explodiert. Sie hebt eine Hand an die Schläfe. Spürt das klebrige Gefühl von Blut. In ihren Ohren dröhnt es, alle Geräusche erscheinen ihr gedämpft, selbst das Rascheln ihrer Kleidung und das schwache Pfeifen ihres Atems. Sie versucht aufzustehen. Die Bewegung entlockt ihr ein Stöhnen.

Ich bleib einfach noch ein Weilchen liegen, denkt sie, während sie auf die Fliesen zurücksinkt. *Einfach noch ein Weilchen, bis ich mich von dem Schreck erholt hab.*

TITOUAN

Titouan liest noch einmal Luce' letzte Nachrichten durch. Freitag. Hier steht, dass sie Freitagabend vorbeikommen will. Aber jetzt ist es schon nach zehn und sie hat sich nicht blicken lassen. Ob sie auf dem Sofa eingeschlafen ist? Neulich hat sie erzählt, dass sie nachmittags manchmal unfreiwillig einschläft und erst irgendwann in der Nacht wieder aufwacht. Oder hat sie es vielleicht vergessen? Alte Leute vergessen öfter mal was.

Alles in Ordnung?, schreibt er ihr besorgt.

Eine Stunde später hat er immer noch nichts von ihr gehört. Er ruft bei ihr an, hofft egoistischerweise, dass das Klingeln sie weckt, damit er beruhigt sein kann. Aber Luce geht nicht ran.

»Jetzt dreh nicht gleich durch, du Idiot …«

Irgendwann im Laufe der Nacht wird sie sich schon melden und seine Ängste zerstreuen. Titouan flüchtet sich unter die Bettdecke. Lix ist nicht online. Zur Ablenkung schaut er sich Videos an. Das Haus wird still. Nur Titouan ist noch wach, legt das Smartphone nicht aus der Hand.

Am Morgen immer noch kein Lebenszeichen von Luce. Titouan sucht im Internet nach ihrer Festnetznummer, findet sie, ruft an. Lässt es fünfzig Mal klingeln, bevor er sich zum Auflegen entschließt.

Gegen zehn hält er es nicht mehr aus und ruft beim Luftsportverein an, fragt, ob sie dort heute Morgen schon gesehen wurde. Die Sekretärin versichert ihm, dass sich Luce weder auf dem Gelände noch irgendwo in der Luft aufhält, aber dass sie am Vortag bis etwa fünfzehn Uhr da war.

Vor Sorge wird Titouan jetzt völlig hektisch, wie eine verrückt gewordene Kompassnadel. Er hasst sich dafür, dass er hier eingesperrt ist. Wo er doch unbedingt bei Luce vorbeigehen müsste. Bei Luce vorbeigehen ... Tess! Ihre Nachbarin! Er stürzt sich auf sein Smartphone, sucht in den sozialen Netzwerken. Findet kein einziges Instagram-Profil, das zu ihr passt, noch sonst irgendwas. Wenn er doch bloß ihren Familiennamen wüsste ...

Und Lix? Der fährt heute nach Paris. Vielleicht muss er in Rennes umsteigen und könnte bei der Gelegenheit kurz nachsehen, ob bei Luce alles in Ordnung ist?

Sofort überhäuft er ihn mit Nachrichten, erklärt ihm verzweifelt die Situation.

ALIX

»Und woran haben Sie in diesem Jahr gearbeitet, Alix?«

Alix zählt die Stücke und Szenen auf, die Autoren. Die Dozentin sitzt in der ersten Zuschauerreihe des Saals, zusammen mit ihrem Assistenten und ihrer Schauspielklasse. Hinter ihnen dann noch so um die fünfzig Leute, die ebenfalls zur Eignungsprüfung gekommen sind, alle zwischen siebzehn und fünfundzwanzig. Alix vergisst ihre Blicke, vergisst die Scheinwerfer und ihre Wand aus Licht, konzentriert sich auf die Dozentin, die sie schon von ihrem Workshop im letzten Sommer kennt.

»Und dann haben wir im Theaterkurs noch den *Kirschgarten* von Tschechow inszeniert. In zwei Wochen ist die Aufführung.«

»Und welche Figur spielen Sie?«

»Das Haus.«

»Verzeihung?«

»Ich bin die Seele des Hauses. Sein Geist, sozusagen.«

»Sind Sie denn so viele im Kurs, dass es nicht genügend Rollen gab?«

»Nein. Das war meine Idee. Ich hab vorgeschlagen, dass wir das Haus als Figur besetzen.«

Die Dozentin nickt kommentarlos.

»Dann fangen Sie mal an«, sagt sie nur noch.

Mit routinierten Bewegungen bindet sich Alix die Haare zusammen, während Simon zu ihr auf die Bühne kommt. Sie weiß, dass die Szene vielleicht schon nach dreißig Sekunden abgebrochen wird, und das muss weder positiv noch negativ sein, es bedeutet nur, dass die Jury gesehen hat, was sie sehen wollte. Aber Alix würde sie natürlich gern zu Ende spielen.

Vergangene Nacht wurde sie von Albträumen heimgesucht, in denen sie ihren Text vergessen hat. Völlige Leere, das Gehirn wie eingefroren, die Kehle zugeschnürt. Gegen vier Uhr morgens ist sie aus dem Schlaf hochgeschreckt und hat im Kopf noch sekundenlang ein und dieselbe Frage wiederholt: *Wie ging noch mal der Text? Wie ging noch mal der Text?* Bis ihr dann eingefallen ist, dass Simon die Szene eröffnet, nicht sie.

Die Nachricht ihres Vaters, die er ihr heute Morgen geschickt hat, hallt noch in ihr nach. *»Scheiße, Fröschlein, ich glaube an dich!«* Und dann nichts mehr, Stille.

Sie setzt sich im Schneidersitz auf die Bühne. Wie in ihrem Albtraum hat sie plötzlich das Gefühl, sie hätte alles vergessen, was sie sagen oder tun soll. Simons Stimme bohrt sich ihr in den Rücken, klangvolle Pfeile, die sie erschauern lassen. Sie öffnet ihrerseits den Mund. Ihre Antwort kommt direkt aus dem Bauch, rollt ihren Gaumen entlang, wie noch einmal erfunden. Alix selbst ist davon am meisten überrascht. Plötzlich versteht sie, was Gabrielle damit meint, wenn sie sagt, beim Spielen müsse man, um ganz präsent zu sein, seinen Text erst vergessen und sich dann wieder neu an ihn erinnern.

Die Szene läuft. Alix wechselt hin und her zwischen dem, was ihr Körper verinnerlicht hat, und dem, was sich aus dem Moment heraus ergibt, konzentriert sich mit ganzer Seele auf den Sinn der Worte, die sie spricht, damit sie das Publikum erreichen. Das geht alles rasend schnell, es kommt ihr vor, als hätte sie eben erst die Bühne betreten, als die Szene auch schon zu Ende ist. Die Jury hat sie nicht unterbrochen.

Alix setzt sich mit Simon auf die roten Zuschauersessel. Sie zittert. Nicht vor Angst, nur vor Aufregung. Sie ist da, wo sie hingehört. Das hat die Dozentin hoffentlich auch gespürt. Lola zeigt ihr ein Daumen-hoch. Der nächste Kandidat steht schon auf der Bühne. Alix' Handy in ihrem Rucksack hört gar nicht mehr auf zu vibrieren. Heimlich wirft sie einen Blick darauf, sieht, dass die Nachrichten alle von Titouan sind, stellt den Flugmodus ein, um nicht doch noch aufzufallen.

Es ist fast schon eins, als der letzte Bewerber in die Zuschauerreihen zurückkehrt. Die Dozentin berät sich kurz mit ihrem Assistenten, steigt dann mit ihrem dicken Schwangerschaftsbauch auf die Bühne.

»Vielen Dank, dass Sie alle gekommen sind. Ich lese jetzt die Namen derjenigen vor, von denen wir auch noch den freien Teil sehen möchten. Was die anderen betrifft, so ist der Funke leider nicht übergesprungen. Ich hoffe, Sie finden Ihren Platz an einer anderen Schule oder kommen nächstes Jahr noch mal wieder. Also ...«

Alix hält die Luft an. Lola wird aufgerufen. Simon auch sowie ein Dutzend weiterer Kandidaten. Endlich nennt die Dozentin auch Alix' Namen. Ein breites Lächeln spaltet ihre Lippen.

Alle, die nicht aufgerufen wurden, verlassen den Saal. Die übrig gebliebenen Bewerber taxieren sich gegenseitig. Zwölf Plätze gibt es dieses Jahr. Sie sind noch 28.

»Wer möchte mit seinem freien Teil anfangen?«

Ein Mädchen steht auf, langes rotbraunes Haar, ein zierlicher, aber muskulöser Körper in einem weich fallenden schwarzen Kleid. Sie schließt ihr Handy an die Tonanlage an, gibt dem Studenten dahinter kurz eine Anweisung, geht auf die Bühne. Legt sich dort mit angezogenen Beinen hin und schließt die Augen. Die Musik setzt ein. Alix erkennt ein Chanson von Barbara, *Göttingen*. Das Mädchen fängt an zu tanzen. Sie ist gut. Sehr begabt, ergreifend. Als sie mit der Musik zusammen endet, klatschen alle.

Alix zögert noch, als Nächste zu gehen. Schließlich steht ein Junge auf, der eine halb improvisierte Clowns-Nummer präsentiert, ziemlich gelungen. Drei weitere Kandidaten folgen ihm, bevor Alix den Mut findet, aufzustehen. Sie hat die von Philippine geliehenen Taschen dabei – den großen Rucksack auf dem Rücken, eine Umhängetasche über der Schulter, eine andere schräg vorm Oberkörper und zwei Stofftaschen, jede in einer Hand. Sie stellt sich vor die hintere Bühnenwand, mit dem Rücken zum Publikum, wartet, bis es still wird, und fängt dann an.

»Ich bin ein kleines Mädchen, das auf eine Postkarte wartet, die nicht kommt.«

Alix dreht sich langsam um, stellt die erste Tasche auf dem Boden ab.

»Ich bin das leise Murmeln einer Geige neben meinem Ohr. Ich bin ein schallendes Gelächter, um nicht weinen zu müssen. Ich bin auf der Suche. Ich bin auf dem Weg. Ich bin im richtigen Takt.«

Sie legt eine kurze Pause ein, spricht dann weiter.

»Ich bin die Tochter meiner Eltern und ich bin ihre Geheimnisse leid. Ich bin von einer Wurzel abgeschnitten, die ich jetzt wieder wachsen spüre, die weite Strecken unter der Erde zurücklegt, sich an Felsen und Bäume klammert.«

Während sie spricht, macht Alix einige Schritte. Sie stellt eine weitere Tasche ab. Lässt sich Zeit, gibt jedem Wort den Raum, den es braucht.

»Ich bin eine ewig Liebende. Ich bin eine Kugel aus Zärtlichkeit. Ich bin, was ich im Spiegel seiner Augen sehe. Ich bin ein Stück Fleisch in der Auslage beim Schlachter. Ich bin eine Hure der alten Schule, alle Jungen auf der Welt umarmen will und ein paar Mädchen noch dazu.«

Sie bleibt stehen. Lässt den Blick zur Seite schweifen.

»Ich bin manchmal so leer, dass mir angst und bange wird.«

Die erste Umhängetasche landet auf dem Boden.

»Ich stehe neben meinem Leben und versuche, wieder hineinzukommen. Ich bin es leid, mich hinter Masken zu verstecken, aber ich hab nicht gelernt, ohne sie zu leben. Ich bin das, was ich sein werde. Ich bin weit davon entfernt, mich selbst zu durchschauen, und hoffe, ich werde es auch niemals ganz tun. Ich bin, was man in mir sieht. Und doch auch so vieles mehr.«

Sie läuft wieder weiter, ganz langsam, während ihre Stimme anschwillt, den Raum ausfüllt und wieder leiser wird.

»Ich bin dein schlimmster Albtraum, deine wirre Vision, das Sandkorn im geölten Getriebe deines Lebens. Ich bin wütend. Voller Zweifel, Hemmungen, Zorn. Ich bin entschlossen, unschlüssig, unersättlich. Ich bin alles und sein Gegenteil. Ich bin das Ebenbild der Welt. Ich bin der Schatten einer Träne, die niemals fließen wird.«

Sie lässt auch die zweite Umhängetasche zurück, stellt sich die Reihe der Gepäckstücke vor, die hinter ihr einen Weg beschreiben.

»Ich bin ein verstreutes Archipel in einem sturmumtosten Meer. Ich bin genau dort, wo die Welle den Horizont berührt. Ich bin eine Schneeflocke im Wind. Ich bin das Licht eines Leuchtturms in der Nacht, der Blitz in einem Gewittersturm, das Muster der Wolken auf einem See. Ich bin die Verbindung zwischen Himmel und Erde.«

Der große blaugraue Rucksack gleitet von ihrer Schulter. Sie stellt ihn mechanisch auf den Brettern ab, wendet sich zu den Scheinwerfern um.

»Ich bin am Leben. Ich bin da. Ich bin.«

In der Stille, die nun folgt, bleibt sie reglos stehen. Bis der Applaus sie endlich durchbricht. Alix entspannt sich. Geschafft! Sie hat es geschafft!

»Den Text«, fragt die Dozentin leise, »haben Sie den selbst geschrieben?«

»Ja.«

Sie wechselt einen Blick mit ihrem Assistenten.

»Danke, Alix, Sie können sich setzen.«

Während sie auf ihren Platz zurückgeht, begegnet sie den Blicken mehrerer Schauspielschüler. Alle lächeln ihr aufmunternd zu. Weitere freie Teile folgen. Manche berühren sie. Andere weniger.

»Vielen Dank!«, ruft die Dozentin. »Alle, die ich jetzt aufrufe, würde ich gern noch für zwei Stunden hierbehalten, um ein bisschen mit Ihnen zu arbeiten. Die anderen ... haben es dieses Mal leider nicht geschafft.«

Simon und Alix werden aufgerufen. Lola nicht, sie verlässt mit enttäuschter Miene den Saal, bedeutet ihnen, dass sie draußen wartet.

»Der ganze Rest auf die Bühne!«

Sie gehorchen. Alix kommt vor Hunger fast um, sie haben keine Mittagspause gemacht. Aber um nichts auf der Welt würde sie sich beklagen ... Im Stillen zählt sie die Leute durch. Nur noch fünfzehn.

Fünfzehn Bewerber für zwölf Plätze.

TITOUAN

»Mama ...«

Seine Mutter zuckt zusammen, springt vom Sofa auf.

»Was ist ... Du hier unten? Alles in Ordnung, Titouan? Du bist ganz blass.«

»Ich glaube, Luce ist irgendwas passiert. Eigentlich wollte sie gestern Abend vorbeikommen. Seitdem versuche ich, sie zu erreichen, aber sie geht nicht ans Telefon, nicht mal an ihr Festnetz.«

»Ich fahr bei ihr vorbei. Hast du ihre Adresse?«

Titouan nickt. Der Gedanke, hier nur noch eine Minute länger tatenlos herumzusitzen und abzuwarten, ist ihm unerträglich.

»Ich will mitkommen.«

»Bist du sicher?«

»Ja.«

Sofort kriegt er es mit der Angst zu tun. Seine Mutter wird schon aktiv, wirft sich die Jacke über, greift nach Schlüssel und Handtasche. Mütterliche Effizienz in Reinkultur. Er selbst ist wie versteinert.

»Eliott, du passt auf Lila auf!«, brüllt sie nach oben.

Eliott taucht oben an der Treppe auf. Er macht ein komisches Gesicht, als er Titouan unten in der Diele entdeckt, sagt aber nichts.

»Mama, kannst du mir die Augen verbinden?«

Sie bleibt stehen, einen Moment lang irritiert. Ihr Pragmatismus gewinnt jedoch gleich wieder die Oberhand. Sie schnappt sich einen ihrer Schals, knotet ihn um Titouans Kopf. Der setzt die weite

Kapuze seines Hoodies auf, zieht sie ganz eng ums Gesicht herum zu, versteckt die Hände in den Ärmeln.

»Können wir?«, fragt seine Mutter.

»Wir können.«

Sie führt ihn zum Auto. Ihm ist heiß. Und eiskalt zugleich. Er konzentriert sich auf den Druck der Hand an seiner Schulter, auf die Stimme, die ihn vor den Stufen, vor der Bordsteinkante warnt. Sobald er sicher im Auto sitzt, nimmt er den Schal wieder ab, atmet tief durch. Seine Mutter tritt aufs Gas und fährt in rasendem Tempo zu Luce.

Titouan erkennt die Straße wieder, durch die er virtuell schon so oft gegangen ist.

»Da vorn! Das Haus da!«

Seine Mutter hält an, steigt aus dem Wagen. Er schaut zu, wie sie das Gartentor durchschreitet, oben an der Eingangstür klingelt. Einige Sekunden wartet, ums Haus herumgeht, das Gesicht an jedes Fenster drückt, dann zurückkommt.

»Keine Reaktion ...«

»Ob ihre Nachbarn einen Schlüssel haben?«

Er zeigt auf das Haus von Tess. Seine Mutter läuft hin. Eine schwarze Frau macht auf, wechselt ein paar Worte mit ihr. Gemeinsam hasten sie zu Luce hinüber, schließen die Tür auf, treten ins Haus. Titouan kaut auf seiner Unterlippe, seine Füße trommeln nervös auf die Fußmatte.

»Und?«, ruft er seiner Mutter entgegen, als sie wieder herauskommt.

»Luce ist von der Leiter gefallen. Der Notarzt ist schon unterwegs.«

»Aber sie ...?«

»... sie lebt, ja. Keine Sorge.«

Titouans Anspannung lässt sofort nach. Er verliert die Beherrschung, lässt den Tränen, die er bisher zurückgehalten hat, freien Lauf. Seine Mutter schließt ihn in die Arme, drückt ihn an sich.

Die Sanitäter kommen, verfrachten Luce auf eine Trage, heben sie in den Krankenwagen. Fahren mit heulender Sirene wieder los. Titouans Mutter schiebt sich auf den Fahrersitz.

»Kannst du nicht gleich hinterherfahren?«

»Wir haben kein Blaulicht, wir dürfen nicht bei Rot über die Ampel fahren, und ich finde, ein Unfall reicht für heute. Im Krankenhaus werden wir sie schon finden.«

Als sie dort auf dem riesigen Parkplatz anhält, setzt Titouan wieder die Kapuze auf.

»Soll ich alleine reingehen?«, fragt seine Mutter.

»Nein.«

Er muss sich vergewissern. Luce mit eigenen Augen sehen. Er verbindet sich wieder die Augen, hört seine Mutter seufzen. Diesmal fasst sie ihn am Arm, schiebt ihn vor sich her. Das Zischen automatischer Türen, Absätze, die über Fliesen klappern, das Summen von Stimmen, der Lufthauch von Körpern, die ihm ausweichen. Seine Mutter fragt sich beim Personal durch. Einige wundern sich über Titouans Augenbinde.

»Das ist ein Spiel«, behauptet seine Mutter.

Man bittet sie, einen Augenblick zu warten. Titouan tritt von einem Fuß auf den anderen. Endlich betreten sie einen Fahrstuhl, laufen mehrere Gänge entlang.

»Da ist es, wir sind da.«

Titouan nimmt den Schal ab. Das Neonlicht greift ihn an. Er kneift die Lider zusammen, ignoriert die Pfleger, konzentriert sich auf den länglichen Umriss im Bett.

»Luce!«

Er stürzt zum Kopfende. Sie hat eine Wunde an der Stirn, die oben in ihren Haaren verschwindet. Sie lächelt und verzieht gleich darauf das Gesicht, drückt seine Hand, mit der er ihre umfasst hat.

»Sie dürfen mich nicht allein lassen«, flüstert er. »Sie dürfen nicht sterben.«

»Die, die sterben, lassen uns nicht allein. Sie sind immer bei uns, begleiten uns.«

Titouan presst die Kiefer aufeinander.

»Du musst lernen, auch ohne mich zu leben, mein Großer.«

»Das will ich aber nicht.«

»Du wirst es müssen.«

»Aber noch nicht.«

»Nein, noch nicht. Danke, dass du mir zu Hilfe gekommen bist.«

Weder sie noch er sprechen das Offensichtliche aus: Er hat sein Zimmer verlassen.

Er hat das Haus verlassen.

Er ist wieder draußen.

ALIX

Auf der Rückfahrt im Zug starrt Lola finster vor sich hin, während Simon die ganze Zeit lächelt. Alix und er wissen noch nicht, ob sie angenommen worden sind, die Sekretärin der Schauspielschule wird sie Anfang nächster Woche anrufen und ihnen die Ergebnisse mitteilen. Aber Alix ist mit den Gedanken gerade ganz woanders. Zum zwanzigsten Mal liest sie Titouans Nachrichten, fragt ihn, was es Neues gibt.

Wir sind im Krankenhaus, sie haben sie gerade für
ein paar Untersuchungen mitgenommen.

Wie geht es ihr?

Na ja. Sie hat ein paar Verletzungen. Die Ärzte
machen sich Sorgen um ihren Kopf.

Alix' Finger klammern sich um die Armlehne. Eine Ansage ertönt. Sie erreichen Rennes. Einem plötzlichen Impuls folgend rafft sie ihre Sachen zusammen.

»Was hast du vor?«, fragt Lola erstaunt. »Der Zug fährt durch bis Saint-Malo, wir müssen nicht umsteigen.«

»Ich weiß. Ich steig hier aus und nehm dann einen späteren Zug nach Hause.«

Ohne weitere Erklärungen lässt sie die beiden sitzen, springt auf den Bahnsteig, kaum dass der Zug gehalten hat, rennt zur Metro-Station. Eine halbe Stunde später betritt sie das Krankenhaus.

»Luce Paradis?«, fragt sie am Empfang. »Sie ist heute Nachmittag mit dem Krankenwagen eingeliefert worden.«

Man nennt ihr eine Abteilung und eine Zimmernummer. Drei Mal verläuft sie sich, fragt das Personal nach dem Weg. Sie hat Angst, Titouan zu begegnen. Aber vielleicht muss sie ihm ja gar nicht sagen, wer sie ist.

Als sie ins Zimmer kommt, erkennt sie ihn sofort: Er ist der Junge aus dem Video, der vor seiner Schule einen Zusammenbruch hatte.

»Guten Tag«, sagt eine Frau, die ihm ähnlich sieht.

»Hallo.« Sie richtet ihren Blick auf die alte Frau im Bett. »Kann ich Sie kurz mal alleine sprechen, Luce?«

»Kennen wir uns?«

»Noch nicht. Bitte, es ist wichtig ...«

Titouan starrt sie feindselig an, hat keinerlei Absicht, Luce von der Seite zu weichen. Die tätschelt ihm jedoch die Hand und zeigt Richtung Gang. Widerstrebend geht er mit seiner Mutter bis zur Tür, bleibt aber auf der Schwelle stehen. Alix nähert sich dem Bett.

»Was haben Sie denn so dringend mit mir zu besprechen, mein junges Fräulein, das ich noch nicht kenne?«

»Ich muss Ihnen eine Frage stellen.«

Sie beugt sich vor und flüstert ihr ein paar Worte ins Ohr.

GABRIELLE

In einer Bar.

ARMAND: Hat Alix sich schon gemeldet?

GABRIELLE: Sie ist in die letzte Runde gekommen.
Nächste Woche kriegen sie Bescheid.

Gabrielles Handy klingelt.

ARMAND: Willst du nicht rangehen?

GABRIELLE: Ich weiß nicht, wer das ist.
Eine Festnetznummer.
Sicher
die Eltern eines Schülers.

ARMAND: Wann kommt der Zug von Alix an?

GABRIELLE: In zwanzig Minuten.

Das Handy piept. Mit einem Seufzer hält Gabrielle es sich ans Ohr. Während sie lauscht, entgleiten ihr die Gesichtszüge.

ARMAND: Ist das Alix?

GABRIELLE: Nein.
Das Krankenhaus in Rennes.

Sie reicht ihm ihr Smartphone. Er hört sich ebenfalls die Nachricht an. Man erkennt die Stimme einer Frau.

GABRIELLE, steht auf: Ich muss dahin.

ARMAND: Ich fahr dich.

GABRIELLE: Hol du mal lieber Alix ab.

ARMAND: Gab, du solltest in diesem Zustand kein Auto fahren.
Alix kann auch zu Fuß nach Hause gehen.
Ich bring dich hin.

ARMAND

Sie fahren nach Rennes. Das feuchte Band der *Route Nationale* saugt den Abendhimmel in sich auf, wird von immer mehr Scheinwerfern erhellt. Gabrielle auf dem Beifahrersitz bleibt stumm, die Augen weit in die Ferne gerichtet.

Sie erreichen die Umgehungsstraße, biegen aber gleich in die Innenstadt ab. Schon bald ragen die Betonklötze der Uni-Klinik vor ihnen auf. Armand sucht den Besuchereingang, findet einen Parkplatz. Gabrielle steigt schon aus. Schlägt die Autotür zu. Er folgt ihr, die Hände tief in den Taschen, die Finger um sein Smartphone geklammert. Das jetzt vibriert. Alix. Eine Gebäudenummer, gefolgt von einer Zimmernummer. Fassungslosigkeit. Sie ist hier? Wie das? Und warum? Er fasst Gabrielle am Arm.

»Hier lang.«

Sie stellt keine Fragen, fällt neben ihm in Schritt. Ihr Gesicht ist völlig verschlossen. Nichts dringt nach außen.

Vor ihnen im Gang taucht Alix auf, kommt ihnen entgegen. Alix, mit einem Mal groß, fast schon erwachsen. Hier, in diesem tristen Gang, fällt es ihm plötzlich auf. *Wie* groß sie ist und wie schön, wie lebendig und ernst und strahlend. Wie sehr er sie dafür liebt, dass sie auch ohne ihn existieren kann. Gabrielle zeigt keinerlei Erstaunen, sie hier zu sehen.

»Luce ist in dem Zimmer ganz hinten«, sagt Alix.

Armand lässt ihr keine Wahl, breitet die Arme aus, legt sie ihr um die Schultern. Alix lässt es sich einen Moment lang gefallen. Gabrielle geht weiter.

»Was machst du denn hier, Fröschlein?«

»Ich war's, die dem Krankenhaus die Nummer von Gabrielle gegeben hat.«

»Woher wusstest du denn Bescheid?«

»Lange Geschichte.«

LUCE

Eine hohe Gestalt steht in der Tür. Die Luft gefriert. Um Luce herum, in ihr drin, überall. Erst als die Frau einen Schritt nach vorne macht, kommen die Moleküle wieder in Bewegung, wenn auch nur unwillig, teilen sich vor ihr wie das Wasser vor einem Schwimmer. Die Frau tritt neben das Bett. Diese Augen. Immer noch dieselben. Um sie herum hat sich alles verändert, sich vertieft, verdickt, verlängert, in kleine Falten gelegt. Aber die Augen sind dieselben und schauen sie an.

Ein Wort wie ein Seufzer:

»Gabrielle.«

Luce hebt die Hand, klemmt sich eine weiße Strähne hinters Ohr.

»Das mag ich gar nicht, wenn du das machst«, schimpft Gabrielle und holt sie gleich wieder hervor.

Luce lacht. Ist selbst überrascht von diesem ruckhaften Atem, der ihr entweicht. Ihre Schmerzen weckt.

»Wie ist das passiert?«, erkundigt sich Gabrielle.

»Ich hab eine Glühbirne gewechselt. Und bin von der Leiter gefallen.«

»Was Ernstes?«

»Ein paar Abschürfungen, blaue Flecke. Hab schon Schlimmeres erlebt.«

»Und der Kopf?«

»Die Ärzte machen sich Sorgen. Ich nicht. Ich hab einen ziemlich harten Schädel.«

»Allerdings ...«

Stille senkt sich wieder herab, breitet sich zwischen ihnen aus. Fünfundzwanzig Jahre Schweigen, Gespräche, die es nur in ihren Köpfen gab, innere, verborgene Dramen. Luce kann immer noch nicht fassen, dass Gabrielle wirklich vor ihr steht.

»Dein Vater ist tot.«

»Ich weiß.«

»Du bist nicht gekommen.«

Gabrielle lächelt. Ein Lächeln wie ein Peitschenhieb.

GABRIELLE

LUCE: Bist du immer noch mit ... diesem Mann
zusammen? Deinem Lehrer?

GABRIELLE: Denis?
Nein.
Schon lange nicht mehr.

LUCE: Erzähl mal.

GABRIELLE: Nein.
Diese fünfundzwanzig Jahre gehören mir.
Du wolltest sie nicht
mit mir teilen,
so was kann man nicht aufholen.

LUCE: Dann erzähl mir von heute.
Die Kleine da auf dem Gang ...
Deine Tochter?

Stille.

GABRIELLE: Ich hab deinen Mädchennamen
angenommen.

LUCE: Peyrerone?

Warum?

Rückblenden flackern vor Gabrielles innerem Auge auf, die Unerbittlichkeit, mit der ihr Vater sie verstoßen und sämtliche Türen hinter ihr zugeschlagen hat. »Dieser Mann oder wir, und wenn du jetzt zu ihm gehst, brauchst du nie mehr zurückzukommen.« Seinen Namen zu tragen, ›Paradis‹ – das Paradies, das diese Familie ihr nie sein konnte, weil für ihre Eltern nur sie selber zählten, ihre Zweisamkeit, in der Gabrielle bloß ein Eindringling war – seinen Namen zu tragen war ihr unmöglich geworden. Der gehörte ihren Eltern. Ihr Paradies war für Gabrielle die Hölle.

Sie hat diese Worte auf der Zunge, hält sie aber zurück, mustert ihre Mutter, die das Rückenteil hochgestellt hat und jetzt aufrecht im Bett sitzt. Luce ist alt geworden. Richtig alt. Das hat Gabrielle natürlich gewusst, aber nur in der Theorie, nicht in der Praxis. In ihrer Erinnerung ist sie ihre Mutter geblieben, die Wilde, Unbezähmbare, die Liebende, eine unbeugsame Verfechterin ihrer Träume, die sich trotzdem hinter ihren Mann gestellt hat, als es um die Träume ihrer Tochter ging, um ihre Entscheidungen, um *ihre* große Liebe – auch wenn sie krankhaft war, zerstörerisch, eine Ersatzliebe, die sie brauchte, um zu begreifen, was sie nie wieder durchmachen wollte, und um sich von ihnen zu befreien.

GABRIELLE: So hieß eine Frau

im Mittelalter,

die der Hexerei beschuldigt wurde.

Eine Frau, die auf dem Scheiterhaufen gestorben ist.

Jeanne Peyrerone.

Wusstest du das?

LUCE: Nein.

GABRIELLE: Ich habe ihn angenommen, weil er jetzt
nur noch mir gehört.
Deine Eltern sind tot,
ich hab keine Cousins oder Cousinen,
nicht mal entfernte,
die so heißen,
keine Onkel oder Brüder.
Niemand anders, nirgendwo,
trägt noch diesen Namen.
Nicht mal du.
Mit ihm konnte ich sein,
wer ich wollte.

LUCE: Und? Ist es dir gelungen?
Zu sein, wer du wolltest?

GABRIELLE: Oft.

TITOUAN

Im Gang verschränkt Titouan die Arme vor dem Körper. Er kann seine Rippen durch den Pullover spüren, sie mit den Fingerspitzen zählen. Das beruhigt ihn.

Das Mädchen von vorhin und ein Mann kommen auf ihn zu, starren unverhohlen durch den Türspalt ins Zimmer. All diese Fremden nerven ihn. Sie stehlen ihm Luce, ihre Aufmerksamkeit, ihre Anwesenheit. Jetzt hat sie plötzlich eine Tochter, längst erwachsen und alles. Er hört sie miteinander sprechen. Wo war sie denn, diese Tochter, als Luce nicht mehr leben wollte? Nur er ist für sie da gewesen. Er allein.

Titouans Mutter grüßt den Mann auf dem Gang, wie das nur Erwachsene können, herzlich, aber distanziert. Titouan weicht den Blicken aus. Eine Formulierung fällt ihm wieder ein.

»Aus persönlichen Gründen«, murmelt er vor sich hin.

»Häh?«, macht das Mädchen.

»Luce hat ihre Pilotenausbildung aus ›persönlichen Gründen‹ unterbrochen, hab ich irgendwo gelesen. Damals hab ich nicht darauf geachtet, ich dachte an eine Krankheit oder den Tod eines Elternteils.«

»Eine Geburt.«

»Offensichtlich.«

»Ist schon echt verrückt ...«

»Was?«

»Ach nichts.«

Das Mädchen wendet sich leicht ab, starrt auf ihr Smartphone. Gespräch beendet, mehr wird er nicht erfahren.

Eine Viertelstunde später, mitten im lähmenden Gewusel der Pfleger und Ärzte entdeckt Titouan zwei Neuankömmlinge. Sie marschieren auf ihre kleine Gruppe zu. Er fängt an zu zittern, möchte am liebsten mit der grünen Wand verschmelzen, um völlig zu verschwinden. Tess und ihre Mutter. Das Gesicht von Tess, das erste Mal ihm zugewandt.

»Jetzt versteh ich, was du meinst«, sagt das Mädchen leicht ironisch. »Sie hat tatsächlich was.«

Titouan zuckt zusammen. Diese Stimme. Wieso hat er die nicht schon viel früher erkannt? Er gerät völlig außer sich.

»Oh, Scheiße, verdammt, ich fass es nicht! Du bist Lix. Du bist ein Mädchen. Und da kommt Tess. Ihr seid beide hier, in echt. Und …«

Titouan rutscht an der Wand nach unten, wie geschmolzenes Eis an einer Waffel. Bindet sich den Schal über die Augen, nimmt ihn sofort wieder ab, verkriecht sich in seine Kapuze. Lix setzt sich neben ihn. Stupst ihn mit der Schulter an.

»Vergiss nicht zu atmen, Alter.«

ZWISCHENSPIEL

Na, habt ihr Angst bekommen?

Ich kündige euch ein Drama an, ihr lest weiter, ohne es kommen zu sehen, ihr wartet weiter darauf. Und dann passiert so ein dummer Unfall und ihr denkt euch:»Nein, das kann's ja wohl nicht sein, das würde er sich nicht trauen.«

Das hätte es aber durchaus sein können.

Nicht jeder Tod ist eine große Sache. Manche Leute machen sich davon, als wollten sie nicht stören, ganz diskret, ohne Aufsehen. Auch ein Haushaltsunfall hat seine eigene Poesie, der stille Tod im Schlaf, dieses Leben, das sich zuvorkommend auf Zehenspitzen wegschleicht. Eine Tür, die sich wegen einer kaputten Glühbirne schließt. Ein Tod, weil man die Schatten vertreiben wollte.

Aber für Luce, nein, für sie war das undenkbar. Auch wenn sie in den letzten Jahren ein bisschen vergessen hat, wer sie einmal war, ist ihr Leben doch viel zu schillernd gewesen, um so zu enden.

Und dann ist da ja auch noch Titouan.

Und Gabrielle.

Ihre Wege haben noch nicht aufgehört, sich zu kreuzen. Die Geschichte ist noch nicht vorbei.

V. AKT

TITOUAN

Der kochend heiße Strahl der Dusche hämmert Titouan auf die Schultern. Seit zwanzig Minuten steht er so da, reglos, wie benommen. Eigentlich ist er ins Bad gegangen, um sich von seiner Fahrt in die Stadt reinzuwaschen, vom Krankenhaus, von allem da draußen. Aber jetzt, wo das Wasser über jeden vergessenen Winkel seines Körpers fließt, ist er sich dessen nicht mehr so sicher. Mit geschlossenen Augen hält er das Gesicht einen Moment lang in die Tropfen, die auf ihn herunterprasseln, prustet wie ein Wal, der an die Oberfläche kommt. Wischt sich mit einer Hand das Wasser aus dem Gesicht, dreht dann den Hahn ab. Steigt in einer Hülle aus Dampf aus der Duschkabine.

Er sucht sein Bild im beschlagenen Spiegel. Nur ein blasser Schemen, ein abstrakter Umriss. Wie gern würde er dieses Verschwommene behalten, ein nicht greifbares Abbild in einem ewigen Nebel bleiben.

Am Vortag gab es zu viele Gefühle auf einmal, zu viele grelle Neonleuchten, zu viele Kontakte, zu viele lärmende Sirenen, zu viele gewechselte Worte, zu viele Enthüllungen, zu viel unterdrückte Angst. Die ganze Nacht hat er wie ein Stein geschlafen, ist heute zum ersten Mal seit Langem mit der Sonne aufgewacht. Hat unter seiner Decke darauf gelauscht, wie im Haus alle aufgebrochen sind, die einen zur Schule, die anderen zur Arbeit. Wollte noch ein bisschen schlafen, konnte es aber nicht.

Sorgfältig trocknet Titouan jede Stelle seines Körpers ab, von unten nach oben. Dabei lösen sich kleine weiße Röllchen von seiner Haut, wie damals, als seine Mutter ihn in ein Hammam mitgeschleppt und eine Frau ihn dort so energisch abgerubbelt hat, dass er krebsrot wieder herausgekommen ist. Tote Haut, hatte sie ihm erklärt. Wie manche Schlangen oder Spinnen, die ihre zu eng gewordenen Hüllen abwerfen. Sich eine neue Haut wachsen lassen. Der Gedanke macht ihm Angst. Ihm wäre es lieber, wenn nichts sich ändern würde. Niemals. Selbst hier, im Schutz seines Zuhauses, in der Vertrautheit seines Zimmers, holt das Leben ihn ein. Darauf war er nicht vorbereitet. *Ist* er nicht vorbereitet. Als er sein Leben auf Pause gestellt hat, sollte das eigentlich für immer sein. Aber gibt es überhaupt irgendwas, das für immer ist?

Er sucht sich seinen Weg zwischen den Legobauten hindurch, greift hier und da nach einem Kleidungsstück, postiert sich dann am Fenster. Um diese Zeit ist die Gegend noch ruhig. Die wenigen vorbeifahrenden Autos scheinen keine Eile zu haben, die meist älteren Passanten schlurfen gemächlich vorbei.

Titouan geht die Treppe hinunter. Setzt sich auf die unterste Stufe, schlingt die Arme um die Knie. Die petrolfarbene Eingangstür schaut ihm schweigend zu.

Lange Zeit bleibt er dort sitzen, im Halbdunkel des fensterlosen Treppenaufgangs. Er sieht, wie das Licht im Wohnzimmer wechselt, kurze Aufheiterungen dem Prasseln eines Schauers folgen, wie die Schatten sich vertiefen und dann wieder von einem leichten Nieselregen verwischt werden, der sich schließlich festsetzt. Titouan rührt sich nicht.

Und dann fliegt die Tür auf. Lila stürmt polternd herein, zieht die klatschnasse Jacke aus, während ihre Mutter den Lichtschalter betätigt. Titouan kneift geblendet die Augen zusammen.

»Titouan?«, fragt seine Mutter beunruhigt. »Alles in Ordnung?«

Er nickt. Lila drückt ihm einen feuchten Kuss auf die Wange und geht in die Küche, um etwas zu essen. Seine Mutter hängt Tasche und Mantel auf, legt die Schlüssel an ihren Platz, mit etwas bedachteren Bewegungen als sonst, langsamer, betonter. Eine kaum spürbare Verzögerung, die Titouan trotzdem bemerkt. Und so ist er auch nicht erstaunt, als sie sich neben ihn auf die Stufe setzt. Ihn in den Arm nimmt und an sich zieht, auf die Haare küsst. Er schließt einen Moment lang die Augen, eingehüllt in ihren Duft.

»Mama, dieser Psychologen-Freund von dir, also, diese Frau, von der er erzählt hat ...«

»Ja?«

»Zu der will ich jetzt hin.«

»Ich mache einen Termin bei ihr aus.«

GABRIELLE

Im Theatersaal des Konservatoriums beobachtet Gabrielle den ersten
kompletten Durchlauf von *Der Kirschgarten*. Notiert sich in ihrem
Heft jede Stelle, an der es hakt. Sie schlagen sich gut, ihre Schüler,
die Arbeit des letzten Jahres zahlt sich aus, aber insgesamt fehlt es
noch an Geschmeidigkeit, der Rhythmus holpert, und manche Übergänge, in denen das Szenenbild umgebaut werden muss, sind zäh.
Und dann noch Alix. Alix in ihrem langen weißen Kleid, Alix, die mit
einem alles verschlingenden Blick über die Bühne geistert. Während
der Szenen funktioniert das gut. Sie wird zur Beobachterin, zu einer
zärtlichen Berührung im Haar der Figuren, ein neckischer Kobold im
Körper einer Riesin. Manchmal hält sie sich eine Weile im Hintergrund. Und zieht dann mit einer winzigen Bewegung wieder die Aufmerksamkeit auf sich. Denn sie hat überhaupt nichts Vergeistigtes.
Sie ist voll und ganz da, wie einer der Kirschbäume im Garten, die in
der Erde dieses Anwesens wachsen, das die Eigentümer jetzt aufgeben müssen. Sie ist der russische Winter. Ein hier verwurzelter Geist.

Trotzdem ist Gabrielle noch nicht überzeugt. In zwölf Tagen ist
die Aufführung, aber sie ist noch nicht überzeugt.

Am Ende des Durchlaufs lassen sich alle auf der Bühne nieder,
erwarten ihr Urteil. Gabrielle schweigt einen Moment. Alix sitzt
seitlich am Bühnenrand, fast schon isoliert von den anderen. Dieses
Ein-bisschen-im-Abseits ist so typisch für sie, dass es Gabrielle sachte
das Herz zerreißt.

GABRIELLE: Alix, während der Szenen geht es gut,
weil du mit den Figuren interagierst,
das ist schön, aber
bei den Umbauten
funktioniert es nicht.
Dann reicht es nicht, einfach nur das Haus zu sein.

ALIX, unbeeindruckt: Wieso nicht?

GABRIELLE: Deiner Improvisation fehlt dann
der Halt,
so ganz ohne Figuren,
ohne Text.
Das ist zu leer.

ALIX: Dann muss ich noch mal
was anderes versuchen.

GABRIELLE: Gib zu, dass die Übergänge
mit Geige viel besser funktionieren würden.
Sie würde die slawische Seele mit einbringen.

ALIX: Ist das dein Ernst?

GABRIELLE: Allerdings.

ALIX: Wenn du die Lücken mit Musik füllen willst,
könnten wir auch Diego und Matej fragen.

GABRIELLE: Könnten wir,
werden wir aber nicht.

Stille.

GABRIELLE: Es ist deine Entscheidung, Alix.
In dieser Form funktioniert es nicht.
Entweder du begnügst dich damit,
hinter den Kulissen zu helfen,
oder wir holen Armand ins Projekt zurück
und schauen, ob das klappt.

Alix' Augen haben sich in Revolver verwandelt, die mit scharfer Munition schießen. Gabrielle hält ihnen stand. Das Risiko ist hoch. Alix wäre es durchaus zuzutrauen, dass sie weiter auf stur schaltet, sich dem verweigert, was ihr wie ein fauler Kompromiss erscheint, ein unverzeihlicher Verrat ausgerechnet von der Person, bei der sie Schutz gesucht hat. Oder sie kann daran wachsen.

GABRIELLE: Also?

ARMAND

Armand wirft einen Blick auf sein Smartphone, das auf dem Tisch liegt und mitten im Unterricht vibriert.

Willst du immer noch mit Alix auf der Bühne
stehen? Dann komm mit deiner Geige rüber.

Verwirrt legt er das Gerät wieder hin. Das hatten sie doch alles schon mal. Und die Folgen waren katastrophal. Er fängt gerade erst an, die Scherben mit Alix zu kitten. Jetzt das Gleiche noch mal zu versuchen, erscheint ihm wie die schlechteste aller Ideen. Er versucht, sich wieder auf seinen Schüler zu konzentrieren, als sein Handy zum zweiten Mal vibriert.

Sie ist einverstanden.

Eine halbe Stunde später lauscht Armand an der Tür des Theatersaals. Die Schauspielschüler sind mitten in der Probe. Ohne anzuklopfen, schlüpft er durch die Tür. Gabrielle winkt ihm von ihrem Platz im Zuschauerraum aus zu. Leise legt er seinen Mantel ab und gesellt sich zu ihr. Alix steht in einer Ecke der Bühne, an den Stamm eines künstlichen Baums gelehnt, während die anderen Darsteller ihre Szene spielen. Falls sie ihn hat kommen sehen, lässt sie es sich nicht anmerken. Gabrielle beugt sich zu ihm hinüber, flüstert ihm ins Ohr, was er tun soll. Der feuchte Lufthauch ihrer Worte schickt ihm einen Schauer über den Rücken.

»Der nächste Umbau ist am Ende dieser Szene«, fügt Gabrielle noch hinzu. »Wollen wir's gleich mal versuchen?«

Armand öffnet seinen Geigenkoffer. Durchforstet in Gedanken sein Repertoire an Stücken, die er auswendig kennt, auf der Suche nach etwas, das passt. Die Geschichte spielt in Russland. Also Strawinskys *Chanson russe*. Die *Valse sentimentale* von Tschaikowsky und natürlich sein »Russischer Tanz« aus *Schwanensee*, ein Bravourstück, das Armand schon als Jugendlicher geliebt hat. Er wartet in der Nähe des Eingangs, bis Gabrielle ihm den Einsatz gibt. Stimmt dann den Strawinksy an und geht langsam auf die Bühne zu, von der die Darsteller jetzt diverse Möbel herunter- und andere hinauftragen. Alix irrt zwischen ihnen herum. Armand bleibt im Hintergrund, die Lider geschlossen, dennoch spürt er, dass Alix ihm zuhört, auf die Musik reagiert. Als es auf der Bühne still wird, beendet er seine Phrase, lässt sie leise verklingen.

»Jetzt probieren wir den zweiten Umbau«, schaltet Gabrielle sich ein. »Nur das Ende der Szene und den Übergang. Alle auf ihre Plätze!«

Diesmal setzt sich Armand vorn auf den Bühnenrand, leicht im Profil, als würde er dem Durcheinander beim Szenenwechsel den Rücken zukehren. Er spielt für Alix. Mit Musik konnte er sich immer schon am besten ausdrücken. Und dann kommt sie plötzlich auf ihn zu. Setzt sich hinter ihn, Rücken an Rücken, lässt den Kopf auf seine freie Schulter sinken. Armand lächelt. Er legt den Bogen beiseite, nimmt die Geige wie eine Gitarre und zupft den Rest der Melodie, bis sie schließlich erstirbt. Ein paar Sekunden bleiben sie noch so sitzen, dicht beieinander. Dann steht Alix auf, geht zu ihrem Kirschbaum zurück.

»Jetzt noch der letzte Umbau, der mit den Laken!«, ruft Gabrielle. Diesmal beobachtet Armand seine Tochter und lässt sich von dem Stück überraschen, das unter seinen Fingern schlummert. Eine Melodie, die Alix als Kind mit lautem Händeklatschen eingefordert hat, nicht ahnend, dass er sie ihr in ihren ersten Lebenstagen immer wieder vorgespielt hat, als noch keiner wusste, ob sie überleben würde. Alix, am anderen Ende der Bühne, erkennt das Stück sofort. Und während die übrigen Darsteller die Möbel nach und nach mit weißen Laken zuhängen, beginnt sie zu tanzen. Ihr Körper vermählt sich mit jeder Note. Es ist nicht so, als seien die Blicke der anderen ihr gleichgültig. Eher so, als nähme sie sie an. Sie tanzt und gibt sich hin. Armand spürt, wie sein Herz explodiert. Er möchte weinen.

Alle machen eine Pause, bevor sie den letzten Akt in Angriff nehmen. Alix hat sich Gabrielle zugewandt.

»Und? Funktioniert es jetzt?«, fragt sie mit einem Anflug von Trotz.

»Jetzt funktioniert's«, bestätigt Gabrielle.

Alix zuckt die Achseln, wie zum Beweis, dass ihr das völlig egal ist. Aber während sie sich abwendet, erhascht Armand die Andeutung eines Lächelns auf ihrem Gesicht, eins von denen, die man zu unterdrücken sucht, die aber trotzdem durchkommen. Armand setzt sich neben Gabrielle, die schon ansagt, an welcher Szene sie als nächstes arbeiten werden.

»Danke«, formt er lautlos mit den Lippen.

»Oh, dank mir lieber nicht«, antwortet sie trocken. »Du hast dich soeben für zehn anstrengende Probentage verpflichtet.«

ALIX

Nach der Probe hält Alix sich nicht lange auf. Sie macht Gabrielle ein Zeichen, dass sie nach Hause geht, weicht ihrem Vater aus, verlässt den Theatersaal. Gewohnheitsmäßig wirft sie einen Blick durch die Fenster des Perkussionsraums. Diego und Matej sind nirgends zu sehen. Sie geht durch den Park auf den Ausgang zu. Das Handy in ihrer Jackentasche wiegt schwer – kiloweise Befürchtungen, Tonnen von Hoffnung. Eine Nachricht ist auf der Mailbox eingegangen. Unbekannte Festnetznummer aus Paris. Sie traut sich nicht, sie abzuhören.

Heute Nacht hat sie geträumt, dass sie bei der Aufnahmeprüfung durchgefallen ist. Seitdem zwingt sie sich zur Vernunft, sagt sich, dass es kein Drama wäre, dass sie auch noch andere Hochschulen in Aussicht hat, dass ein Scheitern im ersten Anlauf nicht bedeutet, keine Schauspielerin werden zu können, vielleicht sogar im Gegenteil. Trotzdem. Diese Hochschule war ihr Traum. Mit dieser Dozentin wollte sie arbeiten.

Sie geht die lange Hauptstraße zum Meer hinunter, das ganz am Ende als blaugrüner, schäumender, von Gebäuden umrahmter Ausschnitt auf sie wartet. Dort unten will Alix sein, wenn sich ihr Schicksal entscheidet. Will, dass sich die Stimme auf der Mailbox mit dem Rauschen der Wellen und dem Heulen des Windes vermischt. Aber dann hält sie es nicht mehr aus. Sie muss es wissen. Auf halbem Weg holt sie ihr Handy hervor, hört die Nachricht ab. Stößt einen

Schrei aus. Springt bis zum Himmel, mitten auf der Straße, trampelt lachend mit den Füßen. Sie hat den Platz! Paris, das Theater, diese Zukunft, die sie sich tausend Mal an ihrer weißen Zimmerdecke ausgemalt hat, dieser Traum, den sie entworfen, gehegt, überall erzählt und Tag für Tag verfeinert hat, geht endlich in Erfüllung, die Sterne scheinen auf ihrer Seite zu stehen. Und sie würde am liebsten alles verschlingen, jeden Menschen, dem sie begegnet, jeden Baum, jedes Haus, jeden Riss im Asphalt, jede Wolke. Sie sich einverleiben. Verdauen. Auf der Bühne neu erschaffen.

Während sie die fächerförmige Rampe hinuntergeht, überlegt sie, ob sie allen Bescheid sagen soll. Philippine, Matej, Diego, ihren Eltern, Gabrielle, die sicher schon auf dem Weg nach Rennes ist, wo sie heute übernachtet. Sie möchte dieses unfassbare Gefühl gern teilen, das sich in ihr öffnet, das alles in ihr öffnet. Aber sie tut es nicht. Weil es ihr andererseits auch gefällt, mit dieser Neuigkeit noch ein paar Stunden lang allein zu sein. Mit ihrem Geheimnis, das ihr durch die Adern rauscht und die Brust entfacht. Aufgewühlt rennt sie durch den feuchten Sand, bis ihre Kehle brennt.

An der Pointe de la Hoguette bleibt Alix stehen, lässt die Tasche fallen, streift ihre Schuhe ab, ihren Pulli, ihre Jeans. Geht in Unterwäsche zum Wasser hinunter. Kurz kommen ihr Bedenken, weil sie weder Handtuch noch Wechselwäsche dabeihat. Mit einem Lachen wischt sie sie beiseite und überlässt sich der Kälte der Wellen, die von der Sonne ein wenig gemildert wird.

Sie hat den Platz.

Heute fängt ihr richtiges Leben an. Das Leben, das sie selbst gewählt hat.

LUCE

18:30

Luce sitzt auf ihrem Krankenhausbett und wartet. Die von den Ärzten durchgeführten Tests haben alle beruhigt: Sie hat keine Brüche, keine inneren Blutungen, nur Prellungen, wenn auch ziemlich starke und schmerzhafte, und die große Platzwunde am Kopf. Jetzt hat sie sich angezogen, ihre Tasche gepackt. Gabrielle soll gleich kommen und sie abholen. Gabrielle soll gleich kommen. Gabrielle …

Sie kann es immer noch nicht glauben. Als das Mädchen sie gestern gefragt hat, ob sie die Mutter einer gewissen Gabrielle sei, hat sie sich mit einem Nicken begnügt. Hat nichts gesagt, wollte es nicht wissen, wollte die verschütteten Erinnerungen nicht an die Oberfläche steigen lassen, die diese einfache Frage in ihr aufwühlte. Nie hätte sie damit gerechnet, dass ihre Tochter eine Stunde später höchstpersönlich durch diese Tür treten und eine Bresche in die Zeit schlagen würde.

Gabrielle war ihr erster Verlust gewesen – noch vor dem Tod ihrer Eltern, dem ihrer kleinen Schwester und natürlich dem von Lucien. Ein Verlust, den sie niemals überwinden konnte, denn Gabrielle war ja nicht tot. Man kann kein Kind betrauern, das noch quicklebendig ist. Das ist, als wollte man eine unglückliche Liebe hinter sich lassen, während das Objekt dieser Liebe noch irgendwo in der Nähe herumläuft, atmet, liebt. Unmöglich. Nur eine neue Liebe kann – vielleicht – das zwanghafte Kreisen der Gedanken durchbrechen.

Aber bei einem Kind ... Nichts hat diese Leere lindern können, dieses schmerzliche Bewusstsein, dass sie aus freien Stücken gegangen ist.

19:20

Luce zieht einen kleinen Spiegel aus der Tasche, ordnet ihr Haar. Ihr Gesicht schaut sie nicht an. Schon lange nicht mehr. Ein Teil von ihr ist für immer gestorben, seit sie Gabrielle verloren hat. Daran hat auch ihr gestriges Wiedersehen nichts geändert.

20:00

Gabrielle kommt ins Zimmer gehetzt, greift ohne jede Begrüßung nach der Tasche von Luce.

»Es ist spät«, murmelt diese.

»Ich hab's nicht früher geschafft. Bist du so weit?«

Ihr weißes Haar fällt bis über den Kragen ihres langen grauen Mantels und plötzlich hat Luce das Bild eines Bergs vor Augen. *Meine Tochter ist ein Berg.* Auch ihre eigenen Haare sind früh weiß geworden – die ersten kamen schon mit Anfang zwanzig und haben sich dann binnen eines Jahrzehnts auf ihrem ganzen Kopf ausgebreitet –, aber bis zu Luciens Tod hat sie sie immer sorgfältig gefärbt. Danach hatte sie nicht mehr den Mut dazu. Und so stehen sie sich jetzt beide mit diesem Schnee-Haar gegenüber. Fluffig bei Luce, schwer und glänzend bei Gabrielle. Luce eine flüchtige Wolke, Gabrielle ein unzerstörbarer Berg.

20:40

Sie fahren zu Luce nach Hause. Schweigend. Es gibt keine möglichen Worte. Es gibt überhaupt keine Worte. Das ist das Schlimmste, dieses Gefühl, dass sie sich nichts zu sagen haben. Sie haben sich zu weit voneinander entfernt.

»Bleibst du noch hier?«, fragt Luce, als sie vor dem Haus anhalten.

»Nur diese Nacht.«

GABRIELLE

Gabrielle klappt die Fensterläden auf, die schon so lange nicht mehr geöffnet worden sind, dass sie vergessen haben, wie das ist, und mit gequältem Quietschen protestieren. Das fahle Licht eines grauen Morgens dringt ins Zimmer. Ihr Zimmer. Sie hat immer gedacht, ihre Eltern hätten es ausgeräumt und in ein Arbeits- oder Gästezimmer verwandelt. Aber wie es scheint, ist hier seit ihrem achtzehnten Lebensjahr nichts mehr verändert worden. Die Schränke sind immer noch voll mit ihren alten Sachen. Der Schreibtisch wirkt kaum aufgeräumter als in ihrer Erinnerung, das Blau der Vorhänge ein bisschen dunkler, die Dachschräge etwas stärker geneigt. Irgendwer muss hier von Zeit zu Zeit sauber machen, denn nirgends liegt Staub. Für den Fall, dass Gabrielle zurückkommen würde?

Ihr Blick wandert von den Regalen zu den Bildern an der Wand. Sie lächelt die Gesichter auf den mit Reißzwecken befestigten Postkarten an: Camille Claudel, Virginia Woolf und Frida Kahlo, ihre heilige Dreieinigkeit, die seither in jeder ihrer Wohnungen thront. Ein Stück daneben, mit Kurzhaarschnitt und Fluppe im Mundwinkel, Sarah Kane, deren Foto sie erst kurz vor dem Bruch mit ihren Eltern an die Wand gepinnt hatte. Und natürlich Patti Smith mit Robert Mapplethorpe auf der Feuertreppe des Chelsea Hotel. Damals war Gabrielle auf der Suche nach Vorbildern, nach Künstlerinnen, die sie bewundern und denen sie nacheifern konnte. Denn bei den Schauspiellehrern im Theater durften sie immer nur männliche Autoren entdecken. Zärtlich lässt Gabrielle ihre Finger über die Buchrücken gleiten. Erinnert sich, welche Begeisterung der erste Text von Sarah Kane bei ihr ausgelöst hat, und dann Brecht, Tschechow – *Der Kirschgarten*, auch damals schon – Sophokles, Racine, Shakespeare, Molière, Beckett, Hugo, Rostand ...

Sie hört die Schritte ihrer Mutter im Erdgeschoss. Um die Begegnung mit ihr möglichst lange hinauszuzögern, duscht sie erst noch in dem kleinen angrenzenden Badezimmer. Auch hier haben ihre Eltern nichts angerührt. Überall finden sich noch Relikte aus ihrer Jugend: knallrote Lippenstifte und eingetrocknete Mascara, kastanienrote Haare in der Bürste. Die Entdeckung dieser längst vergessenen Dinge verursacht ihr beinahe Übelkeit. Sie schnappt sich die Bürste, löst die Haare heraus, stopft sie in den Mülleimer. Wirft dann die Bürste selbst hinterher, das Make-up, die Haargummis und -spangen, die bunten Klämmerchen. Danach geht es ihr ein bisschen besser.

Luce ist in der Küche.

LUCE: Guten Morgen.
Was möchtest du
zum Frühstück?

GABRIELLE: Einen Kaffee.
Nur einen Kaffee.

LUCE: Das ist doch kein
Frühstück.

GABRIELLE: Das ist aber das, was ich möchte.

LUCE: Hast du gut geschlafen?

GABRIELLE: Ja.
Und denk dran,
um elf kommt die Pflegerin.

LUCE: Ah ja.
Gut.

Gabrielle flüchtet in den Garten, zündet sich eine Zigarette an. Jedes dieser banalen Worte wirft ein erbarmungsloses Licht auf all jene, die in den letzten fünfundzwanzig Jahren zwischen ihnen ungesagt geblieben sind.

Während sie auf die Pflegerin warten, reinigt Gabrielle den verstopften Abfluss der Dusche im Erdgeschoss.

Die Klingel ertönt um fünf nach elf. Die Pflegerin ist ein Pfleger, ein großer Kerl um die vierzig, der ohne Punkt und Komma redet. Binnen einer halben Stunde erfährt Gabrielle, dass er aus Tunesien stammt, drei Kinder hat, eins davon noch ein Säugling, eine Frau, die er während des Studiums kennengelernt hat und die denselben Beruf ausübt wie er, dass er in seiner Freizeit gern alte Autos restauriert, dass es wichtig ist, »regelmäßig zu essen und viel zu trinken, Madame Paradis, Ihr Körper braucht Treibstoff, um gesund zu werden«, und dass er in dieser Woche jeden Tag um die gleiche Uhrzeit vorbeikommen wird. Dann geht er. Die Luft im Wohnzimmer ist mit Worten gesättigt, was die einkehrende Stille noch unerträglicher macht.

GABRIELLE: Ich muss nach Hause.

LUCE: Natürlich.

GABRIELLE: Kommst du zurecht?

LUCE: Natürlich.

GABRIELLE: Die Nachbarin schaut heute Abend mal vorbei.

LUCE: In Ordnung.

Schweigen.

GABRIELLE: Also, ich geh dann mal.

LUCE: Fahr vorsichtig.

TITOUAN

Titouan beobachtet das Kommen und Gehen der Passanten auf der Straße. Einige kehren gerade erst zum Mittagessen heim, andere brechen schon wieder zur Arbeit auf, mit Ranzen beladene Kinder hüpfen über die Fugen auf dem Fußweg. Er stellt sich vor, auch dort unten entlangzulaufen, und sein Herzschlag beschleunigt sich. Aber es wird sich wohl nicht vermeiden lassen. Er hat heute einen Termin bei der Psychologin. Bevor sie ihn in die Gruppe aufnimmt, möchte sie erst noch mit ihm alleine sprechen.

Er setzt sich aufs Bett, klappt den Rechner auf. Lix ist online. Seit ihrer Begegnung im Krankenhaus haben sie nicht mehr gespielt.

»Seit wann bist du um diese Uhrzeit schon eingeloggt?«, fragt er sie anstelle einer Begrüßung.

»Sind ja fast schon Ferien. Jetzt kommt nur noch die Theateraufführung ...«

Seltsam, seit er ihr leibhaftig begegnet ist, bringt Titouan ihre Stimme und den muskelbepackten Avatar nicht mehr zusammen. Das stört ihn. Nicht, dass sie ein Mädchen ist, das überhaupt nicht, aber dass es sie wirklich irgendwo gibt, in einem echten Körper, mit einem echten Gesicht und einem echten Leben.

»Und deine Aufnahmeprüfung? Hast du bestanden?«

»Ja, hab ich.«

»Cool, gratuliere! ... Spielen wir heute Abend?«

»Klar, nach meiner Probe.«

Die Stimme seiner Mutter hallt die Treppe herauf.

»Titou?«

»Komme!«

Er loggt sich aus, zieht einen Pullover über, geht aus dem Zimmer. Seine Mutter hat sich den Nachmittag freigenommen, um ihn in die Praxis der Psychologin zu begleiten.

In der Diele holt Titouan tief Luft. Öffnet die Tür. Stellt sich einen Moment lang der Sonne, die ihm aufs Gesicht brennt. Als stünde seine Haut in Flammen.

»Geht's?«, fragt seine Mutter leise.

»So mittel.«

»Ich hol schnell das Auto.«

Sie hält direkt vorm Gartentor. Titouan rennt los, mit angehaltener Luft, wie von unsichtbaren Dämonen verfolgt, und wirft sich auf den Beifahrersitz.

Die Psychologin ist sehr klein. Ein Meter fünfzig, wenn überhaupt, und ein türkisfarbener Blick, dem Titouan nicht standhält, als sie ihm die Hand reicht. Er drückt sie nur kurz, setzt sich dann ihr gegenüber in einen schiefergrauen Stuhl. Sie wechseln ein paar belanglose Sätze, die Titouan ziemlich nerven. Für Small Talk ist er nicht hergekommen.

»Ich glaub, ich hab überhaupt keine Lust, erwachsen zu werden«, lässt er irgendwann fallen.

»Ich auch nicht«, gibt die Psychologin lächelnd zu.

Er mustert sie überrascht.

»Als ich mich entschieden hab, nicht mehr rauszugehen, dachte ich, dass es da draußen nichts mehr für mich gibt.«

»Und das ist jetzt nicht mehr der Fall?«

»Keine Ahnung. Vielleicht kann ich irgendwas finden, das mir hilft, mit diesem Leben klarzukommen. Sobald man irgendwie anders ist, hat man ja keine Ruhe mehr. Aber ... vor Kurzem hab ich jemand kennengelernt, eine alte Frau. Ganz zufällig, wegen einer Nachricht, die auf meinem Handy gelandet ist. Sie war früher Pilotin, ist viel geflogen. Und sie meinte, ich müsste auch irgendwas finden, das mich zum Fliegen bringt. Das mir Spaß macht und meine Ängste beruhigt. Das es mir erlaubt, in dieser Welt zu leben, ihr hin und wieder aber auch zu entfliehen.«

»Gibt es denn irgendwas, bei dem du zur Ruhe kommst?«

»Mit Lego bauen, aber das ist ja nun kein Beruf.«

»Wieso nicht? Irgendwer muss diese Legosachen doch erfinden, oder? Und es geht ja auch noch gar nicht um einen Beruf, dafür bleibt dir doch noch reichlich Zeit.«

»Das sehen meine Lehrer aber ganz anders.«

»Und du selbst, wie denkst du darüber?«

Titouan fährt sich mit der Hand über die Stirn, auf der vereinzelte Pickel wachsen, die er sonst immer zu ignorieren versucht. Das widert ihn ein bisschen an, dieser Verrat seines Körpers. Und ärgert ihn auch. Die Pickel, sein Körper und der ganze Rest.

»Ich hab überhaupt keine Lust, jetzt schon mein Leben zu verplanen. Das ist doch völlig bescheuert, wer weiß denn schon, was noch kommt und wie sich die Dinge entwickeln? Aber Luce ... also diese Pilotin ... die meint eben auch, dass hier jeder einen Platz finden kann, der zu ihm passt. Und bei ihr sind das auch keine leeren Worte, sie hat es ja selber geschafft. Sie hat für sich einen Platz gefunden, den es bis dahin noch nicht einmal gab. Deshalb dachte ich, vielleicht ...«

»Vielleicht was?«

»Ach, schon gut.«

ALIX

Alix legt ihre Sachen in der Loge ab. Sie kennt das Theater von Saint-Malo wie ihre Westentasche, schließlich hat sie hier mit ihrem Vater schon zahlreiche Konzerte besucht, als Kind bei zahlreichen Tanzaufführungen mitgemacht und später dann – dank Gabrielle – auch zahlreiche Stücke aufgeführt. Der Künstlereingang ist ihr vertrauter als die hohen Glastüren, durch die das Publikum hereinkommt. Sie mustert sich kurz in einem der von Dutzenden Glühbirnen gerahmten Spiegel – die fand sie schon immer toll, wie Weihnachtslichterketten, die das ganze Jahr brennen.

»Alle in die Garderobe!«, ruft Gabrielle. »Wir haben vier Stunden Zeit für die Beleuchtungsprobe. Für euch ist das nicht der spannendste Moment, aber ich brauche trotzdem eure volle Konzentration und Aufmerksamkeit. In zehn Minuten auf der Bühne.«

Alix schlüpft in ihr weißes Kleid. Eine Farbe, die sie nur auf der Bühne trägt. Der Gedanke gefällt ihr. Eine andere zu sein, aus sich herauszutreten. Und um ein Haus inmitten eines Kirschgartens zu verkörpern, bot sich diese Farbe an. Weiße Kirschblüten, Winterschnee auf den Zweigen ...

Ihr Vater taucht auf, den Geigenkoffer in der Hand. Über dem weißen Konzerthemd trägt er die Weste, die sie am liebsten mag, aus petrolfarbenem Samt. Und rasiert hat er sich auch. Alle Mädchen aus ihrer Theatergruppe lächeln dümmlich zu ihm hinüber und fangen an zu kichern. Alix will gerade die Augen verdrehen, als sie, anhand dieser Blicke, mit einem Mal begreift, was ›Armandalina‹ bedeutet haben muss. Nur ein Blitzlicht, ein flüchtiger Eindruck: der Charme ihres Vaters, die unergründliche Schönheit ihrer Mutter. Die beiden zusammen müssen überwältigend gewesen sein, das perfekte Paar, unwiderstehlich. Wie konnte aus einer solchen Verbindung ein Kind wie sie hervorgehen? Mit diesem Bauch, der sich unter ihrem Kleid vorwölbt, den fetten Oberschenkeln und dem viel zu runden Gesicht. So viel zu dieser Scheiß-Genetik.

Armand legt seinen mit Aufklebern übersäten Geigenkoffer neben ihr ab, lächelt ihr im Spiegel zu.

»Alles gut?«

»Hm.«

Sie entzieht sich, verschwindet hastig in dem Treppenaufgang, der zu den Kulissen hinaufführt.

Gabrielle ist schon mit dem Regieassistenten im Saal. Lebhaft diskutierend stehen sie hinter dem Pult, lassen verschiedene Farben über die Bretter wandern. Alix setzt sich in die erste Reihe, lächelt. Heute Nachmittag müssen sie die Probe bestimmt alle zwei Minuten unterbrechen, ihre Positionen einnehmen, ohne spielen zu dürfen, ständig auf irgendetwas warten. Trotzdem liebt sie diese Momente. Wenn die Scheinwerfer plötzlich das Bühnenbild streicheln, die Kostüme entflammen, die Gesichter überfluten, die Blicke erhellen und die Schatten formen. Alles wird lebendig, existiert, ohne wirklich da zu sein, das Draußen im Drinnen, die ganze Welt auf einer Bühne. Magie pur.

Die Probe beginnt. Sie beobachtet die Techniker, die auf den Gerüsten herumklettern, um die Scheinwerfer auszurichten. Armand, die Geige in der Hand, schlendert unter den Strahlern umher wie im heimischen Wohnzimmer.

Und wie sie ihn jetzt so sieht, in Gedanken versunken, kann Alix sich kaum noch erinnern, warum sie ihm böse ist. Jetzt, wo es ein

Nachher gibt, wo Paris ihr sicher ist, kann sie seine Anwesenheit an diesem Ort ertragen, der bisher immer nur ihr gehört hat. Als er in ihre Nähe kommt, flüstert sie ihm zu:

»Philippines Eltern haben in Paris eine Wohnung für sie gefunden. Mit zwei Zimmern. Sie hat mich gefragt, ob ich Lust habe, bei ihr einzuziehen, und ich hab Ja gesagt. Das Zimmer kostet vierhundert Euro im Monat. Dafür suche ich mir einen Nebenjob.«

»Alix ... ich lege seit fünfzehn Jahren regelmäßig Geld für dein Studium auf die Seite.«

»Ich komm schon klar.«

»Oh, das weiß ich.«

»Aber für diesen Sommer könnte ich ein bisschen Geld gebrauchen. Ich fahr nämlich in die Türkei.«

Er starrt sie an, ein Fragezeichen in den Augen, ein Komma zwischen den Brauen.

»Okay«, sagt er nur und setzt dann seine Wanderung über den schwarzen Parkettboden fort.

ARMAND

Gabrielle hat nicht übertrieben, als sie gesagt hat, dass er sich für zehn anstrengende Probentage verpflichtet hat. Im ständigen Wechsel zwischen Konservatorium und Stadttheater lässt sie ihrer Truppe keine Ruhe. Mit stiller Belustigung beobachtet Armand, wie sie sie Tag für Tag zu Höchstleistungen anspornt. Aber auch mit großer Bewunderung für ihre Hartnäckigkeit.

Als sie Samstagmittag aus dem Theatersaal kommen, beißt die erste echte Sommersonne in ihre nackten Arme. Armand wartet, bis sich die Schüler im Park zerstreut haben, bevor er auf Gabrielle zugeht.

»Wollen wir irgendwo einen Happen essen?«

»Bretagne-Bob?«, schlägt Alix vor, die ein paar Schritte von ihnen entfernt mit einem Jungen spricht, den Armand als Diego erkennt.

Sie hat sich aus eigenem Antrieb beim Mittagessen eingeklinkt. Und Armand ist so froh, dass sie überhaupt einen Vorschlag macht – egal, was für einen –, dass er sofort zustimmt und Gabrielle mit den Augen bittet, das auch zu tun.

»Bretagne-Bob ist gut«, entscheidet diese.

»Ich komm gleich nach!«, ruft Alix.

Armand und Gabrielle gehen los. Ohne sich abzusprechen, meiden sie konsequent alle vorgeschriebenen Wege – ein winziger, fröhlicher Widerstandsakt gegen die Parkordnung. Gabrielle ist tief in Gedanken versunken. Armand lenkt sie nicht ab, starrt auf den

Saum ihres langen, pflaumenfarbenen Rocks hinunter, der über die Grashalme streift.

Kurz vor dem Ausgang zum Parkplatz holt Alix sie ein.

»Worüber habt ihr gesprochen?«

»Über dich natürlich«, antwortet Gabrielle wie aus der Pistole geschossen. »Du glaubst doch nicht, dass wir je über irgendwas anderes reden.«

Alix schneidet eine Grimasse, lächelt dann und hüllt sie in eine Wolke aus Worten ein. Armand mustert sie verstohlen. Seit ein paar Tagen macht sie den Eindruck, als sei ihr eine unsichtbare Last von den Schultern genommen. Selbst die Luft scheint jetzt anders an ihr vorbeizuströmen. Der Gedanke liegt nahe, dass er selbst diese Last war, und das schnürt ihm ein bisschen die Kehle zu.

Als sie auf dem Platz vor der Kirche ankommen, wo der schwarz-weiße Wagen steht, winken die beiden Frauen Bretagne-Bob aus der Ferne zu und nehmen an einem kleinen Metalltisch Platz, während Armand sich in die Schlange stellt. Als er an der Reihe ist, wirft Bob einen Blick zu dem Tisch hinüber.

»Endlich mal zu dritt«, stellt er fest.

»Verzeihung?«

»Ach, nichts. Ich seh euch sonst immer nur allein. Das ist gut.«

Wie gewohnt macht er sich hinter seinen Platten zu schaffen, überlegt sich für jeden von ihnen die passende Bestellung, während Armand über seine rätselhafte Antwort nachsinnt.

»Warum ist das gut?«, fragt er einen Augenblick später.

»Ist es nicht gut?«

»Doch.«

»Na bitte, dann sind wir uns ja einig.«

Mit einem Augenzwinkern reicht er Armand drei in Papier gewickelte Galetten.

»Die ist für Gabrielle, die für deine Tochter und diese für dich.«

Armand zahlt und geht, mit leicht verwirrter Miene.

»Findest du nicht auch, dass er Bill Murray ähnlich sieht?«, flüstert Alix ihm zu, während er sich setzt.

»Stimmt, da ist was dran ... Die Form des Gesichts, die Haare ... Ulkiger Kerl.«

Alix tippt auf ihrem Smartphone herum und verkündet dann, dass Mandalina gleich kurz vorbeikommen wird. Und tatsächlich, kaum haben sie ihre Galetten verputzt, hält ihr Wagen auch schon am Straßenrand. Alix geht hin. Armand bleibt auf Abstand.

»Gibt's Neues von deiner Mutter?«, fragt er Gabrielle.

»Das läuft wohl ganz gut. Ich hab mit ihrer Nachbarin und dem Pfleger telefoniert. Heute Nachmittag fahre ich kurz hin und kaufe ein paar Sachen für sie ein.«

»Und du? Wie geht es dir?«

»Oah, du nervst.«

Er runzelt die Stirn.

»Musst du das denn ständig fragen?«

»Das fragen doch alle ständig.«

»Aber nicht so wie du. Nicht so ernst gemeint.«

Ein abwesendes Lächeln huscht über Gabrielles Gesicht, und ihr Blick wandert zu Alix, die gerade zurückkommt und etwas in ihre Pullovertasche schiebt.

»Was wollte sie denn?«

»Wissen, ob ich was dagegen hab, wenn sie zu unserer Aufführung kommt.«

»Und?«

Alix zuckt die Achseln.

»Ist mir egal. Wie sie Lust hat.«

Gabrielle und Armand wechseln einen Blick. Er fragt sich, was Alix da wohl gerade in ihrer Tasche versteckt hat, zieht dann unauffällig sein Telefon hervor.

Eigentlich ist es ihr überhaupt nicht egal,
schreibt er.

Den Eindruck hatte ich auch.
Ich werde kommen.

ALIX

Alix befühlt den Briefumschlag unter ihrem Kopfkissen. Seit Tagen holt sie ihn immer wieder hervor, kann sich aber nicht entschließen, ihn zu öffnen. Sie hat ihn sogar schon gegen das Licht gehalten, um die Worte durch das Papier hindurch zu erahnen. Sie brennt darauf, seinen Inhalt zu erfahren, aber sie hat auch Angst. Enttäuscht zu werden. Verletzt zu werden.

Sie lauscht. Gabrielle ist schon im Bett. Kein Laut dringt aus ihrem Zimmer. Alix macht es sich auf ihrem Schlafsofa bequem, schaltet die kleine rote Lampe wieder ein. Mit klopfendem Herzen reißt sie den Umschlag auf. Drinnen findet sie zwei Seiten, eng mit einer vertrauten Schrift bedeckt.

Alix,
ich schaffe es einfach nicht, dir von mir zu erzählen. Dir von den fünfzehn Jahren zu erzählen, in denen ich nicht mehr wusste, wer ich bin. Also schreibe ich es dir auf.
Ich habe eine bipolare Störung. Das bedeutet, dass ich ständig zwischen manischen und depressiven Phasen hin- und herschwanke. Die Ärzte sagen, das ›Gelände‹ dafür muss schon bereitet gewesen sein, bevor meine Entbindung die Krankheit ausgelöst hat – nicht du, sondern die Entbindung. Das ist nicht dasselbe, vergiss das bitte nicht. Denn meine Schwangerschaft habe ich als ein großes Glück erlebt. Es war wunderschön, dich in mir wachsen zu spüren, dich mir

vorzustellen, deine Ankunft vorzubereiten, zusammen mit deinem Vater.

Und dann bist du plötzlich gekommen, von einem Moment auf den anderen. Viel zu früh. Ich war noch gar nicht bereit, ich dachte, ich hätte noch zwei Monate Zeit, und dann warst du auf einmal da. Es fühlte sich an, als würde ein Teil meiner selbst aus mir herausgerissen. Ich wollte noch nicht, dass du kommst. Es ging alles sehr schnell, so winzig klein, wie du warst. Ich wollte nicht, dass du kommst, und in der nächsten Sekunde warst du schon da. Ich war wie betäubt, konnte es einfach nicht begreifen. Als wäre es vollkommen undenkbar, dass du aus mir hervorgegangen sein solltest, völlig absurd. Ich kann es kaum erklären.

In den Tagen danach bin ich immer weiter abgerutscht. Es war meine erste depressive Phase, aber das wusste ich damals natürlich noch nicht. Ich hatte einfach nur Angst, eine grauenhafte, bodenlose Angst, um mich und um dieses Kind, das angeblich meines war, dem ich mich aber kaum noch verbunden fühlte, jeden Tag ein bisschen weniger. Mit dem Moment, wo du nicht mehr in mir warst, bist du mir fremd geworden. Es war mir unmöglich, dich im Krankenhaus zu besuchen, in diesem grässlichen Brutkasten, der meinen Bauch ersetzen sollte. Ich hatte das Gefühl, in meiner Angst zu ertrinken. Zu sterben. Ich konnte nicht verstehen, was mit mir geschah. Wegzugehen war quasi ein Überlebensinstinkt. Meine letzte Rettung, im wahrsten Sinne des Wortes. Ich bin zu meinem Vater nach Marseille gefahren, und der hat mich dann einem Arzt vorgestellt, der sofort begriff, dass ich eine Gefahr für mich selber war, und mich davon überzeugen konnte, in eine psychiatrische Klinik zu gehen.

Neulich habe ich zu dir gesagt, die fünfzehn Jahre, die darauf folgten, seien schnell vergangen. Das stimmt und stimmt doch wieder nicht. In meinen manischen Phasen rauscht alles nur so vorbei, ich werde von einem Wirbel mitgerissen, den ich selbst erzeuge. Ich halte mich für unbesiegbar, als könnte ich die ganze Welt erobern, von einer Klippe springen, aus dem Stand einen Marathon laufen. Ich kenne dann keine Gefahr.

Während der depressiven Phasen hingegen ... bin ich zu nichts mehr in der Lage. Falle immer tiefer in ein Loch. Fühle mich böse und schlecht, als würde alles, was ich berühre, verderben. Dann möchte ich einfach nur sterben. Und dass alles andere mit mir zusammen stirbt, dass diese Welt voller Leid als Ganzes in einem schwarzen Loch verschwindet.

Das Schlimmste aber ist die Zeit dazwischen, wenn ich von einer Phase in die andere wechsle. Der Moment, wo mir selber bewusst wird, dass ich krank bin. Wo ich in den Spiegel blicke und erkenne, was aus mir geworden ist.

Natürlich gibt es Medikamente dagegen. Ich habe viele davon ausprobiert, einige haben geholfen, andere nicht. Aber ich habe sie sowieso immer nach kurzer Zeit wieder abgesetzt. Und dann regelmäßig einen Rückfall bekommen, wieder und wieder. Habe Dutzende Male daran gedacht, mich bei dir zu melden, dich zu besuchen. Aber ich hatte solche Angst, dir zu schaden. Auch körperlich. Dich zu verletzen, vielleicht gar nicht zu merken, dass ich dich in Gefahr bringe, weil ich jeden Bezug zur Realität verloren habe. Fünfzehn Jahre, in denen ich nicht mehr ich selbst war. Fünfzehn Jahre der Angst vor diesen anderen Versionen von mir, die jeden Moment von meinem Körper und meinen Gefühlen Besitz ergreifen konnten. Das raste vorbei und war doch endlos lang. Beides zugleich.

Und meine Rückkehr vor zwei Jahren hatte auch nicht nur damit zu tun, dass du im gleichen Alter warst wie ich, als ich meine Mutter verlor. Aber die Erkenntnis hat mir trotzdem einen heilsamen Schock versetzt. Ich war mitten in einer manischen Phase. Einige Monate vorher hatte ich wieder eine Behandlung abgebrochen. Ich hasste diese Pillen, die ich jeden Tag nehmen musste, ohne dass sie mich jemals

*gesund machen würden. Ich kam mir vor wie eine Drogenabhängige.
Aber dann ist mir eines Tages, als ich gerade im Auto saß, auf dem
Weg nach Paris, schlagartig klar geworden, dass du bald fünfzehn
werden würdest. Und ich habe mir gesagt:* »*Ich will nicht wie meine
Mutter enden. Ich will nicht, dass Alix das erleben muss.*« *Und dann
bin ich einfach umgekehrt. In die Klinik gefahren, zum dritten Mal.*

*Als ich zwei Monate später wieder herauskam, hatten sie die
Medikamente ziemlich gut eingestellt. Ich war stabil. Ich wusste noch
nicht, wie es weitergehen sollte – meine Stelle in Toulouse hatte ich
bei der Einweisung in die Klinik gekündigt. Und dann rief mich eine
alte Freundin an. Sie hat mir erklärt, dass sie in Rennes eine Galerie
eröffnen will, dass sie weiß, was ich hinter mir habe, und dass ich,
wenn mich das Abenteuer reizen würde, bei ihr einsteigen könnte.
Rennes. So nahe bei dir. Bei dir, die du eine Woche später fünfzehn
werden würdest. Ich habe sofort zugesagt.*

*Den Rest kennst du. Ich will gern noch mal versuchen, mit dir über
all das zu reden, wenn du das Bedürfnis danach hast. Ich weiß nicht,
ob ich es dann besser erklären kann als gerade eben. Aber ich werde
mir Mühe geben.*

*Es tut mir leid, dass du ohne mich aufwachsen musstest. Ich
würde gern behaupten, dass du mir jeden Tag meines Lebens gefehlt
hast. Aber das wäre nicht wahr. Viel zu oft hat die Krankheit alles
beherrscht, war viel zu brutal, um auch nur den Gedanken an andere
aufkommen zu lassen. Aber hier und jetzt kann ich dir sagen, dass du
mir fehlst.*

Du fehlst mir sehr, Alix.

*Ich hab dich lieb und hätte gern einen Platz in dem Leben, das du
dir gerade aufbaust.*

Manda

Alix faltet den Brief zusammen, steckt ihn in den Umschlag zurück, schiebt ihn wieder unters Kopfkissen. Sie weint nicht. Sie lächelt nicht. Sie starrt zu dem gelben Kreis hinauf, den der Lampenschirm an die Decke zeichnet. Lange Zeit bleibt sie so sitzen, die Augen weit geöffnet. Zieht die verborgenen Schubladen ihrer Erinnerung auf, inspiziert ihren Inhalt, sortiert sie neu. Eine innere Inventur, bei der sie vieles entdeckt, was sie längst weggepackt hatte.

Gabrielle kommt irgendwann vorbei, um zur Toilette zu gehen.

»Kannst du nicht schlafen?«

»Nein.«

»Alles in Ordnung?«

»Ja.«

»Willst du darüber reden?«

»Nicht jetzt.«

»Okay.«

LUCE

8:20

Als Luce an diesem Morgen die Vorhänge öffnet, fällt ihr ein, dass heute Abend die Aufführung von Gabrielles Theaterkurs stattfindet und dass sie nicht dabei sein wird. Sie hat nicht gewagt, ihre Tochter zu bitten, sie mitzunehmen, wollte nicht stören, ärgert sich jetzt darüber. Ob vielleicht jemand anders sie nach Saint-Malo bringen kann? Doch ihr fällt niemand ein. Ihre Nachbarin hat sicher schon genug zu tun, die Mutter von Titouan auch, und außerdem würden beide sowieso nur protestieren, ihr einreden, dass sie Ruhe braucht und zu Hause bleiben soll. Nein, sie muss sich damit abfinden: Sie wird auch dieses Mal nicht dabei sein.

11:00

Der Pfleger schaut vorbei, ein Wirbelsturm aus Worten und Gelächter. Er ist völlig begeistert von ihrer schnellen Genesung. Und es stimmt: Zehn Tage nach ihrer Entlassung aus dem Krankenhaus hat sie kaum noch Schmerzen. Die Wunde an der Stirn ist nur noch eine kleine Beule, die sie mit einer Haarsträhne verdeckt, und ihre Prellungen sind zwar noch gut zu sehen, tun aber nicht mehr weh, wenn man draufdrückt. Sie spürt, wie neue Energie durch ihre Adern strömt.

»Bald brauchen Sie mich nicht mehr, Madame Paradis!«

Luce begleitet den Pfleger zur Tür, schaut seinem Wagen hinterher. Die Luft riecht nach Ferien, eine Brise spielt in den Blättern der

Bäume, und jetzt, Anfang Juli, hallen überall Kinderstimmen durch die Gärten. Zum ersten Mal seit langer Zeit verspürt Luce wieder Lust, Teil dieses fröhlichen Tumults zu sein.

13:10

Sie hat gerade zu Mittag gegessen, als das Schrillen der Klingel die Stille in ihrer Küche durchbricht. Vor der Tür steht Aurore, die Mutter von Titouan, und er selbst gleich hinter ihr, unter der Kapuze eines grauen Pullovers versteckt, in den drei Jungs mit seiner Statur hineinpassen würden. Sie setzen sich ins Wohnzimmer. Aurore öffnet ein Fenster, geht in die Küche, um Tee zu machen, als sei sie hier zu Hause. Titouan nimmt die Kapuze ab. Mehrere Finger tauchen aus seinen Ärmeln auf, kneten an dem Stoff herum. Ein flüchtiges Lächeln belebt sein ausgemergeltes Gesicht.

»Ich bin jetzt bei dieser Psychologin.«

»Und? Ist das gut?«

»Ich weiß gar nicht mehr, was ich ihr noch erzählen soll. Eigentlich hab ich alles schon am ersten Tag gesagt, und jetzt muss ich mir im Wartezimmer immer irgendein Thema aus dem Hirn quetschen, über das wir reden können. Ich würde ja lieber an ihrer Gruppe teilnehmen, da ist man wenigstens zu mehreren. Aber das will sie nicht, noch nicht. Sie sagt dann: ›Ich habe deinen Wunsch vernommen.‹ Diese Psycho-Leute sagen nie einfach das, was sie meinen, die reden immer so drum herum. Die sagen nicht ›Bald‹ oder ›Noch drei Sitzungen‹, sondern ›Ich habe deinen Wunsch vernommen‹, was irgendwie alles und nichts bedeuten kann. Oder ist das nur bei ihr so?«

Fragend schaut er sie an.

»Mit Psychotherapeuten kenne ich mich nicht so aus, aber wenn du noch hingehst, kann sie ja nicht völlig unfähig sein.«

»Nee, ist sie auch nicht, schon okay.«

Aurore kommt mit dem Tee zurück, fragt Luce nach ihrem Befinden. In der Küche hat sie den Inhalt des Kühlschranks inspiziert,

Luce hat es gehört. Diese Fürsorge einer ihr fast unbekannten Frau rührt sie tief.

Titouan betrachtet die beiden Modellflugzeuge, die auf einem Wandbord thronen.

»Wenn Lucien nicht geflogen ist«, erklärt ihm Luce, »hat er sich mit Modellbau beschäftigt. Jedenfalls in der ersten Zeit. Später hat er dann was anderes für sich entdeckt.«

Mit verschwörerischer Miene holt sie ein Fotoalbum und schlägt es auf. Eine Doppelseite mit Bildern von Lucien, umringt von zahllosen Lego-Konstruktionen. Titouan macht große Augen.

»Ist das ... hier?«, fragt er.

»Im Keller, ja. Der war voll davon, aber nach Luciens Tod hab ich alles verkauft.«

»Kann ich den mal sehen?«

»Oh, da ist nichts mehr übrig, aber wenn du willst ...«

Sie stehen auf, steigen die schmale Treppe hinunter. Luce drückt auf den Schalter. Eine nackte Glühbirne erhellt Luciens früheres Refugium, das jetzt nur noch einen Tisch und mehrere Kartons enthält. Titouan schaut sich trotzdem alles an, sogar das, was nicht da ist, vermutet Luce. Er beugt sich vor, hebt eine vergessene Figur vom Boden auf.

»Kann ich die behalten?«

»Klar, wenn du ...«

Die Klingel – schon wieder – schneidet ihr das Wort ab. Sie gehen nach oben. Aurore hat bereits geöffnet und kommt mit Tess ins Zimmer.

»Meine junge Nachbarin«, stellt Luce sie lächelnd vor. »Ich glaube, ihr kennt euch schon aus dem Krankenhaus?«

»Ach, stimmt ja!«, ruft Aurore. »Komm, Tess, setz dich zu uns. Möchtest du einen Tee?«

Tess hat eine Platte in der Hand, die sie auf dem Couchtisch abstellt. Sie nimmt den Tee dankend an, lüftet dann das Tuch, unter dem ihre Back-Kreation des Tages hervorkommt.

»Ich hab nach einem neuen Rezept gesucht und bin auf diese Schoko-Tarte mit salzigem Karamell gestoßen. Ich fand, da kommt das Beste aus beiden Welten zusammen, also hab ich sie heute Morgen mal in Angriff genommen, die Zutaten hier und da ein bisschen abgewandelt, und jetzt ist sie fertig. Wollt ihr mal probieren?«

Aurore ist begeistert und holt Teller und Gabeln. Titouan hält den Kopf gesenkt, sein Gesicht ist bis zu den Haarwurzeln dunkelrot angelaufen, und er starrt so gebannt auf seine Knie hinunter, als hätte er sie noch nie gesehen. Amüsiert beobachtet Luce, wie er von seiner Tarte abbeißt.

»Schmeckt sie dir nicht?«, erkundigt sich Tess besorgt.

»Doch ... Doch!«

Wie zum Beweis schiebt er sich den ganzen Rest seines Stücks auf einmal in den Mund, schafft es kaum, ihn zu kauen, versucht ein krümelreiches Lächeln, gibt den Versuch zum Glück aber schnell wieder auf, bevor man seine schokoladeverschmierten Zähne sieht.

14:50

Endlich sind alle wieder weg. Luce hält es nicht mehr zu Hause, sie fühlt sich durchaus in der Lage, den Bus zu nehmen. Genau genommen fühlt sie sich zu fast allem in der Lage. Die Wolken rufen sie.

Als sie zwei Stunden später den großen Hangar des Luftsportvereins betritt, kommt Noël, in seinem ewigen Blaumann, lächelnd auf sie zu.

»Luce«, ruft er. »Ich dachte, ich muss noch ein paar Tage warten, bevor wir uns wiedersehen.«

»Mir geht's schon viel besser.«

»Gut, sehr gut.«

Luce' Blick wandert nach hinten zu ihrer *Piper*. Wie sie so dasteht, den Propeller stolz nach oben gereckt, scheint sie nur auf Luce zu warten. Fast als wollte sie fragen:»Geht's jetzt endlich los?« Luce tritt näher, tätschelt das Metall.

»Mit der fliege ich heute«, verkündet sie.

»Bist du denn schon wieder fit genug?«, fragt Noël besorgt.

»Nur eine kleine Runde.«

»Okay, ich bin dabei. Aber höchstens zwanzig Minuten.« Luce ist nicht gerade begeistert. Noël hat sie noch nie allein starten lassen – sie ist zwar fast ihr ganzes Leben lang geflogen, hat aber schon seit Jahren keine Flugerlaubnis mehr. Schweigend schaut sie zu, wie er die *Piper* nach draußen schiebt, nimmt dann den Pilotensitz ein.

»Holst du noch eine Flasche Wasser, Noël?«

Und im selben Moment, wie der Mechaniker im Hangar verschwindet, rast Luce auch schon über das Rollfeld.

ALIX

Alix sitzt zu Füßen des Kirschbaums, ganz allein auf der Bühne. Ihr Blick verliert sich in der Ferne. Unauffällig mustert sie dabei den Saal, schaut zu, wie er sich füllt und das einheitliche Rot der Sitze nach und nach von einem bunten Flickenteppich aus Haaren, T-Shirts und Gesichtern ersetzt wird. Ein knallblauer Fleck springt ihr ins Auge, genau in der Mitte der fünften Reihe. Philippine, die mit den wildesten Grimassen versucht, sie zum Lachen zu bringen. Alix gestattet sich ein Lächeln, das sie unter dem bleichen Licht der Scheinwerfer in den Saal hinausschickt.

Sie steht auf, macht ein paar Schritte in den hinteren Teil der Bühne, der noch im Schatten liegt, dreht sich um. Diego. Eben geht er den Gang zwischen den Sitzen hinunter, scheucht dann ein halbes Dutzend Zuschauer auf, um sich neben Philippine zu setzen. Alix hat sie mit Absicht nebeneinander platziert. Und sie fangen auch gleich an zu reden und zu lachen, als würden sie sich schon ewig kennen.

Einige Reihen hinter ihnen sitzt Matej. Matej und seine Freundin, ebenso blond wie er. Sie passen dermaßen gut zusammen, dass es fast wehtut. Aber nur fast. Alix lässt das Gefühl tief in sich einsinken, nimmt jede ihrer Gesten, jeden Blick in sich auf.

Hinter den Kulissen macht Gabrielle ihr ein Zeichen, alle Finger abgespreizt: In fünf Minuten fängt die Aufführung an. Alix spürt, wie eine Mischung aus Furcht und Vorfreude durch ihren Körper schießt, wie ein Stromschlag, nur dass er sie nicht, wie früher als Kind, aufgeregt herumzappeln lässt, sondern ihre Konzentration nur noch weiter bündelt. Es fühlt sich an, als träte sie einen kleinen Schritt aus sich heraus. Als gäbe es eine winzige, kaum merkliche Verschiebung. Alles erscheint ihr plötzlich noch viel intensiver. Die Stimmen, die lächelnden Gesichter, die Requisiten, die anderen Schauspieler, die zwischen den schwarzen Samtvorhängen warten, die Luft, die kühl in sie hineinströmt und warm wieder heraus, die Geschmeidigkeit ihrer Muskeln. Und dann dieses Gefühl, das sie nur auf der Bühne hat, als wäre sie von einer schillernden Wolke umgeben, die sie nach Belieben ausdehnen kann, bis sie den ganzen Saal ausfüllt. Jede hier anwesende Person erfasst.

Eines Tages wird das ihr Leben sein. Abend für Abend vor wechselndem Publikum zu spielen. Aber jetzt kommt erst einmal dieser Abend. Dessen Momente sie einen nach dem anderen genießen wird, wie köstliche Bonbons.

Das goldene Licht im Saal erlischt. Kurz bevor sich die Dunkelheit wie ein Mantel über die Zuschauer senkt, entdeckt Alix ihre Mutter, die Ellbogen auf die Brüstung im ersten Rang gestützt. Ein warmes Gefühl explodiert in ihrer Brust. Heute Abend wird sie für Mandalina spielen. Für beide, Armandalina, durch die Magie des Theaters zur selben Zeit im selben Raum vereint. Und in ihr in jeder Sekunde.

Armand betritt von der anderen Seite die Bühne, die Geige unters Kinn geklemmt.

Das Stück beginnt.

Alix hat das Gefühl zu fliegen.

LUCE

Luce fliegt über Saint-Malo hinweg. Vor ihr erstreckt sich das Meer, unendlich weit. Die Sommersonne neigt sich gerade erst dem Horizont zu. Wolkenschatten gleiten über das Wasser wie riesenhafte Tiere, die jeden Moment aus der Tiefe hervorbrechen könnten. Luce hat Lust, noch weiter aufs Meer hinauszufliegen. Nur sie, die Wellen und der Horizont. Nur sie und die Erinnerung an Lucien.

Plötzlich ertönt das Geräusch einer Explosion.

Das Flugzeug fängt an zu sinken.

Luce ist einen Moment lang wie gelähmt. Sie versucht, die Geschwindigkeit zu halten, schiebt den Gashebel ganz nach vorn, um wieder Schub zu bekommen. Aber es hilft nichts. Der Propeller vor ihr bleibt in der Senkrechten stehen. Und erst jetzt begreift sie. Der Motor wird nicht wieder anspringen. Ein Absturz ist unvermeidlich.

Zurück aufs Festland, flüstert eine Stimme in ihrem Kopf. Aber Luce' langjährige Erfahrung bringt sie sofort zum Schweigen. Wenn sie jetzt umkehrt und versucht, auf einem Feld zu landen, wird sie viel zu viel Höhe verlieren, das kann sie nicht mehr schaffen.

Dann also auf dem Wasser. Nur wird die *Piper* schon nach wenigen Minuten untergehen. Luce dreht in Richtung Cancale ab, lässt den Blick über die von den Wellen aufgewühlte Oberfläche schweifen, auf der Suche nach einem Boot, das sie aufnehmen könnte, falls ihr die Landung auf dem Wasser gelingt. Da, ein großes graues

Schlauchboot! Sie fliegt direkt darauf zu. Mit etwas Geschick kann sie den Aufprall abmildern, aber ihren Armen fehlt die Kraft und ihr ganzer Körper schmerzt. Sie bremst, aber das Flugzeug kommt zu schnell herunter. Viel zu schnell.

Eine schicksalsergebene Ruhe ergreift von ihr Besitz, macht sich wie eine große weiße Katze in ihr breit. Und so dreht sie wieder ab, in Richtung auf das offene Meer.

Die Nase der *Piper* streift den gleißenden Rand der Sonne, strebt ihr entgegen.

Geradewegs in den sinkenden Tag.

GABRIELLE

Am Ende des dritten Akts ist der Kirschgarten endgültig verkauft,
und der neue Eigentümer kündigt an, dass er alle Kirschbäume auf
dem Gelände fällen wird. Die Darsteller stürmen in die Kulissen.
Gabrielle reicht jedem eins der weißen Laken, mit denen sie während
des Umbaus die Möbel abdecken sollen.

GABRIELLE: Und los!
Läuft prima, weiter so!
Simon, dein Laken.
Gut gemacht, Lola! Und jetzt wieder raus!

Kurz kommt ihr der Gedanke, ob sie sie jemals wiedersehen wird.
Doch sie hält sich nicht lange damit auf. Schüler werden flügge, das
ist nun mal der Gang der Dinge. Einige verschwinden auf Nimmer-
wiedersehen. Andere lassen hin und wieder von sich hören oder
schauen im Konservatorium vorbei. Bis auch das irgendwann aufhört. So ist das nun mal. So muss es sein. Und letztlich passt es ihr
auch ganz gut. Solange sie da sind, verwendet sie all ihre Energie
darauf, ihnen bei ihrer Entwicklung und bei der Verwirklichung
ihrer Träume zu helfen. Und dann sind halt die Nächsten dran. Sie
braucht diesen Wechsel, das Neue.

Hinter dem schwarzen Samt verborgen beobachtet Gabrielle das
Zusammenspiel von Alix und Armand auf der Bühne, die das gespens-

tische Hin und Her der Laken überhaupt nicht beachten. Was die beiden mit ihrem gemeinsamen Auftritt erzählen, berührt sie tief. Das Ende einer Ära, der Beginn einer neuen. Die Brüche innerhalb einer Familie und das, was sie trotzdem zusammenschweißt. Genau das Thema des Stücks. Oder ihres eigenen Lebens? Sie weiß es gerade nicht mehr so genau, alles vermischt sich. Das liebt sie ja so am Theater, dass es sich von der Wirklichkeit nährt und sie uns gleichzeitig vorführt, durch einen neuen Blickwinkel bereichert.

Der letzte Akt vergeht wie im Traum, läuft geschmeidig auf sein Ende zu, auf das leere Haus, das Knirschen des Schlüssels im Schloss, auf den alten Kammerdiener, den sie dort vergessen haben, auf die Äxte der Holzfäller, die den Kirschgarten abholzen, ihre rhythmischen Schläge wie ein Countdown. Endgültiges Dunkel senkt sich über die Bühne. Ein kurzer Moment der Stille, dann erhebt sich donnernder Applaus.

GABRIELLE: Na los, hopp hopp!
Ihr müsst euch verbeugen!
Nun geht schon!

Die Schüler rennen auf die Bühne. Alix kommt noch mal zurück, um auch Gabrielle vors Publikum holen. Ein riesiger Blumenstrauß landet in ihren Armen.

ARMAND, an ihrem Ohr: Weinst du etwa?

GABRIELLE: Niemals.

ARMAND

Armand tritt auf den kleinen Innenhof hinaus, der vor dem Bühneneingang liegt. Dort wimmelt es förmlich vor Menschen. Eltern holen ihre halbwüchsigen Kinder ab, die sich endlos von ihren Freunden verabschieden, mit ausgedehnten Umarmungen und einem Hagel von Selfies. Mitten in diesem munteren Treiben entdeckt Armand Mandalina, die sich mit Alix unterhält, und ganz in seiner Nähe Gabrielle, die das Lob der Eltern entgegennimmt. Seltsam, sie alle drei am selben Ort versammelt zu sehen. Das wirkt fast schon lähmend, dieses Zusammentreffen aller drei Frauen seines Lebens. Er geht ein paar Schritte. Gabrielle fängt ihn ab, drückt ihn fest an sich.

»Danke, dass du dabei warst«, flüstert sie.

Tief bewegt erwidert er ihre Umarmung. Verlängert sie.

»Mit dem größten Vergnügen«, antwortet er schließlich, bevor er sich von ihr löst. »Können wir gern mal wiederholen.«

Gabrielle lächelt, wendet sich dann einer Schülerin zu, die sie angesprochen hat. Mandalina kommt auf ihn zu.

»Gratuliere«, sagt sie.

»Danke! Hat es dir gefallen?«

»Sehr. Es war ein eigenartiges Gefühl, dich wieder spielen zu hören. Aber sehr schön. Das hat mir gefehlt.«

Armand schnürt sich die Kehle zusammen. Mandalinas sanfte Stimme wühlt ihn bis ins Innerste auf. Einen Moment lang ist das Stimmengewirr auf dem Hof wie verstummt. Kehrt dann aber umso lauter zurück, wie eine Ohrfeige, die ihn wach-rüttelt.

Verärgert über seine Reaktion wendet er sich ab. Wie sehr hatte er gehofft, dass ihm die Begegnungen mit Manda nichts mehr anhaben könnten, dass er für den Zauber, den sie so gut einzusetzen versteht, unempfänglich geworden wäre.

Sie weiß, dass die Geige seine persönlichste Ausdrucksform ist, deshalb bedeutet ›Das hat mir gefehlt‹ dasselbe wie ›Du hast mir gefehlt‹, nur etwas versteckter.

»Umso besser«, stößt er hervor.

Verwundert presst sie die Lippen aufeinander.

»Umso besser?«

»PAPA!«

Die Stimme von Alix. Armand sucht die Menge nach seiner Tochter ab. Sie steht neben Gabrielle, die sich an einer Wand abstützt, kreidebleich, das Handy am Ohr. Er lässt Mandalina einfach stehen und stürmt auf die beiden zu.

»Meine Mutter ist im Krankenhaus.«

»Schon wieder?«

Gabrielle hat sich inzwischen gefangen. Das Rot kehrt in ihre Wangen zurück, ein zorniges Rot.

»Langsam reicht es mir mit diesen Faxen, verflucht noch mal!«

»Soll ich dich hinfahren?«, fragt er.

»Nein, ist ja nur fünf Minuten von hier.«

»Sie ist im Krankenhaus von Saint-Malo?«, fragt Alix überrascht. »Nicht in Rennes?«

»Sie war mit dem Flugzeug unterwegs. Es gab einen Unfall.«

»Schlimm?«

»Keine Ahnung. Sie haben nur gesagt, ich soll kommen. Aber ich muss mich noch beim Regieassistenten bedanken ... Und ich hab mich noch gar nicht von allen verabschiedet ... Und ...«

Armand fasst sie bei den Schultern.

»Gab. Du fährst jetzt sofort zum Krankenhaus. Ich kümmere mich hier um alles. Wir kommen später nach.«

GABRIELLE

Gabrielle eilt auf den Tresen der Notaufnahme zu. Die Frau dahinter bittet sie, sich noch einen Moment ins Wartezimmer zu setzen, der Arzt werde gleich kommen. Gabrielle gehorcht. Hektisch trommelt sie mit den Fingern auf ihre Oberschenkel. Zwei Mal in zwei Wochen! Sie kann es immer noch nicht fassen. Wenn ihre Mutter glaubt, dass sie Gabrielle mit solchen Unfällen dazu bringen kann, sich um sie zu kümmern, sollte sie ihre Strategie lieber ganz schnell ändern!

Ein Mann im weißen Kittel kommt auf sie zu.

ARZT: Madame Paradis?

GABRIELLE: Nein, so heißt nur meine Mutter.

ARZT: Folgen Sie mir bitte in mein Büro.

GABRIELLE: Wie geht es ihr?

ARZT: Sie sollten sich lieber setzen.

GABRIELLE: Nun sagen Sie schon.

ARZT: Das Flugzeug Ihrer Mutter ist auf offener
See vor Cancale abgestürzt. Es gab mehrere Zeugen,
die Sanitäter waren deshalb schnell vor Ort. Als
man sie aus der Maschine zog, war sie noch am
Leben. Leider ist sie während des Flugs im Rettungshubschrauber verstorben. Es tut
mir sehr leid.

GABRIELLE: Okay. Okay.

ARZT, reicht ihr eine Plastiktüte: Hier.
Dieses Kleidungsstück hielt sie an sich gedrückt,
wollte es nicht aus der Hand geben.

Gabrielle schaut in die Tüte. Entdeckt einen Ballen aus gestreiftem
Frottee. Der Bademantel ihres Vaters, derselbe wie vor dreißig Jahren,
nur etwas fadenscheiniger als damals. Gabrielle ist unfähig zu weinen. Sie ist nicht traurig, warum sollte sie also weinen? Stattdessen
steigt eine Woge des Zorns in ihr auf, ein kalter Zorn, wie mit Eis
überzogen. Am liebsten würde sie hier alles verwüsten, Schränke
und Stühle umwerfen, die Fläschchen zertrümmern, das Scheppern
von Metall auf dem Boden hören. Hat Luce diesen Unfall absichtlich herbeigeführt? Hat sie diesen Tod gewollt? Und hat sie ihn ausgerechnet jetzt gewollt? Warum sonst hätte sie Luciens Bademantel
mitnehmen sollen? Warum, wenn sie nicht die Absicht hatte zu
sterben? Wenn sie nicht die Absicht hatte, endlich wieder bei ihm
zu sein?

Gabrielle ahnt schon, dass sie es niemals erfahren wird, und
genau das macht sie so wütend, dass Luce sie mit diesem riesigen,
verzehrenden, unerträglichen Fragezeichen zurücklässt. Ihre Faust
kracht gegen die Wand. Der Arzt eilt auf sie zu, zieht sie weg.

GABRIELLE: Dieses Miststück!
Diese blöde alte Kuh!

ALIX

»Sie ist tot.«

Alix mustert Gabrielle entsetzt. Deren Gesicht ist wutverzerrt. Das ist nicht Gabrielle, jedenfalls nicht die, die Alix kennt, denn diese Gabrielle hier macht ihr Angst. Gabrielle ist ein Sprengsatz geworden. Der beim geringsten Anlass in die Luft gehen wird. Nur die Arme von Armand, die sich jetzt fest um sie schließen, scheinen in der Lage, sie im Zaum zu halten. Philippine und Diego spüren das auch und ziehen Alix sanft von ihr weg. Dann halten sie sich alle drei fest umschlungen, ein Durcheinander von Armen, Haaren und keuchenden Atemzügen, weil die Luft kaum den Weg in ihre Lungen findet.

»Ist das nicht der Typ mit den Delfinen?«, fragt Diego irgendwann.

Mühsam lösen sie sich voneinander. Ein großer Mann in roter Seemannsjacke läuft nervös im Eingangsbereich auf und ab, sein Smartphone in der Hand.

»Gaël!«, ruft Alix und rennt auf ihn zu.

»Alix! Was machst du denn hier?«

»Die Mutter einer Freundin ist gerade gestorben. Mit dem Flugzeug abgestürzt. Und du?«

»Luce? Luce Paradis? Sie ist tot?«

»Ja.«

Gaël fährt sich mit einer zitternden Hand übers Gesicht. Und dann erzählt er. Am frühen Abend hat er die letzten Delfin-Touristen am Strand von Port-Mer abgesetzt und ist danach mit Freunden noch mal zum Wakeboarden rausgefahren, als plötzlich ein Flugzeug im Sturzflug auf ihr Schlauchboot zugerast kommt. Im letzten Moment ist die Maschine dann abgedreht und mit voller Wucht aufs Wasser geprallt. Gaël war als Erster vor Ort. Er hat Luce aus dem Cockpit gezogen, bevor die Maschine untergehen konnte, und die Küstenwache alarmiert. Aber die Jungs da oben hatten den Unfall ebenfalls beobachtet und der Rettungshubschrauber war schon unterwegs.

»Im Schlauchboot hat sie deliriert. Hat mich Lucien genannt.«

»Ihr verstorbener Ehemann.«

Ohne sich abzusprechen, lassen sich alle vier auf ein paar freie Plastiksitze fallen. Alix greift nach Diegos Hand. Hält sie fest. Eine gute halbe Stunde vergeht wie in einer Art Trance, die Blicke auf das Hin und Her der Gestalten und der automatischen Türen gerichtet. Und dann kehren sie nach und nach ins Leben zurück. Philippine, die nie den Kopf verliert, nicht einmal im größten Chaos, fragt Gaël, ob sie sich die Drohnen ausleihen kann, mit denen er seine Delfine filmt, um ein paar Szenen ihres Films zu drehen, den sie inzwischen fast fertig geschrieben hat. Diegos Daumen streichelt sanft über Alix' Handgelenk, und sie denkt, dass sie über dieser schlichten Berührung, dieser unglaublichen Intimität, die in der Reibung von Haut auf Haut liegt, die ganze Welt vergessen könnte. Die ganze Welt, bis auf …

»… Titouan! Hat jemand Titouan Bescheid gesagt?«

TITOUAN

Als sein Smartphone klingelt, starrt Titouan in die Nacht jenseits des Fensters hinaus, und es kommt ihm vor, als wäre die ganze Stadt in schwarze Schuhcreme getaucht, so dunkel erscheint sie ihm. Er nimmt ab. Alix ist dran. Alix, die ihn noch nie unter dieser Nummer angerufen hat. Titouan hört zu. Legt wieder auf.

Luce ist tot. Mit dem Flugzeug abgestürzt.

Die Worte ergeben überhaupt keinen Sinn, so oft er sie auch aneinanderreiht, sie dringen nicht zu ihm durch, bleiben außen vor. Er spricht sie trotzdem aus. Mehrfach sogar. Vor seinen Eltern, vor Eliott, vor Lila. Aber so schnell, wie sie in seinen Mund hineinströmen, so schnell sind sie auch schon wieder draußen, weit von ihm entfernt.

Er will etwas essen. Schafft es aber nicht. Nichts gelangt mehr in ihn hinein. Er hat alle Türen zugemacht, alle Läden geschlossen, jedes Kellerfenster, bis hin zum kleinsten Riegel, verrammelt. Er hat sich in seinem Innern komplett verbarrikadiert. Geht auf sein Zimmer, kuschelt sich ins Bett, zieht die Decke über den Kopf.

Lange hält er der Belagerung jedoch nicht stand. Von allen Seiten greifen die Worte an, lassen seine Abwehr bröckeln, sickern durch sie hindurch, bis er in ihnen ertrinkt. Wenn er hier einfach so liegen bleibt, wird er an ihnen sterben. Diese Gewissheit erschüttert ihn bis ins Mark, treibt ihn aus dem Bett. Er dreht sich einmal im Kreis. In der Dunkelheit wirken seine Legobauten wie Monster. Er packt die

Spitze des Brückenbogens und bricht sie einfach ab. Dann ist Lix'
Avatar und auch der seine dran, sie zerschellen auf dem Boden. Das
Licht im Zimmer flammt auf. Seine Mutter stürmt herein, versucht
ihn zu bremsen. Eliott auch, er schlingt ihm die Arme um den Bauch
und sagt immer wieder, es würde alles gut.

»Lasst ihn doch«, sagt sein Vater von der Tür aus. »Lasst ihn ruhig
machen. Er braucht das jetzt.«

Titouan löst sich aus der Umklammerung seines Bruders, nicht
wütend, aber auch nicht vorsichtig. Nimmt sein Werk der systemati-
schen Zerstörung wieder auf. Eliott geht raus, zusammen mit seiner
Mutter. Sein Vater bleibt da, setzt sich quer vor die Tür.

Titouan braucht die ganze Nacht.

Erst bringt er seine Bauten mit großen wütenden Gesten zum
Einsturz, und als dann alles auf dem Boden liegt, kniet er sich hin
und fängt an, sorgfältig jeden Legostein vom anderen zu lösen, pflügt
alles mit den Händen durch, um sicherzugehen, dass er keinen über-
sehen hat. Dass nichts mehr mit nichts verbunden ist.

Am Morgen ist nur noch ein Meer aus Plastik auf dem Boden übrig
und mittendrin der Nachbau des Flugzeugs von Luce, im Cockpit die
Figur, die er in ihrem Keller gefunden hat. Das einzige, das unzerstört
geblieben ist. Keuchend und mit ungläubigen Augen mustert er die
wieder eingekehrte Ruhe. Sein Vater hat sich nicht gerührt, hat nicht
geschlafen, ihn nur mit den Blicken begleitet.

Titouan hat keine Ahnung, wie spät es ist, als Alix in der Tür
erscheint. Sie steigt über seinen Vater hinweg, bahnt sich einen Weg
durch die Legoberge bis zu ihm hin.

»Steh auf.«

Verständnislos schaut er sie an.

»Steh auf, Titouan. Zieh einen Pulli über.«

Dann findet er sich auf der Rückbank eines Autos wieder, zwischen Alix und einem Mädchen mit blauen Haaren eingezwängt.

Am Steuer ein Junge mit großen nussbraunen Augen, einen braunen Herrendutt auf dem Hinterkopf. Daneben ein blonder, älterer Typ im gestreiften Pullover, eine rote Seemannsjacke auf den Knien. Titouan stellt keine Fragen. Lässt alles mit sich geschehen.

Eine Stunde später fahren sie die Küste entlang und dann zu einer breiten Landzunge hinunter, die weit ins Meer hineinragt, halten dort an. *Pointe du Grouin,* liest Titouan auf einem Schild. Hier ist er schon mal mit seiner Familie gewesen. Und während er das noch denkt, biegt das Auto seiner Eltern auf den Parkplatz ein. Beide steigen aus, zusammen mit Eliott und Lila.

»Geh du voran, Gaël«, sagt Alix.

Der große Blonde zieht den Reißverschluss an seiner Jacke zu. Er führt sie an einem weißen Gebäude mit Turm vorbei – die Küstenwache, wie er erklärt. Alle zusammen laufen sie zwischen den dornigen Büschen hindurch bis zur vordersten Spitze. Ein Paar schließt sich ihnen an. Titouan erkennt in ihnen den Vater von Alix und die Tochter von Luce. Gaël bleibt dort stehen, wo die Erde in Felsen übergeht. Er zeigt auf einen Punkt auf dem Meer, schräg rechts von ihnen.

»Dort ist das Flugzeug abgestürzt, in der Verlängerung der Île des Landes, noch vor dem Leuchtturm.«

Niemand sagt etwas. Alle starren in die angegebene Richtung, in der Luce' Flugzeug jetzt irgendwo auf dem Meeresboden ruht. Versuchen, den genauen Ort zu erahnen.

Eliott legt Titouan einen Arm um den Hals, zieht ihn nahe zu sich heran.

»Alles okay, kleiner Bruder?«

Titouan nickt. Der Wind wischt seine Tränen weg, trocknet sie sofort. *Die Sonne scheint,* denkt er, von sich selbst überrascht. *Die Sonne scheint und hier ist es superschön.*

Er wirft einen Blick über die Schulter. Ein paar Schritte hinter ihm küsst Alix gerade den Typen mit dem Dutt. Titouan wendet sich schnell wieder ab, um die beiden nicht zu stören. Lila hüpft von einem Fuß auf den anderen, ihr helles Haar leuchtet in der Sonne. Sie schiebt eine Hand in die von Titouan und beginnt zu tanzen.

»Komm!«, sagt sie. »Komm!«

Mit unwiderstehlicher Kraft zieht sie ihn hinter sich her. Wirbelt um ihn herum, zwingt ihn, ihren Bewegungen auf den Felsen zu folgen. Und nach und nach scheint die Musik, die Lila in ihrem Innern hört, auch den Wind und die Wellen zu durchdringen. Alle können sie jetzt hören. Selbst die Fremden, die auf dem Weg hinter ihnen vorübergehen und nichts von ihrer Trauer ahnen, von ihren Fragen ohne Antwort, von diesem Tag danach, der noch so schwer auf ihnen lastet, von den unheilbaren Wunden, mit denen sie den Rest ihres Lebens verbringen müssen.

Titouan bleibt stehen. Vom Tanzen schwirrt ihm der Kopf. Langsam hebt er das Gesicht zum Himmel, genießt die sanfte Berührung der Sonnenstrahlen.

Und heißt das Licht mit weit geöffneten Augen willkommen.

BEVOR IHR GEHT ...

Die Beerdigung von Luce fand am Morgen eines sehr heißen Tages statt. Ich war dort. Wir alle waren dort. Damals wusste ich natürlich noch nicht, welche Konstellation sie in dem großen Netz der Menschheit bilden würden, aber als ich sie dort auf dem Friedhof versammelt sah, nachdem ich sie alle einzeln schon seit Jahren kannte, wurde ich neugierig.

Am nächsten Tag bin ich zu Titouan gefahren, habe ihn angerufen, damit er runterkommt, und wir haben lange miteinander gesprochen. Es hat Monate gedauert, die ganze Geschichte zu rekonstruieren. Jedem zuzuhören, die Lücken in ihren Berichten zu schließen. Vor allem natürlich die Lücken in Bezug auf Luce, die ja nicht mehr da war, um mir ihre Version zu erzählen.

Was kann ich euch sonst noch über sie alle berichten?

Alix ist in die Türkei gefahren, zusammen mit Philippine und Diego, auf den Spuren ihrer Großmutter. Antworten hat sie da unten keine gefunden. Dafür aber ein Land und ein Volk, das sie liebt, und vielleicht ist das ja die einzig mögliche Antwort.

Inzwischen ist sie nach Paris gezogen, belegt dort Kurse sowohl an der Uni wie auch am Konservatorium. Sie wohnt mit Philippine zusammen und die beiden drehen gerade einen Horrorfilm in ihrer winzigen Wohnung! Hin und wieder ist sie bei ihrem Vater oder ihrer Mutter zu Besuch, die sie weiterhin nicht ›Mama‹ nennt. Sie hält an ihren Träumen fest. Baut sich ihr Leben auf – ihr »besseres

Leben«, wie sie selbst gern sagt, und inzwischen habe ich verstanden, dass sie damit nicht ›besser als vorher‹ meint, sondern ›besser als je für möglich gehalten‹ – ein Leben, das ihr zu hundert Prozent entspricht. Von ihr werden wir sicher noch hören.

Ach, und was ist mit Diego, fragt ihr mich jetzt? Na ja, er lebt halt in Strasbourg. Sagen wir so: Sie sind zusammen, wenn sie sich sehen, und wenn nicht, macht einfach jeder seins. Muss wohl in der Familie liegen, dieser Hang zu unkonventionellen Beziehungen! Aber wenn die Liebe so viele verschiedene Formen annehmen kann, warum sollte man dann immer nur die gleiche wiederholen, statt einfach auch mal was anderes zu probieren?

Gabrielle und Armand sind übrigens endlich ein Paar. Wurde auch Zeit. Ich glaube kaum, dass diese beiden irgendwann mal zusammenziehen. Die sind halt so.

Seinen eigenen Traum hat Armand bisher noch nicht gefunden. Immerhin sucht er danach, und auch wenn man manchmal nicht weiß, was man sucht, findet man trotzdem, was man braucht.

Titouan? Der hat für sein letztes Jahr die Schule gewechselt. Er geht jetzt auf die von Tess. Gut, bei ihr tut er sich immer noch ganz schön schwer. Als hätte er zwei Versionen von Tess in seinem Kopf, eine, die er sich nur ausgedacht hat, und daneben die echte. Die beiden kriegt er jetzt nur schwer zusammen. Aber er bleibt dran. Er bleibt dran, weil selbst schon die ausgedachte Version von Tess ihm einen Weg in die Zukunft zeigt. Den Anfang eines Wegs. Und ein Anfang, das ist ja schon mal was.

Von Zeit zu Zeit schreibt er auch immer noch Nachrichten an Luce. »Man kann nie wissen«, pflegt er zu sagen, »irgendwann kriegt jemand anders ihre Nummer, und der antwortet mir dann vielleicht.« Titouan ist wirklich ein Träumer.

Was mich betrifft, so hat sich nichts geändert. Unter der Woche in Rennes, am Wochenende in Saint-Malo. Bretagne-Bob, euren

Geschmackspapillen immer zu Diensten, außer im Januar, wo ich auf die Marquesas fliege.

Und falls ihr dieser Tage mal irgendwo meinen schwarz-weißen Wagen seht, haltet unbedingt an. Ich mach euch die besten Galetten eures Lebens. Und erzähle euch das Neueste von unsern gemeinsamen Freunden …

Vorhang

DANKE

Dieser Roman verdankt sich in weiten Teilen meiner Jugend in der Bretagne, dieser Küstenregion im Norden Frankreichs, die meine Heimat ist und immer sein wird, meiner Zeit am Konservatorium für Musik in Saint-Malo sowie all jenen, die es damals bevölkert haben: meinen Lehrern, M&M, den beiden magischen Schlagzeugern, und all meinen Freunden, mit denen ich so viele Stunden in diesem Park verbracht habe.

Außerdem ist er auch sehr von jenen ungefähr fünfzehn Jahren geprägt, in denen das Theater der andere Mittelpunkt meines Lebens war. Ich danke allen, die mit mir Seminare, Bühnen, Funkgeräte, Leitern und Kulissen geteilt haben. Ein besonderer Gruß an die *Uburikiens* und die *Furiosos* (da ging es beim Teilen eher um Scheunen, an Balken festgeschnallte Scheinwerfer, Kartoffelpasteten sowie zwei, drei andere, weniger salonfähige Dinge)!

Großer Dank auch an die Mitglieder des Luftsportvereins in Rennes, insbesondere Daniel, Christian, Michel und Yves-Noël, die mir meine Fragen beantwortet und mir von ›ihrem‹ Luftsportverein erzählt haben.

Ich danke Gaël, der mir erlaubt hat, ihn fast vollständig in diesen Roman einzubringen!

Ich danke Balmino für den Soundtrack.

Ich danke meiner Mutter, der Erstleserin mit dem unschätzbar wertvollen Blick; und Dank auch an Sandrine, Estelle und

Julie, die tief in meine Zeilen eingetaucht sind, um mich voranzu-
bringen.

Und ich danke Alain, der immer noch nicht weiß, warum, aber
ich schon.

Ich danke dem *Centre National du Livre* für seine Unterstützung,
insbesondere Kathleen Feret, deren Freundlichkeit und Einsatz-
bereitschaft geradezu legendär sind (doch, doch!).

Ich danke Thierry, Jean-Philippe, Christine und dem ganzen Team
bei Gallimard Jeunesse, wo ich mich seit zwei Jahren wie zu Hause
fühle. Das Abenteuer geht weiter ...

DIE AUTORIN

MANON FARGETTON mag keine Biografien. In denen fühlt sie sich immer beengt. Was man von ihr weiß: Sie wurde 1987 geboren, ist in Saint-Malo aufgewachsen und lebt in Paris. Mit achtzehn Jahren hat sie ihren ersten Roman veröffentlich, dem an die zwanzig weitere Bücher sowie zahlreiche Auszeichnungen folgten. Bevor sie Vollzeit-Autorin wurde, hat sie zehn Jahre lang als Beleuchterin am Theater gearbeitet. Sie liebt die Musik, das Meer, Wellenreiten, Mohnblumen, bunte Socken, im Winter im Bett und im Sommer in der Hängematte zu lesen, alleine zu reisen, unterwegs Leute kennenzulernen, zurückzukommen und beim Schreiben jedes Mal in andere Welten einzutauchen.

PROM, DIE LIEBE UND JEDE MENGE FRAUENPOWER

Kate Hattemer
**DER MASTERPLAN
DER LETZTEN CHANCEN**
Softcover
304 Seiten
ISBN 978-3-551-58439-7
Auch als E-Book erhältlich

JEMIMA IST FEST ENTSCHLOSSEN: die Schultradition der Prom ist mittelalterlich. Warum sollen Mädchen demütig abwarten, bis sie von einem Jungen gefragt werden? Pfff! Ihre beste Freundin Jiyoon ist sofort dabei. Es gibt nichts, das die beiden nicht gemeinsam rocken, sie haben sich sogar schon gegenseitig die Achselhaare blau gefärbt (Body Positivity forever!). Auch den Jahrgangssprecher Andy kann Jemima für ihren Plan gewinnen. Doch das neue anonyme System zur Pärchenbildung fliegt ihr gründlich um die Ohren. Und sie muss sich eingestehen, dass sie für Andy doch mehr empfindet als ihr lieb ist …

EINE GROSSE LIEBE IN DER APOKALYPSE

Brianna Bourne
DU & ICH
UND DAS ENDE DER WELT
Softcover
384 Seiten
ISBN 978-3-551-58440-3
Auch als E-Book erhältlich

BALLERINA HANNAH ERWACHT in einer stillen, einsamen Stadt. Houston ist leergefegt, sie selbst der einzige Mensch. Erst der Sound einer E-Gitarre führt sie zu jemand anderem: dem coolen Metal-Fan Leo. Gemeinsam streifen sie durch die Straßen, erkunden Museen, das große Festivalgelände, suchen nach Antworten, Tag für Tag. Dabei kommen sie sich immer näher. Denn ihre Isolation hat auch etwas Befreiendes, plötzlich können Hannah und Leo – die sehr verschieden sind – neue Seiten zeigen. Doch dann verändert sich die Welt um sie herum wieder und es scheint, als würde Leo langsam verschwinden.

WAS BEDEUTET FREIHEIT?

Paola Mendoza & Abby Sher
**SANCTUARY –
FLUCHT IN DIE FREIHEIT**
Softcover
352 Seiten
ISBN 978-3-551-58441-0
Auch als E-Book erhältlich

USA, 2032: Alle Bürger*innen werden durch einen ID-Chip überwacht. Es ist beinahe unmöglich, undokumentiert zu leben, doch genau das tut die 16-jährige Vali. Als jedoch der ID-Chip ihrer Mutter nicht mehr funktioniert und ihre Stadt nach Undokumentierten durchsucht wird, müssen sie fliehen. Das Ziel: Kalifornien, der einzige Bundesstaat, der sich der Kontrolle entzogen hat. Doch dann wird Valis Mutter festgenommen, und Vali muss allein mit ihrem Bruder weiter, quer durchs gesamte Land, bevor es zu spät ist.

WWW.CARLSEN.DE